뉴로맨서

Wm. Gibson

뉴로맨서

Neuromancer

윌리엄 깁슨

김창규 옮김

황금가지

브루스 스털링, 루이스 샤이너, 존 셜리, 헬든. 아이스의 창안자 톰 매독스에게 감사를.

그리고 그 이유를 아는 모든 분들께도.

차례

1부 우수에 찬 지바시

1

항구의 하늘 색은 방송 끝난 텔레비전 화면 색이었다.

케이스가 문가의 사람들을 어깨로 밀어내며 차쓰보로 들어갈 때 누군가 말했다.

"내가 약을 하는 게 아니라, 내 몸이 제멋대로 엄청난 약물 결핍 상태로 몰입하는 것 같다니까."

전형적인 스프롤식 목소리에 스프롤식 농담이었다. 차쓰보는 외국인 전용 바였다. 그 때문에 일주일 내내 술을 마시면서도 일본어는 채 두 마디도 듣지 않는 것이 가능했다.

래츠는 바텐더였다. 쟁반 가득한 유리잔에 기린 맥주를 따르는 동안 그의 의수가 단조롭게 흔들렸다. 그는 케이스를 보자 미소 지었다. 동유럽제 보철과 갈색 충치로 얼룩진 이가 드러났다. 케이스는 빈 자리를 찾아서 앉았다. 한 켠에서는 존이 데리고 있는 창녀가 가짜 선탠을 했고, 다른 한 켠에는 새로 해 입은 해군 제복 차림의 키가 큰 아프리카인이 있었다. 아프리카인의 얼굴에는 부족 특유의 문신이 여러 줄 새겨져 있어서 광대뼈가 더욱 두드러져 보였다.

"아까 웨이지가 젊은 애들 둘 데리고 일찌감치 들렀다 갔어."

래츠가 성한 손으로 맥주를 한 잔 밀어 주면서 말했다.

"자네한테 볼일 있는 거 아니야, 케이스?"

케이스는 고개를 저었다. 오른쪽에 앉은 여자 아이가 낄낄거리며 그의 옆구리를 쿡 찔렀다.

바텐더의 미소가 더 크게 번졌다. 그의 추한 모습은 거의 전설적이었다. 돈으로 아름다움을 살 수 있는 시대임에도 일부러 그렇게 살아간다는 사실은 일종의 문장(紋章)과도 같았다. 그가 또 다른 머그잔을 향해 손을 뻗자 고물 팔이 윙윙거렸다. 러시아에서 군용으로 제작된 그의 기계 팔은 일곱 가지 기능에 앞뒤로 움직일 수 있게 조작된 장치로, 겉은 더러운 분홍색 플라스틱으로 덮여 있었다.

"자넨 지나치게 예술가 같아, 케이스 선생."

래츠가 마치 웃음소리처럼 투덜거렸다. 그가 하얀 셔츠 위로 의수를 가져가 불룩한 배를 긁었다.

"자넨 좀 웃기는 거래를 하는 예술가지."

"이런 곳에서야 누군가 웃기는 짓을 하는 게 당연한 일이지. 자네도 마찬가지잖아."

케이스가 맥주를 한 모금 들이켜며 대답했다. 창녀의 웃음소리가 한 옥타브 올라갔다.

"그쪽도 마찬가지야, 언니. 그러니까 꺼지라고, 알았어? 이쪽은 나랑 아주 친한 친구란 말이야."

창녀가 케이스의 눈을 들여다보다가 부드럽게 침 뱉는 소리를 냈다. 입술은 거의 움직이지 않고서. 하지만 결국 자리에서 일어나고 말았다.

"젠장, 어쩌다 이따위 싸구려 술집을 연 거야? 술도 마음대로 못 먹겠군."

케이스가 말했다.

"하! 존이 나한테 몇 할 떼어 주거든. 자네나 나나 여기선 그저 재미로 일하는 거잖아."

래츠가 걸레로 흠집투성이 카운터를 문지르며 말했다.

케이스가 맥주를 집어 드는 바로 그 순간, 아무 상관없는 수십 개의 대화들이 동시에 멈추는 묘한 정적이 찾아왔다. 그리고 창녀의 약간 신경질적인 웃음소리가 가게 전체에 울려 퍼졌다.

"천사께서 지나가셨군."

래츠가 중얼거렸다.

술 취한 오스트레일리아인이 소리쳤다.

"중국 놈들, 중국 놈들이 끔찍한 신경 접합을 개발해 냈어. 언젠가는 제대로 수술 받으러 대륙 쪽에 가야 할 텐데. 제대로 고쳐야지. 안 그래, 친구?"

"그래, 저런 게……."

케이스는 갑자기 씁쓸함이 담즙처럼 솟아오르는 것을 느끼며 술잔에 대고 내뱉었다.

"저런 게 진짜 거지 같은 일이지."

일본은 신경외과 기술 면에서 이미 오래전에 중국을 앞질렀다. 그중에서도 지바〔千葉〕의 무허가 클리닉들은 최첨단이어서, 기술 전체가 달마다 새로이 바뀔 정도의 경지였다. 하지만 그들도 케이스가 멤피스 호텔에서 입은 손상만큼은 고칠 수 없었다.

이곳에서 일 년을 지냈건만 케이스는 여전히 사이버스페이스를 꿈꾸었고, 그 희망은 밤마다 희미해져 갔다. 이 '밤의 도시' 에서 그는 수많은 각성제를 삼켰고, 여기저기에서 차례를 기다렸으며, 이리저리 잔머리를 굴리며 살았다. 그러나 꿈속에서 그는 여전히 매트릭스를 보곤 했다. 색깔 없는 공허 속에 펼쳐진 그 환한 격자들……. 하지만 스프롤은 이제 태평양 너머 저 멀리 있는 낯선 고향이었고, 그는 더 이상 콘솔 전문가도, 사이버스페이스 카우보이도 아니었다. 그저 하루하루를 살아가는 흔해 빠진 사기꾼에 지나지 않았다. 하지만 일본에서 보낸 밤마다 꿈은 살아 움직이는 부두교처럼 다가왔고, 잠이 든 그는 매트릭스를 열망하며 울부짖다가 어느 코핀 호텔의 어두운 캡슐 속에 웅크린 채 외로이 깨곤 했다. 그럴 때면 그의 손은 침대로 파고들어 보온 폼을 손가락 사이에 움켜쥐고 있었다. 존재하지 않는 콘솔을 만지기 위해 애쓰면서…….

"어젯밤 자네 여자를 봤어."

래츠가 기린 맥주를 두 잔째 건네면서 케이스에게 말했다.

"무슨 여자?"

케이스가 맥주를 들이켰다.

"린다 리 말이야."

케이스는 고개를 저었다.

"여자가 없다고? 전혀? 예술가 친구, 사업만 한다고? 장사에 몸이라도 바쳤단 말인가?"

바텐더의 작은 갈색 눈이 주름살 속으로 깊게 파고들었다.

"난 자네가 그 여자랑 같이 있을 때가 더 좋았는데. 그때 자넨 더 많이 웃었거든. 요 며칠은 너무 일에만 매달렸지? 그러다간 클리닉 탱크 속에서 장기 이식용으로 분해된 채 끝날걸."

"끔찍한 소릴 하는군, 래츠."

케이스가 맥주잔을 비우고 술값을 치른 다음 자리를 떴다. 그는 비에 젖은 카키색 나일론 스포츠 재킷 속에서 높고 좁은 어깨를 움츠렸다. 닌세이의 인파를 헤치며 나아가자니 자신의 땀 냄새가 시큼하게 코를 찔렀다.

케이스는 스물네 살이었다. 스물두 살 때 그는 정력적으로 활동하는 카우보이였고, 실력은 스프롤 최고였다. 그의 스승은 그쪽 세계에서 전설적인 존재로 꼽히는 매코이 폴리와 바비 퀸이었다. 일할 때면 그는 끝도 없이 분출되는 아드레날린에 의지했다. 그가 젊고 자기 일에 능숙하기 때문에 따라오는 물질이었다. 매트릭스는 곧 상호 소통 가능한 환각이었고, 그가 주문한 사이버스페이스 덱은 그의 의식이 육체에서 떨어져나와 매트릭스 속으로 뛰어들게 해 주었다. 그는 자신보다 부유한 도둑들을 위해 일하는 또 다른 도둑이었다. 고용주들은 그가 기업 시스템의 장벽을 뚫고 들어가 비옥한 데이터 들판으로 향하는 창을 열 수 있게끔 독특한 소프트웨어를 제공해 주었다.

그는 절대로 안 하겠다고 맹세했던 고전적 실수를 저질렀다. 고용주에게서 물건을 훔쳐 낸 것이다. 훔친 물건을 암스테르담 밖으로 운반하려 했다. 그 사실을 어떻게 들켰는지는 아직도 의문이지만 이제 와선 별 상관없는 일이었다. 걸린 다음 그는 곧 살해당할 거라 생각했지만, 그들은 단지 웃기만 했다. 그들은 그에게 돈의 세계로 온 걸 진심으로 환영한다고 말했다. 그리고 앞으로 많은 돈이 필요하게 될 것이라고도. 왜냐하면 다시는 일을 못하게 만들어 주려고 하기 때문이라면서, 그들은 여전히 웃기만 했다.

그들은 전시에 사용되는 러시아제 미코톡신을 케이스의 몸에 주입해 신경계를 망가뜨렸다. 그의 재능은 멤피스 호텔 침대에 묶인 채 마이크론 단위로 다 타서 없어졌다. 그는 서른 시간 동안이나 환각에 시달렸다. 손상은 미세했고 그 효과는 서서히 나타나 완벽하게 효력을 발휘했다.

육체를 떠난 사이버스페이스의 환희 속에 살아가던 케이스에게 그것은 타락이었다. 일류 카우보이로서 단골 술집에 들락거리던 시절엔 그도 어느 정도 육체를 경멸하는 엘리트적 태도를 견지했더랬다. 육체는 고깃덩어리에 지나지 않았다. 케이스는 자신의 육체라는 감옥에 떨어진 셈이었다.

그는 전 재산을 두툼한 신(新) 엔화 다발로 잽싸게 바꾸었다. 현금은 트로브리안드 군도(파푸아뉴기니의 밀린베이 주에 있는 군도. —옮긴이) 주민들이 화폐로 쓰는 조개껍데기처럼 전 세계 암시장에서 끝없이 돌고 돌았다. 스프롤에서는 합법적인 거래에 현찰을 사용하기 힘들었고, 일본에서는 이미 오래전부터 현찰 사용이 불법이었다.

케이스는 일본에서라면 무슨 일이 있어도 치료법을 찾을 수 있을 거라고 굳게 믿었다. 공인된 의료 시설이건 그늘진 무허가 클리닉이건, 지바에서라면 가능할 거라고 말이다. 스프롤에서 흘러나온 온갖 신기술 범죄의 부산물들이 지바로 모여들었다. 이미 지바라는 이름은 장기이식, 신경 접합, 마이크로 생체공학과 동의어였다.

그는 가지고 있던 신 엔화를 각종 검사와 진찰을 받느라 두 달 만에 전부 날려 버렸다. 마지막 희망이었던 무허가 클리닉도 그를 불구로 만든 전문가에게 경의를 표하면서 천천히 고개를 저었다.

이제 그는 항구에서 가장 가까운 최하급 호텔에 묵고 있었다. 수정 할로겐 빛이 넘쳐흘러 항구를 거대한 무대처럼 비추는 곳이었다. 텔레비전처럼 밝은 하늘 때문에 도쿄 시내의 불빛은 물론이거니와 후지 사의 홀로그램 로고조차 보이지 않았다. 검고 드넓은 도쿄 만에는 하얀 스티로폼 떼가 떠 있었고, 그 위로 갈매기들이 원을 그리며 돌았다. 돔 형 공장으로 이루어진 항구 너머 도시에는 기업 계획 구역의 거대한 육면체가 가득 들어차 있었다. 항구와 도시를 구분 짓는 것은 공식적인 이름도 없는 오래된 거리들이었다. 닌세이는 이 '밤의 도시'의 심장부였다. 해가 뜨면 닌세이의 술집들은 셔터를 내리고 제 모습을 잃었으며, 네온 등은 죽어 버렸고, 홀로그램은 다시 밝혀질 순간을 기다리며 사그라졌다. 그리고 오염된 회색 하늘이 그 모든 것을 덮었다.

찻집 자르 드 테는 차쓰보에서 서쪽으로 두 블록 떨어진 곳에 위치했다. 케이스는 그곳에서 에스프레소 더블과 함께 그날 밤의 첫 약물을 삼켰다. 분홍색의 납작한 팔각형 알약으로, 효과 좋은 브라질제 덱스트로암페타민(각성제 및 식욕 억제제로 쓰임.—옮긴이)이었다. 존이 데리고 있는 창녀에게서 구입한 것이었다. 자르의 벽은 모두 거울이었고, 각 거울의 테두리에는 빨간 네온 등이 달려 있었다.

지바에서 돈도, 치료법을 찾을 수 있다는 희망도 모두 잃고 혼자가 되었을 무렵, 그는 한동안 스스로를 극단으로 몰고 갔다. 마치 다른 사람이라도 된 것처럼 냉정하게 살인을 해치운 것이다. 그는 한 달 동안 남자

둘과 여자 하나를 해치웠다. 대가로 받은 돈은 일 년 전이었다면 코웃음 칠 액수였다. 스스로를 파멸로 이끌다 보니 마침내 거리 자체가 자신에게 있는 줄 몰랐던 죽음에 대한 욕망, 그리고 은밀한 독소의 구현으로 보일 정도가 되었다.

밤의 도시는 엉망이 된 사회적 진화론의 실험장과 닮았다. 실험장 전체의 구도는 마치 지루해진 연구자가 엄지손가락으로 계속해서 빨리 감기 버튼을 누르고 있는 것과 비슷했다. 서두르지 않으면 흔적도 없이 가라앉아 버리고, 그렇다고 앞질렀다가는 암시장의 얇은 표면장력을 깨뜨려 버리는 것이다. 어느 쪽이건 사라져 버리긴 마찬가지이며, 기껏해야 래츠 같은 붙박이들의 기억에 희미하게 남는 것이 전부일 것이다. 물론 심장이나 폐, 또는 신장 정도 부위는 신 엔화를 들고 오는 어느 낯선 이를 기다리며 클리닉 탱크에 보존될 수도 있겠지만 말이다.

이 거리에서 사업이란, 무의식 속에 끊임없이 울려 대는 콧노래 같은 것이었다. 그리고 게으르거나, 부주의하거나, 우아함이 부족하다거나, 잊지 말아야 하는 복잡한 규약들을 어기는 날이면 그 대가로 목숨을 잃게 되는 법이었다.

케이스가 자르 드 테의 테이블에 혼자 앉아 있는 동안 팔각 알약의 약효가 올라오기 시작했다. 손바닥에 자잘한 땀방울들이 솟기 시작하더니 갑자기 팔과 가슴에 난 털들이 따끔거렸다. 그 순간 그는 자신이 어느 시점부터인가 스스로를 상대로 게임을 해 왔다는 것을 깨달았다. 그것은 아주 고전적이며 이름도 없는, 혼자 하는 카드 게임이었다. 그는 이제 무기도 지니지 않았고 최소한의 경계조차 품고 다니지 않았다. 그는 이제 필요한 것이라면 무엇이든 가장 빨리, 제일 싼값에 구해 준다는 평판을 얻었다. 자기 파괴적인 성향 때문에 손님이 꾸준히 줄고 있다는 사실을 깨닫고 있기는 했지만, 동시에 모든 것이 시간 문제일 뿐이라는 생각에서 위안을 얻는 것도 사실이었다. 또한 죽음을 기다릴 뿐이라고 잘난 체하면서도 마음 한구석에서는 린다 리의 추억이 떠오르는 것을 지독히 증오했다.

그녀를 만난 것은 비가 내리던 어느 밤 오락실에서였다.

그득한 담배 연기가 만들어 낸 푸른 아지랑이와 그 속에서 불타오르는 환한 유령들, 마법사의 성, 유로파 전차전, 뉴욕 스카이라인의 홀로그램들……. 끊임없이 흐르는 레이저 광선을 듬뿍 받은 그녀의 얼굴은 케이스의 기억 속에서 곧 하나의 코드가 되었다. 마법사의 성이 불타며 그녀의 광대뼈가 진홍빛으로 번쩍였고, 뮌헨이 전차전 끝에 함락될 때면 이마가 하늘빛에 물들었으며, 마천루 골짜기에서 튀어나온 불꽃과 커서가 부딪칠 때면 뜨거운 금빛이 그녀의 입술과 맞닿았다. 그날 밤 케이스는 의기양양한 상태였다. 요코하마로 보내야 할 웨이지의 케타민(정맥으로 투여하는 마취제의 일종.—옮긴이) 꾸러미는 이미 출발했고, 대금도 벌써 그의 주머니에 들어와 있었기 때문이다. 그가 닌세이의 포장도로로 쏟아지는 따뜻한 비를 피해 오락실에 들어섰을 때, 그녀는 마치 그를 위해 그곳에 선발된 것만 같았다. 콘솔 앞에 선 십여 명의 사람들 중에 오직 그녀의 얼굴만 보였다. 그녀의 게임은 이미 끝난 상태였다. 그녀의 표정은 몇 시간 뒤 항구 근처 코핀에서 잠들었을 때의 모습과 똑같았다. 윗입술은 어린아이가 그린 창공을 나는 새의 모습과 흡사했다. 거래가 잘되어 기분이 좋은 케이스는 오락실을 가로질러 그녀 옆에 섰다. 린다가 눈을 들어 그를 보았다. 회색 눈 주변에 검은 마스카라가 번져 있었다. 달려오는 자동차의 헤드라이트에 시선이 못박여 버린 짐승의 눈이었다.

그들이 함께 보낸 밤은 곧 아침이 되었고, 다시 호버크라프트(분출하는 압축 공기를 타고 수면 위를 나는 탈것. —옮긴이) 발착장 티켓이 되었다. 케이스는 그날 처음으로 만을 가로지르는 여행을 했다.

그치지 않는 비는 하라주쿠에도 내려 린다의 플라스틱 재킷에 방울졌다. 유명 부티크 앞으로 하얀 단화에 우비를 입은 도쿄의 어린이들이 떼지어 지나갔다. 그녀는 소란스러운 한밤중 슬롯머신 객장에서 어린아이처럼 케이스의 손을 잡고 서 있었다. 영원히 겁먹은 채로 머물러 있을 것만 같았던 린다의 눈은 긴장과 마약에 찌든 케이스의 삶으로 인해 한 달 만에 욕망이 반복되는 우물로 변해 버렸다. 그가 보는 앞에서 그녀의 인격은 빙산처럼 부서져 떠내려갔으며, 마침내 순수한 욕망만 남은 초기 약물 중독자가 되고 말았다. 다음 주사 놓을 자리를 찾느라 신경이 곤두선 그녀의 모습을 보며, 케이스는 시가 현 노점상에서 파는 사마귀를 떠올렸다. 사마귀 옆에는 파란 기형 인어가 담긴 탱크와 귀뚜라미가 든 대나무 우리도 있었다.

그는 빈 컵 속에 동그랗게 남은 침전물 자국을 바라보았다. 그것은 그가 복용한 각성제에 맞춰 떨고 있었다. 테이블의 갈색 코팅은 작고 오래된 흠집들로 이미 빛이 바랬다. 케이스는 척추를 타고 흐르는 덱스트로암페타민 덕분에 수많은 흠집의 원인이 된 충돌들을 눈으로 볼 수 있었다. 자르의 실내장식은 한 세기 전의, 유행을 떠나서 뭐라고 이름 붙이기도 힘든 스타일이었다. 일본 전통 양식과 뿌옇게 바랜 밀라노제 플라스틱이 어색하게 뒤섞여 전체적으로 뿌연 필름이 덮여 있는 것 같았다. 마치 고장난 신경 백만 다발이 거울과 한때는 반짝였을 플라스틱을 공격해 두 번 다시 지울 수 없는 뿌연 흔적을 표면에 남겨 둔 것처럼 보였다.

“안녕, 케이스. 좋은 사람……”

그가 고개를 들자 아이라이너를 그린 회색 눈이 보였다. 그녀는 빛 바랜 프랑스제 궤도 작업복에 하얀 새 운동화를 신었다.

"당신을 찾아다녔어요."

그녀는 케이스의 맞은편에 앉아 테이블 위에 팔꿈치를 올려놓았다. 지퍼만으로 이어진 파란 작업복에는 소매가 없었다. 그는 반사적으로 팔에서 진피 증후나 바늘 자국을 살폈다.

"담배 줄까요?"

그녀는 발목 주머니에서 구겨진 예휴얀 갑을 꺼내 한 개비 건넸다. 케이스가 받아 물자 그녀는 빨간 플라스틱 튜브로 불을 붙여 주었다.

"잘 잔 거예요, 케이스? 피곤해 보여요."

그녀는 스프롤 남부, 그러니까 애틀랜타 쪽 억양을 지니고 있었다. 그녀의 눈가는 창백하고 병색이 돌았지만 몸은 아직도 부드럽고 단단해 보였다. 나이는 스물. 최근에 겪은 고생의 흔적이 입가에 주름을 만들었다. 머리칼은 뒤로 빗어 넘겨, 무늬가 찍힌 실크 끈으로 질끈 묶었다. 마이크로 회로도 같기도 하고 어찌 보면 도시의 지도 같기도 한 무늬였다.

"약만 제때 먹으면 돼."

대답하는 순간 뚜렷한 욕구의 파도가 그를 덮쳤다. 갈망과 외로움이 암페타민의 파장을 타고 순식간에 몰려들었다. 그는 항구 근처 코핀의 후텁지근한 어둠 속에서 맡았던 그녀의 살내를 기억했다. 그녀의 손가락이 그의 허리에 죄어들었다.

고깃덩어리 육체, 그리고 육체의 욕구라니. 그가 생각했다.

눈을 좁히며 그녀가 입을 열었다.

"웨이지가 당신 얼굴에 구멍을 내 주겠대요."

그녀가 자기 담배에 불을 붙였다.

"누가 그래? 래츠가? 래츠 만났어?"

"아니요. 모나가요. 지금 사귀는 남자가 웨이지의 부하예요."

"웨이지한테 크게 빚진 건 없어. 오히려 내가 받을 게 있지. 어쨌든 그자는 요새 돈에 쪼들리니까."

그가 어깨를 으쓱했다.

"요즘 그 사람한테 빚진 사람이 너무 많아요, 케이스. 당신이 본보기가 될지도 몰라요. 조심하는 게 좋을 거예요."

"알았어. 린다 넌 어때? 잘 데는 있어?"

"잠이라……."

그녀가 고개를 끄덕였다.

"그럼요, 케이스."

그러곤 테이블을 향해 굽힌 몸을 떨기 시작했다. 그녀의 얼굴은 땀으로 뒤범벅이었다.

"이거."

케이스가 스포츠 재킷 주머니를 뒤져 구겨진 오십 달러짜리 지폐를 꺼내며 말했다. 그는 테이블 밑에서 기계적으로 지폐를 펴서 두 번 접은 다음 그녀에게 건넸다.

"나보다는 당신한테 필요할 거예요. 웨이지한테 주세요."

그녀의 회색 눈 속엔 무언가 읽어 낼 수 없는 게 들어 있었다. 전에는 한 번도 본 적이 없는 것이었다.

"웨이지한테 진 빚은 훨씬 커. 받아. 더 큰 돈 들어올 데가 있으니까."

케이스는 자신이 내민 신 엔화가 지퍼 달린 주머니 속으로 사라지는 것을 바라보며 거짓말을 했다.

"돈 들어오는 대로 즉시 웨이지를 찾아가요, 케이스."

"또 보자고."

케이스가 인사하며 일어섰다.

"그럼요. 조심해요."

그녀의 양쪽 눈동자 밑으로 1밀리미터씩 흰자위가 보였다. 삼백안(三白眼)이었다.

그가 고개를 끄덕였다. 어서 벗어나고 싶었다.

등 뒤에서 플라스틱 문이 흔들리며 닫히자 케이스가 돌아보았다. 빨간 네온 우리 안으로 그녀의 눈이 보였다.

금요일 밤의 닌세이.

케이스는 참새구이 포장마차와 마사지 업소, '아름다운 소녀' 라는 커피 체인점과 시끄러운 오락실을 지나쳤다. 케이스는 거리를 빠져나와 검은 양복 차림의 샐러리맨에게 길을 비켜 주었다. 오른쪽 손등에 미쓰비시제넨테크 로고인 'M-G' 를 문신한 사람이었다.

케이스는 생각했다. 진짜일까? 만약 그렇다면 저 사람은 곧 곤경에 처할 것이다. 그렇지 않다면? 그에 걸맞은 대접을 받을 것이다. M-G에서는 자사 고용인 중 일정 수준을 넘어선 사람의 신체에 혈액 속 돌연변이 수준을 감시하는 고급 마이크로프로세서를 이식한다. 그런 로고를 달고 다니다가는 아마도 '밤의 도시' 에 끌려 들어가 무허가 클리닉으로 직행하게 될 게 뻔했다.

그 샐러리맨은 일본인이었지만 닌세이를 돌아다니는 사람은 대부분 외국인이었다. 거리에는 항구에서 흘러든 선원의 무리나 가이드북에 나와 있지 않은 유희를 찾아 잔뜩 긴장하며 홀로 돌아다니는 관광객들, 이식 조직과 장치를 자랑하는 스프롤의 덩치들, 그리고 온갖 종류의 범죄자들이 욕망과 상거래의 복잡한 춤을 즐기며 삼삼오오 모여 있었다.

지바 시가 왜 닌세이 구역을 그대로 두는가에 대해 수많은 이론이 있었지만, 케이스는 야쿠자가 미천했던 과거를 회상하기 위해 일종의 역사 공원으로 보존하는 것이라는 설에 끌리는 편이었다. 그러나 다른 한편으로는 싹트기 시작한 기술에는 무법지대가 필요악이라는 지적에도 일리가 있다고 생각하고 있었다. 즉 밤의 도시는 그곳 거주자들 덕에 존재하는 것이 아니라 기술 그 자체를 위해 일부러 방치해 둔 놀이터인 셈이다.

케이스는 도시의 불빛을 보며 생각했다. 린다의 말이 맞다면, 웨이지는 본보기로 나를 죽일 것인가? 앞뒤가 맞지 않았다. 하지만 웨이지가 일차적으로 다루는 물건들은 취급이 금지된 생화학 관련 제품이었다. 제정신을 가진 사람이라면 손대지 않는 분야였다. 그러나 린다는 웨이지가 그를 죽일 거라고 말했다. 케이스가 길거리 거래에 자리한 역학 관계에서 맨 처음 간파한 사실은, 판매자나 구매자 중 어느 쪽도 그를 필요로 하지 않는다는 것이다. 중간 거래상의 의무는 스스로를 필요악으로 만드는 것이다. 그는 밤의 도시의 범죄 생태학 속에 자기 자신을 위해 아슬아슬한 벽감을 장만해 두었다. 케이스는 그 벽감을 거짓말로 재단하고 하룻밤에 한 번씩 배신을 일삼으며 그 속을 파냈다. 그 벽이 무너지기 시작했다는 것을 감지한 지금 그는 야릇한 행복감의 모서리를 느낄 수 있었다.

지난주, 케이스는 일부러 합성 분비선 추출물의 공급을 지연시키면서 평균가보다 높은 마진을 남기고 팔았다. 그는 그것 때문에 웨이지의 심기가 편치 않다는 사실을 알고 있었다. 웨이지는 그의 주 공급원으로, 지바에서 구 년째 살고 있으며 탄탄하게 계층을 이룬 범죄 조직과 밤의 도시에 확실한 연줄을 가진 몇 안 되는 외국인 딜러 중 하나였다. 유전자 상품과 호르몬 제품은 복잡한 사다리의 앞면과 뒷면을 따라 닌세이로 방울방울 흘러 한데 모였다. 웨이지는 과거에 어떻게 해선가 그 궤적을 추적해 냈고, 이제 여러 도시와 느긋한 연계를 만끽하는 중이었다.

케이스는 언제부턴가 가게의 진열장 안을 들여다보고 있었다. 선원들을 대상으로 작고 반짝이는 물건들을 파는 가게였다. 시계, 잭나이프, 라이터, 휴대용 비디오, 심스팀 덱, 묵직한 만력(万力) 사슬, 그리고 표창. 그는 언제나 표창에 끌렸다. 끝이 칼처럼 날카로운 강철의 별. 크롬으로 도금된 것, 검은 것도 있었으며, 표면을 물에 뜬 기름처럼 무지갯빛으로 처리한 것도 있었다. 하지만 그의 눈길을 끈 건 크롬 표창이었다. 표창들은 눈에 거의 보이지 않는 나일론 낚싯줄로 고정된 채 진분홍색 염소 가죽 위에 놓여 있었다. 중앙에는 용이나 태극 문양이 찍혀 있었다. 문득 케이스는 이런 생각이 들었다. 이 별들은 그가 지표로 삼아 항해해 온 길잡이이며, 그의 운명은 싸구려 크롬 성좌를 향해 떠밀린 것이라고.

"줄리다."

그가 자신의 별을 향해 말했다.

"줄리 영감을 만나야겠어. 영감이라면 알겠지."

줄리어스 딘은 백 서른다섯 살이었다. 그는 매주 혈청과 호르몬에 돈을 쏟아 부어 가며 주의깊게 신진대사를 조절했다. 노화에 저항하기 위한 그의 첫 번째 노력은 일 년에 한 번씩 도쿄로 떠나는 순례 여행이었다. 그곳에서 유전자 외과의들에게 DNA 코드를 재조정받았다. 지바에서는 불가능한 일이었다. 그 일이 끝나면 그는 홍콩으로 날아가 일 년치 양복과 셔츠를 주문했다.

성욕도 없고 초인적인 인내심까지 가진 줄리는 일종의 의식처럼 맞춤옷을 숭배함으로써 일차적인 욕구를 해소하는 것 같았다. 그의 옷들은 하나같이 한 세기 전의 의상을 지나치리만큼 흉내 낸 것들이었지만, 케이스는 그가 같은 옷을 두 번 입는 모습을 본 적이 없었다. 그는 거미처럼 생긴 금테에 의사의 처방대로 정밀하게 제조한 렌즈를 박은 안경을 주로 쓰고 다녔다. 핑크빛 얇은 인조 석영판에 간 다음 빅토리아풍 인형집에 있는 거울처럼 각 지게 잘라 만든 렌즈였다.

그의 사무실은 닌세이 뒤편 창고 안에 있었다. 그는 그곳을 집으로 삼으려고 했던 모양인지 일 년 전쯤 희귀한 유럽풍 가구들을 들여와서 여기저기 장식했다. 케이스가 기다리고 있는 방의 한쪽 벽에는 신 아스테크풍 책장이 서 있었고, 책장 위에는 먼지가 잔뜩 쌓여 있었다. 진홍빛으로 칠한 야트막한 금속 커피 테이블은 칸딘스키풍이었으며, 그 위에 디즈니풍으로 둥그렇게 생긴 탁자용 램프 한 쌍이 어색하게 놓여 있었다. 책장들 사이 벽에는 달리 시계가 그 이그러진 문자판을 콘크리트 바닥에 닿을 듯 늘어뜨린 채 놓여 있었다. 시계 바늘은 문자판의 굴곡을 따라 변하게끔 만들어진 홀로그램이었으나 시간은 맞지 않았다. 방 안에는 화물 적재용 흰색 유리 섬유 상자가 쌓여 있었고, 그 안에서 생강 절임 냄새가 흘러나왔다.

"깨끗하구먼. 들어와."

딘의 실체 없는 목소리가 말했다.

책장 왼쪽에 있는 거대한 모조 장미나무 문 둘레에서 자석 볼트가 여러 개 벗겨졌다. 플라스틱에 붙여 놓은 '줄리어스 딘 무역회사' 라는 글자들은 여기저기 칠이 벗겨져 있었다. 딘의 임시 휴게소가 지난 세기의 막바지를 보여 준다면, 그의 사무실은 그 세기의 시작을 나타냈다.

오래된 청동 램프가 환한 빛을 뿜는 가운데 딘의 주름 없는 분홍색 얼굴이 케이스를 주시하고 있었다. 램프에는 어두운 초록색의 사각 유리갓이 달려 있었다. 거대한 철제 책상이 수입업자의 전면을 안전하게 가로막았다. 좌우에는 종류를 알 수 없는 하얀 나무로 만들어진 높다란 서랍장들이 그를 호위했다. 케이스가 짐작하기에 서랍장은 한때 손으로 씌어진 문서를 보관하는 데 쓰였던 것 같았다. 카세트와 누렇게 바랜 인쇄용지, 그리고 전동식 타자기의 부품들이 책상 위에 어질러져 있었다. 딘이 그것을 조립할 일은 결코 없을 것 같았다.

"뭐 때문에 온 건가?"

딘이 케이스에게 흑백 체크무늬 종이로 포장된 가느다란 사탕을 내밀며 물었다.

"먹어 봐. 팅팅자헤야. 최고급이지."

케이스는 거절했다. 그리고 흔들리는 목제 회전의자에 앉아서 청바지의 터진 솔기에 엄지손가락을 걸었다.

"줄리, 웨이지가 날 죽이려고 한다던데요."

"아, 그래. 물어봐도 괜찮다면 말인데, 누구한테 들었나?"

"사람들한테요."

"사람들이라. 어떤 사람들? 친구들?"

딘이 입속에서 생강 맛 사탕을 굴리며 말했다.

케이스가 끄덕였다.

"누가 친구인지 가려내는 건 어려운 일이지. 안 그런가?"

"웨이지한테 빚진 게 좀 있어요, 딘. 들은 얘기 없어요?"

"최근엔 만난 적이 없다네. 설사 알고 있다고 해도 자네한테 얘기해줄 수는 없을 거야. 자네도 알다시피 그런 거라네."

이렇게 말하며 그는 한숨을 쉬었다.

"그런 거라니요?"

"웨이지는 중요한 거래선이야, 케이스."

"그렇군요. 나를 죽이려는 게 맞죠, 줄리?"

"내가 아는 한 그런 일은 없어."

딘이 생강 맛 사탕 가격이라도 흥정하고 있었던 것처럼 어깨를 으쓱했다.

"만약 헛소문이라는 게 밝혀지면 일주일쯤 후에 다시 오도록 하게. 싱가폴에서 괜찮은 물건이 올 예정이니까."

"벤쿨렌 가에 있는 난하이 호텔에서 말이에요?"

"입이 싸구먼그래!"

딘이 인상을 찡그렸다. 철제 책상에는 값비싼 도청 방지 장치가 설치되어 있었다.

"잘 있어요, 줄리. 웨이지에게 인사 전할게요."

딘이 손가락을 들어 허연 실크 타이의 완벽한 매듭을 살짝 만졌다.

케이스는 딘의 사무실에서 한 블록도 떨어지기 전에 누군가 자신의 뒤를 밟고 있다는 것을 동물적 감각으로 느꼈다. 아주 가까이 있었다.

맥 빠진 편집증 상태로 들어가도록 훈련해 놓는 것은 당연한 일이었다. 통제에서 벗어나지 않도록 하는 것이 요령이었다. 하지만 팔각 알약을 잔뜩 먹은 뒤라면 전혀 다른 얘기였다. 그는 솟아오르는 아드레날린을 억누르며 지루하다는 표정으로 홀쭉해진 자기 모습을 가리고 군중에 휩쓸려 움직이는 척했다. 불 꺼진 진열창을 발견한 그는 그 앞에 멈췄다. 내부 수리를 위해 폐점 중인 성형수술 부티크였다. 그는 재킷 주머니에 손을 넣고 진열창 너머 인조 비취 받침대 위에 놓인 납작한 마름모꼴의 배양 살점을 바라보았다. 케이스는 그 색깔을 보며 존이 데리고 있는 창녀들을 떠올렸다. 살점에는 반짝거리는 디지털 디스플레이가 새겨져 피하 칩에 연결되었다. 주머니에 넣고 다니면 될 텐데 뭣 하러 수술을 받을까. 케이스는 생각했다. 땀방울이 갈비뼈를 따라 흘렀다.

그는 고개를 움직이지 않고 눈을 들어 창에 비치는 군중의 모습을 살폈다.

저기다.

카키색 짧은 소매의 선원 뒤, 검은 머리, 반사형 선글라스, 어두운 옷차림, 늘씬한 몸매…….

그러고는 사라졌다.

케이스는 몸을 낮게 숙이고 사람들 틈으로 달리기 시작했다

* * *

"쉰, 총 좀 빌려 줘."

소년이 웃었다.

"두 시간."

그들은 신선한 회 냄새를 물씬 풍기는 쉬가 초밥 노점 뒤에 함께 서 있었다.

"다시 와. 두 시간 있다가."

"이봐, 지금 당장 필요하다고. 뭐든 가진 거 없어?"

쉰이 비어 있는 2리터들이 양고추냉이 깡통 뒤쪽을 뒤졌다. 그러더니 회색 플라스틱으로 싼 얄팍한 꾸러미를 내밀었다.

"테이저야. 한 시간에 이십 신 엔, 보증금은 삼십."

"젠장. 그 따위 것 말고 총이 필요하다고. 누군가를 쏴야 할지도 몰라. 알아들어?"

쉰이 어깨를 으쓱하더니 테이저를 겨자 깡통 뒤로 되돌려 놓았다.

"두 시간 있다가 와."

케이스가 진열된 표창을 쳐다보지도 않고 가게로 들어섰다. 표창은 한 번도 사용해 본 적이 없었다. 그는 찰스 데렉 메이 명의로 된 미쓰비시 은행 칩으로 예휴얀을 두 갑 샀다. 여권용으로는 트루먼 스타라는 이름이 최고였지만, 이럴 때는 찰스가 더 나았다.

터미널 뒤의 일본 여인은 딘보다 몇 살은 더 먹어 보였다. 둘 다 과학의 혜택을 입지 못하고 있었다. 케이스가 주머니에서 얇은 신 엔 뭉치를 꺼내 그녀에게 보여 주었다.

"무기를 사고 싶은데요."

그녀가 도검류가 가득한 진열장 쪽을 가리켰다.

"아니, 칼은 싫어요."

그가 말했다.

그녀가 카운터 밑에서 직사각형 상자를 꺼냈다. 노란색 판지로 만든 뚜껑에는 목을 부풀리고 똬리를 튼 코브라 그림이 조잡하게 인쇄되어 있었다. 상자 안에는 티슈로 싼 여덟 개의 똑같은 실린더가 들어 있었다. 그녀의 얼룩덜룩한 손가락이 그중 하나를 집어 티슈를 벗겨 냈다. 그녀는 그것을 케이스에게 내밀었다. 뭉툭한 강철관 한쪽 끝에는 가죽 끈이 혀를 내밀고, 다른 쪽 끝에는 청동 피라미드가 달려 있었다. 그녀가 한 손으로 관을 잡고 다른 쪽 손의 엄지와 검지로 피라미드를 쥔 다음 당기자 단단히 감긴 채 접혀 있던 기름투성이 코일 스프링 세 개가 튀어나와 맞물렸다.

"코브라."

여인이 말했다.

닌세이 거리의 껌뻑이는 네온 불빛 너머 하늘은 지저분한 회색이었다. 공기는 더욱 나빠져서, 오늘 밤에는 마치 이빨이라도 달린 것 같았다. 행인의 절반은 여과 마스크를 착용하고 있었다. 케이스는 코브라를 눈에 띄지 않게 지니고 다니기에 편한 방법을 연구하느라 화장실에서 십여 분을 보냈다. 결국 그는 손잡이 부분을 청바지 허리띠 속에 끼워 넣고 관 부분은 배 앞으로 가로질러 기대 놓았다. 피라미드의 뾰족한 끝 부분은 스포츠 재킷의 솔기와 갈비뼈 사이에 자리 잡았다. 한 걸음 내딛자 코브라가 보도로 철컥 하며 떨어질 것 같았지만 기분은 한결 편해졌다.

차쓰보는 전문적인 마약 거래 바는 아니었지만 주말 밤이면 그런 손님들이 모여들었다. 금요일과 토요일은 평일과 달랐다. 단골들도 대부분 와 있었지만, 몰려든 선원들과 그들을 낚아채려는 전문가들의 그늘에 가려 눈에 띄지는 않았다. 케이스는 문을 열고 들어서며 래츠를 찾았지만 그의 모습은 보이지 않았다. 바에 상주하는 포주 로니 존이 흐리멍덩한 아버지의 시선으로 자기가 데리고 있는 창녀가 젊은 선원에게 수작 거는 모습을 바라보고 있었다. 존은 일본인들이 '클라우드 댄서'라고 부르는 최면제에 중독된 상태였다. 케이스가 바 쪽으로 오라고 손짓하자 존이 손님들 사이를 느린 동작으로 둥둥 뜨다시피 헤치며 다가왔다. 그의 길쭉한 얼굴은 차분하게 풀어져 있었다.

"로니, 오늘 웨이지 봤지?"

존이 늘 그렇듯이 조용한 시선으로 케이스를 바라보다가 고개를 끄덕였다.

"어이, 확실한 거야?"

"아마 남반일 거야. 두 시간쯤 전이었을걸."

"애들 몇 명 데리고 있었어? 그중 하나가 마르고 검은 머리에, 검은 재킷을 입은 녀석이었지?"

"아니."

존은 별로 특별하지 않은 세부까지 기억해 내느라 매끄러운 이마에 주름을 짓고 나서야 대답했다.

"큰 애들이었어. 이식 받은 애들."

존의 눈에는 흰자위가 거의 없었고 홍채는 그것보다도 더 작았다. 축 늘어진 눈꺼풀 아래로 그의 동공이 점점 커졌다. 그가 케이스의 얼굴을 한참 동안 들여다보더니 시선을 아래로 내려 툭 튀어나온 강철 채찍을 바라보았다.

"코브라로군."

그는 이렇게 말하면서 눈썹을 추켜올렸다.

"누굴 해치우려고?"

"또 보자고, 로니."

케이스는 바에서 떠났다.

미행자가 되돌아왔다. 케이스는 확신하고 있었다. 그는 팔각 알약과 아드레날린이 다른 것들과 뒤섞이며 만들어 낸 의기양양함이 자신을 찔러 대는 것을 느꼈다. '넌 이런 상황을 즐기고 있는 거야. 넌 미쳤어.' 그가 생각했다.

왜냐하면 이 상황은 조금 기이한 의미에서 매트릭스 속의 질주와 아주 흡사했던 것이다. 지칠 대로 지쳐서, 절망적이면서도 이상하리만치 제멋대로인 곤경에 빠져 있자니, 케이스에게는 닌세이가 데이터의 들판으로 여겨졌다. 언젠가 매트릭스가 세포들을 고유하게 만들기 위한 단백질 연결체로 보였던 것처럼. 그러면 혼신을 다해 빠른 속도로 나아가며 피하고, 완전히 집중하면서도 그 모든 것들로부터 떨어져 나올 수 있는 것이다. 주위에는 일거리들이 춤추고, 정보들은 서로 교류하며, 암거래 시장의 미로 속에서 데이터는 생명을 얻는다……. '가자, 케이스. 엿먹여 주자. 그들이 생각지도 못하게.' 그는 자신에게 말했다. 그는 린다 리를 처음 만난 오락실에서 반 블록 떨어져 있었다.

그가 닌세이 거리를 치달리자 어슬렁거리던 선원 한 무리가 흩어졌다. 그중 한 명이 케이스의 등 뒤에 대고 스페인어로 고함쳤다. 그가 오락실 입구에 들어서자 게임의 효과음이 파도처럼 부딪혀 오고, 뱃속에서는 음파들이 요동쳤다. 누군가 유로파 전차전 게임에서 10메가톤 폭격을 실행하자 공기가 찢어지며 오락실 전체가 하얀 효과음에 흠뻑 빠졌고, 빨갛게 타오르는 홀로그램 불덩어리가 머리 위에 버섯구름을 이루었다. 케이스는 오른쪽으로 꺾은 다음 칠이 벗겨진 계단을 성큼성큼 뛰어올랐다. 언젠가 웨이지와 함께 이곳에 온 적이 있었다. 매츠가라는 사람과 법적으로 금지된 호르몬 자극제 거래를 의논하기 위해서였다. 그는 복도와 얼룩진 바닥, 그리고 작은 칸막이 사무실로 들어가는 문들이 줄지어 있던 것을 기억했다. 지금은 문 하나가 열려 있었다. 소매 없는 검정 티셔츠를 입은 한 일본 소녀가 하얀 터미널에서 고개를 들어 그를 쳐다보았다. 그녀의 머리 뒤쪽에는 유선형 표의문자들과 함께 푸른 에게 해가 철썩거리는 그리스 여행 안내 포스터가 붙어 있었다.

"여긴 보안이 더 필요하겠어."

케이스가 그녀에게 말했다. 그러고는 복도로 뛰어나가 그녀의 시야에서 멀어졌다. 마지막 두 개의 문은 닫혀 있었다. 케이스는 잠겨 있을 거라고 짐작했다. 그는 몸을 돌리며 복도 가장 안쪽 파랗게 도색된 합판제 문을 나일론 운동화 바닥으로 걷어찼다. 문은 뜯겨 나갔고, 부서져 나간 문틀에서 싸구려 자물쇠가 떨어졌다. 어두운 내부에서 하얀 터미널 윤곽이 보였다. 그런 다음 케이스는 오른쪽 문에 달려들었다. 두 손으로 투명한 플라스틱 손잡이를 잡고 온 힘을 다해 몸을 부딪혔다. 뭔가 뽑혀 나간 덕분에 그는 안으로 들어갈 수 있었다. 이곳에서 케이스는 웨이지와 함께 매츠가를 만났다. 그러나 매츠가가 운영하던 유령 기업은 이미 오래전에 사라지고 없었다. 터미널도, 아무것도 없었다. 오락실 뒷골목의 불빛이 갈색으로 그은 플라스틱을 통해 들어와 안을 비췄다. 벽의 소켓에서 삐져나온 광섬유는 뱀처럼 똬리를 틀었고, 먹고 버린 음식 용기 몇 개와 날개 빠진 선풍기 모터가 나뒹굴었다.

창문에는 싸구려 플라스틱 판 한 장뿐이었다. 케이스는 재킷을 벗어 오른손에 감은 다음 주먹을 내리쳤다. 플라스틱이 쪼개졌고, 두 번을 더 치고 나서야 창틀에서 완전히 빠져나왔다. 잠잠해진 오락실의 혼돈 너머로 경보음이 울리기 시작했다. 창문을 깼기 때문이거나, 좀 전의 일본 소녀가 울린 것이 분명했다.

케이스는 돌아서서 재킷을 입고 코브라를 끝까지 내밀어 보았다.

그는 문을 닫았다. 미행자로 하여금 그가 방금 걷어차 경첩에서 반쯤 뜯어낸 문 쪽으로 달아났다고 믿게끔 만들 셈이었다. 코브라의 청동 피라미드가 조용히 흔들리자 강철 스프링 축이 케이스의 심장박동을 증폭시켰다.

아무 일도 생기지 않았다. 경보음이 계속 울려 대고 게임 효과음이 쿵광거리는 통에 심장이 뛰었지만, 그뿐이었다. 절반쯤 잊고 지내던 친구

같은 공포가 다가왔다. 덱스 편집증처럼 차갑고 빠른 것이 아닌, 단순하고 동물적인 공포였다. 계속되는 불안감의 끄트머리에서 너무 오래 살아온 탓에 그는 진정한 공포가 무엇인지를 거의 잊어버린 것이다.

이 사무실은 조용히 사람을 죽이기에 적합했다. 그는 여기서 죽을지도 모른다. 그들은 총을 가지고 있을지도 모른다……. 복도 끝에서 나는 쾅 하는 소리. 일본어로 무언가를 외치는 남자. 비명, 그리고 섬뜩한 공포. 다시 한 번 쾅 하는 소리.

그리고 서두르지 않는 발소리가 다가왔다. 닫힌 문 앞을 지난다. 심장이 빠르게 세 번 뛸 동안 멈춰 있다. 그러곤 돌아선다. 하나, 둘, 셋. 구두 뒤축이 바닥을 긁는다.

팔각 알약에 의존한 허세가 마침내 무너져 내렸다. 케이스는 코브라를 관 속으로 딸깍거리며 집어넣은 다음 창문으로 달려들었다. 공포로 눈이 멀었고 신경은 비명을 질러 댔다. 그는 창문을 기어올라 밖으로 나가떨어지면서도 자신이 뭘 하고 있는지 알 수 없었다. 보도에 부딪히자 정강이를 통해 둔한 아픔이 내달았다. 좁다란 쐐기 모양의 빛이 반쯤 열린 서비스 창구에서 흘러나와 버려진 광섬유 더미와 폐기 처리된 콘솔 몸체를 비췄다. 그는 눅눅한 골판지에 얼굴을 처박고 콘솔 그늘 속으로 굴러 들어갔다. 칸막이 사무실의 창문이 희미한 사각형으로 눈에 들어왔다. 경보음은 더욱 크게 들렸고 오락실에서 흘러나오는 쿵쾅거림은 뒷벽에 막혀 희미해졌다.

복도의 형광등 조명을 받으며 창문으로 웬 머리 하나가 나타났다가 사라졌다. 다시 돌아왔지만 얼굴을 알아볼 수는 없었다. 두 눈 사이에서 번쩍이는 은빛. "젠장." 북부 스프롤 말투의 여자 목소리였다.

머리가 사라졌다. 콘솔 밑에 숨었던 케이스는 천천히 스물까지 센 다음 일어섰다. 강철 코브라를 손에 쥔 채였다. 그는 몇 초가 지나서야 그게 어디에 쓰는 물건인가를 기억해 냈다. 왼쪽 발꿈치에 신경을 집중하며 그는 절룩절룩 골목을 달렸다.

쉰이 구해 준 권총은 월터 PPK의 남미산 복제품을 베트남에서 다시 흉내 낸 모조품으로 오십 년은 된 물건이었다. 첫 발은 두 번, 그것도 아주 거칠게 당겨야 했다. 약실에는 22구경의 장총탄을 장전하게 되어 있었다. 쉰은 중국산 할로포인트(끝에 홈을 파서 명중하면 부서지도록 만든 탄환. —옮긴이)를 가져다 주었지만 케이스가 선호하는 것은 납으로 된 산탄(霰彈)이었다. 어찌 됐든 이제 그에게는 권총과 총알 아홉 발이 있었다. 그가 재킷 주머니에 총을 품고 초밥 노점에서 쉬가로 나섰다. 총의 손잡이는 선홍색 플라스틱에 용이 돋을새김 되어 있어 어두운 곳에서 엄지손가락으로 더듬기에 적합했다. 그는 코브라를 닌세이 거리의 쓰레기통에 던져 넣은 뒤 팔각 알약 하나를 물도 없이 삼켰다.

약이 그의 회로에 불을 붙여 주었다. 그는 쉬가에서 닌세이를 지나 바이츠까지 내달렸다. 미행은 따돌린 것 같았다. 그걸로 만족이었다. 전화도 해야 했고 거래도 있었다. 지체해서는 안 되는 일들이었다. 바이츠에서 항구 쪽으로 한 블록 내려가면 더럽고 노란 벽돌로 지은, 특색없는 10층짜리 사무용 건물이 있었다. 유리창 너머로 불은 모두 꺼져 있었지만 목을 길게 뽑고 보면 지붕에서 나오는 희미한 불빛이 보였다. 입구 근처의 불 꺼진 네온사인에는 한 무더기의 상형문자 아래 'CHEAP HOTEL(저렴한 호텔)' 이라고 쓴 글자가 보였다. 다른 이름이 있는지는 알 수 없었지만 케이스는 언제나 그곳을 '칩 호텔' 이라고 불렀다. 바이츠에서 골목을 따라 호텔에 도착하면 훤히 들여다보이는 통로 아래 엘리베이터가 대기하고 있었다. 대나무와 에폭시 수지로 만들어진 그 엘리베이터는 칩 호텔과 마찬가지로 건물이 완성된 다음에 추가한 시설이었다. 케이스는 플라스틱 우리에 올라탄 다음 열쇠를 사용했다. 아무 표시 없이 딱딱한 자기 테이프였다.

지바에 온 이래 케이스는 이곳에서 주 단위로 코핀을 대여하며 지냈다. 하지만 칩 호텔에서 잔 적은 한 번도 없었다. 그는 더 싼 곳에 묵었다.

엘리베이터에서 향수와 담배 냄새가 났다. 여기저기 긁힌 벽에는 손자국이 나 있었다. 엘리베이터가 막 5층을 통과할 때 그는 닌세이의 불빛을 보았다. 대나무 우리가 쉬익 소리를 내며 속도를 늦출 때 그는 손가락으로 권총의 손잡이를 더듬었다. 엘리베이터는 언제나처럼 심하게 덜컹거리다가 멎었지만 케이스는 이미 거기에 익숙해져 있었다. 엘리베이터에서 나와 로비 겸 잔디밭으로 쓰이는 안마당에 들어섰다. 초록색 플라스틱 잔디가 깔린 사각 카펫 한가운데에는 십대로 보이는 한 일본인이 C자형 콘솔 뒤에 앉아 교재를 읽고 있었다. 하얀 유리 섬유 소재의 코핀은 공장제 건축 발판으로 만든 구조물 위에 한 층에 열 개씩 6층으로 쌓여 있었다. 케이스는 소년에게 고개를 끄덕여 보인 다음 플라스틱 잔디를 지나 절뚝거리며 가까운 사다리로 향했다. 싸구려 판자로 된 실내 지붕은 바람이 불면 흔들리고 비가 오면 삐걱거렸지만 코핀 자체는 열쇠가 없다면 웬만해선 열 수 없었다.

케이스가 3층의 92번 코핀으로 가는 동안 좁은 격자형 통로가 그의 몸무게로 인해 흔들렸다. 코핀의 길이는 3미터, 타원형 문은 폭 1미터에 길이 1.5미터가 조금 안 됐다. 그는 슬롯에 열쇠를 꽂고 컴퓨터가 신원을 확인하는 동안 기다렸다. 자석 볼트가 덜컥 소리를 내자 용수철 튕기는 소리와 함께 문이 세로로 열렸다. 그가 코핀으로 기어 들어가자 형광등이 깜빡거리다 켜졌다. 그는 문을 닫고 수동 자물쇠를 작동시키는 패널을 두드렸다.

92번 코핀 안에 있는 건 표준형 히타치 포켓 컴퓨터와 작고 하얀 스티로폼 냉각 상자가 전부였다. 상자 안에는 기화를 방지하기 위해 종이로 조심스럽게 포장한 10킬로그램짜리 드라이아이스 판 세 개와 길쭉한 실험실용 알루미늄 플라스크가 들어 있었다. 케이스는 지붕에서 바닥까지 바른 갈색 항온 폼 위에 웅크린 다음 주머니에서 쉰에게 받은 22구경을 꺼내 냉각 상자 위에 올려놓았다. 그러곤 재킷을 벗었다. 코핀의 터미널은 오목한 벽 안쪽으로 붙박혀 있었고, 반대편 벽에는 7개 국어로 호텔의 규칙을 나열한 패널이 붙어 있었다. 분홍색 수화기를 집어든 케이스는 기억을 더듬어 홍콩 전화번호를 눌렀다. 그는 신호가 다섯 번 울린 다음 전화를 끊었다. 히타치 안에 숨겨 둔 따끈따끈한 3메가바이트 램을 사겠다던 구매자는 전화를 받지 않았다.

케이스가 도쿄 신주쿠 번호를 누르자 웬 여자가 일본어로 떠들었다.

"스네이크 맨 있습니까?"

"연락하다니 잘됐군. 전화 기다리고 있었어."

전화는 곧장 스네이크 맨에게 연결되었다.

"원하시던 곡을 구했습니다만."

케이스가 냉각 상자를 쳐다보며 말했다.

"아주 잘됐군. 현찰 유통에 문제가 좀 있는데, 외상으로는 안 될까?"

"오, 이봐요. 난 지금 당장 돈이 급하단……."

스네이크 맨이 전화를 끊었다.

"빌어먹을."

케이스가 웅웅거리는 수화기에 대고 말했다. 그는 조그만 싸구려 권총을 바라보았다.

"불안한데. 오늘 밤은 되는 일이 전혀 없어."

동트기 한 시간 전, 케이스는 양손을 재킷 주머니에 넣고 차쓰보로 들어섰다. 한 손에 빌린 권총을, 다른 손에는 알루미늄 플라스크를 들고 있었다.

래츠가 맥주잔으로 아폴로나리스 생수를 마시면서 뒤편 테이블에 앉아 있었다. 삐걱거리는 의자에 120킬로그램짜리 부푼 살덩어리를 얹고 벽에 기댄 채였다. 바에서는 커트라는 브라질 소년이 술에 만취해 말도 별로 없는 손님들을 상대하는 중이었다. 래츠가 잔을 들고 마시자 그의 기계 팔이 웅웅 소리를 냈다. 짧게 깎은 머리는 땀으로 뒤덮였다.

"안 좋아 보이는데, 예술가 친구."

래츠가 말했다. 상한 이가 물에 젖어 번쩍거렸다.

"난 괜찮아. 아주아주 좋아."

케이스가 이렇게 말하며 해골처럼 웃었다. 그러곤 주머니를 손에 꽂은 채 래츠의 맞은편에 털썩 주저앉았다.

"그래서 이 조그마한 방공호를 오르락내리락 왔다 갔다 하는 거로군. 알았어. 심적으로 많이 버겁다는 증거지, 안 그래?"

"남의 일에 참견하지 말지, 래츠? 웨이지 못 봤어?"

"혼자 공포에 떨고 있다는 증거지. 공포에 귀를 좀 기울여 보라고. 어쩌면 그건 자네의 친구일지도 몰라."

"오락실에서 한바탕 싸움이 벌어졌다는 얘기 들었어, 래츠? 다친 사람 있나?"

"어떤 미친 인간이 경비를 찔렀대. 여자라던데."

그가 어깨를 으쓱했다.

"나 웨이지하고 꼭 할 얘기가 있어, 래츠. 난……."

"아."

래츠의 입이 일자로 모아졌다. 그는 케이스 너머 입구를 바라보고 있었다.

"곧 만나게 되겠군."

순간 케이스는 진열장 안의 표창을 떠올렸다. 각성제가 그의 머릿속에서 노래를 불렀다. 손에 쥔 권총이 땀으로 미끌거렸다.

"웨이지 씨, 만나서 영광입니다. 좀처럼 뵙기 힘들군요."

래츠가 이렇게 말하며 악수를 기대하듯이 기계 팔을 천천히 뻗었다.

케이스는 고개를 돌려 웨이지의 얼굴을 올려다보았다. 검게 그은, 그리고 잊기 쉬운 얼굴이었다. 바다를 닮은 초록색 눈은 배양된 니콘제 이식품이었다. 청동색 실크 양복을 입고 양손에는 단순한 백금 팔찌를 찼다. 비슷하게 생긴 똘마니들이 그의 주변을 경호하고 있었다. 근육을 이식한 그들의 팔과 어깨는 잔뜩 부풀어 있었다.

"요새 어때, 케이스?"

래츠가 분홍색 플라스틱 갈고리로 꽁초가 수북한 재떨이를 집어 올리며 입을 열었다.

"신사 여러분, 여기서는 문제 일으키지 마시오."

두꺼운 비산 방지 플라스틱으로 만들어진 재떨이에는 칭다오 맥주 광고가 찍혀 있었다. 래츠가 천천히 재떨이를 부수자 초록 플라스틱 조각들이 테이블 위로 우수수 떨어졌다. 래츠가 말했다.

"무슨 뜻인지는 알겠죠?"

그러자 래츠의 똘마니 중 하나가 말했다.

"이봐, 자기. 이번엔 나한테 한번 해볼래?"

"커트, 일부러 다리를 겨냥할 필요는 없어."

래츠가 일상적인 어조로 말했다. 케이스는 건너편에서 브라질 소년이 삼인조에게 스미스 앤 웨슨 폭동 진압용 단총을 겨누며 바 위로 올라선 모습을 보았다. 총신은 종잇장처럼 얇은 합금에 유리 필라멘트를 1킬로미터 정도 감아 놓은 것이었고, 총구는 주먹 하나가 들어갈 정도로 컸다. 속이 들여다보이는 탄창에는 다섯 발의 큼직한 오렌지색 탄환이 들어 있었다. 저주파 샌드백 젤리였다.

"기술적으로 말해서 생명에는 지장이 없지."

래츠가 말했다.

"이봐, 래츠. 내가 자네한테 빚졌어."

케이스가 말했다.

"전혀. 이놈들은 좀 배울 필요가 있어. 차쓰보에서는 사람을 강제로 끌고 나갈 수 없다는 걸 말이지."

바텐더가 어깨를 으쓱했다. 그리고 웨이지와 그 똘마니들을 노려보았다.

웨이지가 헛기침을 했다.

"누가 누구를 강제로 끌고 나간다는 거지? 우린 사업 얘기를 하고 싶을 뿐이야. 케이스하고 나, 우린 동업자라고."

케이스가 주머니에서 22구경을 꺼내 웨이지의 가랑이를 겨눴다.

"당신이 나를."

래츠의 분홍 갈고리가 그의 권총을 잡는 통에 케이스는 손에서 힘을 뺐다.

"케이스, 도대체 무슨 일인지 말 좀 해 봐. 너무 흥분한 거 아냐? 내가 자넬 죽인다니 무슨 헛소리야?"

웨이지가 왼쪽에 있는 부하를 돌아봤다.

"너희 둘은 남반에 가서 기다려."

케이스는 술 취한 카키색 제복 차림의 선원 하나와 커트만이 남은 바를 지나는 그들의 모습을 바라보았다. 선원은 바 의자 밑에 고꾸라져 있었다. 케이스의 권총에 들어 있던 탄창이 테이블 위로 떨어지자 래츠가 갈고리로 권총을 잡고 약실에서 탄환을 뽑았다.

"내가 자넬 죽일 거라고 말한 게 누구야?"

웨이지가 물었다.

린다였다.

"이봐, 누가 그랬냐니까. 누군가 자넬 엿 먹이려고 하는 거 아니야?"

선원이 끙끙거리더니 한바탕 토했다.

"그 인간 끌고 나가."

래츠가 커트를 불렀다. 커트는 바 모서리에 걸터앉아 산탄총을 무릎 위에 올려놓고 담배에 불을 붙이던 중이었다.

케이스는 밤의 무게가 젖은 샌드백처럼 자신을 짓누르며 눈 뒤쪽을 압박하는 것 같은 느낌이 들었다. 그는 주머니에서 플라스크를 꺼내 웨이지에게 건넸다.

"이게 내가 가진 전부야. 뇌하수체. 빨리 처리한다면 오백은 건질거야. 램에도 돈 될 게 조금 있었는데, 이제 날아갔어."

"자네 괜찮은 거야, 케이스?"

플라스크는 벌써 웨이지의 옷깃 속으로 사라졌다.

"내 얘기는, 좋아. 이걸로 빚은 끝내지. 한데 자네 너무 안 좋아 보여. 꼭 두드려 맞은 사람 같다니까. 어디 가서 좀 자는 게 좋겠어."

"응."

케이스가 일어섰다. 그를 둘러싼 차쓰보 전체가 흔들리는 것 같았다.

"그래, 오십이 더 있었는데 다른 사람한테 줘 버렸지."

케이스가 킬킬거렸다. 그는 22구경의 탄창과 빼놓은 탄환을 주워 모아 한 주머니에 쏟아 넣은 다음 다른 쪽 주머니에 권총을 넣었다.

"쉰한테 가야겠어. 보증금을 돌려 받아야지."

"집으로 가. 예술가 친구, 집으로 가란 말이야."

래츠가 난처해하며 삐걱거리는 의자 쪽으로 움직였다. 케이스는 실내를 가로질러 어깨로 플라스틱 문을 밀치며 나아갔다.

"개 같은 년."

그가 쉬가의 장밋빛 하늘을 향해 말했다. 닌세이 거리에는 홀로그램이 유령처럼 사라져 가고 네온사인은 거의 꺼져 차갑게 죽어 있었다. 그는 노점에서 스티로폼 컵에 든 진한 블랙커피를 사서 홀짝거리면서 해가 떠오르는 것을 지켜보았다.

"날아가렴, 내 사랑. 이런 거리는 타락한 인간들한테나 어울려."

그러나 그것은 사실과 달랐다. 배신감은 오래 지속되지 않았다. 그녀는 그저 집으로 가는 티켓을 원했을 뿐이고, 그것을 사기 위해 히타치 안에 들어 있던 램이 필요했을 뿐이다. 제대로 된 장물아비를 만난다면 말이지만. 그리고 그 오십 신 엔으로 말하자면……. 그녀는 분명히 받지 않으려고 했다. 그게 그에게 남은 전부라는 것을 알고 있었기 때문이다.

그가 엘리베이터에서 나왔을 때 데스크에는 똑같은 소년이 교재만 바꿔 들고 앉아 있었다.

"이봐, 친구."

케이스가 플라스틱 잔디 너머로 그를 불렀다.

"네가 말해 주지 않아도 난 벌써 다 알고 있어. 예쁘장한 여자가 와서 내 열쇠를 가지고 있다고 했겠지. 아마 팁도 듬뿍 줬을 거야. 오십 신 엔 정도?"

소년이 책을 내려놓았다.

"여자 말이야. 실크를 입고."

케이스가 엄지손가락으로 이마에 선을 그어 보이며 말하자 소년은 고개를 끄덕이며 미소로 답했다.

"고맙다, 이 개자식아."

케이스는 통로에 서 있었다. 자물쇠는 잘 열리지 않았다. 그녀가 자물쇠를 딸 때 뭔가 잘못 건드린 게 분명했다. 초보자. 케이스는 칩 호텔의 모든 것을 열 수 있는 블랙박스를 어디서 얻을 수 있는지 잘 알고 있었다. 그가 기어 들어가자 형광등이 켜졌다.

"천천히 문을 닫아, 친구. 그 웨이터한테 빌린 토요일 밤의 특제품은 아직 가지고 있나?"

그녀는 벽에 등을 기댄 채 코핀의 반대쪽 끝에 앉아 있었다. 그녀는 무릎을 세우고 그 위에 손목을 걸쳤다. 그녀의 손에서 구멍이 숭숭 뚫린 화살총의 총구가 튀어나왔다. 케이스가 문을 잡아당기며 물었다.

"오락실에서 너였나? 린다는 어디에 있지?"

"자물쇠 스위치를 눌러."

그는 시키는 대로 했다.

"린다? 당신 여자 말이야?"

그가 고개를 끄덕였다.

"그 여자는 떠났어. 네 히타치를 가지고. 진짜 신경질적인 꼬맹이더군. 이봐, 총은 어디 있어?"

그녀는 반사형 선글라스를 끼고 있었다. 검정색 복장에다가 검은 부츠의 힐은 항온 폼 속에 깊숙이 묻혀 있었다.

"보증금 돌려받고 쉰한테 줬어. 총알은 반값에 되팔았고. 원하는 게 돈이야?"

"아니."

"드라이아이스라도 가져갈래? 가진 건 그게 다야."

"오늘 밤 도대체 뭘 한 거야? 오락실에선 왜 그런 짓을 한 거지? 사설 경비가 눈차쿠(흔히 쌍절곤이라고 부르는 무기의 일본 명칭.—옮긴이)를 가지고 쫓아오는 바람에 한바탕 해야 했잖아."

"네가 날 죽일 거라고 린다가 그랬거든."

"린다가? 여기 오기 전까지 그 여잘 본 적도 없어."

"너 웨이지의 부하 아니었어?"

그녀가 고개를 저었다. 케이스는 그녀의 선글라스가 수술로 붙박혀서 눈구멍을 덮고 있다는 사실을 깨달았다. 은색 렌즈는 부드럽고 창백한 그녀의 광대뼈 위쪽 피부에서 자라나 거칠게 깎은 검은 머리털에 꽉 끼어 있는 것처럼 보였다. 화살총을 감싼 손가락은 하얗고 가늘었으며 끝은 윤기 흐르는 버건디 색이었다. 인조 손톱 같았다.

"네가 착각한 거야, 케이스. 내가 나타나니까 넌 네 현실에 멋대로 나를 끼워 맞춘 거지."

"그래, 아가씨. 원하는 게 뭐야?"

케이스가 문을 등지고 주저앉았다.

"너. 살아 있는 채로, 뇌도 잘 작동하는 상태로. 몰리야, 케이스. 내 이름은 몰리야. 고용주가 시켜서 너를 찾고 있었어. 그저 얘기하고 싶었을 뿐이야. 너를 해칠 사람은 아무도 없어."

"훌륭하군."

"가끔 사람을 해칠 때도 있어. 난 그런 식으로 엮이게 되어 있나 봐."

그녀는 꼭 맞는 검정색 가죽 바지와 헐렁한 재킷을 입었다. 무광 소재의 재킷은 마치 빛을 빨아들이는 것 같았다.

"케이스, 이 화살총을 치워도 얌전히 있을 거야? 넌 멍청한 소동 벌이길 좋아하는 것 같던데."

"이봐, 난 상당히 얌전한 데다가 약해. 그러니 아무 문제 없을 거야."

"좋아. 날 엿 먹이려고 했다가는 네 평생 가장 후회하게 될 거야."

화살총이 검정 재킷 속으로 사라졌다. 그녀가 손을 내밀어 손바닥을 위로 하더니 하얀 손가락을 조금 펼쳐 보였다. 희미한 찰칵 소리와 함께 버건디 색 손톱 밑에서 양쪽에 날이 선 4센티미터 길이의 칼날이 솟아 나왔다.

그녀가 미소 짓자 칼날들은 천천히 제자리로 들어갔다.

2

코핀에서 일 년을 지내고 나니 지바 힐튼 호텔 25층의 방이 광활하게 느껴졌다. 가로 10미터 세로 8미터의 코핀은 스위트룸의 절반을 차지했다. 좁은 발코니로 통하는 유리 패널의 옆 테이블 위에는 브라운 사에서 만든 하얀 커피메이커가 수증기를 뿜어 댔다.

"커피 한 잔 해. 그래야 할 것만 같은 몰골이야."

몰리가 재킷을 벗었다. 화살총은 검정 나일론으로 만든 견대에 꽂힌 채 그녀의 팔 아래 매달려 있었다. 그녀는 소매 없는 회색 상의를 입었고, 양쪽 어깨 부위에는 평범한 금속 지퍼가 달려 있었다. '방탄복이로군.' 케이스는 진홍색 머그잔에 커피를 부으면서 생각했다. 팔다리가 나무토막처럼 느껴졌다.

"케이스."

케이스가 고개를 들자 난생 처음 보는 사내가 서 있었다.

"난 아미티지라고 하네."

어두운 색 가운이 허리까지 열려 있어 털이 한 올도 없는 가슴과 군살 하나 없이 탄탄한 근육질 배가 보였다. 푸른 눈이 너무 창백해서 케이스는 표백한 건 아닐까 하고 생각했다.

"해가 떴어, 케이스. 오늘은 자네에게 행운의 날이야."

케이스가 팔을 옆으로 휘두르자 사내는 가벼운 동작으로 뜨거운 커피를 피했다. 갈색 얼룩이 모조 한지를 바른 벽 위로 흘러내렸다. 그는 사내의 귓불에 달린 각진 금 귀걸이를 보았다. 특수부대의 표시였다. 사내가 미소 지었다.

"커피 마셔, 케이스. 별로 걱정할 건 없지만 아미티지가 얘기를 끝낼 때까진 어디도 갈 수 없어."

몰리가 말했다. 그녀는 실크 매트리스 위에 책상다리를 하고 앉아서 보지도 않고 화살총을 분해하기 시작했다. 케이스가 테이블로 다가가 커피 따르는 모습을 두 개의 거울 눈이 좇았다.

"그때 너무 어려서 전쟁은 기억 못하지, 케이스?"

아미티지가 커다란 손을 들어 짧게 깎은 갈색 머리칼을 더듬었다. 그의 손목에서 묵직한 금팔찌가 번득였다.

"레닌그라드, 키예프, 시베리아. 우리는 시베리아에서 자넬 만들어 냈어, 케이스."

"무슨 뜻이죠?"

"스크리밍 피스트 말이야, 케이스. 자네도 들어 봤을 거야."

"무슨…… 작전의 일종이었죠? 바이러스 프로그램으로 러시아 넥서스를 파괴하는. 맞아요, 들어 봤어요. 살아 나온 사람은 아무도 없다던데."

케이스는 갑작스러운 긴장감을 감지했다. 아미티지가 창가로 걸어가 도쿄 만을 내려다보았다.

"사실은 그렇지 않네. 한 부대는 살아서 헬싱키에 도착했어, 케이스."

케이스가 어깨를 으쓱한 다음 커피를 들이마셨다.

"자네는 콘솔 카우보이지. 자네가 산업 은행을 뚫고 들어갈 때 쓰는 프로그램의 원형은 스크리밍 피스트에서 만든 걸세. 키렌스크의 컴퓨터 넥서스를 공격하기 위해서 말이야. 기본적으로 필요한 건 나이트윙 시리즈의 마이크로라이트와 파일럿 한 명, 매트릭스 덱 하나, 그리고 자키 한 명이었어. 우리는 몰이라는 바이러스를 돌리고 있었지. 몰 시리즈는 진짜 침투 프로그램의 제1세대였고."

"아이스브레이커."

케이스가 붉은 머그잔 너머로 말했다.

"아이스는 ICE에서 온 말이야. 대침투용 전자 장비(Intrusion Countermeasures Electronics)."

"실례지만 문제는, 나는 더 이상 자키가 아니라는 겁니다. 그러니까 난 이제 그만 가 봐야……."

"난 그 장소에 있었네, 케이스. 자네들을 만들어 낼 때 난 옆에 있었던 거야."

"이봐요, 나 같은 부류하고 당신은 아무 관계가 없어요. 당신은 돈이 남아돌아서 비싼 여자 칼잡이를 고용하고 날 여기까지 끌고 온 모양이지만, 그걸로 끝이라고요. 난 무슨 일이 있어도 다시는 덱을 만지지 않아요. 당신이나 어느 누구를 위해서도."

그는 창가로 건너가 아래를 내려다보았다.

"지금 내가 사는 곳은 바로 저기니까."

"프로필에 의하면 자네는 도시를 속여 먹고 자신도 모르는 사이에 살해당하고 싶어 한다던데."

"프로필이라니요?"

"우리는 정교한 모델을 만들었어. 자네의 가명 하나하나에 대한 정보를 모두 사들여서 군용 소프트웨어에 넣고 세세하게 검토했지. 자네는 자멸하려는 성향이 있어, 케이스. 소프트웨어에 의하면 자넨 앞으로 한 달이 고비라더군. 그리고 우리의 의학적 소견은, 자넨 일 년 안에 췌장을 새 걸로 교체해야 할 거라는 거야."

"우리라……. 우리가 누구죠?"

그는 색이 바랜 푸른 눈을 마주 보았다.

"케이스, 우리가 자네의 손상된 신경을 고쳐 줄 수 있다면 어떻게 할 텐가?"

갑자기 아미티지가 금속 덩어리에 돋을새김된 것처럼 보였다. 아주 무겁게, 움직임 하나 없이. 동상이었다. 케이스는 이 상황이 꿈이라면 곧 깨어나리라는 사실을 알았다. 아미티지는 다시 입을 열지 않을 것이다. 케이스의 꿈은 언제나 이처럼 정지 화면에서 끝났다. 이번 꿈은 여기서 끝이었다.

"뭐라고 할 거지, 케이스?"

케이스가 만 쪽을 내다보며 몸을 떨었다.

"개소리 하지 말라고 하겠죠."

아미티지가 고개를 끄덕였다.

"그러고 나서 조건이 뭐냐고 묻겠지요."

"예전하고 별로 달라진 게 없구먼, 케이스."

"그 친구 좀 자게 해 줘요, 아미티지."

일본식 매트리스 위에 앉은 몰리가 말했다. 화살총 부품들이 고급 퍼즐처럼 비단 위에 흩어져 있었다.

"꼭 부서져 버릴 것만 같잖아요."

"조건이 뭐죠? 지금, 지금 당장 말해요."

케이스가 말했다. 그는 계속 몸을 떨었다. 떨림을 멈출 수가 없었다.

이름 없는 클리닉이었지만 장비는 고급이었고, 잘 정비된 별관들 사이에는 작은 정원을 구색으로 갖추어 놓았다. 케이스는 처음 지바에 와서 한 달 동안 병원 순례를 하는 동안 이곳에 들른 기억이 났다.

"무서운 게로군, 케이스. 정말 무서워하고 있어."

일요일 오후였고 그는 몰리와 함께 안마당 어귀에 서 있었다. 하얀 바위들과 대숲, 그리고 부드러운 물결처럼 기울어진 자갈밭. 한쪽에서는 금속 게 모양 로봇 정원사가 대나무를 손질하고 있었다.

"잘 될 거야, 케이스. 아미티지가 뭘 갖고 있는지 네가 아직 몰라서 그래. 그는 널 고치는 대가로 여기 신경과 사람들한테 그 치료 프로그램을 주고 사용법까지 알려 준다고. 덕분에 그들은 경쟁 업체보다 삼 년은 앞서 나가게 될 거야. 그게 얼마나 대단한 건지 알아?"

몰리가 가죽 바지의 혁대 고리에 엄지손가락을 걸고 체리색 카우보이 부츠의 번쩍이는 굽에 체중을 실었다. 부츠의 좁다란 코 부분은 멕시코풍의 밝은 은장식으로 덮여 있었다. 공허한 수은 빛 렌즈가 곤충의 고요함을 품고 그를 바라보았다. 그가 말했다.

"넌 프리랜서 사무라이지? 저 사람하고 일한 지 얼마나 됐어?"

"두세 달쯤."

"그 전엔?"

"다른 고용주 밑에 있었어. 나 열심히 일하지?"

케이스가 고개를 끄덕였다.

"웃기는 일이야, 케이스."

"뭐가 웃겨?"

"넌 꼭 예전부터 알고 지낸 사람 같아. 아미티지가 가져온 네 프로필을 봤지. 네가 어떻게 그런 삶에 얽혀 들어갔는지 난 알아."

"이봐, 너하고 난 몰랐던 사이야."

"넌 착한 사람이야, 케이스. 지금까지는 그저 운이 나빴을 뿐이지."

"아미티지는? 그 사람도 착해?"

로봇 게가 자갈 물결을 건너 두 사람 쪽으로 다가왔다. 로봇의 청동 등딱지는 천 년쯤 묵은 것 같았다. 몰리의 부츠 앞 1미터까지 다가온 게는 빛을 뿜고, 새로 얻은 자료를 분석하면서 잠깐 동안 멈췄다.

"케이스, 내가 항상 제일 먼저 생각하는 건 나 자신이야."

게가 몰리를 피하기 위해 방향을 틀었지만 그녀는 은색 부츠 끝으로 경쾌하면서도 정확하게 그것을 걷어찼다. 부츠와 등딱지가 부딪치면서 딱 소리가 났다. 게는 뒤집혔지만 청동 빛 다리를 이용해 금세 일어났다.

케이스가 바위 위에 앉아 구두 끝으로 자갈 물결 한가운데를 문질렀다. 그는 담배를 찾기 위해 주머니를 뒤졌다.

"윗주머니에 있어."

그녀가 말했다.

"내 질문에 대답은 할 거야?"

케이스가 담뱃갑에서 구겨진 예휴얀을 한 개비 꺼냈다. 몰리가 수술대에서 떼어 온 것 같은 얄팍한 독일제 강철 라이터로 불을 붙여 주었다.

"글쎄, 내가 말해 줄 수 있는 건 그 사람이 뭔가 큰일에 연결되어 있다는 거야. 전에는 없던 큰 돈이 지금은 있거든. 게다가 돈이 점점 더 들어오고 있어."

케이스는 그녀의 입가에 긴장이 맴도는 것을 알아챘다.

"아니 어쩌면, 커다란 뭔가가 그 사람 쪽으로 다가온 건지도……."

그녀가 어깨를 으쓱했다.

"무슨 말이야?"

"정확히는 나도 몰라. 확실한 건 우리를 진짜 고용한 게 누군지, 또는 뭔지 나도 모른다는 거야."

케이스가 그녀의 반사형 선글라스를 바라보았다. 힐튼을 나와 보니 토요일 아침이었다. 그는 칩 호텔로 돌아가 열 시간 동안 잠을 잤다. 그러고 나서 항구의 보안 경계선을 따라 목적도 없이 오랫동안 산책을 했다. 철조망 너머로 갈매기들이 원을 그리며 날고 있었다. 몰리가 미행을 했는지는 알 수 없었지만 케이스는 눈치 채지 못했다. 그는 밤의 도시로 나가지 않고 코핀에서 아미티지의 전화를 기다렸다. 그리고 일요일인 지금, 여기 조용한 안마당에서 체조선수의 몸과 마술사의 손을 가진 소녀와 함께 있는 것이다.

"선생님, 마취의가 대기 중이니 지금 들어오셔도 됩니다."

기술자가 허리를 굽히고 돌아선 다음 케이스가 따라오는지 확인도 하지 않고 클리닉 안으로 들어갔다.

차디찬 쇠 냄새. 얼음이 그의 척추를 쓰다듬는다.

길을 잃은 채 어둠 한복판에 홀로 왜소하게 남아, 양손은 차가워지고 육체의 윤곽은 텔레비전 화면 같은 하늘의 복도를 따라 내려가며 점차 희미해지고.

목소리.

검은 불길은 신경에서 갈라져 나간 지류를 찾아내고, 고통이라 이르는 그 모든 것을 넘어선 고통이…….

가만 있어. 움직이면 안 돼.

그리고 래츠가 있었다. 그리고 린다 리가, 웨이지와 로니 존이, 네온 숲에서 나온 백여 명의 얼굴이, 선원 무리와 사기꾼과 창녀들이, 해골의 감옥과 쇠창살을 넘어 하늘이 은색으로 오염된 곳에.

젠장, 움직이지 말라니까.

활기 없는 하늘은 매트릭스의 무색으로 변해 갔다. 그는 언뜻 자신의 별, 표창을 보았다.

"가만 있어, 케이스. 혈관을 찾아야 한다니까!"

그녀가 한 손에 파란 플라스틱 응급 주사기를 들고 케이스의 가슴 위로 올라탔다.

"움찔거리기라도 하면 네 얼어 죽을 목을 따 버릴 거야. 넌 아직 엔돌핀 억제제에 잔뜩 취해 있어."

그가 깨어났을 때 몰리는 어둠 속 저편에서 쭉 뻗은 채 누워 있었다.

목이 어린 나뭇가지처럼 여차하면 부러질 것만 같았다. 척추 한복판으로 꾸준하고 규칙적인 고통이 흘러나왔다. 사물의 영상이 보였다가 뒤바뀌며 다시 나타났다. 스프롤의 고층 건물과 울퉁불퉁한 풀러 돔이 깜빡이며 겹쳐 보였고, 다리 아니면 고가도로 아래 그늘에서 어렴풋한 윤곽들이 그를 향해 다가왔다.

"케이스? 오늘 수요일이야, 케이스."

몰리가 몸을 굴려 그에게 다가왔다. 그녀의 유방이 그의 팔 위에 닿았다. 그녀가 물병의 은박 뚜껑을 따고 물을 마시는 소리가 들렸다.

"마셔."

그녀가 물병을 그의 손에 쥐어 주었다.

"난 캄캄한 곳에서도 잘 볼 수 있어. 안경 속에 마이크로 채널 영상 증폭기가 있거든."

"등이 아파."

"거길 통해서 네 체액을 교환해서 그래. 혈액도 교체해 넣었어. 거래 조건에 새 췌장이 들어 있다 보니 혈액도 바꾼 거야. 간에도 새 조직이 조금 들어갔고. 신경 쪽은 모르겠어. 주사를 엄청 놓더군. 칼을 대지 않고도 본 수술이 가능한가 봐."

그녀가 그에게서 물러났다.

"지금은 새벽 2시 43분 12초야. 시신경에 시간을 읽을 수 있는 장치도 박혀 있거든."

그가 일어나 앉아서 물을 마셔 보려고 애썼다. 그러나 곧 토해 내고 기침을 해 댄 탓에 미지근한 물이 가슴과 허벅지로 튀었다.

"덱을 두드려야 돼."

그는 이렇게 말하는 자기 자신을 깨달았다. 그가 옷을 찾아 손을 더듬었다.

"가야 돼……."

몰리가 소리 내어 웃었다. 작고 억센 손이 그의 팔 윗부분을 잡았다.

"안 돼, 전문가 선생. 여드레 동안 쉬래. 지금 접속하면 네 신경 시스템은 끝장난대. 의사의 명령이라니까. 그래도 수술은 성공적이라더군. 하루 이틀 있다가 검사해야 돼."

케이스는 다시 누웠다.

"여기 어디야?"

"집. 칩 호텔이야."

"아미티지는 어디 갔어?"

"힐튼에 있어. 원주민들한테 구슬이라도 팔고 있나 보지. 우린 곧 여길 떠야 돼. 암스테르담을 거쳐서 파리에 갔다가 스프롤로 돌아올거야."

그녀가 케이스의 어깨를 툭 쳤다.

"엎드려 봐. 마사지해 줄게."

케이스는 팔을 앞으로 뻗은 다음 배를 깔고 누웠다. 손가락 끝이 코핀 벽에 닿았다. 그녀가 케이스의 허리에 올라타 항온 폼 위에서 무릎을 꿇었다. 가죽 바지가 차갑게 느껴졌다. 그녀의 손가락이 그의 목을 쓰다듬었다.

"넌 왜 힐튼에 안 간 거야?"

그녀는 대답 대신 허벅지 사이로 내려가 엄지와 검지로 그의 음낭을 부드럽게 감싸 쥐었다. 그녀는 어둠 속에서 그의 위로 몸을 세우고 나머지 한 손을 그의 목 위에 놓아둔 채 한동안 몸을 흔들었다. 움직임에 따라 가죽 바지가 뿌드득거렸다. 발기한 케이스의 물건이 단단해지며 항온 폼을 내리 눌렀다.

머리는 지끈거렸지만 목의 부자유스러운 느낌은 사라진 것 같았다. 그는 한쪽 팔꿈치로 지탱하며 몸을 들고 똑바로 누운 다음, 다시 항온 폼 위로 가라앉아 그녀를 잡아당겼다. 그녀의 유방을 핥자 작고 단단한 젖꼭지가 젖은 채로 혀 안에서 굴러다녔다. 그는 가죽 바지의 지퍼를 찾아내어 끌어내렸다.

"내가 할게. 난 잘 보이거든."

몰리가 바지를 벗는 소리. 그녀는 한동안 옆에서 부스럭대더니 마침내 바지를 걷어찼다. 그녀가 한쪽 다리를 그에게 걸치자 그는 그녀의 얼굴을 만졌다. 이식 렌즈의 딱딱한 감촉.

"하지 마. 지문이 묻으니까."

그녀가 다시 다리를 벌리고 그의 몸 위에 올라타서, 그의 손을 잡아끌어 자신의 몸에 바짝 댔다. 그는 엄지손가락을 그녀 엉덩이의 갈라진 곳으로 미끄러뜨리고 손가락을 펼쳐 음순을 만졌다. 그녀가 몸을 내리자 또다시 영상들이 맥동하며 다가왔다. 갖가지 얼굴, 밀려왔다가 멀어지는 네온의 파편들. 몰리가 그를 감싸며 미끄러져 내려가자 그는 경련하듯 등을 휘었다. 그녀는 그런 식으로 그의 몸을 타고 계속해서 자신의 몸을 내리꽂듯 아래로 미끄러뜨렸다. 마침내 두 사람 모두 절정에 도달했을 때 그의 오르가슴은 시간이 없는 공간, 매트릭스처럼 광대한 공허 속에서 파랗게 불타올랐고, 두 사람의 얼굴은 갈갈이 찢어져 소용돌이 치는 복도를 향해 폭발했다. 그녀의 허벅지 안쪽은 축축한 채로 그의 둔부 쪽에 강하게 밀착되어 있었다.

평일답게 닌세이 거리에는 행인의 물결이 조금은 한산하게 춤추듯 움직였다. 오락실과 슬롯머신 가게에서는 효과음의 파도가 흘러나왔다. 케이스가 차쓰보를 들여다보니 존이 맥주 냄새 풍기는 미적지근한 어둠 속에서 자기가 데리고 있는 창녀들을 감시하고 있었다. 래츠는 바를 지키는 중이었다.

"래츠, 웨이지 못 봤나?"

"오늘 밤엔 못 봤어."

래츠가 눈썹을 쳐들고 몰리를 주시했다.

"보거든 나한테 돈이 생겼다고 전해 줘."

"운명이 바뀐 건가, 예술가 선생?"

"아직은 몰라."

"어쨌든 이 사람은 꼭 만나야 해."

케이스가 몰리의 선글라스에 비친 자기 모습을 보며 말했다.

"취소하고 가야 할 거래가 있어."

"너한테서 눈을 떼면 아미티지가 싫어할 거야."

그녀가 딘의 녹아 내리는 시계 앞에 서서 엉덩이에 손을 올리고 말했다.

"그 사람은 네가 같이 있으면 입도 뻥긋하지 않아. 딘이나 나나 아미티지가 어떻게 생각하든 신경 쓰지 않는다고. 저 사람 하나면 걱정 안 해, 몰리. 하지만 내가 아무 말 없이 지바를 뜨면 망하는 사람들이 있단 말이야. 전부 내 친구들이라고, 알았어?"

그녀는 입을 굳게 다물고 고개를 저었다.

"싱가폴에도 친구들이 있어. 신주쿠하고 아사쿠사에는 도쿄 연줄들이 있고. 내가 그냥 가면 그 친구들도 망한다니까. 이해하겠어?"

케이스가 검은 재킷을 입은 그녀의 어깨에 손을 얹으며 거짓말을 했다.

"오 분. 딱 오 분이면 돼. 네 정확한 시계로, 응?"

"난 이런 거 봐주라고 돈 받고 일하는 게 아니야."

"네가 보수를 받는 이유하고, 네가 너무 고지식하게 일해서 내 절친한 친구들이 죽어 나가는 것 하고는 별개의 문제야."

"놀고 있네. 절친한 친구 같은 소리. 네가 아는 밀수업자를 통해서 우리 뒷조사를 해 보려는 거겠지."

그녀가 먼지로 덮인 칸딘스키풍 커피 테이블에 부츠 신은 발을 올려놓았다.

"야, 케이스. 네 동행은 확실히 무장하고 있군. 머릿속에는 실리콘도 한 뭉치 들어 있고. 도대체 무슨 일이야?"

딘의 귀신 같은 기침 소리가 공중에서 부유했다.

"기다려요, 줄리. 들어갈 땐 혼자서 갈 테니까."

"당연하지. 예외는 없어."

"좋아. 가 봐. 하지만 오 분이야. 조금이라도 더 걸리면 내가 와서 네 절친한 친구를 영원히 보내 버릴 테니까. 그리고 그동안 이거 한 번 생각해 봐."

그녀가 말했다.

"뭘?"

"내가 왜 너한테 잘해 주는지."

그녀는 돌아서서 생강 맛 사탕 더미를 지나 걸어 나갔다.

"평소보다 독특한 동료하고 다니는군, 케이스?"

줄리가 물었다.

"줄리, 여자는 갔어요. 들여보내 줘요. 부탁이니까."

잠금쇠가 움직였다.

"천천히 움직여, 케이스."

목소리가 말했다.

"장비들 다 켜요, 줄리. 그 책상 안에 들어 있는 것들 전부."

케이스가 회전의자에 앉으며 말했다.

"항상 켜져 있어."

딘이 부드럽게 말하면서 구형 타자기의 잔해에서 총을 꺼내어 주의 깊게 케이스를 겨누었다. 매그넘 리볼버의 총신을 최대한 잘라 낸 벨리 건이었다. 방아쇠 고리의 앞쪽을 잘라 내고 손잡이 부분에는 오래된 마스킹 테이프 같은 것을 감아 놓았다. 케이스는 문득 그 물건과 잘 손질된 딘의 분홍빛 손은 어울리지 않는다고 생각했다.

"알지? 조심하려는 것뿐이야. 개인적인 감정은 없다네. 이제 원하는 걸 말해 봐."

"역사 강의 좀 해 주세요, 줄리. 그리고 어떤 사람에 대한 뒷조사도."

"무슨 일이 생긴 건가?"

줄무늬가 그려진 딘의 셔츠는 희고 단단해 보이는 색깔 덕분에 마치 자기로 만들어진 것처럼 보였다.

"줄리, 나 여길 떠나요. 간다니까요. 그 전에 부탁 좀 들어주세요."

"누굴 조사해 줄까?"

"아미티지라는 외지인이에요. 힐튼에 묵고 있어요."

딘이 총을 내려놓았다.

"가만히 앉아 있어, 케이스."

그는 휴대용 터미널에 무언가를 입력했다.

"내 정보망으로도 자네가 알고 있는 것보다 더 알아내긴 힘들 것 같군. 그 신사 양반은 현재 야쿠자하고 일시적인 계약을 맺고 있는 것 같아. 네온 국화파 애들은 자기들하고 연합하는 측에 대한 정보를 철저히 지키거든. 나로서도 다른 방법이 없어. 자, 그럼 역사라……. 역사라고 했지?"

그가 다시 총을 집었다. 하지만 케이스를 겨누지는 않았다.

"어떤 역사 말인가?"

"전쟁이오. 전쟁에 나간 적 있죠, 줄리?"

"전쟁? 뭘 알고 싶은 거지? 그건 삼 주 동안 계속됐어."

"스크리밍 피스트에 대해서요."

"유명했지. 요즘은 역사도 안 가르치나? 그건 전후의 대단한 정치적 풋볼 게임이었어. 폭로를 하네 마네 하면서. 자네 동네의 거물 있지? 스프롤 쪽의 거물. 누구더라, 매클린이었나? 벙커 속에서 벌어지는 그런 종류의 일들……. 대단한 스캔들이었어. 신기술을 시험한답시고 애국심에 불타는 젊은 애들을 많이 죽였지. 나중에 소련 측이 방어하고 있다는 걸 알면서도 그랬다는 게 밝혀졌어. 전자파 발생 장치나 자기파 무기에 대해서도 전부 알고 있었지. 그런데도 젊은이들을 내보낸 거야. 그저 어떻게 되나 보려고."

딘이 고개를 저었다.

"소련 정부로서는 짜고 치는 고스톱처럼 잡아낸 거지."

"살아 나온 사람은 있었나요?"

"글쎄, 유혈이 낭자하는 시기였지만 몇 명은 살아 돌아왔을 거야. 그 특수부대 중 한 팀이 소련의 무장 헬기를 탈취해서 핀란드로 날아갔지. 물론 입국 코드를 몰라서 핀란드 방어군은 그 헬기를 격추시켰어. 특수부대가 맞는 전형적인 종말이지. 지독했어."

딘이 킁킁거렸다.

케이스가 고개를 끄덕였다. 주위에는 생강 맛 사탕 냄새가 진동했다. 딘이 총을 내려놓으며 말했다.

"전쟁 당시 난 리스본에 있었어. 리스본, 좋은 곳이지."

"군에 있었어요?"

"천만에. 그래도 전투를 보기는 했지."

딘이 특유의 분홍빛 미소를 띠며 말했다.

"전쟁만큼 사업에 좋은 게 또 있을까."

"고마워요, 줄리. 신세는 꼭 갚을게요."

"별 말을 다 하는군. 그럼 잘 가라고."

나중에 케이스는 생각했다. 세미의 가게에 들르던 날 저녁의 일은 시작부터 잘못된 거였다고. 그는 몰리를 따라 스티로폼 컵과 짓밟힌 표 쪼가리들이 굴러 다니는 복도를 헤치고 빠져나올 때부터 예감하고 있었다. 린다의 죽음을…….

딘을 만나고 나서 두 사람은 남반으로 가 아미티지로부터 받은 신 엔다발로 웨이지에게 빚을 갚았다. 웨이지는 좋아했지만, 그의 부하들은 별로 달가워하지 않았다. 그 때문에 몰리는 케이스의 옆에서 짙은 잔인함이 묻어나는 미소를 짓고 있었다. 누구든 허튼 짓을 해 주기를 진심으로 기다리는 게 분명했다. 그 후 케이스는 한잔하자며 몰리를 차쓰보로 데려갔다.

"시간 낭비 하지 마, 카우보이."

케이스가 주머니에서 팔각 알약을 꺼내자 몰리가 말했다.

"뭐 어때. 너도 하나 먹을래?"

그가 그녀에게 알약을 건넸다.

"네 새 췌장 말이야, 케이스. 그리고 간에 꽂아 넣은 것들 있지? 아미티지는 이런 쓰레기들이 무용지물이 되도록 조절해 두었어."

그녀가 버건디 색 손톱으로 알약을 톡톡 쳤다.

"넌 이제 생화학적으로 코카인이나 암페타민을 가지고는 흥분할 수 없어."

"미치겠군."

그가 말했다. 그는 알약을 한 번 쳐다보고는 다시 그녀를 바라보았다.

"먹어 봐. 한 열 알쯤 먹어 보라니까. 그래도 아무 일 없을걸."

그는 먹어 보았다. 정말 아무 변화도 없었다.

맥주를 세 잔 마시고 나서 몰리가 래츠에게 격투기에 대해 물어보았다.

"세미의 가게에서 하지."

래츠가 말했다.

"난 안 갈 거야. 거기선 상대를 서로 죽인다던데."

케이스가 말했다.

한 시간 후, 몰리는 하얀 티셔츠에 헐렁한 럭비 반바지를 입은 비쩍마른 태국인에게서 입장권을 두 장 샀다. 세미의 가게는 항구 부근의 물류창고 뒤편에 지어 놓은 공기 압력식 돔이었다. 팽팽하게 당긴 회색 천에 얇은 강철 그물로 강도를 보강한 구조였다. 출입문은 돔을 지탱하는 압력 차를 유지하기 위해 만들어 놓은 어설픈 기밀식 복도 양쪽에 있었다. 합판으로 만든 천정 곳곳에 원형 형광등이 매달려 있었지만 대부분은 오래전에 깨졌다. 공기는 축축했고 땀과 콘크리트 냄새로 숨이 막혔다.

군중, 긴장에 따르는 고요, 돔 하단의 조명탑에서 움직이는 빛. 케이스에게는 경기장의 모든 것이 낯설었다. 콘크리트 계단이 중앙 무대까지 이어졌고, 위로 솟은 원 주위로 번쩍이는 영상 투사 장비들이 엉겨 붙어 있었다. 링 위에서는 다른 빛 하나 없이 밑에서 벌어지는 두 사람의 실전을 홀로그램으로 상영하는 중이었다. 관객석에서 층을 지어 솟아오르는 담배 연기와 돔을 지탱하는 송풍기가 내보내는 기류가 맞부딪쳤다. 소리라고는 소음기를 거쳐 나오는 송풍기의 그르릉거림과 경기장

측에서 증폭시켜 내보내는 투사들의 숨소리가 전부였다.

사내들이 원을 그리며 돌자 몰리의 렌즈 위로 반사된 색들이 흘렀다. 홀로그램은 실물보다 열 배 확대한 것이었다. 그 배율 탓에 투사들의 칼은 1미터쯤 되어 보였다. 그들은 칼을 펜싱하듯 쥐었다. 케이스는 방법을 잘 알았다. 손가락을 말아 잡고, 엄지는 칼날을 따라 뻗는다. 칼은 자기들만의 조화에 따라 움직이는 것처럼 보였다. 춤을 추듯 상대의 주위를 돌고 절박하지 않은 의식이라도 집행하듯 호를 그리며 미끄러진다. 서로 상대가 약점을 보이기만을 기다리며 칼끝을 마주 스친다. 몰리는 고개를 위로 쳐들고 침착하고 조용하게 구경하고 있었다.

"가서 먹을 것 좀 사 올게."

케이스가 말했다. 춤 구경에 푹 빠진 몰리는 고개만 끄덕였다.

그는 이곳이 마음에 들지 않았다. 그가 뒤로 돌아 그림자 속으로 들어갔다. 너무 어둡고 너무 조용했다. 관객은 거의가 일본인이었다. 진정한 의미의 '밤의 도시' 사람들은 아니었다. 계획 도시 쪽에서 온 사람들이었다. 그렇다면 이 경기장은 어떤 기업이 사원 복지 차원에서 승인한 것인가. 그는 평생을 한 재벌 기업 밑에서 일한다는 게 어떤 것일까 잠시 생각해 보았다. 사택, 회사 체육관, 그리고 회사 장례식이라니.

그는 돔을 거의 한 바퀴나 돌고 나서야 간신히 매점을 찾아냈다. 거기서 치킨 몇 점과 맥주 두 캔을 샀다. 홀로그램을 올려다보니 한 사람의 가슴에서 피가 레이스처럼 흐르고 있었다. 치킨에서 걸쭉한 갈색 소스가 흘러내려 그의 손에 묻었다. 이레만 지나면 접속할 수 있다. 눈을 감으면 매트릭스가 보일 것만 같았다.

홀로그램이 춤을 추며 돌아가자 그림자가 마구 뒤엉켰다. 그 순간 공포가 그의 양어깨 사이에서 응어리졌다. 식은 땀이 갈비뼈를 타고 흘렀다. 수술이 잘못 됐다면? 도시를 떠나지 못하고 여전히 고깃덩어리로 남아서, 지금 저기 빙글빙글 도는 칼에 시선을 못 박은 몰리도 없고 비행기표와 새 여권과 돈을 쥐고 힐튼에서 기다리고 있는 아미티지도 사라진다면. 이게 전부 꿈이고 가슴 아픈 환상에 불과하다면……. 뜨거운 눈물로 시야가 흐려졌다.

붉은 빛의 덩어리를 받으며 목정맥에서 피가 뿜어져 나왔다. 관객들은 함성을 지르며 일어섰다. 투사 중 한 명이 무너져 내리자 홀로그램은 점차 희미해지며 깜빡거렸다.

토사물이 목까지 올라왔다. 케이스는 눈을 감고 숨을 몰아 쉰 다음 다시 눈을 떴다. 린다 리가 앞으로 지나갔다. 그녀의 회색 눈은 공포에 질려 제 기능을 못하고 있었다. 여전히 똑같은 프랑스제 작업복이었다. 그러곤 그림자 속으로 사라져 버렸다.

케이스는 순전히 반사적으로 맥주와 치킨을 내던지고 그녀의 뒤를 쫓아 뛰었다. 그녀의 이름을 불렀는지는 확신할 수 없다.

한 가닥 머리카락 같은 잔영, 그 선명한 붉은빛을 따라간다. 얇은 구두창 아래로 바짝 말라붙은 콘크리트가 밟힌다. 이제 그녀의 하얀 운동화가 번쩍거리며 꺾인 벽 쪽에 도달한다. 그가 달리는 탓에 눈 앞에 비치는 레이저의 잔상이 흔들린다.

누군가 케이스의 발을 걸었다. 콘크리트 바닥에 스치는 통에 손바닥이 찢어졌다. 그는 구르면서 발을 내저었지만 걸리는 것은 없었다. 말라깽이 소년 하나가 그를 덮쳤다. 소년의 금발은 사방으로 뻗친 데다가 뒤에서 빛을 받아 오색 후광을 띠었다. 무대 위에서는 승리한 투사의 영상이 칼을 높이 쳐들고 관중들에게 답례하며 돌아섰다. 소년이 웃으면서 소매에서 무언가를 꺼냈다. 세 번째 레이저 광선이 그들을 스쳐 어둠 속을 비췄다. 덕분에 소년이 꺼낸 면도칼의 양날은 붉은색으로 보였다. 케이스는 면도칼이 마치 점치는 막대처럼 자신의 목을 향해 다가오는 것을 보았다.

미세한 폭발 연기가 소년의 얼굴을 가렸다. 초당 스무 발을 쏠 수 있는 몰리의 화살총이었다. 그는 단 한 번 격하게 기침을 하더니 케이스의 다리 위로 쓰러졌다.

케이스가 매점 쪽을 향해 그늘로 걸어갔다. 그는 루비 색 바늘이 자신의 가슴을 뚫고 나오기를 기다리며 고개를 숙였다. 아무 일도 일어나지 않았다. 그는 린다를 찾아냈다. 그녀는 눈을 감은 채 콘크리트 기둥 아래 쓰러져 있었다. 어디선가 고기 타는 냄새가 났다. 관중들은 승자의 이름을 연호하고 있었다. 맥주 장수는 더러운 헝겊으로 병마개들을 닦는 중이었다. 어찌 된 일인지 하얀 운동화 한 짝이 벗겨져 그녀의 머리 옆에 놓여 있었다.

벽을 따라 걸어라. 콘크리트 커브를 따라 돌고, 주머니에 손을 넣은 채로 계속 걸어라. 링 위의 허공에 떠 있는 승자의 영상을 보느라 정신 없는 얼굴들을 지나서. 딱 한 번, 흉터투성이의 유럽인 얼굴이 격전 후 번쩍이는 조명 속에 흔들리며 떠올랐다. 입에는 짧은 금속제 파이프 담배를 물고 있었다. 대마초 냄새가 났다. 케이스는 아무 생각 없이 계속해서 걸었다.

"케이스, 괜찮은 거야?"

그늘 깊숙한 곳에서 몰리의 반사형 선글라스가 나타났다.

그녀의 뒤편 어둠 속에서 무언가 흐느끼며 부글거렸다.

케이스가 고개를 저었다.

"싸움은 끝났어, 케이스. 고향으로 돌아갈 시간이야."

그는 몰리를 지나 어둠 속으로 걸어가려 했다. 그곳에서 무언가 죽어 가고 있었다. 그녀가 손을 뻗어 그의 가슴에 대고 저지했다.

"네 절친한 친구의 친구들이야. 너 대신 네 여자가 죽은 거지. 너 이 동네 친구들하고는 잘 못 지낸 것 같아, 안 그래? 네 프로필을 조사했을 때 그 썩을 노인네에 대해서도 조금 알아봤지. 그 사람, 신 엔 몇 푼을 위해서라면 누구든 가리지 않고 죽여 버릴 사람이라고. 저쪽에 누워 있는 녀석 얘기로는 그녀가 네 램을 팔러 다닐 때부터 노렸다나 봐. 죽이고 빼앗는 게 훨씬 싸게 먹히니까. 푼돈 좀 절약하려고 한 거지. 레이저 총 가진 녀석한테 들은 얘기야. 우리가 여기 오게 된 건 우연이지만, 어쨌든 나로서는 확실히 알아 둬야 했으니까."

몰리의 입가는 긴장되어 있었다. 그녀는 입술을 굳게 다물었다.

케이스는 머릿속이 뒤죽박죽 엉키는 것을 느꼈다.

"누가, 도대체 누가 보낸 놈들이지?"

몰리가 피로 얼룩진 생강 맛 사탕 봉지를 내밀었다. 케이스는 그녀의 손에 묻은 끈적한 피를 보았다. 그림자 속 저편에서 누군가 죽어 가면서 신음 소리를 내고 있었다.

케이스는 클리닉에서 수술 후 검진을 받고 난 다음 몰리와 함께 공항으로 향했다. 아미티지가 기다리고 있었다. 그는 호버크라프트를 세내었다. 케이스가 지바를 떠나며 마지막으로 본 것은 계획도시의 어둡고 각진 모습이었다. 곧 안개가 밀려와 검은 바닷물과 그 위에 떠다니는 쓰레기를 덮어 버렸다.

2부 쇼핑 여행

1

고향.

바마와 스프롤, 그리고 보스턴과 애틀랜타를 잇는 대도시 군이 곧 고향이었다.

데이터 교환율을 표시하는 지도 프로그램을 짜 보자. 거대한 스크린 위에 1,000메가바이트당 하나씩 화소를 찍는 것이다. 맨해튼과 애틀랜타는 완전히 하얀색으로 불타오른다. 데이터 소통 양이 넘쳐 시뮬레이션은 과부하로 곧 깜빡이기 시작한다. 지도는 곧 신성(新星)처럼 터져 버릴 것이다. 조금 진정시켜 보자. 배율을 높인다. 화소 당 100만 메가바이트로. 초당 1억 메가바이트로 하면 그제야 맨해튼 중부의 특정 블록과 애틀랜타의 구 핵심가를 둘러싼 수백 년 된 공업지대를 구분해 낼 수 있게 된다…….

케이스는 몰리의 검정 가죽 옷을 따라 나리타, 스키폴, 그리고 오를리 공항의 중앙 홀을 누비던 꿈에서 깨어났다. 꿈속에서 그는 공항 매점에서 납작한 병에 든 덴마크산 보드카를 사고 있는 자신을 보았다. 동트기 한 시간 전이었다.

철근 콘크리트로 된 스프롤의 지하 어디에선가 열차가 터널을 따라 퀴퀴한 공기를 밀어내고 있었다. 열차 자체는 유도 쿠션 위를 미끄러져 나아가기 때문에 조용했지만, 밀려난 공기 때문에 터널이 울리며 저주파 음이 발생했다. 케이스가 누워 있는 방까지 그 진동이 전해져 바짝 마른 마룻바닥 틈새로 먼지가 솟아올랐다.

눈을 뜨자 몰리가 보였다. 그녀는 새로 깔아 놓은 널찍한 항온 폼 위, 간신히 손이 닿을 만한 거리에 알몸으로 누워 있었다. 머리 위로는 그을음으로 얼룩진 채광창을 통해 햇빛이 스며들었다. 가로세로 50센티미터 정도의 영역에는 유리 대신 합판이 끼워져 있었고, 굵은 회색 케이블이 그곳에서부터 바닥 몇 센티미터 위까지 매달렸다. 케이스는 옆으로 누워 몰리를 바라보았다. 그녀가 숨 쉬는 모습, 그녀의 유방, 군용기의 동체처럼 실용적인 우아함을 풍기는 옆구리의 곡선을. 그녀의 몸매는 군살 하나 없이 말끔했으며, 근육은 마치 무용수의 그것 같았다.

그들이 묵고 있는 방은 제법 컸다. 케이스가 일어나 앉았다. 방 안에 있는 것이라곤 침대로 쓰는 분홍색 항온 폼과 그 옆에 놓인, 새로 산 똑같은 디자인의 나일론 가방 두 개가 전부였다. 벽에는 아무것도 붙어 있지 않았다. 창문도 없고, 하얗게 칠한 강철 방화문 하나가 문의 전부였다. 벽에는 하얀색 라텍스 페인트를 수없이 덧칠해 놓았다. 공업용 공간. 그는 이런 유의 방과 건물을 잘 알고 있었다. 이런 곳을 빌리는 사람들은 대개 기술과 범죄의 경계에서 살아가게 마련이었다.마침내 그는 고향으로 돌아온 것이다.

케이스가 바닥에 대고 발을 굴러 보았다. 마룻바닥은 여기저기 이가 빠지거나 헐거웠다. 머리가 아팠다. 그는 암스테르담에 갔을 때 묵었던 방을 떠올렸다. 수세기 전에 지어진 건물들로 가득 찬 암스테르담 중심가의 구시가 구역에 있는 방이었다. 몰리가 운하 근처에서 오렌지 주스와 계란을 사 왔었다. 아미티지는 뭔지 모를 급한 일로 나가고 없었고, 그와 몰리는 담 광장을 지나 몰리가 아는 담락 가의 술집에 갔었다. 파리에서의 일은 꿈처럼 희미했다. 쇼핑. 몰리는 그를 데리고 쇼핑을 다녔다.

케이스가 일어서서 발치에 놓여 있던 새로 산 구겨진 블랙진을 입고 가방 옆에 무릎을 꿇었다. 그는 먼저 몰리의 가방을 열어 보았다. 첫 번째 가방 안에는 단정하게 개어 놓은 옷가지와 작은 고가 기계 부속들이, 또 다른 가방 안에는 그가 산 기억이 없는 물건들이 들어 있었다. 책과 테이프, 심스팀 덱, 그리고 프랑스와 이탈리아 라벨이 붙은 옷들이었다. 초록색 티셔츠 밑에는 일본산 재생지로 감싼 납작한 꾸러미가 있었다.

꾸러미를 집어 들자 포장지가 찢어졌다. 아홉 개의 모서리가 달린 별이 반짝이며 떨어져 마룻바닥 틈에 꽂혔다.

"선물이야. 그걸 매일 들여다보기에."

몰리가 말했다.

돌아보니 몰리는 책상다리를 하고 침대 위에 앉아 있었다. 졸린 눈의 그녀가 버건디 색 손톱으로 배를 긁었다.

"보안 설비를 위해 사람이 올 거다."

아미티지가 말했다. 그는 구식 자기 열쇠를 손에 들고 열린 문가에 서 있었다. 몰리가 가방에서 조그만 독일제 전열기를 꺼내어 커피를 끓이며 말했다.

"나도 할 수 있어요. 장비도 충분해요. 적외선 감지기에 경보기도 있고……."

"안 돼. 난 확실한 게 좋아."

그가 말했다.

"마음대로 해요."

몰리는 헐렁한 검은색 면바지에 검은 망사 티셔츠를 집어넣어 입었다.

"아미티지 씨, 혹시 전에 경찰이었어요?"

케이스가 벽에 등을 기대고 앉아 물었다. 키는 케이스보다 크지 않았지만, 아미티지는 넓은 어깨와 군대식 자세 때문에 마치 출입구를 완전히 막고 있는 것처럼 보였다. 이탈리아식의 거무칙칙한 양복을 입은 그는 오른손에 검고 부드러워 보이는 소가죽 가방을 들고 있었다. 특수부대 귀걸이는 달고 있지 않았다. 단정하지만 표정 없는 모습은 전형적으로 화장 부티크에서 만들어 낸 외모였다. 지난 십 년 동안 미디어를 주도한 유명인사들의 모습을 적당히 섞어 만든 가면 같은 느낌. 하얗게 번득이는 눈빛은 그의 얼굴을 더욱 가면처럼 보이게 했다. 케이스는 질문을 꺼낸 것을 후회하기 시작했다.

"특수부대 출신들이 종종 경찰로 자리 잡곤 하잖아요. 아니면 기업 보안 쪽이나."

케이스가 어색하게 덧붙였다. 몰리가 그에게 김이 오르는 커피 잔을 건넸다.

"지바에서 제 췌장 문제를 처리한 방식도 전형적인 경찰식이었고요."

아미티지가 문을 닫고 방을 가로질러 케이스의 앞에 섰다.

"케이스, 자넨 운이 좋은 꼬마야. 나한테 감사해야 해."

"그런가요?"

케이스는 요란하게 입김을 불어 커피를 식혔다.

"자네는 새 췌장이 필요했지. 우리가 사 준 췌장 덕에 자네는 위험천만의 중독으로부터 자유로워진 거야."

"고맙군요. 하지만 난 그 중독 상태를 즐기고 있었는데."

"잘됐군. 안 그래도 새로운 중독 상태를 만들어 놨으니까."

"무슨 뜻이죠?"

케이스가 커피 잔에서 얼굴을 들었다. 아미티지가 웃고 있었다.

"자네 대동맥 여기저기에 열다섯 개의 독소낭을 달았네, 케이스. 그것들은 녹고 있지. 아주 천천히, 하지만 확실히 녹는 거야. 주머니에는 진균독(眞菌毒)이 들어 있어. 그게 어떤 건지는 잘 알 거야. 자네의 전 고용주가 멤피스에서 자네에게 주입했던 바로 그것이라네."

케이스가 웃고 있는 아미티지의 가면을 보며 눈을 깜박거렸다.

"내가 자네를 고용했고 따라서 자네가 해 줘야 할 일, 그걸 할 시간은 충분해, 케이스. 그러면 끝이라네. 일이 끝나면 자네에게 효소를 주사할 걸세. 그 효소는 독소낭을 건드리지 않고 혈관 벽과의 결합을 녹여 버리게 되지. 그러고 나서 혈액을 교체하면 되는 거야. 그렇지 않다면 독소낭이 녹고, 자네는 우리가 자넬 찾아낸 그곳 생활로 다시 돌아가는 거야. 알겠나? 자네한텐 우리가 필요해. 우리가 자넬 그 시궁창에서 건져 내 깔끔하게 만들었을 때만큼이나 절실하게 필요하다는 말이야."

케이스가 몰리를 바라보자 그녀는 어깨를 으쓱했다.

"자, 화물용 엘리베이터로 가서 거기 있는 짐들을 가져오라고."

아미티지가 케이스에게 자기 열쇠를 건넸다.

“어서 하게, 케이스. 자넨 크리스마스 아침만큼이나 이번 일을 즐기게 될 거야.”

스프롤에서의 여름. 상점가의 군중들은 바람에 날리는 풀처럼 흔들리고, 그 육신들의 들판을 갑작스러운 욕구와 만족의 소용돌이가 뚫고 지나간다.

케이스는 바짝 마른 콘크리트 분수 가장자리에서 햇볕을 받으며 몰리와 함께 앉아 있었다. 끝없는 얼굴들이 뿜어 대는 증기가 그의 과거를 비춰 주었다. 처음에는 졸린 눈을 한 동네 꼬마. 힘을 뺀 양손을 옆구리에 올리고 싸울 준비가 되어 있다. 그 다음은 청소년. 빨간 선글라스 안에 있는 것은 부드럽고 비밀스러운 표정. 케이스는 열일곱 살 때 있었던 옥상에서의 싸움을 기억했다. 그는 장밋빛으로 붉게 물든 여명을 받으며 조용히 싸웠다.

그는 콘크리트에 앉은 채 자세를 바꿨다. 블랙진을 통해 거칠고 차가운 느낌이 전해졌다. 이곳은 닌세이의 전기적 난장판하고는 전혀 달랐다. 다른 종류의 거래, 다른 종류의 리듬이었다. 패스트푸드와 향수 냄새와 활기찬 여름의 땀 냄새도 새로웠다.

방으로 돌아가면 덱이 기다리고 있다. ‘오노센다이 형 사이버스페이스7’이었다. 아까 그들이 나올 때 방 안은 뜯어낸 스티로폼 포장재와 구겨진 플라스틱 필름, 그리고 수백 개의 스티로폼 알갱이들로 어지러웠다. 그리고 그 속에 든 것은…… 오노센다이, 내년에 출시될 최고가의 호사카 컴퓨터, 소니 모니터, 법인 레벨에서 사용하는 아이스들을 모아 놓은 열 장 남짓의 디스크, 그리고 브라운 커피메이커였다. 아미티지는 케이스가 모든 것을 보며 만족해하는 것을 보자마자 방을 나갔다.

"어디 간 거야?"

케이스가 몰리에게 물었다.

"그 사람은 호텔을 좋아해. 큰 호텔. 아마 공항 근처에 있는 최고급 호텔일 거야. 중심가로 나가 보자, 케이스."

몰리는 이상하게 생긴 주머니가 잔뜩 달린 조끼를 입고 이식한 거울 눈을 완전히 덮을 정도로 커다란 검정색 플라스틱 선글라스를 쓴 다음 케이스에게 나가자고 부추겼다.

"독주머니에 대해서 알고 있었어?"

케이스가 분수 옆에서 몰리에게 묻자 그녀는 고개를 저었다.

"그 얘기 진짜야?"

"그럴 수도 있고 아닐 수도 있지. 달라질 건 없어."

"혹시 그것들을 찾아낼 방법 알아?"

"아니."

그녀가 오른손을 내밀어 조용히 하라는 손짓을 했다.

"그런 종류의 장치는 너무 미세해서 전자 스캔에도 안 걸려."

그리고 그녀의 손가락이 다시 움직였다. '기다려.'

"어쨌든 별로 크게 신경 쓰는 것도 아니잖아. 그보다도 네가 센다이를 두드리는 모습 말인데, 딱 포르노 같더라."

그녀가 소리 내어 웃었다.

"그럼 너는 무슨 약점을 잡힌 거야? 너 같은 여자가 왜 이런 일에 엮인 거지?"

"프로의 자존심. 그게 다야."

그리고 다시 입 다물라는 손짓.

"아침 먹으러 가자, 응? 계란하고 진짜 베이컨이라고. 가짜 지바 새우를 그렇게 오랫동안 먹고 살았으니 아마 끝내줄 거야. 자, 가자. 전철로 맨해튼에 가서 진짜 아침을 먹는 거야."

먼지를 뒤집어쓴 채 꺼져 있는 네온의 글씨는 '메트로 홀로그래픽스'였다. 케이스는 앞니 사이에 낀 베이컨 찌꺼기를 후벼 냈다. 이미 몰리에게 무슨 이유로, 어딜 가는 것이냐고 묻는 일을 포기한 뒤였다. 몰리는 그가 물어볼 때마다 그의 옆구리를 찌르며 조용히 하라는 손짓만 해 댔다. 그녀는 유행하는 패션과 스포츠, 그리고 그가 들어 본 적 없는 정치 스캔들에 대해서만 이야기했다.

그는 인적 없는 골목을 둘러보았다. 신문지가 뒤집히면서 교차로를 지나 날아갔다. 동부에는 돌풍이 잦았다. 아마도 겹쳐진 돔 건물들의 구조와 대류 탓인 듯했다. 케이스는 불 꺼진 진열창 안을 들여다보았다. 그는 결국 몰리의 스프롤과 자신의 스프롤은 서로 다른 것이라고 결론을 내렸다. 그녀는 케이스를 데리고 그가 한 번도 가 본 적 없는 열 군데 남짓의 바와 클럽을 돌아다니며 사람들을 만났지만, 한 일이라곤 대개 고개를 끄덕이는 게 전부였다. 인맥 관리였다.

메트로 홀로그래픽스 너머 그림자 속에서 무언가 움직였다. 주름 잡힌 지붕재 한 장으로 만들어진 출입문이었다. 몰리가 문 앞에서 일련의 복잡한 손짓을 해 보였다. 케이스로서는 따라하기도 힘든 동작이었다. 그가 알 수 있었던 건 '현금'을 의미하는, 엄지로 검지 끝을 비비는 동작이 전부였다. 문이 열렸고 그와 몰리는 먼지 냄새 속으로 들어섰다. 그들이 서 있는 공간 양쪽으로 쓰레기가 벽까지 잔뜩 쌓여 있었고, 벽을 따라 자리 잡은 선반에는 부서져 가는 책들이 놓여 있었다. 쓰레기들은 그곳에서 자라난 비비 꼬인 금속과 플라스틱 버섯처럼 보였다. 케이스는 각각의 물체들을 식별할 수 있었지만, 그것들은 머지않아 쓰레기 더미 속으로 뒤섞였다. 오래된 텔레비전의 내부에는 깨진 진공 튜브들이 박혀 있었고, 접시형 안테나는 우그러졌으며, 갈색 섬유통 안에는 부식된 금속 튜브들이 보였다. 열린 공간 여기저기에 옛날 잡지가 거대한 무더기를 이루며 흩어져 있었다. 케이스가 몰리의 뒤를 따라 폐품이 꽉 들어찬 좁은 골짜기를 지나가는 동안 잡지들이 마치 한물간 육체처럼 그를 공허하게 올려다보았다. 케이스는 뒤에서 문이 닫히는 소리를 들었지만 돌아보지 않았다.

터널 끝에는 골동품 군용 모포가 못 박여 있었다. 몰리가 그 너머로 고개를 밀어 넣자 새하얀 빛이 넘쳐 흘렀다.

사방과 천정은 새하얀 사각형 벽이었다. 바닥에는 미끄럼 방지용 흰색 병원 타일이 깔려 있었다. 방 한가운데에는 새하얀 사각 나무 테이블과 네 개의 접는 의자가 있었다.

한 사내가 그들 뒤편 입구에서 눈을 껌벅이며 서 있었다. 입구를 가리던 모포가 망토처럼 그의 한쪽 어깨에 걸쳐져 있었다. 마치 공기저항 실험용으로 만들어진 것 같은 외모였다. 그의 조그마한 두 귀는 길쭉한 두개골에 찰싹 들러붙어 있었고, 커다란 앞니는 안쪽으로 날카롭게 휘었다. 나름대로 미소 짓는 것 같았다. 그는 골동품 트위드 재킷을 입고 왼손에 권총을 들었다. 그가 케이스에게 문가에 세워 둔 하얀색 플라스틱 판을 가리키며 손짓했다. 케이스가 다가가 보니 1센티미터 정도 두께의 판 속에 칩이 가득 차 있었다. 그는 사내를 도와 플라스틱 판을 들어 입구에 끼웠다. 사내는 니코틴에 찌든 손가락으로 재빠르게 하얀색 벨크로 테이프를 붙여 나갔다. 보이지 않는 환풍기가 소리를 내기 시작했다.

사내가 몸을 펴며 말했다.

"시간제야. 가격은 알지, 몰리?"

"스캔 먼저 해 줘, 핀. 몸속에 뭐가 박혀 있는지 봐야 해."

"그쪽 탑 사이로 가서 테이프 위에 서. 몸을 펴고, 그래. 이제 돌아서 봐. 완전히 180도 돌라니까."

케이스는 몰리가 금세라도 부서질 것 같은 센서투성이의 스탠드 사이에서 도는 모습을 바라보았다.

"흠, 머릿속에 못 보던 게 있군. 실리콘하고 열분해 탄소 코팅이라……. 시계지? 네 안경 쪽은 예전하고 똑같구먼. 저온 등방성 탄소. 열분해 쪽이 부작용이 덜할 텐데, 그거야 뭐 네 맘이니까. 손톱도 마찬가지라고."

"케이스, 이리 와."

그는 하얀색 바닥 위에 그려진 닳아빠진 검정색 X 표시를 보았다.

"돌아 봐, 천천히."

"이 친구는 처녀로군. 싸구려 치과 치료를 받은 게 전부야."

사내가 어깨를 으쓱해 보였다.

"생체 쪽 검사는?"

몰리는 초록색 조끼의 지퍼를 내리고 검정 선글라스를 벗었다.

"여기가 메이요 클리닉인 줄 알아? 어이, 친구. 테이블 위로 올라가. 생체 검사 좀 해 보자고."

사내가 누런 이를 드러내며 웃었다.

"핀께서 가라사대, 깔끔하구먼. 도청장치도 없고 피질 폭탄도 없어. 이제 차단막을 끌까?"

"핀, 얘기 끝날 때까지 좀 나가 있어 줘. 차단막은 있는 대로 다 켜 두고.”

“핀 어르신이야 상관없지. 원하는 대로 해 줄게. 계산은 초 단위라는 것만 잊지 마.”

핀이 나가자 몰리와 케이스가 다시 입구를 막았다. 몰리가 하얀 의자를 돌려놓고 앉아서 등받이 위에 팔을 걸치고 그 위에 다시 턱을 얹었다.

“이제 얘기해 보자. 여기가 내가 구할 수 있는 한에서는 제일 보안이 철저한 곳이야.”

“무슨 얘기?”

“우리가 할 일에 대해서.”

“우리가 할 일이 뭔데?”

“아미티지의 일.”

“네 말은, 우리가 아미티지의 이익을 위해서 일하는 게 아니란 말이야?”

“그래. 난 네 프로필을 봤어, 케이스. 그리고 앞으로 구입 예정인 물품 목록도 봤지. 너 죽은 사람하고 일해 본 적 있어?”

“아니. 하지만 가능할 거야. 난 전문가니까.”

그는 몰리의 안경에 비친 자신의 모습을 보았다.

현재 시제로 얘기한 것이 조금 꺼림칙했다.

“‘일직선 딕시’가 죽은 거 알고 있어?”

“심장마비라고 하더군.”

케이스가 고개를 끄덕였다.

“넌 그 사람의 구조물하고 같이 일하게 될 거야. 너 그자한테 배웠지, 그자하고 퀸한테서? 퀸은 나도 알아. 진짜 쓰레기지.”

그녀가 웃었다.

"매코이 폴리의 기록을 뽑아 낸 사람이 있다고? 그게 누구야?"

자리를 잡고 앉은 케이스가 팔꿈치를 테이블 위에 얹었다.

"난 못했는데. 그런 걸 그냥 둘 사람이 아니거든."

"센스/네트. 수백만은 지불했을 거야. 틀림없어."

"퀸도 죽었나?"

"그렇게 운이 좋진 못했어. 지금 유럽에 있지. 그 사람은 이 일하고 상관없어."

"어쨌든 일직선하고 같이 일한다면 얘긴 끝난 거야. 그는 최고야. 그 사람이 세 번 뇌사했었다는 거 알아?"

그녀가 고개를 끄덕였다.

"뇌전도 그래프가 일직선을 그렸지. 나한테 테이프를 보여 주면서 그러더군. '인마, 봐라. 난 죽었었다니까.'"

"잘 봐, 케이스. 난 이번 일을 맡은 다음부터 아미티지의 뒤에 누가 있는지 조사 중이야. 재벌 기업도 아니고 정부 쪽이나 야쿠자 분파도 아닌 것 같아. 아미티지도 명령을 받아 움직여. 이를테면 이런 거지. 지바로 가라, 가서 인생 종 치기 직전의 약물 중독자를 찾아내라, 그 녀석을 고쳐 줄 프로그램을 내주고 대신 수술을 해 줘라 등등. 그 외과용 프로그램 값이면 전 세계의 일류 카우보이 스무 명쯤은 고용할 수 있어. 네 솜씨가 좋다는 건 알겠지만 과연 그 정도 값어치가 있을까……."

그녀가 콧방울을 긁었다.

"누군가한테는 의미가 있나 보지. 누군가 거물급한테는."

케이스가 말했다.

"기분 나쁘게 하려고 한 말은 아냐. 우린 곧 위험한 작업을 시작할 거야, 케이스. 일직선 아저씨의 구조물을 꺼내 올 거라고. 센스/네트는 그걸 주요 자료실에 넣고 잠갔어. 뱀장어 똥구멍보다 들어가기 빡빡할 거야. 거기엔 센스/네트가 가을에 출시할 소프트들도 같이 들어 있어. 그걸 훔쳐 낸다면 우린 벼락부자가 되는 거지. 한데 우린 일직선 아저씨만 꺼내야지 다른 건 손대면 안 돼. 이상하지 않아?"

몰리가 싱글거렸다.

"그래, 전부 이상해. 너도 이상하고 여기도 이상해. 근데 저 밖에 있는 이상한 친구는 뭐야?"

"핀은 오래된 내 인맥이야. 주업은 장물아비지, 소프트웨어 장사. 이 보안장사는 부업이고. 하지만 내가 아미티지한테 얘기해서 핀을 기술자로 채용했어. 그러니까 나중에 핀을 보게 되더라도 처음 만난 것처럼 행동해. 알았지?"

"그런데 아미티지는 널 어떻게 녹인 거야?"

"나야 다루기 쉽지. 누구나 적합한 곳에 데려다 놓으면 잘 해내게 마련이니까. 넌 접속하고 난 싸우는 거야."

몰리가 미소 지었다. 케이스가 그녀를 바라보았다.

"이제 아미티지에 대해서 얘기해 봐."

"먼저 스크리밍 피스트를 조사해 봤는데 거기에 아미티지란 사람은 없었어. 별로 중요한 건 아니지만. 스크리밍 피스트의 생존자 중에는 아미티지하고 닮은 사람도 없었어."

그녀가 어깨를 으쓱했다.

"그게 전부야. 이 정도 알아내는 것도 큰일이었어."

그녀가 손톱으로 의자 등받이를 두드렸다.

"너 카우보이지? 그러니까 내 말은, 너라면 더 알아낼 수 있을지도 모른다는 거야."

그녀가 웃었다.

"걸리면 죽을 텐데."

"그럴 수도 있고 아닐 수도 있지. 그 사람한테는 네가 필요해, 케이스. 그것도 아주 절실하게. 그리고 넌 똑똑하잖아. 안 그래? 아마 잘 속일 수 있을 거야."

"네가 봤다는 목록엔 뭐가 있었지?"

"장난감들. 대부분 네가 쓸 것들이었어. 그리고 '피터 리비에라' 라는 이름의 공인된 또라이. 진짜 쓰레기 같은 새끼야."

"그 친구는 어디 있어?

"몰라. 하지만 그놈 진짜 변태야. 농담 아니야. 그 자식 프로필을 봤거든. 끔찍해."

몰리가 얼굴을 찡그리더니 일어서서 고양이처럼 몸을 폈다.

"자, 이제 연합한 거지? 우린 같은 배를 탄 거야, 동업자."

케이스가 그녀를 쳐다보았다.

"선택의 여지는 없는 거지, 응?"

그녀가 웃었다.

"맞아, 카우보이."

"매트릭스는 원시적인 전자오락에서 출발했습니다."

목소리가 말했다.

"머리에 꽂는 초기 그래픽 프로그램과 군사 실험이었죠."

소니 모니터에서 2차원적 우주 전쟁이 사라지고 로그 함수의 나선 공간 확률을 시연하는 수학적 고사리 숲이 나타났다. 차갑고 푸르게 불타는 군대의 모습, 테스트 장비에 연결된 실험용 동물들, 그리고 탱크와 군용기의 포화 제어장치에 달린 헬멧들.

"사이버스페이스. 전 세계에서 수억의 정규직 오퍼레이터와 수학을 배우는 어린이들이 매일 경험하는 공감각적 환상……. 인류의 조직 안에 존재하는 모든 컴퓨터의 데이터뱅크에서 유추된 자료구조의 시각적 재현. 그 상상을 초월한 복잡함. 정신 속의 공간 아닌 공간, 자료의 성운과 성단을 가로지르는 빛의 선. 도시의 불빛처럼 사라지는……."

"그건 뭐야?"

케이스가 채널을 돌리자 몰리가 물었다.

"애들용 쇼야."

채널이 바뀌면서 불연속적인 영상들이 넘쳤다.

"꺼."

케이스가 호사카에게 말했다.

"지금 해 보고 싶어, 케이스?"

수요일. 칩 호텔에서 깨어나 보니 몰리가 옆에 있던 날로부터 여드레가 지났다.

"나가 줄까? 혼자 있는 게 더 쉽다면……."

케이스는 고개를 저었다.

"아니. 그냥 있어. 상관없으니까."

그는 납작한 센다이 피부 전극을 건드리지 않도록 조심하면서 검은 보풀이 달린 땀 흡수용 밴드를 이마에 둘렀다. 그는 무릎에 올려놓은 덱 쪽으로 시야를 돌렸지만 실제로는 그것을 보고 있지 않았다. 그의 눈에 보이는 건 닌세이의 진열장 안에서 네온사인을 받아 불타는 표창이었다. 그는 눈을 들어 몰리가 선물해 준 표창이 걸려 있는 소니 모니터 위 벽을 응시했다. 가운데 뚫린 구멍에 노란 압정을 찔러 고정시킨 모습이었다.

케이스는 눈을 감고 전원 스위치 표면 돌출부를 만졌다.

눈 안쪽의 핏빛 어둠 속에서, 공간의 바깥 쪽에서 안으로 은색 섬광이 끓어오르며, 필름의 아무 프레임이나 잡아 상영을 시작한 것 같은 몽환적인 영상이 달리며 지나간다. 기호와 도형과 얼굴들. 흐릿하고 단편적인 시각 정보의 만다라.

제발. 그는 기도했다. 지금.

지바의 하늘과 같은 잿빛 디스크.

지금이야.

디스크가 돌기 시작한다. 더 빨라질수록 더 창백한 잿빛 구가 된다. 그리고 팽창하면서…….

액체 네온이 종이접기처럼 그를 향해 흘러왔다. 코앞에 있던 그의 고향이 펼쳐지면서 그의 나라가 되고, 투명한 3차원 체스 판이 펼쳐지면서 무한으로 확장했다. 내부의 눈을 떠 미쓰비시 은행의 초록색 입방체 너머에서 진홍색으로 불타고 있는, 계단식으로 상승하는 동부 연안 원자력 기구의 피라미드를 보았다. 아득히 멀리 저 높은 곳에는 그가 절대 도달할 수 없는 군사 시스템의 나선형 팔이 있었다.

어디서부턴가 그는 웃기 시작했다. 하얗게 칠한 방 안에서 자기 것이 아닌 양 멀리 떨어진 손가락으로 덱을 주무르면서. 해방의 눈물이 그의 얼굴을 타고 흘러내렸다.

케이스가 전극을 뽑아내고 보니 몰리는 나가고 없었다. 방 안은 어두웠다. 사이버스페이스에서 다섯 시간 동안 머문 셈이었다. 그는 오노센다이를 새로운 작업 테이블 위로 옮겨 놓고 침대 위에 쓰러져서 몰리의 검은 비단 침낭을 뒤집어썼다.

철제 방화문에 테이프로 붙여 놓은 보안 장비가 두 번 울렸다. 보안 장치가 말했다.

"입실 요청. 대상의 안전 확인 완료."

"그럼 열어."

케이스가 침낭을 벗겨 내고 일어나 앉자 문이 열렸다. 그는 몰리나 아미티지일 거라고 생각했다. 목쉰 소리였다.

"젠장. 몰리 당신이야 캄캄한 곳에서도 잘 보이겠지만……. 불 좀 켜 주지그래?"

작은 그림자가 걸어 들어와서 문을 닫았다. 케이스가 침대에서 기어 나와 구닥다리 스위치를 찾았다.

"핀이라고 하우."

핀이 얼굴 짓으로 경고하며 케이스에게 말했다.

"케이스입니다."

"만나서 반갑수. 당신네 두목한테 보여 줄 장비가 있는데."

핀은 주머니에서 파르타를 한 갑 꺼내어 불을 붙였다. 방 안에 쿠바산 담배 냄새가 진동했다.

그는 작업 테이블 쪽으로 다가와 오노센다이를 쳐다보았다.

"조립품이구먼. 곧 완성시켜야지. 그런데 이것 좀 보겠우?"

핀이 품속에서 두툼한 마닐라지 봉투를 꺼내어 바닥에 재를 떤 다음 그 안에서 별다를 것 없어 보이는 검은색 사각형 물건을 뽑아냈다.

"염병할 공산품 원형이라우."

그가 물건을 테이블 위로 집어 던졌다.

"폴리카본을 잔뜩 발라 놔서 레이저로도 못 뚫지. 완전히 박살내 버린다면 몰라도. 엑스레이나 초음파 스캔, 아니면 뭘로 건드리든 내부가 보이기 전에 망가져 버리게 되어 있다우. 마음만 먹으면 들여다볼 수야 있겠지만, 그딴 짓으로 시간 낭비할 필요야 없겠지, 안 그렇수?"

핀은 봉투를 조심스럽게 봉해 주머니 안쪽에 집어넣었다.

"그게 뭐죠?"

"간단하게 말하자면 플립플롭 스위치의 일종이라우. 이걸 저 센다이에 연결하면 매트릭스의 접속을 끊지 않고도 직접, 아니면 녹화된 상태로 심스팀을 조작할 수 있는 거지."

"그걸로 뭘 한다는 겁니까?"

"나야 모르지. 내가 아는 건 몰리한테 송신장치를 한다는 것뿐이니까. 아마 당신이 그녀의 감각중추를 조작하게 하려는 것 아니겠수?"

핀이 뺨을 긁었다.

"말하자면 이제 당신은 몰리의 청바지가 얼마나 꽉 조이는지 알 수 있게 된다, 이거지."

2

케이스는 이마에 피부 전극을 붙인 채 방 안에 앉아 머리 위의 채광창을 통해 들어온 약한 햇빛 속에 떠다니는 먼지를 바라보았다. 모니터 한 구석에서는 카운트다운이 진행 중이었다. 카우보이들은 심스팀을 쓰지 않았다. 케이스는 심스팀이 근본적으로 육체에 기반한 장난감이기 때문일 거라고 생각했다. 자신이 사용하는 피부 전극과 심스팀에 달린 플라스틱 머리띠의 원리가 같다는 것은 알고 있었다. 그리고 적어도 겉보기로만 말하자면, 사이버스페이스 매트릭스 역시 실제로는 인간의 감각중추를 극단적으로 단순화한 모델이라는 사실도 알고 있었다. 하지만 한편으로는 심스팀이 불필요하게 육체를 개입시킨 물건이라는 생각도 들었다. 상용 모델은 물론 수정이 가해져서, 예를 들어 주인공인 탤리 이샴이 어떤 단계에서 두통을 느껴도 플레이어는 고통을 느끼지 않는 식이었다.

화면이 이 초 남았음을 알리며 삑삑거렸다. 새 스위치는 납작한 리본 모양의 광섬유 형태로 센다이에 연결되어 있었다.

그럼 하나, 둘…….

기점에서 출발한 사이버스페이스가 실체로 다가왔다. '부드럽군. 좀 더 부드러워야 하는데. 살펴봐야겠어…….' 케이스는 생각했다.

그리고 새 스위치를 눌렀다.

다른 사람의 육체로 들어갈 때의 급작스러운 충격. 매트릭스가 사라지고 소리와 색의 물결이 다가왔다. 몰리는 인파가 북적거리는 상점 가에서 이동 중이었다. 염가 소프트웨어 판매상들이 즐비하고, 가격은 플라스틱 판에 적혀 있으며 여기저기 스피커에서 흘러나오는 음악의 단편들이 난무했다. 그리고 지린내, 화학약품 냄새, 향수 냄새, 새우 튀기는 기름 냄새. 놀란 케이스는 몇 초 동안 몰리의 몸을 조종하기 위해 헛된 노력을 한 다음 곧 자신의 수동적인 위치를 받아들이고는 그녀의 눈 너머에서 얌전한 승객이 되었다.

몰리의 안경은 햇빛을 전혀 차단하지 못했다. 그는 이식된 증폭기가 알아서 조도를 조절하는 것인지 궁금했다. 그녀의 단말 화면 왼쪽 아래에서 푸른 숫자가 시간을 나타내며 깜빡였다. '자랑하는군.' 케이스가 생각했다.

몰리의 몸짓은 어색했고 외모는 이질적이었다. 그녀는 계속해서 의도적으로 사람들과 부딪치려는 것 같았고, 그러면 사람들이 옆으로 피해 길을 만들어 주었다.

"케이스, 잘 돼 가?"

그는 목소리를 통해 그녀가 한 말이라는 것을 알 수 있었다. 그녀가 재킷 속으로 손을 집어넣어 따뜻한 실크 아래에서 손끝으로 젖꼭지를 비틀었다. 순간 케이스는 숨을 집어삼켰다. 몰리가 킬킬거렸다. 하지만 그녀와의 연결은 일방통행이었으므로 케이스에게는 대답할 방법이 없었다.

두 블럭을 더 지난 후 몰리는 메모리 골목 입구에 도착했다. 케이스는 자신이 길을 찾을 때 애용하는 표지판 쪽으로 몰리의 시야를 돌리려고 애썼다. 그는 수동적일 수밖에 없는 상황이 점점 불편해지기 시작했다.

그가 스위치를 눌러 순식간에 사이버스페이스로 전환했다. 뉴욕 공공도서관에 딸린 원시적인 아이스의 벽을 훑으면서 가능성이 있는 윈도우(아이스를 뚫고 들어갈 수 있는 접속부. 현재 사용되는 컴퓨터 용어 '포트'와 유사한 개념.—옮긴이)의 수를 기계적으로 헤아렸다. 다시 키를 두드려 몰리의 감각중추, 그 부드러운 근육의 흐름과 명민하고 날카로운 감각 속으로.

그는 지금 자신이 공유하고 있는 감각의 주인에 대해 생각해 보았다. '난 몰리에 대해서 뭘 알고 있지? 그녀가 나와 마찬가지로 프로라는 것. 그녀의 존재란, 나와 마찬가지로 먹고살기 위해 하는 일이 전부라는것. 아까 몰리가 잠에서 깼을때, 나와 몸을 합치고 서로 신음 소리를 내며 삽입했을 때 반응하던 모습. 그리고 블랙커피를 좋아한다는 것…….'

몰리의 목적지는 메모리 골목에 들어서 있는 수상쩍은 소프트웨어 대여점들 중 하나였다. 그곳은 매우 조용했다. 점포들은 중앙 통로를 따라 줄지어 있었다. 손님들은 대부분 어려서 심지어 이십대조차 보이지 않았다. 대부분 왼쪽 귀 뒤에 탄소 소켓을 박아 넣고 있는 것 같았지만 몰리는 그쪽을 보지 않았다. 점포 앞쪽 카운터에는 은색 초소형 소프트가 수백 개씩 진열되어 있었다. 색색의 사각형 실리콘으로 된 초소형 소프트들은 흰색 사각형 마분지 위에 놓인 투명한 거품 안에 꽂혀 있었다. 몰리가 남쪽 벽을 따라 일곱 번째 가게로 향했다. 카운터 뒤에서는 머리를 짧게 깎은 소년이 초점 잃은 눈으로 허공을 바라보고 있었다. 그의 귀 뒤에 달린 소켓에서 열 개가 넘는 초소형 소프트들이 삐죽삐죽 튀어나와 있었다.

"래리, 장사 안 해?"

몰리가 소년의 앞에 멈춰 서자 소년의 눈이 초점을 되찾았다. 그가 의자에서 일어선 다음 더러운 엄지손톱으로 소켓에서 분홍색 조각 하나를 뽑아냈다.

"안녕, 래리."

"몰리."

소년이 고개를 끄덕였다.

"래리, 네 친구들한테 일거리를 가져왔어."

래리는 붉은 티셔츠에서 납작한 플라스틱 용기를 꺼내어 그 안에 방금 뽑아낸 소형 소프트를 넣었다. 안에는 소프트들이 열 개 남짓 들어 있었다. 그가 그중에서 다른 것들보다 조금 길고 윤기 나는 검정색 칩 하나를 골라 천천히 머리에 꽂았다. 그러고는 눈을 찡그리며 말했다.

"몰리한테 누가 타고 있군. 래리는 그런 거 별로 안 좋아하는데."

"흐음. 난 네가 그렇게…… 예민한 줄 몰랐어. 놀랐는걸. 그렇게 예민해지려면 돈이 많이 들 텐데."

"절 아시나요, 누님?"

다시 초점 없는 눈빛.

"소프트 사러 오셨어요?"

"모던스를 만나러 왔어."

"몰리, 누가 타고 있어. 이걸로 알 수 있지."

소년이 검은 조각을 툭툭 쳤다.

"누군가 당신 눈을 쓰고 있어."

"동업자야."

"동업자한테 꺼지라고 해."

"팬더 모던스한테 볼일이 있다니까, 래리."

"무슨 말씀이신지 모르겠습니다만?"

"케이스, 연결 끊어."

케이스가 스위치를 두드리자 순식간에 매트릭스로 돌아왔다. 소프트웨어 상가의 잔상이 웅웅거리는 사이버스페이스의 고요함 속에 몇 초 동안 남아 있었다.

"팬더 모던스."

그가 피부 전극을 떼어 내며 호사카에게 말했다.

"오 분짜리로 요약."

"준비 완료."

컴퓨터가 말했다.

케이스가 아는 이름은 아니었다. 그가 지바로 간 다음에 새로 등장한 것이었다. 스프롤의 젊은이들 사이에서 유행은 빛의 속도로 스쳐 지나간다. 하나의 하위문화가 밤 사이에 생겨나서 십 주 정도 거리를 휩쓸다가 완전히 사라지는 것이다.

"시작해."

케이스가 말했다. 그동안 호사카 컴퓨터는 도서관과 정기 간행물, 그리고 뉴스 서비스를 뒤져 놓았다.

처음 한동안 요약한 정보는 컬러 사진 한 장뿐이었다. 처음에 케이스는 그 사진이 콜라주(근대 미술에서 화면에 종이나 인쇄물, 사진 따위를 오려 붙이고, 그 위에 가필하여 작품을 만드는 일. —옮긴이)의 일종이라고 생각했다. 소년의 얼굴 사진을 다른 곳에서 잘라 와 페인트가 흐르는 벽 사진에 합성한 것 같았기 때문이다. 눈은 검었고 수술의 결과임에 분명한 몽고주름이 있었으며 창백하고 좁은 양쪽 뺨에는 빨갛게 성난 여드름이 잔뜩 돋았다. 호사카가 정지된 영상을 돌리자 소년이 정글의 맹수처럼 사악함을 풍기는 우아한 동작으로 물 흐르듯 움직였다. 소년의 모습은 거의 알아보기 힘들었다. 몸에 딱 붙은 통짜 옷의 표면에는 벽돌담의 낙서를 흉내 낸 추상적인 패턴이 흐르고 있었다. 폴리카본 소재의 위장복이었다.

화면이 바뀌고 버지니아 램벌리 박사가 등장했다. 뉴욕 대학 사회학과 소속. 화면에 이름과 학부와 학교 이름이 붉은색으로 껌벅이며 지나갔다. 누군가 말했다.

"이렇게 초현실적인 폭력을 아무렇게나 휘두르는 경향으로 볼 때, 시청자들로서는 박사님께서 이런 현상을 테러리즘과 무관하다고 주장하시는 것을 납득하기가 힘들 겁니다."

램벌리 박사가 웃었다.

"테러리스트들에게는 언제나 미디어 전체를 주도하지 못하게 되는 시점이 존재합니다. 그 시점까지는 폭력이 점점 도를 더해 가지만, 그 시점을 넘는 순간 테러리스트는 전체 미디어의 한 징후가 되어 버리는 거죠. 우리가 일반적으로 알고 있듯이 테러란 원래 미디어와의 연계하에 존재하는 겁니다. 팬더 모던스가 다른 테러리스트들과 다른 점은 자기 자신에 대해 얼마만큼 알고 있느냐 하는 것과, 미디어가 테러 행위의 사회·정치적인 본래 의미를 얼마만큼 변질시키는가 하는 것을 잘 알고 있다는…….”

“다음.”

케이스가 말했다.

케이스는 호사카가 요약해 준 자료를 훑어본 후, 이틀 뒤 모던스의 멤버와 처음 만났다. 그는 모던스가 자신이 십대 후반이었을 때 유행하던 '위대한 과학자들'의 최신판이라고 결론 내렸다. 스프롤에는 늘 정체불명의 십대용 DNA가 돌아다녔다. 다양하고 단기적인 하위문화의 규율을 전파하고 어느 정도의 주기를 가지고 반복적으로 그것들을 복제해 나가는 DNA. 팬더 모던스는 '위대한 과학자들'의 덜떨어진 변종이었다. 당시의 기술이 요즘만 같았다면 '위대한 과학자들'도 모두 소켓을 박고 초소형 소프트를 끼우고 다녔을 것이었다. 중요한 것은 스타일이었고 스타일은 늘 똑같았다. 모던스는 용병이자 실용적인 장난꾸러기들이었으며 허무주의적 성향의 기술 탐닉자들이었다.

핀에게서 받은 디스켓 통을 들고 방문 앞에 나타난 소년의 이름은 안젤로였다. 목소리가 부드러웠다. 그의 얼굴은 콜라겐과 상어의 연골 다당류에서 배양해 이식한 단순 제품으로, 너무 매끈매끈해서 불쾌했다. 그는 지금까지 케이스가 본 것 중 가장 징그러운 접합 수술의 산물이었다. 안젤로가 면도날처럼 날카로운 짐승의 송곳니를 드러내며 웃자 케이스는 그제야 숨을 내쉬었다. 치아 이식. 그거라면 전에도 본 적이 있었다.

“그 말썽쟁이들이 너한테서 세대 차를 느끼게 하면 안 돼.”

몰리가 말했다. 케이스가 센스/네트 아이스의 패턴에 집중하면서 고개를 끄덕였다.

바로 이거다. 이것이야말로 그가 무엇이고 누구인가를 말해 주는 모든 것이며, 그의 존재 자체였다. 케이스는 밥 먹는 것도 잊었다. 몰리는 쌀밥이 든 상자와 초밥이 든 플라스틱 쟁반을 길쭉한 테이블 한쪽에 놓고 갔다. 가끔 케이스는 방 한구석에 마련해 놓은 화학 처리식 화장실을 쓰기 위해 덱을 떠나는 일마저도 귀찮게 여겨졌다. 케이스는 아이스 패턴이 계속해서 재형성되는 동안 빈틈을 찾고, 빤히 보이는 함정을 피해 가며 센스/네트의 아이스를 뚫고 들어갈 통로를 그려 나갔다. 훌륭한 아이스, 멋진 아이스였다. 케이스가 몰리의 어깨에 팔을 두르고 누워서 채광창의 철제 격자를 통해 붉은 여명을 볼 때도 그의 눈앞에는 아이스의 패턴이 불타고 있었다. 잠에서 깨었을 때 가장 먼저 보이는 것도 아이스의 무지갯빛 화소가 빚어내는 미로였다. 그는 잠에서 깨면 옷도 갈아입지 않고 곧바로 덱으로 달려가 접속했다. 그는 아이스를 분석하고 있었다. 일다운 일을 하고 있는 것이다. 그는 날짜 가는 것도 잊어버렸다.

하지만 가끔, 특히 몰리가 모던스에서 데려온 간부급과 함께 사전 답사를 나간 뒤 홀로 남아 잠시 졸고 있을 때면, 지바에서의 모습들이 물밀듯 밀려왔다. 얼굴들과 닌세이의 네온등. 한 번은 린다 리가 등장하는 혼란스러운 꿈을 꾸다가 깨어났는데, 그녀가 누구이며 자신에게 어떤 의미였는지 전혀 기억할 수 없었다. 그러다가 마침내 해답이 떠오르자 그는 접속해서 아홉 시간 동안 쉬지 않고 일에만 전념했다.

그는 그렇게 꼬박 아흐레를 보내고 나서야 센스/네트의 아이스를 완전히 분석해 냈다.

"일주일 안에 끝내라고 했을텐데."

아미티지는 이렇게 말했지만 케이스가 작전 계획을 제시하자 만족감을 감추지 못했다.

"재미있었던 모양이군."

"별것 아니었어요. 멋진 일이었어요, 아미티지."

케이스가 화면을 향해 미소 지으며 대답했다.

"그래. 하지만 자만해선 안 돼. 앞으로 할 일에 비하면 이건 오락실 게임에 불과해."

아미티지가 인정했다.

"사랑해요, 고양이 엄마."

팬더 모던스의 연결책이 속삭였다. 그의 목소리는 케이스의 헤드셋 쪽에서 듣자면 변조된 잡음이었다.

"여기는 애틀랜타다, 내 새끼들. 시작해야 할 것 같아. 시작이라고, 알았니?"

몰리의 목소리가 좀 더 분명히 들렸다.

"말씀만 하세요."

모던스는 전기 구이 통닭 접시 모양의 안테나를 이용해 연결책이 보낸 암호를 맨해튼 상공의 정지 위성 궤도에 있는 '주님의 자녀들' 이라는 인공위성으로 중계하는 중이었다. 그들은 이번 작전 전체가 자기들끼리 하는 공들인 장난쯤으로 보이도록 꾸몄으며, 통신위성의 선택에도 신중을 기했다. 몰리가 보내는 신호는 센스/네트 빌딩과 비슷한 높이의 검은 유리를 두른 은행 건물 옥상에 에폭시 수지로 붙여 놓은 직경 1미터짜리 우산형 안테나에서 발사되고 있었다.

애틀랜타. 식별 코드는 간단했다. 애틀랜타, 보스턴, 시카고, 덴버 순이었다. 각 도시 이름마다 오 분씩. 만약 누군가 몰리의 신호를 가로채서 해독하고 그녀의 목소리를 흉내 내더라도 모던스 쪽에서는 이 코드 덕에 알아챌 수 있었다. 만약 몰리가 건물 안에서 이십 분 이상 지체하게 된다면 밖으로 빠져나올 가능성은 거의 없었다.

케이스는 잔에 남은 커피를 단숨에 들이켜고 전극을 제자리에 붙인 다음 검정 티셔츠 속으로 손을 넣어 가슴을 긁었다. 케이스는 모던스가 어떤 방법으로 센스/네트 보안 요원들의 주의를 다른 곳으로 돌릴지 짐작하는 수밖에 없었다. 그의 임무는 몰리가 필요로 할 때 자신이 작성한 침투 프로그램을 센스/네트 시스템과 확실히 연결하는 것이었다. 그가 화면의 카운트다운을 주시했다. 둘. 하나.

케이스가 접속해서 프로그램에 시동을 걸었다.

"본작전 시작."

케이스는 교환원의 목소리를 들으며 센스/네트 아이스의 번쩍거리는 계층 구조로 뛰어들었다. '좋아. 이제 몰리를 체크하자.' 그는 심스팀을 두드려 몰리의 감각중추 쪽으로 전환했다.

암호화로 인해 몰리의 이미지는 약간 흐려져 있었다. 몰리는 껌을 씹으며 건물의 널찍하고 하얀 로비에서 금박으로 장식된 거울 앞에 서 있었다. 거울에 비친 자기 모습에 도취된 게 분명했다. 이식된 반사형 안경을 감추기 위해 쓰고 있는 커다란 선글라스만 빼면, 그녀는 원래 그 장소의 일부였던 듯 그곳에 잘 어울렸다. 탤리 이샴을 한 번이라도 보기 위해 서성이는 관광객 소녀 같았다. 그녀는 하얀 망사 윗도리에 작년에 도쿄에서 유행했던 헐렁한 흰색 바지를 입고 그 위에 분홍색 플라스틱 레인코트를 걸쳤다. 몰리가 멍하니 웃으면서 껌으로 풍선을 만들었다가 터뜨렸다. 케이스는 웃음이 나올 것 같았다. 그는 몰리의 갈빗대 밑에 무전기와 심스팀 장치, 그리고 암호 변환기가 미공성(微孔性) 테이프로 고정되어 있다는 것을 느낄 수 있었다. 그녀의 목에 진통용 밴드처럼 보이도록 최대한 가장한 마이크가 붙어 있었다. 몰리가 두 손을 분홍색 코트 주머니 속에 감추고 긴장을 풀기 위해 반복적으로 쥐었다 폈다 했다. 잠시 후 케이스는 그녀의 손끝에서 오는 독특한 느낌이 조금씩 나갔다 들어왔다 하는 칼날의 감각이라는 것을 알아챘다.

전환. 케이스의 프로그램은 이미 다섯 번째 관문에 도달한 상태였다. 케이스는 자신이 프로그래밍한 아이스브레이커가 눈앞에서 깜박거리는 것을 지켜보며 덱 위에서 거의 기계적으로 손을 움직였다. 중요한 수정은 거의 필요 없었다. 색채를 띤 반투명 평면들이 마치 카드 묘기처럼 뒤섞였다. 케이스는 생각했다. '카드를 뽑으세요. 뭐든 좋아요.'

관문이 흐릿해지더니 뒤로 지나갔다. 그가 웃었다. 센스/네트 아이스가 케이스의 침입을 협회의 로스앤젤레스 지부 쪽에서 들어온 일상적인 통신으로 간주하고 받아들인 것이었다. 그는 어느새 내부에 들어와 있었다. 그의 뒤에서는 바이러스 프로그램이 위장을 벗고 관문의 구조안으로 섞여 들어가 로스앤젤레스에서 오는 진짜 자료를 다른 곳으로 보내 버릴 것이다.

그가 다시 전환했다. 몰리는 로비 안쪽 거대한 원형 접수대를 통과하고 있었다. 몰리의 시신경에서 '12:01:20' 이라는 표시가 빛났다.

정각 자정에 뉴저지에 있는 연결책이 몰리 눈 뒤에 있는 칩의 신호에 맞춰 명령을 내렸다.

"본작전 개시."

아홉 명의 모던스 대원이 스프롤 내 320킬로미터 거리에 흩어져서 공중전화로 동시에 '긴급 통화' 를 걸었다. 각각 정해진 메시지를 짧게 통고하고 전화를 끊은 다음 어둠 속으로 숨어들어 수술용 장갑을 벗었다.

아홉 군데의 경찰서 및 공공 보안 부서에는, 과격파 기독교 근본주의자들의 분파 하나가 센스/네트 피라미드의 환기 시스템에 '블루 나인' 이라는 정신 작용제의 투입을 공표했다는 정보가 들어왔다. '탄식의 천사' 라고도 불리는 블루 나인은, 피실험자의 85퍼센트가 격한 광기에 휩싸이며 살인 성향의 정신이상을 일으키는 것으로 알려져 있었다.

케이스는 자신의 프로그램이 센스/네트의 보안을 관할하는 하위 시스템 관문을 향해 들어가는 것을 확인하자마자 몰리 쪽으로 전환했다. 그는 자신이 엘리베이터 안으로 걸어 들어가는 것을 느꼈다.

"실례합니다만, 직원이십니까?"

경비원이 눈썹을 추켜올리며 물었다. 몰리가 껌을 딱 소리 나게 씹었다.

"아니요."

대답과 동시에 몰리는 오른손 처음 두 마디를 사내의 명치에 꽂아 넣었다. 그가 상체를 구부리며 허리띠에 달린 경보기를 울리려 하자 몰리는 그의 옆머리를 강타해 벽 쪽으로 날렸다.

몰리가 좀 더 빠르게 껌을 씹으면서 번쩍이는 조종 패널에서 '닫힘' 과 '멈춤' 버튼을 눌렀다. 그러고 나서 코트 주머니에서 검정색 상자를 꺼내어 패널의 회로부를 봉하고 있는 잠금장치의 열쇠 구멍에 철사를 꽂아 넣었다.

팬더 모던스는 첫 번째 행동이 효력을 나타내기까지 사 분 동안 기다린 다음 신중하게 준비한 두 번째 가짜 정보를 주입했다. 이번에는 센스/네트 건물의 내부 비디오 시스템으로 직접 쏘았다.

12:04:03. 건물 안의 모든 화면이 특정 주파수로 십팔 초 동안 깜빡였

다. 그 주파수는 센스/네트의 직원 중 일부 민감한 사람들에게 발작을 일으켰다. 그러고 나자 사람 얼굴처럼 보이는 형상이 어렴풋이 화면을 가득 채웠다. 그것은 풍기 문란한 메르카토르 도법(지도 투영법의 하나. 임의의 경선을 따라 지구에 접하는 원통에 정각으로 바르게 나타나도록 경선과 위선망을 투영하고, 이를 평면적으로 전개한 도법이다. 원통에 접하는 중앙경선에서 동서로 멀어질수록 면적의 왜곡이 커진다.—옮긴이)처럼 펼쳐진 비대칭 골격 위에 뻗어 있었다. 길게 늘어나 뒤틀린 턱뼈가 움직이자 푸르고 축축한 입술이 벌어졌다. 손 같기도 하고 뿌리혹이 달린 마디 같기도 한 것이 꾸물거리며 카메라 쪽으로 접근했다가 흐려진 다음 사라졌다. 잠재의식 속으로 빠르게 지나가는 오염의 이미지들. 건물의 물 공급 시스템, 실험실에서 유리 기구들을 조작하는 장갑 낀 손, 어둠 속으로 쓰러지는 알 수 없는 물체, 하얗게 튀어 오르는 액체……. 군에서는 HsG라는 이름의, 인간의 골격 성장 속도에 영향을 주는 물질을 사용할지도 모른다는 한 달 전의 음성 뉴스를 정상 속도의 절반 정도로 느리게 틀어 놓았다. HsG를 과용하면 뼈세포의 성장 속도가 한계를 넘어 정상인의 1,000배까지 증가한다는 내용까지.

12:05:00 현재, 거울로 뒤덮인 센스/네트 협회의 연결부에는 3,000명이 넘는 직원들이 있었다. 자정에서 오 분이 지나자 화면에서 하얀 섬광이 터지며 모던스의 메시지가 끝났다. 센스/네트 피라미드 전체가 비명을 질렀다. 건물의 환기 시스템에 블루 나인이 투입되었을 가능성에 대비해 뉴욕 경찰 소속의 호버크라프트 예닐곱 대가 센스/네트 피라미드로 몰려왔다. 진압용 서치라이트를 있는 대로 켜 둔 채였다. 바마(BAMA) 긴급 구조용 헬기가 라이커 빌딩 이착륙장에서 발진하고 있었다.

케이스는 두 번째 프로그램을 구동시켰다. 센스/네트의 개발품이 저장된 하층 구조로 진입하기 위해 신중하게 설계된 바이러스가 최상위 지휘 체계의 코드 구조를 공격했다.

"보스턴."

몰리의 목소리가 연결 라인을 따라 들려왔다.

"나 아래층에 왔어."

케이스가 몰리에게로 전환해 엘리베이터의 밋밋한 벽을 바라보았다. 몰리는 하얀 바지를 벗는 중이었다. 그늘진 발목 쪽과 똑같은 색깔의 커다란 꾸러미가 미공성 테이프로 고정되어 있었다. 그녀가 무릎을 꿇고 테이프를 떼어 냈다. 모던스의 특수복을 펼치는 동안 버건디 색 줄무늬가 위장용 폴리카본 층 위에서 흔들렸다. 그녀는 분홍색 레인코트를 벗어서 하얀 바지 옆에 던져 놓고 하얀 망사 윗도리 위에 특수복을 걸쳤다.

12:06:26. 케이스가 만든 바이러스가 자료실의 지휘 계통 아이스에 구멍을 뚫었다. 그는 키를 조작해 안으로 들어갔다. 무한하게 펼쳐진 파란 공간에는 희미한 푸른빛의 네온 격자가 조밀하게 쳐져 있었고, 거기에 색색으로 구별된 구들이 매달려 있었다. 매트릭스의 공간 아닌 공간에서 특정 자료 구조물은 주관적으로 무한한 차원을 지니고 있었다. 어린아이의 장난감 계산기조차 케이스의 센다이를 통해 접촉해 보면 끝없는 무(無)의 심연에 몇 안 되는 기본 명령 체계가 매달린 모습으로 보일 것이다. 케이스는 핀이 심각한 마약중독 증세를 보이는 중간 간부급 샐러리맨으로부터 사들인 조합 대로 키를 두드렸다. 그는 투명한 궤도를 따라가듯 구체들 사이를 통과하며 미끄러지기 시작했다.

여기다. 이거야.

그는 키를 조종해 구체 안으로 들어갔다. 구의 윗면은 별 하나 없는 밤처럼 푸르고 차가웠으며 성에가 낀 유리처럼 부드러워 보였다. 그가 핵심적인 보관 명령 체계에 어떤 변화를 주는 보조 프로그램을 구동시켰다.

이제 나가는 거야. 천천히 되짚으면서. 바이러스가 윈도우의 구조를 천천히 역으로 재구성해 줄 테니까.

끝났어.

팬더 모던스 두 사람이 센스/네트 건물 로비 주변을 경계하며 야트막한 사각 화분 받침 뒤에 숨어서 비디오 카메라로 소동을 촬영하고 있었다. 둘 다 카멜레온 특수복 차림이었다.

"지금 경찰 대원들이 발포 수지를 뿌려 바리케이드를 치고 있다."

둘 중 하나가 목 마이크에 대고 보고했다.

"긴급 구조대는 아직 헬기를 착륙시키려고 애쓰는 중이다."

케이스가 심스팀 스위치를 켰다. 그러곤 골절의 고통 속으로 전환해 들어갔다. 몰리는 긴 복도의 밋밋한 회색 벽에 기대어 있었다. 그녀의 호흡은 엉망으로 불규칙했다. 케이스가 즉시 매트릭스로 되돌아가자 허벅지에서 하얗고 뜨거운 고통의 선이 사라져 갔다.

"내 새끼들아, 무슨 일이야?"

그가 연결책에게 물었다.

"나도 모르겠어요, 재단사 아저씨. 엄마가 말을 안 해요. 기다려 봐요."

케이스의 프로그램이 비명을 질렀다. 머리카락처럼 가느다란 핏빛 네온이 복구된 윈도우의 중앙으로부터 뻗쳐 나와 변화하고 있는 그의 아이스브레이커까지 닿아 있었다. 기다릴 시간이 없었다. 케이스는 숨을 크게 들이쉰 다음 다시 전환했다.

몰리가 복도 벽 쪽에 체중을 싣고 절룩거리며 한 걸음을 내디뎠다. 방 안에 앉은 케이스는 고통 때문에 신음했다. 두 번째 걸음을 내디딘 몰리가 팔을 뻗어 몸을 지탱했다. 특수복의 소매가 갓 묻은 피로 번들거렸다. 세 걸음째에 케이스는 비명을 지르며 자신도 모르게 매트릭스로 되돌아갔다.

"애들아? 여기는 보스턴……."

몰리의 목소리가 고통으로 허덕였다.

"이쪽 사람들하고 조금 문제가 있었어. 싸우느라 한쪽 다리가 부러졌나 봐."

"뭐가 필요해요, 고양이 엄마?"

연결책의 목소리는 잡음에 묻혀 거의 들리지 않았다.

케이스가 가까스로 몰리에게 전환했다. 몰리는 모든 체중을 오른쪽 다리에 실은 채 벽에 기대어 있었다. 그녀는 캥거루식 앞주머니를 뒤져 여러 가지 색의 피부 판을 담아 두는 플라스틱 판을 꺼내어 그중 세 장을 골라 왼쪽 손목의 혈관 위에 힘주어 붙였다. 엔돌핀 유사체 6000마이크로그램이 마치 해머처럼 고통을 두들기더니 마침내 산산조각내 버렸다. 몰리가 경련을 일으키며 등을 구부렸다. 분홍빛의 따뜻한 물결이 양 허벅지로 몰려들었다. 그녀는 숨을 내쉬고 천천히 긴장을 풀었다.

"애들아, 됐어. 이젠 괜찮아. 대신 나갈 때 의료진을 대기시켜 달라고 내쪽 친구들한테 전해 줘. 재단사 아저씨, 나 지금 목표 지점에서 이 분 거리야. 버틸 수 있겠어?"

"들어와서 버티는 중이라고 말해 줘."

케이스가 말했다.

몰리는 다리를 절면서 복도를 따라 걸었다. 그녀가 한 차례 뒤돌아 보자 케이스는 세 명의 센스/네트 보안 요원들이 쓰러져 있는 모습을 볼 수 있었다. 그중 한 명은 눈이 완전히 없어진 것 같았다.

“고양이 엄마, 경찰과 긴급 구조대가 1층을 봉쇄했어요. 발포 수지 바리케이드예요. 로비가 흠뻑 젖었어요.”

“여기도 다 젖었어.”

몰리가 회색 강철 문의 한쪽을 통과하면서 말했다.

“다 왔어, 재단사.”

케이스는 매트릭스로 전환한 다음 이마에서 전극을 떼어 냈다. 온통 땀에 젖어 있었다. 그는 수건으로 이마를 닦고, 호사카 뒤에 놓아둔 경주 자전거용 물통에서 재빨리 물을 한 모금 마신 다음 화면에 떠 있는 자료실의 지도를 살펴보았다. 깜빡거리는 빨간색 커서가 입구의 바깥쪽을 통과했다. 일직선 딕시의 구조물을 나타내는 초록색 점에서 겨우 몇 밀리미터 떨어진 거리였다. 케이스는 저런 식으로 걷다가 몰리의 다리가 어떻게 될지 궁금했다. 엔돌핀 유사체를 충분히 투입한다면 피투성이 다리로도 걸을 수는 있었다. 케이스는 자신을 의자에 고정시키는 나일론 멜빵을 조인 다음 다시 전극을 붙였다.

이제부터는 반복 작업이었다. 전극, 접속 그리고 전환.

센스/네트의 개발 자료실은 격리된 보관소였으므로 그곳에 저장된 물건은 반드시 물리적으로 꺼내야만 접속이 가능했다. 몰리가 열을 지어 늘어선 똑같은 모양의 보관함 사이로 절뚝거리며 나아갔다.

“다섯 줄 더 가서 왼쪽으로 열 번째라고 말해 줘.”

케이스가 말했다.

"다섯 줄 더 가서 왼쪽으로 열 번째예요, 고양이 엄마."

연결책이 말했다.

몰리가 왼쪽으로 돌아섰다. 하얗게 질린 자료실 담당 여직원이 두 개의 보관함 사이에 주저앉아 있었다. 뺨이 젖고 눈은 멍한 상태였다. 케이스는 모던스가 도대체 무슨 짓을 했길래 저 정도의 공포를 유발할 수 있었는지 궁금했다. 몰리가 설명해 줬을 때 그는 아이스에 신경을 쓰느라 듣지 못했던 것이다.

"그거야."

몰리는 케이스가 말하기도 전에 벌써 목표 구조물이 담긴 캐비닛 앞에 서 있었다. 케이스는 그 모양새에서 지바의 줄리 딘 대기실에 있던 신아스테크풍 책장을 떠올렸다.

"시작해, 재단사 아저씨."

몰리가 말했다.

케이스는 사이버스페이스로 전환해 들어간 다음, 자료실의 아이스를 뚫고 들어간 핏빛 실을 통해 명령을 보냈다. 다섯 개의 독립된 경보 시스템들은 자신들이 여전히 정상적으로 작동하고 있다고 생각했다. 세 개의 정교한 자물쇠가 풀렸지만 그것들 역시 자신들이 여전히 잠겨 있다고 착각하고 있었다. 자료실 중앙 뱅크의 영구 메모리에 잠깐 동안 변화가 있었다. 해당 구조물은 한 달 전에 상부의 명령으로 반출되었다는 내용. 자료실 담당 직원이 구조물 반출 허가를 확인해 보려 해도 기록은 이미 삭제된 것이다.

문이 소리 없이 열렸다.

"0469839."

케이스가 말하자 몰리는 선반에서 검은색 보관 장치를 집어 들었다.

중기관총의 탄창과 모양이 비슷한 표면에는 경고 표시와 보안 등급이 찍혀 있었다.

몰리가 보관함 문을 닫자 케이스는 전환해서 자료실 아이스를 꿰뚫고 있던 선을 빼냈다. 선이 그의 프로그램으로 되돌아와 감기자 전체 시스템이 자동으로 역수습되기 시작했다. 그가 빠져나오자 등 뒤에서 센스/네트의 관문들이 찰칵거리며 닫혔고, 그가 관문을 통과할 때마다 배치해 두었던 보조 프로그램들은 아이스브레이커의 중앙부로 되돌아왔다.

"나간다, 애들아."

케이스는 이렇게 말하고는 의자에 털썩 주저앉았다. 잔뜩 집중했던 진짜 작업이 끝나면 그는 접속 상태에서도 육체를 자각할 수 있었다. 센스/네트 쪽에서 구조물이 도난당한 사실을 알아채는 데는 며칠이 걸릴 터였다. 로스앤젤러스로부터의 전송이 어긋났으며, 그 시점이 모던스의 테러 발생 시기와 너무 딱 맞아떨어진다는 사실이 허점이라면 허점일 수 있었다. 케이스는 몰리가 복도에서 마주쳤던 세 명의 보안 요원이 살아서 말을 할 수 있을지 의심스러웠다. 그가 전환했다.

몰리가 조종 패널 옆에 검은 상자를 붙여 두었던 엘리베이터는 세워둔 곳에 그대로 있었다. 경비원은 여전히 몸을 웅크린 채 바닥에 쓰러져 있었다. 케이스는 그제야 경비원의 목에 피부 판이 붙어 있다는 것을 깨달았다. 경비원이 정신을 못 차리도록 몰리가 붙여 놓은 것이었다. 몰리는 경비원의 몸을 다시 넘어가서 검은 상자를 치운 다음 로비 버튼을 눌렀다.

소리를 내며 문이 열리자 한 여자가 등을 돌리고 군중으로부터 밀려나와 엘리베이터의 안쪽 벽에 머리를 부딪혔다. 몰리는 여자를 무시하고 몸을 구부려 경비원의 목에서 피부 판을 떼어 냈다. 그러고 나서 하얀 바지와 분홍 레인코트를 문 밖으로 걷어차고 검은 선글라스를 내던진 다음 후드를 이마까지 뒤집어썼다. 그녀가 움직이자 캥거루 주머니에 들어 있는 구조물이 갈비뼈를 파고들었다. 그녀는 걸어 나갔다.

케이스는 전에도 공황 상태를 본 적이 있었다. 그러나 이처럼 폐쇄된 공간에서 일어나는 광경은 처음이었다. 여러 대의 엘리베이터에서 쏟아져 나온 센스/네트 직원들이 정문을 향해 쇄도했다가 경찰의 발포 수지 바리케이드, 그리고 모래주머니로 엄폐물을 만들어 놓고 총을 든 채 대기 중인 바마 긴급 구조대와 맞부딪쳤다. 이 두 집단은 자신들이 잠재적인 살인범 무리를 진압하고 있다는 생각에 일체가 되어 협력하는 중이었다. 큰길로 나가는 정문은 산산히 부서졌고, 그 너머 바리케이드 위로는 인간들의 몸뚱이가 세 겹으로 쌓여 있었다. 군중이 대리석 바닥을 밟고 앞뒤로 몰려다니며 내는 소음 저편으로 진압용 총에서 나온 총알의 파열음이 배경음처럼 반복해서 들려왔다. 케이스로서는 생전 처음 듣는 소리였다. 몰리도 처음 들어 보는 것임에 틀림없었다.

"세상에!"

그녀는 이렇게 말하며 멈칫했다. 직접적이고 총체적인 공포의 비명이 부글거리는 가운데 날카롭게 솟아오르는 소음들. 시체와 옷가지, 피, 그리고 구겨진 노란색 인쇄물들이 로비를 뒤덮었다.

"아가씨, 나갑시다."

모던스 두 명이 위장복에서 눈을 내밀고 있었다. 미친듯이 소용돌이치는 폴리카본 층의 무늬도 그들 뒤에서 날뛰는 혼란에 견주자면 아무것도 아니었다.

"다친 거요? 타미가 부축할 거요."

타미가 이렇게 말한 사내에게 무언가를 건넸다. 폴리카본으로 둘러싼 비디오카메라였다.

"시카고. 나 나가는 중이야."

몰리가 말했다. 그리고 그녀는 쓰러졌다. 피와 토사물로 뒤범벅된 대리석 바닥이 아니라 따뜻한 피의 우물과도 같은 고요와 어둠 속으로.

팬더 모던스의 리더는 자신을 '루퍼스 얀더보이' 라고 소개했다. 그는 주위 배경에 맞춰 녹화된 영상을 비출 수 있는 폴리카본 위장복을 입고 있었다. 그가 괴물꼴 홈통 주둥이 조각처럼 케이스의 작업 테이블 모서리에 웅크리고 앉아서 뒤집어쓴 후드 너머로 케이스와 아미티지를 쳐다보았다. 그는 미소를 띠고 있었다. 머리칼은 분홍색이었다. 귀 뒤에는 갖가지 마이크로 소프트가 잔뜩 꽂혀 숲을 이루고 있었다. 뾰족한 귀 위로 분홍색 머리칼이 더욱 무성했다. 그는 빛을 잘 감지하기 위해 동공을 고양이처럼 개조했다. 케이스는 그의 특수복 표면에서 색과 무늬가 기어 다니는 것을 보았다.

"자넨 일을 엉망으로 처리했어."

아미티지가 말했다. 그는 값비싸 보이는 검정색 트렌치코트로 몸을 감싸고 방 한가운데에 조각상처럼 버티고 서 있었다.

"혼돈이에요, 형씨. 그게 우리 방식이죠. 우리 활력의 원천이니까. 당신네 여자는 알고 있었어요. 우리가 거래한 건 그 여자이지 당신이 아니라고요, 형씨."

루퍼스 얀더보이가 말했다. 그의 특수복 위로 베이지색과 희미한 아보카도 열매 색 격자무늬가 나타났다.

"그 여자가 의료진을 요청해서 지금 그쪽에 있어요. 우리 쪽에서 돌보고 있죠. 일은 모두 잘 끝났어요."

얀더보이가 다시 웃었다.

"돈을 줘요."

케이스가 말하자 아미티지가 케이스를 노려보며 말했다.

"아직 물건을 못 받았어."

"당신네 여자가 갖고 있어요."

얀더보이가 말했다.

"돈을 줘요."

아미티지는 뻣뻣하게 테이블로 걸어가 트렌치코트 주머니에서 두툼한 신 엔 세 다발을 꺼냈다. 그가 얀더보이에게 물었다.

"세어 보겠나?"

"아니요. 금액은 맞겠죠. 당신이 지금은 그냥 '형씨' 이지만 금액이 틀리다면 그때부터는 이름을 갖게 될 거예요."

"협박인가?"

"사업이죠."

얀더보이는 특수복 앞주머니에 돈다발을 넣었다.

전화벨이 울리자 케이스가 받았다.

"몰리예요."

그가 아미티지에게 말하고는 수화기를 건넸다.

케이스가 건물을 나서자 스프롤의 측지선은 동트기 직전의 회색으로 빛나고 있었다. 사지가 차가워서 떨어져 나가 버린 느낌이었다. 잠을 이룰 수가 없었다. 방 안에 있는 게 지겨웠다. 루퍼스가 떠나고 아미티지도 나갔다. 몰리는 어딘가의 수술실에 있었다. 발밑 땅속에서 쉭쉭거리며 지나가는 지하철의 진동이 전해졌다. 멀리서 사이렌 소리가 도플러 효과(파원 波源에 대하여 상대속도를 가진 관측자에게 파동의 주파수가 파원에서 나온 수치와는 다르게 관측되는 현상. —옮긴이)를 만들고 있었다.

케이스는 내키는 대로 여기저기 쏘다녔다. 새로 산 가죽 재킷의 깃을 세우고 몸을 웅크렸다. 그러곤 피우고 있던 예휴얀을 튕겨서 버린 다음 곧바로 두 번째 개비에 불을 붙였다. 그는 혈관 속에서 녹고 있을 독주머니와 자신이 걸음을 뗄 때마다 얇아지는 박막을 떠올리려 애썼다. 어느 쪽도 현실감이 없었다. 센스/네트의 로비에서 몰리의 눈을 통해 본 공포와 분노 역시 마찬가지였다. 그는 무의식적으로 자신 때문에 지바에서 죽은 세 사람의 얼굴을 떠올려 보았다. 남자들은 전혀 모르는 얼굴이었다. 여자 쪽은 린다 리와 비슷했다. 거울 창을 단 고철 직전의 삼륜 트럭이 텅 빈 플라스틱 실린더를 짐받이에 싣고 덜컹거리며 그의 옆을 지나갔다.

"케이스."

케이스는 본능적으로 벽을 등지며 빠른 동작으로 비켜섰다.

"전해 줄 메시지가 있어요, 케이스."

루퍼스 얀더보이의 옷 위로 삼원색이 흘러갔다.

"미안해요. 놀라게 하려는 건 아니었는데."

케이스가 재킷에 손을 넣은 채 몸을 폈다. 그가 얀더보이보다 머리 하나쯤 더 컸다.

"조심해, 얀더보이."

"메시지는 이거예요. '윈터뮤트(WINTERMUTE)'."

얀더보이가 철자를 불러 주었다.

"네가 보내는 거야?"

케이스가 한 걸음 다가섰다.

"아니요. 당신한테 전하라고 해서요."

얀더보이가 말했다.

"누가 보낸 건데?"

"윈터뮤트."

얀더보이가 닭 볏 모양의 분홍색 머리채를 흔들며 되풀이했다. 그의 특수복이 무광 검정색으로 바뀌었다. 낡은 콘크리트를 배경으로 한 탄소의 그림자. 그는 검정색 양팔을 휘저으며 잠깐 동안 기이한 춤을 추더니 이내 사라졌다. 아니, 아직 보였다. 후드를 뒤집어써서 분홍색 머리를 가리자 옷 전체가 잿빛 그늘이 되어 그가 서 있는 얼룩진 보도와 더 이상 구분되지 않았다. 그는 정지 신호등의 붉은빛을 향해 윙크한 다음 완전히 사라졌다.

케이스는 눈을 감고 아무 감각이 없는 손가락으로 눈꺼풀을 문지르며 칠이 벗겨진 벽에 등을 기댔다.

이곳에 비하면 닌세이는 훨씬 단순한 동네였다.

3

몰리가 고용한 의료진은 볼티모어 옛 중심가 근처 평범한 건물의 두 층을 쓰고 있었다. 건물은 모듈식이었다. 코핀 하나의 길이가 40미터쯤 되는 대형 칩 호텔 같았다. 케이스는 '제럴드 친 치과' 라는 이름의, 제법 그럴싸한 간판이 걸린 코핀에서 나오는 몰리와 만났다. 그녀는 다리를 절고 있었다.

"의사가 그러는데, 한 번만 더 뭘 걷어차면 다리가 떨어져 나갈 거래."

"네 친구들 중 하나하고 만났어. 모던스 말이야."

케이스가 말했다.

"그래? 누구?"

"루퍼스 얀더보이. 메시지를 전해 주더군."

케이스가 몰리에게 '윈터뮤트' 라고 적힌 냅킨을 건넸다. 그가 붉은색

펠트펜으로 또박또박 정성 들여 대문자로 쓴 것이었다.

"얀더보이가 그러는데……."

그때 몰리가 침묵의 손짓을 해 보이며 말했다.

"게 먹으러 가자."

몰리는 놀라울 정도로 손쉽게 게를 발라 먹었다. 그들은 볼티모어에서 점심 식사를 끝내고 지하철을 타고 뉴욕으로 향했다. 케이스는 아무것도 묻지 말아야 한다는 것을 알고 있었다. 그래 봐야 입 다물라는 손짓이 전부였다. 게다가 몰리는 다리가 불편해서 그런지 거의 말이 없었다.

핀의 업소에 도착하자 머리에 나무 구슬과 구식 저항 장치를 빽빽하게 땋아 넣은 깡마른 흑인 소녀가 문을 열고 쓰레기 더미 터널 속으로 그들을 안내했다. 케이스는 못 와 본 사이에 쓰레기가 불어났다고 생각했다. 아니면 조금씩 변화하는 건지도 모르는 일이었다. 시간의 무게에 짓눌려 스스로 삭아 가며, 보이지 않는 조각으로 소리 없이 부서져 쌓였다가 폐기된 기술의 본질로 결정화되고 스프롤의 폐품들 속에서 몰래 피어나는 꽃처럼.

핀은 군용 모포 안쪽에서 하얀 탁자를 앞에 두고 기다리고 있었다. 몰리가 빠른 손짓으로 신호하며 종이를 꺼낸 다음 그 위에 무언가를 적어 핀에게 건네주었다. 핀은 무슨 폭발물이라도 되는 것처럼 팔을 쭉 뻗어 엄지와 검지로만 종이를 받았다. 그는 케이스가 알아볼 수 없는 손짓을 했다. 초조함과 우울함, 그리고 체념이 뒤섞인 동작 같았다. 핀이 일어서서 낡은 트위드 자켓 앞부분에 묻어 있던 빵 부스러기들을 쓸어내렸다. 탁자 위에는 청어절임이 담긴 유리병과 찢어진 빵 봉지 그리고 파르타가스 꽁초가 수북한 재떨이가 놓여 있었다.

"기다려."

핀이 이렇게 말하고 방을 나갔다.

몰리는 핀의 의자에 앉아 검지에서 칼날을 내밀어 청어 토막을 찔러 보았다. 케이스는 방 안을 어슬렁거리며 탑에 붙어 있는 스캔 장비들을 만졌다.

십 분쯤 뒤에 핀이 누런 이를 활짝 드러내고 웃으면서 방으로 돌아왔다. 그는 고개를 끄덕이며 몰리에게 엄지손가락을 올려 보인 다음 케이스에게 손짓으로 문에 패널 대는 것을 도와달라고 말했다. 케이스가 패널에 벨크로(단추 대신 쓰이는 접착 테이프의 상표. —옮긴이)를 봉하는 동안 핀은 주머니에서 작고 납작한 콘솔을 꺼내 열심히 두드렸다. 핀이 콘솔을 치우면서 몰리에게 말했다.

"자기, 그거 다른 쪽 통해서 구한 거지? 속일 생각 마. 냄새가 난다고. 어떻게 구했는지 말해 주겠어?"

몰리가 청어와 과자를 옆으로 치우면서 말했다.

"얀더보이. 래리하고 거래를 좀 했어. 부업이랄까."

핀이 말했다.

"똑똑하군. 그건 AI야."

"좀 더 자세하게 얘기해 봐."

케이스가 말했다.

"베른. 베른이라고. 그 녀석은 법률 35조의 적용을 받아서 스위스 국적만 갖도록 되어 있어. 테시어 애시풀 주식회사 용이지. 메인 프레임하고 소프트웨어의 원본이 그쪽 소유야."

핀이 케이스를 무시하고 얘기했다.

"그래서 베른에 뭐가 있다는 건데?"

케이스가 천천히 둘 사이에 끼어들었다.

"윈터뮤트라는 건 AI를 식별하는 코드야. 여기 그 녀석의 튜링(Alan Turing, 수학자이자 컴퓨터의 아버지. 이 작품에서는 인공지능을 감시하는 조직의 이름으로 쓰임.—옮긴이) 등록 번호도 알아 왔어. 인공지능이라고."

"다 좋은데, 그게 우리랑 무슨 상관이야?"

몰리가 말했다.

"얀더보이 말이 맞다면, 아미티지의 배후에 있는 건 이 AI야."

핀이 말했다.

"래리한테 돈을 주고 모던스의 능력으로 아미티지 주변을 좀 캐 보라고 했어."

몰리가 케이스 쪽으로 돌아서며 말했다.

"걔들은 아주 독특한 통신망을 가지고 있거든. 내 질문 하나에 답을 주고 수고비를 받아 간다 하는 식으로. 질문이란 이거지. 누가 아미티지를 조종하는가?"

"그럼 네 얘기는 그게 이 AI라는 거야? AI에게 자율성은 금지되어있어. 아마 이 테슬 어쩌고 하는 모 기업이……."

"테시어 애시풀 주식회사. 거기에 대해서는 들려줄 얘기가 좀 있지. 들어 보겠어?"

핀이 앉아서 몸을 굽히며 말했다.

"핀, 이 친구 남의 얘기 듣는 거 좋아해."

몰리가 말했다.

"지금까지 아무한테도 한 적 없는 얘기야."

핀이 이야기를 시작했다.

핀은 장물아비였다. 훔친 물건, 특히 소프트웨어를 주로 거래했다. 일을 하다 보면 다른 장물아비를 상대해야 할 경우가 종종 있었다. 그중에는 고전적인 물건을 다루는 사람도 있었다. 귀금속, 우표, 희귀한 동전, 보석, 장신구류, 모피 그리고 그림이나 미술품 등이 그런 물건에 속했다. 핀이 케이스와 몰리에게 해 준 이야기의 출발점은 다른 장물아비에 대한 것이었다. 핀은 그를 스미스라고 불렀다.

스미스도 장물아비였지만 조금 덜 범죄적인 때는 표면상 미술품 거래일을 하고 다녔다. 스미스는 핀이 아는 이들 중 최초로 '실리콘 쪽으로 뛰어든' 사람이었다. 그가 구입하는 초소형 소프트는 미술사 프로그램과 화랑의 가격표였다. 그는 새로 장착한 소켓에 예닐곱 개의 칩을 꽂고 다녔다. 적어도 동종 업자들 쪽에서 볼 때 미술계에 대한 스미스의 지식은 상당했다. 그런 스미스가 핀에게 도움을 청해 왔다. 친분에 입각한 요청이자 사업가 대 사업가로서의 요구였다. 그의 말에 의하면 테시어 애시풀 가문에 대한 정보가 필요하지만 요구한 측이 누구인가가 알려져서는 절대로 안 된다는 것이었다. 핀은 가능할 수도 있지만 이유를 설명해 주지 않으면 도와주지 않겠다고 말했다.

"어딘가 구렸거든."

핀이 케이스에게 말했다.

"돈 냄새가 났어. 그리고 스미스가 지나칠 정도로 조심스럽게 굴더라고."

그래서 핀은 스미스에게 지미라는 공급자가 있다는 사실을 알게 되었다. 지미는 강도나 그런 부류의 일을 하는 작자였고 고궤도 쪽에서 일 년을 지내다가 몇 가지 물건을 가지고 중력 우물로 막 내려온 터였다. 지미가 섬 여기저기를 휘젓고 다니며 팔려고 한 물건들 중 가장 희한했던 것은 정교하게 만들어진 흉상이었다. 백금 위에 칠보로 세공하고 진주와 청금석을 박은 물건이었다. 스미스는 한숨을 내쉬며 휴대용 현미경을 내려놓은 다음 지미에게 그 물건을 녹여 버리라고 조언하면서 그 흉상은 근래에 만들어져서 골동품도 아니며 수집가들에게 아무 의미도 없는 물건이라고 말했다. 그 말에 지미는 웃으면서 말했다.

"그건 컴퓨터 터미널이야. 말을 할 수 있다고. 그것도 합성음이 아니라 멋들어진 기어의 조합과 오르간 파이프의 축소판을 통해서 말이지."

누가 만들었든 간에 음성합성 칩의 가격은 거의 공짜나 마찬가지였으니 별스럽고 시대착오적인 물건임에는 틀림없었다. 스미스는 호기심에 흉상을 자신의 컴퓨터에 연결해 보았다. 그러자 인간의 것이 아닌 듯한 아름다운 목소리가 전년도의 소득세를 노래하기 시작했다.

스미스의 고객 중에는 도쿄의 백만장자가 한 명 있었다. 그는 태엽 장치 기계 인형에 병적인 집착을 보이는 사람이었다. 스미스는 어깨를 으쓱하며 손바닥을 위로 해 보였다. 전당포만큼이나 오래된 몸짓이었다. 알아보기는 하겠지만 큰 기대는 하지 말라는 뜻이었다.

스미스는 지미가 떠난 다음 흉상을 자세히 살펴보고 품질 보증마크를 몇 개 찾아냈다. 결론적으로 말해 그 흉상은 취리히의 두 장인, 파리의 에나멜 전문가, 네덜란드의 보석 가공사, 그리고 캘리포니아의 칩 디자이너가 합작해서 만든 희한한 물건이었다. 스미스가 알아낸 바에 의하면 의뢰인은 테시어 애시풀 주식회사였다. 스미스는 사전 작업으로 도쿄에 있는 수집가의 관심을 끌 만한 물건을 수배 중이라고 알려 두었다.

그러던 어느 날, 한 방문객이 예고도 없이 찾아들었다. 그는 스미스가 정성들여 설치한 보안장치의 미로를 아무것도 아닌 것처럼 통과했다. 몸집이 작고, 지나치리만치 공손한 일본인이었다. 그는 전신에서 인공

배양된 닌자 암살자의 특징을 풍겼다. 스미스는 광택 나는 베트남제 자단(紫檀) 테이블을 사이에 두고 조용히 앉아서 고요한 갈색 죽음의 눈동자를 바라보았다. 클론 암살자는 공손하게, 거의 사과하듯이 자신의 임무를 설명했다. 주인집에서 도둑맞은, 아주 정교한 구조의 예술품을 찾아서 돌아가야 한다고. 그리고 스미스라면 그 물건이 어디에 있는지 알고 있을 거라고 말했다.

스미스는 죽고 싶지는 않다면서 흉상을 꺼내 놓았다. 방문객은 이 물건을 거래해서 얼마나 이윤을 남길 셈이었느냐고 물었다. 스미스는 생각한 가격보다 훨씬 낮은 값을 말했다. 크레디트 칩을 꺼낸 닌자는 스위스 구좌에서 그만큼의 금액을 꺼내어 스미스에게 지불했다. 그리고 누가 이 물건을 가지고 왔는지 물었다. 스미스는 사실대로 얘기했다. 며칠 후 스미스는 지미의 부음을 들었다.

"여기서 내가 등장하게 되지."

핀이 말을 이었다.

"스미스는 내가 메모리 골목 사람들하고 자주 거래한다는 걸 알고 있었거든. 그리고 거기라면 역추적당하지 않고 조용히 뒷조사를 할 수 있다는 사실도. 난 카우보이를 한 명 고용했어. 표면상 내가 나섰으니 내 몫은 챙겼지. 스미스는 신중했어. 독특한 거래를 했고 다 끝난 일이었지만 개운하지가 않았던 거야. 스위스 구좌에서 돈을 꺼내 준 것은 누구인가? 야쿠자? 설마. 야쿠자라면 그런 경우에 규칙이 확실하지. 언제나 돈을 받은 사람도 죽여 버리거든. 스파이하고 연관된 일이었을까? 스미스는 아니라고 생각했어. 첩보 쪽 일에는 고유의 냄새가 있거든. 나는 카우보이한테 뉴스 자료를 뒤져 보게 했어. 그리고 테시어 애시풀이 소송을 진행 중이라는 걸 알게 된 거야. 소송 자체는 별것 아니었지만, 어쨌든 우리는 해당 법률 회사를 알아냈지. 카우보이가 담당 변호사의 아이스를 깨고 들어갔고, 마침내 우린 테시어 애시풀 가문의 주소를 얻어 냈어. 멋들어지게 해낸 거지."

케이스는 눈썹을 추켜올렸다.

핀이 말했다.

"자유계였어. 방추형 콜로니 말야. 그 일족이 거의 전체를 소유하고 있더구먼. 카우보이가 뉴스를 쭉 훑고 나서 요약해 보니 재미있는 윤곽이 드러나더군. 일족 조직이면서 기업 구조였던 거야. 보통 주식회사라면 누군가 주식을 살 수 있어야 하는데, 테시어 애시풀 주는 지난 백여 년 동안 주식시장에서 한 번도 거래된 적이 없어. 내가 아는 어떤 종류의 시장에서도. 이 사람들은 조용히, 속세와 뚝 떨어져서 기업처럼 돌아가는 1세대 고궤도 가문인 거야. 엄청난 부자인 데다가 대중매체를 꺼리지. 클론도 많이 두고 있어. 알다시피 궤도 쪽 법률은 유전공학에 대해 아주 관대하거든. 다시 말해서 어떤 특정 시기에 테시어 애시풀 가문의 어떤 세대가, 아니면 어떤 세대들이 기업을 운영하는지는 알기가 어렵다는 얘기야."

"그런 게 어떻게 가능하지?"

몰리가 물었다.

"자체 냉동 보존 장비를 갖고 있거든. 궤도 법률에서도 냉동 보존 기간 동안에는 죽은 걸로 간주해. 아마 교대로 운영하는 것 같아. 다만 삼십 년 동안 창시자 중 남자 쪽은 아무도 본 사람이 없어. 여자 쪽은 어떤 실험 사고로 죽었고……."

"그 다음엔 어떻게 했어?"

"아무것도."

핀이 인상을 찡그렸다.

"손을 뗐어. 우린 그저 환상적으로 얽힌 테시어 애시풀의 대리권을 슬쩍 들여다본 거고, 그게 전부야. 지미는 분명 '스트레이라이트'에 숨어 들어가서 그 흉상을 훔쳐 냈을 테고, 테시어 애시풀 쪽에서는 그걸 찾으려고 닌자를 보낸 거겠지. 스미스는 그 일에 대해서 완전히 잊기로 했어. 잘 생각한 거지."

핀이 몰리를 바라보았다.

"스트레이라이트 저택. 방추형 콜로니의 꼭대기. 완전히 격리된 사유지지. 그때 찾아온 닌자가 그 사람들 부하였다고 생각하는 거야, 핀?"

몰리가 물었다.

"스미스는 그렇게 생각했어."

"비경제적인데. 핀, 그 닌자는 어떻게 됐을까?"

"냉동 보관 했을 거야. 필요할 때 녹여서 쓰는 거지."

"좋아. 아미티지를 뒤에서 밀어주는 게 윈터뮤트라는 AI라는 건 알았어. 그 다음은?"

케이스가 물었다.

"아직은 몰라. 하지만 너한테는 부업거리가 생겼어."

몰리가 주머니에서 접힌 종이를 꺼내어 케이스에게 건넸다. 케이스는 종이를 펼쳐 보았다. 격자 좌표 진입 코드였다.

"누구 거야?"

"아미티지. 그 사람에 대한 자료야. 모던스에게서 샀지. 따로 거래했거든. 위치가 어디야?"

"런던."

케이스가 말했다.

"뚫고 들어가 봐. 이제 생활비를 좀 벌어 보라고."

몰리가 웃었다.

케이스는 사람이 붐비는 플랫폼에서 바마 구간 열차를 기다리는 중이었다. 몰리는 몇 시간 전 초록색 가방에 일직선의 구조물을 담아 방으로 돌아갔고, 그 후로 케이스는 계속 마셔 댔다.

일직선을 구조물로 간주하려니 마음이 편치 않았다. 죽은 사람의 기술과 강박관념 그리고 무의식적인 반응까지 모사하는 전기 배선의 롬 카세트라니……. 완행열차가 요란한 소리를 내며 검은 전자 유도 궤도를 따라 들어왔다. 터널 천정의 갈라진 틈에서 돌가루가 떨어졌다. 케이스는 가장 가까운 문을 통해 열차에 들어서면서 다른 승객들을 바라보았다. 육식동물처럼 생긴 크리스천 사이언티스트(미국의 신흥종교 크리스천 사이언스의 신봉자. 신앙의 힘으로 병을 고치는 정신 요법을 특징으로 한다.—옮긴이) 두 명이 손목에 이상화한 여성 성기 홀로그램을 붙인 삼인조 여자 회사원에게 다가가고 있었다. 그들은 거친 조명을 받아 축축한 분홍색으로 번들거렸다. 회사원들은 완벽하게 만들어진 입술을 신경질적으로 핥으며 금속 질감의 눈꺼풀을 반쯤 감고 크리스천 사이언티스트 쪽으로 눈길을 주었다. 여자들은 키가 커서 이국적인 초식동물처럼 보였다. 윤기 나는 발굽 같은 하이힐로는 열차 바닥의 회색 금속판을 딛고, 열차의 움직임에 따라 우아하면서도 무의식적인 동작으로 몸을 흔들었다. 그녀들이 선교사들로부터 가축 떼처럼 우루루 몰려 도망가기 전에 열차는 케이스의 목적지에 도착했다.

열차에서 내린 케이스는 역의 벽에 걸린 하얀 시거 모양의 홀로그램을 보았다. 인쇄체 일본어를 흉내 내어 왜곡시킨 '자유계' 라는 글자가 그 아래에서 깜빡였다. 케이스는 인파를 지나 그 밑으로 가서 자세히 살펴보았다. '뭘 망설이세요?' 라고 간판이 다시 깜빡거렸다. 뭉툭하고 하얀 방추형 외곽에 격자, 방열기, 격납고와 돔이 들러붙어 울퉁불퉁했다. 케이스는 이런 종류의 광고를 몇천 번은 보아 왔지만 관심을 가진 적은 한 번도 없었다. 그는 덱만 있다면 애틀랜타에 가는 것만큼이나 손쉽게 자유계의 은행에 도달할 수 있었다. 여행은 고작해야 육체적인 일이었다. 하지만 지금 보니, 광고를 띄우며 돌아가는 빛의 편직물 왼쪽 하단에 조그마한 동전 크기로 짜 넣은 작은 도장이 있었다. T-A. 테시어 애시풀의 마크였다.

케이스는 방으로 돌아가면서 일직선 딕시를 회상했다. 케이스는 열아홉 살의 여름 내내 젠틀맨 루저 바에서 맥주를 홀짝거리며 카우보이들을 구경하면서 보냈다. 그때까지 덱에는 손대 본 적도 없었지만, 무슨 일을 하고 싶은지는 알고 있었다. 그해 여름, 스무 명이 넘는 희망자들이 카우보이의 조수가 되고자 젠틀맨 루저를 배회했다. 그것만이 유일한 배움의 길이었다.

폴리를 모르는 사람은 없었다. 그는 애틀랜타 출신의 백인 카우보이였고, 검은 아이스 안에서 뇌사 상태에 빠졌다가 살아 나온 인물이었다. 그에 대해서는 떠도는 풍문 정도의 정보조차 알려진 바가 없었다. 불가능한 일을 해 낸 사람이라는 게 사람들이 아는 전부였다.

"대단했지."

또 다른 카우보이 희망자 중 하나가 맥주 한 잔을 얻어먹으며 케이스에게 말해 주었다.

"그래도 실제로 어떻게 된 건지는 아무도 몰라. 브라질 급여 전산망이었다고 하던데. 아무튼 그 사람은 죽었었어. 뇌사로 뇌파가 일직선이 된 거지."

케이스는 바에 북적거리는 사람들 너머로 셔츠를 걸친 땅딸막한 사내를 바라보았다. 그의 그늘진 피부는 납빛이었다.

몇 달 뒤 마이애미에서 일직선이 케이스에게 말했다.

"난 무지 큰 도마뱀 같은 거야, 알아? 도마뱀들은 빌어먹을 뇌가 두 개잖아. 머리에 하나, 그리고 뒷다리를 움직이게 하는 뇌가 꼬리뼈에 들어 있지. 검은 아이스한테 당해도 꼬리 쪽 뇌는 계속 움직이더란 말이야."

젠틀맨 루저의 엘리트 카우보이들은 근거 없는 집단적 불안감으로 폴리를 멀리했다. 거의 미신적인 이유였다. 매코이 폴리, 사이버스페이스의 나사로…….

결국 그는 심장 때문에 죽었다. 전쟁 중 포로수용소에서 이식한 러시아제 인공심장이었다. 폴리는 그 심장을 다른 것으로 교체하려 들지 않았다. 그 심장의 독특한 고동 소리가 없으면 시간 감각이 무너진다고 했다. 케이스는 몰리가 준 종이를 만지작거리면서 계단을 올라갔다.

몰리가 항온 폼 위에서 코를 골고 있었다. 투명한 깁스가 무릎에서 사타구니까지 덮혀 있었다. 딱딱한 미소공(微小孔) 아래 살갗은 검은색에서 누런색에 이르기까지 온통 타박상투성이였다. 왼쪽 손목에는 크기와 색깔이 모두 다른 피부 판 여덟 장이 일렬로 붙어 있었다. 그녀의 옆에는 아카이 경피 장치가 놓였고, 가느다란 빨간색 리드 선이 깁스 내부의 입력 전극에 물려 있었다.

케이스가 호사카 옆의 탁상 등을 켰다. 선명한 빛의 고리가 일직선의 구조물을 비췄다. 그는 아이스 하나를 슬롯에 꽂고 구조물을 연결한 다음 접속했다. 누군가 어깨 너머로 들여다보는 느낌과 똑같았다.

케이스가 헛기침을 했다.

"딕스? 매코이? 당신이에요?"

말투가 딱딱했다.

"어이."

방향을 알 수 없는 곳에서 목소리가 들렸다.

"케이스예요. 기억나요?"

"마이애미, 조수, 똑똑했지."

"제가 말 걸기 전까지 기억나는 가장 최근 일이 어떤 거죠?"

"아무것도."

"기다려 봐요."

케이스는 구조물과의 연결을 끊었다. 존재감이 사라졌다. 그는 다시 연결했다.

"딕스? 내가 누군지 알겠어요?"

"약 올리지 말고, 친구. 자넨 도대체 누구야?"

"케이…… 친구예요. 동업자죠. 어떻게 지내요?"

"좋은 질문이야."

"몇 초 전에 여기 있었던 거 기억나요?"

"아니."

"롬 인격 매트릭스가 어떻게 동작하는지 아세요?"

"물론이지. 펌웨어 구조물 아닌가."

"그걸 제가 사용하는 뱅크에 연결해 놓으면 현재에 대한 기억을 계속 유지하게 될까요?"

"아마 그럴 거야."

"좋아요, 딕스. 당신은 롬 구조물이에요. 알겠어요?"

"네가 그렇다면 그런 거겠지. 넌 누구지?"

"케이스예요."

"마이애미. 조수, 똑똑했지."

"맞아요. 그럼 운동 삼아서 딕스 당신하고 나, 둘이서 런던 쪽 격자로 가서 자료 몇 개 건드려 봐요. 생각 있어요?"

"선택의 여지가 있긴 한 건가?"

4

“천국을 원한다는 얘기군.”

케이스가 상황을 설명하자 일직선이 조언했다.

“코펜하겐을 살펴봐. 대학가 주변으로.”

케이스는 목소리가 알려 주는 대로 키를 두드렸다.

그들은 보안 등급이 낮은 학원가 격자의 혼란스러운 변두리에서 천국을 찾아냈다. ‘해적 천국’ 이었다. 그것은 언뜻 보기에 견습 오퍼레이터들이 가끔 격자선의 교차점에 남겨 놓곤 하는 일종의 낙서와 비슷했다. 열두 개 미술 학부의 어지러운 외곽선을 배경으로 희미한 오색선의 상형문자가 보였다.

일직선이 말했다.

“저기야. 저 파란 것. 보여? 저게 벨 사 유럽 지부의 진입 코드야. 최근

것이지. 얼마 안 있으면 벨 사 쪽에서 게시판을 전부 읽고, 코드가 올라와 있으면 전부 바꿔 버릴 거야. 그러면 내일 애들이 또 새로운 코드를 훔쳐 내는 거지."

케이스는 키를 두드려 벨 사 유럽 지부로 들어간 다음 일반 전화 코드로 전환했다. 그는 일직선의 도움을 받아 몰리가 아미티지의 것이라고 말한 런던의 데이터베이스에 접속했다.

"여기야. 내가 해 주지."

목소리가 말했다.

일직선이 일련의 숫자를 부르자 케이스는 그것을 덱에 두드려 넣었다. 타이밍을 알려 주기 위해 쉬는 순간을 놓치지 않으려고 애쓰면서 세 번이나 다시 해야만 했다.

일직선이 말했다.

"재수 좋은데. 아이스가 하나도 없어."

케이스가 호사카에게 명령했다.

"이걸 조사해 봐. 소유주의 개인 이력 검색."

천국의 신경 전자 낙서가 사라지고 하얀 빛으로 이루어진 단순한 마름모가 나타났다.

"주요 내용은 전후 군사재판의 영상 기록."

호사카의 아득한 목소리가 말했다.

"중심 인물은 윌리스 코르토 대령."

"재생해."

케이스가 말했다.

남자의 얼굴이 화면에 가득 찼다. 아미티지의 눈매였다.

두 시간 후, 케이스는 침대 판의 몰리 옆에 쓰러져 항온 폼에 몸을 맡겼다.

"뭔가 찾아냈어?"

몰리가 졸음과 약 기운 때문에 불분명한 목소리로 물었다.

"나중에 얘기할게. 완전히 지쳤어."

케이스가 말했다.

케이스는 접속 후의 부작용으로 정신이 없었다. 그는 누워서 눈을 감고 코르토라는 인물에 관한 이야기를 정리해 보려 애썼다. 호사카가 자료의 일부를 정리하고 요약해 주기는 했지만 공백이 너무 많았다. 자료의 일부는 인쇄물이어서 화면에서 너무 빨리 지나가 버렸다. 케이스는 컴퓨터에게 음독을 지시해야 했다. 스크리밍 피스트 공청회의 음성 기록도 있었다.

윌리스 코르토 대령은 키렌스크 상공 러시아 측 방어 시설의 빈 곳을 통해 낙하했다. 왕복선들이 펄스 폭탄으로 구멍을 뚫었고, 코르토의 부대는 나이트윙 경비행기 속으로 뛰어들었다. 비행기의 날개는 달빛 아래에서 팽팽하게 펼쳐졌고, 앙가라 강과 포다메나야 강을 따라 은빛 어른거림을 반사했다. 코르토는 그것을 마지막으로 열다섯 달 동안 빛을 볼 수 없었다. 케이스는 얼어붙은 중앙아시아 대초원 상공에서 발사 캡슐로부터 튀어나오는 경비행기의 모습을 상상했다.

"당신도 지독하게 이용당했군, 두목."

케이스가 중얼거렸다. 몰리가 옆에서 꿈틀거렸다.

경비행기는 비무장이었다. 콘솔 오퍼레이터와 신형 덱의 원형, 그리고 '두더지 IX'라는 사이버네틱스 역사상 최초의 바이러스 프로그램을 싣느라 무게에 여유가 없었던 것이다. 코르토와 그의 부대원들은 이 작전을 위해 삼 년 동안 훈련을 받았다. 그들이 아이스를 뚫고 두더지 IX를 투입하려 했을 때 전자파 방어 장치가 작동했고, 러시아제 펄스 무기가 요원들을 전자의 암흑 속으로 던져 버렸다. 경비행기 시스템은 망가졌고 비행 회로도 날아가 버렸다.

그 후 레이저 무기가 적외선으로 조준한 다음 발사를 시작했고, 비무장기를 격추하기 위해 레이다에 걸리지 않는 요격기가 발진했다. 코르토와 죽은 콘솔 요원은 시베리아의 하늘 위로 떨어졌다. 아래로, 아래로…….

여기부터 이야기에 공백이 많았다. 탈취당한 러시아 전투 헬기 한 대가 핀란드에 도착했다. 그러나 그 헬기는 새벽 경보 속에서 재향군 간부가 쏜 구식 20밀리 포에 맞아 가문비나무 숲에 추락해 산산조각 났다. 코르토의 스크리밍 피스트 부대는 헬싱키 근교에서 종말을 고했고, 핀란드 낙하산 부대의 군의관이 헬기의 뒤틀린 내장을 잘라 내어 코르토를 끄집어냈다. 그로부터 아흐레 후 전쟁이 끝났고 코르토는 유타 주의 군 사시설로 이송되었다. 눈이 멀었으며 다리와 턱뼈의 대부분이 없었다. 의회 보좌관이 그를 찾아낸 것은 열한 달이 지나서였다. 그동안 코르토는 튜브 속으로 약물이 흐르는 소리를 들으며 지냈다. 이미 워싱턴과 매클린에서는 여론 조작을 위한 재판이 진행 중이었다. 펜타곤과 CIA는 분할되었고 일부는 해체되었다. 의회 조사단은 스크리밍 피스트에 주목했다. 보좌관이 코르토에게 말했다. 또 하나의 워터게이트 사건을 만들 수 있는 좋은 기회라고.

보좌관은 이런 말도 덧붙였다.

"당신은 눈과 다리를 새로 달아야 하며 큰 성형수술도 받아야 하지만 걱정할 필요는 없소. 배관 공사를 새로 해 줄 테니까."

그러면서 보좌관은 땀에 젖은 시트 너머로 코르토의 어깨를 움켜쥐었다.

코르토는 부드러우면서도 가차 없이 계속 떨어지는 약물 소리를 들었다. 그는 지금 모습 그대로 증언하고 싶다고 말했지만 보좌관이 그렇게는 안 된다며 이유를 설명했다. 재판 과정은 텔레비전으로 중계될 것이며 유권자들이 봐야 하기 때문이라고. 그러고 나서 보좌관은 점잖게 헛기침을 했다.

코르토는 치료를 받고, 새 기관을 갖추고, 충분한 사전 연습을 거쳤다. 그의 증언은 세부적이고 역동적이었으며 명쾌했다. 물론 의회 내의 일부 분파가 몇몇 펜타곤 하부 조직을 살리기 위해 지어낸 내용이 대부분이었다. 코르토는 나중에야 자신의 증언으로 인해 경력을 보전한 세 명의 사관이 실은 키렌스크에 방어용 전자기 펄스 무기가 존재한다는 보고를 묵살했던 장본인들이라는 사실을 알게 되었다.

재판이 끝나자 워싱턴은 더 이상 코르토를 필요로 하지 않았다. 보좌관이 엠 스트리트 식당에서 아스파라거스 크레이프를 사이에 두고 코르토와 마주 앉아 말했다. 입을 잘못 놀렸다가는 끝이 좋지 않을 거라고. 코르토는 오른손 손가락을 모아 상대의 후두를 가격했다. 의회 보좌관은 아스파라거스 크레이프에 얼굴을 처박은 채 질식사했다. 그리고 코르토는 쌀쌀한 9월의 워싱턴 거리로 나섰다.

호사카가 경찰의 범죄 기록과 기업 첩보 기록, 그리고 뉴스 자료들을 뒤져 나갔다. 케이스는 코르토가 리스본과 마라케시에서 산업스파이들을 모아 운용했다는 사실을 알아냈다. 그러나 그는 배신이라는 강박관념에 사로잡혀 자신이 돈으로 매수했던 과학자와 기술자들을 혐오하게 되었다. 코르토는 싱가폴의 어느 호텔에서 술에 취해 러시아 기술자 한

명을 때려 죽이고 그의 방에 불을 질렀다.

그 후 코르토는 태국에서 헤로인 공장 공장장으로 다시 나타났다. 그 다음에는 캘리포니아 도박 연합의 행동 대원으로, 그리고 피폐한 도시 본에서는 청부 살인 업자로 활약했다. 위치토에서는 은행을 털었다. 기록은 점점 모호해졌고 공백이 길어졌다.

코르토는 어느 날 약물 투여 상태에서 이루어진 것이 분명한 심문의 음성 기록에서 이렇게 말했다. 모든 것이 잿빛으로 변했다고.

프랑스의 진료 기록에 의하면 신원불명의 한 사내가 파리의 정신 위생시설로 이송되어 정신분열증 진단을 받았다. 그는 긴장성 분열증 환자로 툴롱 교외의 정부 시설로 옮겨졌고, 사이버네틱 요법을 적용해 분열증을 치료하는 실험적 프로그램의 피실험자가 되었다. 무작위로 선택한 환자에게 마이크로 컴퓨터를 제공하고 학부생들의 도움을 받아 프로그래밍하는 실험이었다. 사내는 완쾌되었다. 전체 실험 과정 중 유일한 성공 사례였다.

기록은 여기서 끝이었다.

케이스가 항온 폼 위에서 돌아눕자 몰리는 잠을 깨웠다며 투덜거렸다.

전화벨이 울렸다. 케이스는 손을 뻗어 침대 쪽으로 전화기를 당겼다.

"여보세요?"

"이스탄불로 갈 거야. 오늘 밤이야."

아미티지가 말했다.

"그 인간이 뭐래?"

몰리가 물었다.

"오늘 밤에 이스탄불로 간다는데."

"죽이는군."

아미티지는 타야 할 비행기 편과 출발 시각을 불러 주었다.

몰리가 일어나서 불을 켰다.

케이스가 물었다.

"내 장비는 어떻게 하죠? 덱 말이에요."

"핀이 처리할 거야."

아미티지가 이렇게 말하고는 전화를 끊었다.

케이스는 몰리가 짐을 꾸리는 모습을 바라보았다. 그녀의 눈 밑에는 검은 그늘이 드리워져 있었고 깁스도 여전히 두른 채였지만 동작은 마치 춤추듯 자연스러웠다. 쓸데없는 동작이라고는 없었다. 케이스의 옷이 구겨진 채 가방 옆에 쌓여 있었다.

"아파?"

케이스가 물었다.

"친의 병원에서 하루만 더 있었으면 좋았을 텐데."

"그 치과 의사?"

"그래. 입이 무겁거든. 전체 시설 중 절반이 그 사람 소유야. 게다가 종합 시설이라고. 사무라이 수리용이지."

몰리가 가방의 지퍼를 닫으며 물었다.

"이스탄불에 가 본 적 있어?"

"한 번. 이틀쯤 머물렀어."

"변하는 게 없는 곳이지. 고약하고 낡은 동네야."

"지바에 갈 때도 이런 식이었어."

몰리가 열차의 창문을 통해 달 표면처럼 황량한 산업 단지를 바라보며 말했다. 핵융합 발전소 쪽에서 날아오는 비행기들을 위한 붉은색 경고등이 지평선을 따라 밝혀져 있었다.

"우린 그때 로스앤젤러스에 있었지. 그 사람이 들어오더니 짐을 싸라는 거야. 마카오로 간다나. 도착한 다음, 나는 리스본에서 도박을 했고 아미티지는 중산(중국 광둥성에 있는 도시. ―옮긴이)으로 건너갔어. 다음 날 난 너하고 '밤의 도시' 에서 숨바꼭질을 했지."

몰리가 검정색 재킷 소매 속에서 실크 스카프를 꺼내어 삽입된 안경을 닦았다. 케이스는 북부 스프롤의 풍경을 바라보며 어린 시절의 혼란스러웠던 기억을 떠올렸다. 고속도로의 갈라진 콘크리트 틈새로 죽은 풀들이 돋아 있었다.

열차가 공항 앞 10킬로미터 지점에서부터 감속하기 시작했다. 케이스는 유년의 풍경 속에서 부서진 광석 찌꺼기와 녹슨 제련소 위로 해가 떠오르는 모습을 지켜보았다.

5

베요글루에는 비가 내리고 있었다. 대여한 메르세데스가 쇠창살을 내리고 불을 끈 진열장들 사이를 미끄러지듯 달렸다. 조심성 많은 그리스인과 아르메니아인이 하는 보석상 골목이었다. 거리는 거의 텅 비어 있었고, 검은색 코트를 입은 몇 사람이 보도를 걷다가 차를 돌아보는 것이 전부였다.

"여기는 일찍이 오스만 제국의 유럽 구획으로 번성했던 곳입니다."

메르세데스가 설명했다.

"지금은 내리막길이라는 얘기로군."

케이스가 말했다.

"힐튼 호텔은 공화국 중심가에 있어."

몰리가 말했다. 그녀가 차 등받이에 씌워 놓은 고급스러운 회색 스웨이드 커버에 기댔다.

"아미티지는 왜 따로 오는 거야?"

케이스가 물었다. 머리가 아팠다.

"너하고 같이 있으면 신경이 쓰여서 그러는 거야. 사실 나도 그래."

케이스는 몰리에게 코르토에 관한 얘기를 하려다가 그만두었다. 그는 비행기 여행 중에도 피부 판을 붙이고 계속 잠만 잤다.

공항에서 도시로 들어오는 도로는 너무도 똑바로 나 있어서 마치 시가지를 잘라 놓은 것 같았다. 케이스는 나무를 덧댄 목조건물의 외벽과 연립주택, 환경 계획 구역, 음습한 건축 공사장, 그리고 합판과 골진 철판으로 만들어 놓은 벽들이 스쳐 지나가는 것을 지켜보았다.

힐튼 로비에서는 핀이 샐러리맨처럼 보이는 검정색 신주쿠식 새 양복을 입고 초조하게 기다리고 있었다. 엷은 청색 카펫의 바다에서 벨벳 가죽으로 된 팔걸이 의자에 앉아 표류하는 듯한 모습이었다.

몰리가 말했다.

"세상에! 양복 입은 생쥐 같아."

두 사람은 로비를 가로질렀다. 몰리가 팔걸이 의자 옆에 가방을 내려놓으며 물었다.

"핀, 여기까지 오는 데 얼마나 받은 거야? 그런 양복을 사 입어도 될 만큼은 아니지?"

핀이 윗입술을 말아 올렸다.

"당연히 그만큼은 못 받았지."

그가 몰리에게 자성 열쇠와 노란색의 둥그런 가방을 건넸다.

"수속은 끝냈어. 두목은 위에 있고."

그가 주변을 둘러본 다음 말했다.

"이 도시는 최악이야."

"돔에서 나오니까 광장공포증이 생긴 거야. 여기가 브루클린쯤이라고 생각해 봐."

몰리가 손가락에 열쇠를 걸고 돌렸다.

"그런데 호텔 보이 노릇이나 하려고 온 거야?"

"어떤 녀석의 이식수술에 대해서 조사해야 한다던데."

핀이 말했다.

"내 덱은?"

케이스가 묻자 핀이 얼굴을 찡그렸다.

"절차는 밟아야지. 두목한테 물어 봐."

몰리가 재킷으로 손가락을 가리고 슬쩍 손짓 신호를 해 보였다. 그것을 본 핀은 고개를 끄덕였다. 몰리가 말했다.

"맞아. 그 사람이 누군지 알아."

몰리가 고갯짓으로 엘리베이터 쪽을 가리켰다.

"가자, 카우보이."

케이스는 양손에 가방을 들고 그녀의 뒤를 따랐다.

방은 케이스가 지바에서 아미티지를 처음 만난 곳과 똑같았다. 케이스는 아침마다 창가로 다가가 도쿄 만의 모습이 보일까 하고 기대했다. 길 건너편에는 또 다른 호텔이 있었다. 비는 계속 내렸다. 편지 대서인 몇 명이 얇고 깨끗한 플라스틱으로 감싼 음성 프린터를 들고 호텔 입구에서 비를 피하는 중이었다. 프린터를 사용한다는 것은, 이곳에서는 아직도 인쇄한 문서가 어느 정도 특별한 가치를 인정받는다는 뜻이었다. 뒤떨어진 나라였다. 구식 수소 변환 전지를 쓰는 둔탁한 검정 시트로앵

세단이 구겨진 초록색 제복을 입은 다섯 명의 터키군 장교를 토해 냈다. 그들은 길을 건너 호텔로 들어갔다.

케이스는 침대 쪽으로 몸을 돌려 몰리를 바라보았다. 그녀의 창백한 안색이 눈에 띄었다. 몰리는 미공성 깁스를 침대 판 위에 벗어 놓았다. 그 옆에는 경피 유도 장치가 놓여 있었다. 방 안의 조명들이 몰리의 안경에 비쳤다.

전화벨이 채 두 번 울리기도 전에 케이스가 수화기를 들었다.

"깨어 있어서 다행이군."

아미티지가 말했다.

"전 방금 일어났고 숙녀분은 아직이에요. 그런데 두목, 이제 슬슬 얘기할 때가 되지 않았나요? 무슨 일을 하는 건지 안다면 더 잘 할 수 있을 것 같은데요."

수화기 건너편에서는 아무 소리도 들리지 않았다. 케이스는 입술을 깨물었다.

"자네는 필요한 만큼 알고 있는 셈이야. 어쩌면 너무 많이 아는지도 모르지."

"그렇게 생각하세요?"

"옷 입어, 케이스. 몰리도 깨우고. 십오 분쯤 후에 손님이 올 거야. 이름은 터지바쉬잔."

수화기에서 부드러운 "뚜" 소리가 들렸다. 아미티지가 전화를 끊은 것이다. 케이스가 말했다.

"이봐, 일어나. 일이야."

"한 시간 전부터 깨어 있었어."

반사형 눈이 돌아봤다.

"저지 바스티용이라는 친구가 온다는데."

"언어 감각 한번 대단하네. 아르메니아 쪽 피가 흐르나 봐. 그 사람은 아미티지가 리비에라에게 붙여 둔 정탐꾼이야. 날 좀 일으켜 줘."

터지바쉬잔은 회색 양복에 반사형 금테 선글라스를 낀 젊은이였다. 열어 놓은 하얀 셔츠 틈으로 시꺼먼 가슴 털이 드러났다. 케이스는 처음 그를 보았을 때 가슴 털이 너무 짙어서 티셔츠인 줄로 착각했다. 터지바쉬잔이 검은색 힐튼 쟁반을 들고 다가왔다. 쟁반에는 향기 좋은 진한 블랙커피 세 잔과 밀짚 색의 딱딱한 동양식 과자 세 개가 놓여 있었다.

"영어식으로 말해서, 긴장을 푸시죠."

터지바쉬잔이 한동안 몰리를 응시하더니 선글라스를 벗었다. 짙은 갈색 눈동자가 짧게 깎은 군인식 머리와 잘 어울렸다. 그가 웃으며 말했다.

"이렇게 하면 좀 낫겠죠? 안 그러면 터널이 무한대로 뻗을 거예요. 거울 속의 거울……. 특히 당신은 조심해야 할 거예요. 터키 사람들은 그런 식으로 이식물을 달고 다니는 여자를 좋아하지 않거든요."

몰리가 과자를 반쯤 베어 먹었다.

"이봐, 내 맘이야."

몰리가 과자를 입에 잔뜩 물고 말했다. 그녀는 입에 든 것을 씹어 삼킨 다음 입술을 핥았다.

"네가 어떤 녀석인지 알고 있어. 군대 끄나풀이지?"

몰리의 손이 느긋하게 재킷 속으로 들어가더니 화살총을 꺼내 들었다. 케이스는 몰리가 총을 가지고 나온 사실을 모르고 있었다.

"제발 긴장하지 말자고요."

터지바쉬잔이 말했다. 하얀 자기 찻잔이 그의 입술 몇 센티미터 앞에서 얼어붙었다.

몰리가 총을 뻗었다.

"화살이 잔뜩 박혀서 터져 죽을래, 아니면 암에 걸릴래? 바늘 하나면 충분해, 이 자식아. 몇 달 동안 그런 게 박혀 있는 줄도 모를 거야."

"부탁이에요. 이래서는 영어식으로 말해서, 아주 거북한……."

"불쾌한 아침이라고 하는 거야. 그 작자에 대해서 알아낸 거나 어서 털어놓고 꺼져 버려."

몰리가 총을 치웠다.

"그 사람은 페너에 살아요. 큐추크 귤헤인 자데시 가 14번지에. 그 사람이 밤거리에서 어디를 들르는지 알아냈어요. 최근에는 예니셰히르 팔라스 오텔리에서 공연하고 있죠. 현대식 관광시설이에요. 한데 경찰이 요즘 들어 그곳에서 벌어지는 쇼에 관심을 기울이기 시작해서 예니셰히르 경영진 쪽은 꽤 예민한 상태예요."

그가 웃었다. 금속제 면도 크림 냄새가 났다.

"내가 알고 싶은 건 이식 쪽이야. 그 사람이 할 수 있는 게 정확히 뭐지?"

몰리가 자신의 허벅지를 주무르며 말했다.

터지바쉬잔이 고개를 끄덕였다.

"그중 제일 악질적인 걸 영어식으로 말하자면, '잠재의식'을 이용하는 거예요."

그가 조심스럽게 네 음절을 발음했다.

메르세데스가 비 내리는 거리의 미로 속을 헤쳐 나가며 말했다.

"왼쪽에 보이는 것이 카팔리 카르시, 즉 거대한 상가입니다."

핀이 케이스 옆에 앉아 만족스러운 소리를 냈지만 정작 그의 눈은 다른 방향을 보고 있었다. 도로 오른쪽에는 조형물 처리장이 늘어서 있었다. 케이스는 골 진 대리석으로 만든 기관차 모형을 바라보았다. 모형의 윗부분은 삭았다. 머리 없는 대리석 조각들이 장작처럼 쌓여 있었다.

"향수병이야?"

케이스가 물었다.

"지독한 곳이야."

핀이 말했다. 그의 검정색 실크 넥타이는 다 쓴 프린터의 카본 리본을 닮아 갔다. 새로 산 양복 깃에 케밥 국물과 달걀 프라이를 흘린 자국이 보였다.

"이봐, 저지. 그 친구는 이식수술을 어디서 받은 거야?"

케이스가 뒷자석에 앉은 아르메니아인에게 물었다.

"지바 시예요. 그 사람은 왼쪽 폐가 없고 그 대신 오른쪽을…… '강화' 했다고 말하죠? 폐를 이식하는 거야 흔한 일이지만, 그 사람 것은 특별해요."

메르세데스가 급커브를 돌아 가죽을 잔뜩 실은 저압 타이어식 화물차를 피했다.

"언젠가 그 사람을 미행할 때였어요. 하루 종일 그 사람 근처에서 넘어진 자전거만 열 대가 넘었어요. 병원에서 자전거를 몰던 사람들한테 물어 보니 하는 얘기가 모두 똑같았죠. 브레이크 레버 옆에 전갈이 매달려 있었다고……."

"보이는 건 전부 손에 넣는다는 건가? 그 친구가 쓰는 실리콘이 대략 어떤 것인지는 알겠어. 끝내 주는 거지. 그 친구가 상상하는 게 우리 눈에 보이는 거야. 그걸 한 파장 정도로 집중하면 사람의 망막도 튀겨 버릴 수 있을걸."

핀이 말했다.

터지바쉬잔이 최고급 스웨이드 가죽을 씌운 좌석 사이로 몸을 내밀었다.

"당신 그 여자 앞에서 이런 얘길 한 건가요? 터키에서는 여자를 여자답게 대해야 합니다. 이런 얘기는……."

핀이 콧소리를 냈다.

"그 여자 앞에서 허튼짓했다가는 네 불알로 나비 넥타이를 만들어서 목에 채워 줄 테다."

"무슨 뜻인지 모르겠는데요."

"그만들 해. 입 닥치라는 얘기야."

케이스가 말했다.

아르메니아인은 면도 크림의 쇠 냄새를 남기고 자기 자리로 돌아갔다. 그는 산요 휴대폰에 대고 그리스어, 프랑스어, 터키어 그리고 단편적인 영어 단어를 묘하게 섞어 가며 속삭였다. 대답하는 쪽은 프랑스어를 썼다. 메르세데스가 부드럽게 코너를 돌며 말했다.

"향신료 시장은 종종 이집트 시장이라고도 불립니다. 1660년에 하티스 술탄이 기존의 시장터 위에 새로 지었습니다. 이곳은 도시의 중심지이며 향신료, 소프트웨어, 향수, 마약 등을 취급……."

"마약이라."

케이스가 말했다. 그는 자동차 와이퍼가 렉산 사에서 만든 방탄창 위로 왕복하는 모습을 지켜보았다.

"저지, 리비에라가 중독된 약이 뭐라고 했지?"

"코카인과 메페리딘의 혼합물이에요."

아르메니아인이 이렇게 대답하고는 다시 산요 휴대폰과의 대화로 돌아갔다. 핀이 말했다.

"한때 데메롤이라고 불렸던 물건이야. 혼합 약물 광이로구먼. 재밌는 친구들하고 어울리는데, 케이스."

케이스가 재킷의 옷깃을 만지며 말했다.

"난 신경 안 써. 그 불쌍한 놈. 아마 새 췌장 따위나 달게 될 거야."

핀은 시장에 들어서자 눈에 띄게 활기를 되찾았다. 그는 많은 사람들에 둘러싸여 있어야 비로소 편안함을 느끼는 것 같았다. 일행은 아르메니아인을 따라 널찍한 중앙 통로를 걸어갔다. 그을음으로 얼룩진 비닐과 증기기관 시대에 만들어진 초록색 철근 구조물 지붕이 그 위를 덮고 있었다. 수천 개의 광고물이 매달려 몸을 비틀며 펄럭였다.

핀이 케이스의 팔을 붙잡으며 말했다.

"이야, 저것 봐. 말이야, 말. 본 적 있어?"

케이스는 방부 처리된 동물을 바라본 다음 고개를 저었다. 그것은 새와 원숭이를 파는 구역 입구 근처 좌판 위에 진열되어 있었다. 수십 년 동안 행인들이 만져 온 탓에 말의 다리는 검게 변하고 털이 빠졌다.

"예전에 메릴랜드에서 한 번 본 적 있어. 그것도 세계적인 유행병이 물러나고 삼 년이나 지난 다음에 말이야. 아랍인들은 지금도 DNA에서 코드를 뽑아내어 저걸 만들어 보려고 하지. 하지만 항상 실패한다고."

핀이 말했다.

동물의 갈색 유리 눈이 그들의 행적을 좇는 것 같았다. 터지바쉬잔은 일행을 시장 중심부에 있는 한 카페로 안내했다. 천정이 낮은 그 카페는 영업을 시작한 지 몇 세기는 지난 것처럼 보였다. 비쩍 마른 데다가 더러운 흰색 웃옷을 입은 소년들이 투보르 맥주병과 작은 유리잔을 얹은 금속 쟁반을 들고 균형을 잡으면서 손님이 붐비는 테이블 사이로 몸을 피했다. 케이스는 문 옆에 서 있는 점원에게서 예휴얀을 한 갑 샀다. 아르메니아인은 산요 휴대폰에 대고 중얼거리고 있었다. 그가 말했다.

"이리 와요. 그 친구가 이동 중이에요. 그는 밤마다 지하철을 타고 시장에 와서 알리에게서 혼합 약물을 사거든요. 당신네 여자도 근처에 와 있어요. 이리 와요."

골목은 낡았다. 아주 오래된 장소. 벽은 검은 돌덩이를 깎아 만든 것이었다. 보도는 울퉁불퉁했고 한 세기 동안 석회석에 스민 휘발유 냄새가 났다.

"젠장, 하나도 안 보여."

케이스가 핀에게 속삭이자 핀이 말했다.

"몰리는 잘 보일 거야."

"조용히 해요."

터지바쉬잔이 말했다. 그의 목소리는 너무 컸다.

나무가 돌이나 콘크리트에 스치는 소리가 났다. 골목을 10미터쯤 따라가자 노란 불빛이 쐐기 모양으로 번지며 길바닥을 비췄다. 사람 그림자 하나가 나오고 문이 삐걱 소리를 내며 닫혔다. 골목은 다시 어둠에 싸였다. 케이스가 몸을 떨었다.

"지금이에요."

터지바쉬잔이 말했다.

시장 건너편 건물 지붕에서 뻗어나온 눈부시게 하얀 광선이 구닥다리 나무 문 옆에 선 날씬한 사람의 모습을 원 안에 완벽하게 집어넣었다. 사내는 눈동자를 좌우로 번득이며 쓰러졌다. 케이스는 누군가 사내를 쏘았다고 생각했다. 사내는 얼굴을 아래쪽으로 하고 있었다. 그의 금발은 오래된 바닥 석재와 대조되어 창백해 보였다. 축 늘어진 하얀 손이 측은했다.

불빛은 미동도 하지 않았다.

쓰러진 사내의 재킷 등 쪽이 부풀어 오르더니 급기야 터져 나가 벽과 문 주위로 피가 튀었다. 터무니없이 긴 두 팔이 밧줄 같은 핏줄을 세우고 조명 아래에서 회색을 띤 분홍빛으로 구부러졌다. 그 물체는 조금 전까지 리비에라였던 피투성이 시체를 뚫고 골목 바닥에서 올라오려는 것처럼 보였다. 키는 2미터쯤 되어 보였고, 두 다리로 서 있었으며, 머리는 없는 것 같았다. 괴물이 천천히 몸을 돌려 그들 쪽으로 향했다. 케이스는 괴물에게 머리가 있는 대신 목이 없다는 사실을 알아챘다. 눈이 없었고 피부는 젖은 내장과도 같은 분홍빛이었다. 입은, 그것을 입이라고 부를 수 있다면 말이지만, 둥글고 얕은 원추형으로 안에는 소용돌이치는 털이 들어차 검은색 크롬 도료처럼 빛났다. 괴물은 걸레가 된 옷과 육신을 걷어차 버리고 걸음을 옮겼다. 그의 입이 주변을 탐색하며 케이스 일행을 찾는 것 같았다.

터지바쉬잔이 그리스어인지 터키어인지 알 수 없는 언어로 뭐라고 말하면서 괴물에게 달려들었다. 창문에서 뛰어내리려는 사람처럼 두 팔을 벌리고서. 빛의 고리 너머 어둠 속에서 총구가 번쩍했고, 그 속을 터지바쉬잔이 통과했다. 돌조각이 케이스의 머리 옆으로 스쳐 지나갔다. 핀이 케이스의 몸을 아래로 끌어당겼다.

지붕 위에서 빛이 꺼졌다. 케이스의 눈에 어울리지 않는 총구의 번쩍거림과 괴물, 그리고 하얀 광선의 잔영이 남았다. 귀가 울렸다.

빛이 되돌아왔다. 이번에는 위아래로 움직이며 그림자 속을 탐색했다. 터지바쉬잔은 철제 문에 기대어 있었다. 그의 얼굴이 불빛을 받아 새

하얗게 보였다. 그는 상처 난 왼쪽 손목을 부여잡고 피가 떨어지는 모습을 바라보았다. 금발의 사내가 피 한 방울 없이 멀쩡한 모습으로 터지바쉬잔의 발치에 누워 있었다.

어둠 속에서 몰리가 걸어 나왔다. 온통 검은 복장에 손에는 화살총을 들고 있었다. 아르메니아인이 악문 잇새로 말했다.

"무전기를 써요. 마하무트를 불러요. 이 사람을 데리고 떠나야 해요. 여긴 좋지 않아요."

"하마터면 이 자식을 놓칠 뻔했어."

핀이 말했다. 무릎에서 우드득 소리를 내며 일어서서 바지를 털어 보았지만 효과는 별로 없었다.

"넌 공포 쇼만 보고 있었지? 시야 밖으로 튄 녀석은 못 보고 말이야. 이 녀석 제법인데. 어쨌든 이 자식을 여기서 끌어내는 걸 좀 도와줘. 나는 저 인간이 깨어나기 전에 장비를 검사해서 아미티지가 쓸 만한 물건에 돈을 쓴 건지 알아봐야 하니까."

몰리가 몸을 굽혀 무언가를 주웠다. 권총이었다.

"남부네. 좋은 총이지."

몰리가 말했다.

터지바쉬잔이 신음 소리를 냈다. 케이스는 그의 가운뎃손가락이 거의 잘려 나갔다는 사실을 알았다.

거리는 새벽의 푸른빛에 잠겨 있었다. 핀이 마하무트라는 이름의 덩치 큰 터키인과 함께 무의식 상태의 리비에라를 골목에서 끌어냈다. 몰리는 그들이 탄 메르세데스에게 톱카피로 가라고 명령했다. 몇 분 후 먼지를 덮어 쓴 시트로앵이 아르메니아인을 데리러 왔다. 그는 실신 직전이었다.

몰리가 자동차 문을 열어 주며 그에게 말했다.

"넌 멍청이야. 멀찌감치 물러서 있으면 될 걸 가지고. 그 녀석은 거리로 나온 순간부터 계속 내 시야에 들어와 있었어."

터지바쉬잔이 몰리를 노려보았다.

"어쨌든 이제 너하고는 볼일 없어."

몰리가 그를 차 안으로 밀어넣고 소리 내어 문을 닫았다.

"다음에 눈에 띄면 죽여 버릴 거야."

그녀가 차창 너머의 하얀 얼굴을 향해 말했다. 시트로앵이 골목을 빠져나가 꼴사나운 모습으로 모퉁이를 돌아 거리 쪽으로 나아갔다.

메르세데스는 막 잠에서 깨어나는 이스탄불 거리를 조용히 달렸다. 차는 베요글루 전철의 종착점을 거쳐 인적 없는 뒷골목의 미로 속을 질주했다. 황폐한 아파트 촌을 보며 케이스는 희미하게 파리를 떠올렸다.

"저건 뭐야?"

그가 몰리에게 물었다. 메르세데스가 술탄의 후궁전을 둘러싼 정원 가장자리에서 멈췄다. 케이스는 각종 건축 양식들의 기묘한 조합을 멍청히 바라보았다. 이곳이 바로 톱카피였다.

몰리가 차에서 내려 기지개를 켜면서 말했다.

"왕을 위한 개인용 창녀촌 같은 거야. 여기에 여자들을 잔뜩 모아 두는 거지. 지금은 박물관으로 쓰고 있어. 핀의 가게처럼 온갖 것들을 섞어 놓는 거야. 커다란 다이아몬드, 각종 칼, 세례 요한의 왼손……."

"배양 탱크 속에?"

"아니, 죽은 거야. 황동으로 만든 손 모양의 용기에 넣어 두고 옆에 조그마한 문을 달았어. 기독교인들은 거기에 입을 맞추고 행운을 빌어. 백만 년쯤 전에 기독교인들에게서 빼앗아 온 다음 먼지 한 번 털지 않았지. 이교도의 유물이니까."

궁전 정원에는 검정색 철제 사슴이 녹슬고 있었다. 케이스가 몰리 곁에 서서 걸으며 그녀의 부츠 끝에서 새벽 서리를 맞아 딱딱해진 잡초가 부서지는 모습을 바라보았다. 두 사람은 팔각형 돌이 깔린 추운 길을 걸었다. 겨울이 발칸 반도 어디쯤엔가 웅크리고 있었다.

"그 터지라는 사람, 일급 쓰레기야. 비밀경찰 소속의 고문 전문가지. 돈만 주면 뭐든지 해. 특히 아미티지가 주는 돈 같은 거라면 더할 나위 없지."

몰리가 말했다.

새들이 두 사람 주변의 축축한 나무들 사이에서 지저귀기 시작했다. 케이스가 말했다.

"네가 얘기한 것 해냈어. 런던에 있다던 일거리 말이야. 뭔가 찾긴 했는데 무슨 얘긴지는 모르겠어."

그가 몰리에게 코르토에 관한 이야기를 들려주었다.

"스크리밍 피스트에 아미티지라는 사람이 없다는 건 알고 있었어. 나도 알아봤거든."

몰리가 철제 사슴의 녹슨 옆구리를 톡톡 건드렸다.

"네 생각에는 그 컴퓨터가 코르토를 프랑스 병원에서 끄집어냈다는 거야?"

"윈터뮤트가 그랬다고 생각해."

케이스가 말하자 몰리가 고개를 끄덕였다.

"말하자면, 아미티지는 자신이 원래 코르토였다는 사실을 알고 있을까? 내 말은, 그는 병동에 들어갈 때까지 그 누구도 아니었다는 거야. 그래서 아마 윈터뮤트는……."

케이스가 말했다.

"그래. 완전히 만들어 낸 인물이라는 거지. 그래……."

몰리가 돌아서자 두 사람은 다시 걷기 시작했다.

"말이 되네. 너도 알겠지만 아미티지한테는 사생활이라는 게 없어. 내가 아는 한은 그래. 너도 알겠지만 저 정도 나이 든 사람이면 혼자 있을 때 뭐든 하는 일이 있다고. 그런데 아미티지에게는 없어. 가만히 앉아서 벽을 바라보는 게 전부야. 그러다가 뭔가 찰칵하면 윈터뮤트를 위해 열심히 몸을 움직이는 거지."

"그럼 왜 런던에 그런 걸 남겨 둔 거지? 향수가 남아서?"

"그런 게 있다는 사실 자체를 모를 수도 있어. 명의뿐인지도 모르고, 안 그래?"

"난 모르겠어."

케이스가 말했다.

"갑자기 생각난 건데…… 케이스, AI라는 건 얼마나 똑똑한 거야?"

"여러 가지야. 어떤 건 개 정도의 수준이야. 애완견 말이야. 어쨌든 비싼 물건이지. 진짜 똑똑한 AI는 튜링 경찰 쪽에서 감시할 정도야."

"이봐, 넌 카우보이잖아. 왜 그런 것들에 푹 빠지지 않는 거야?"

"글쎄. 우선 AI는 무척 드물어. 똑똑한 것들의 대부분은 군사용이지. 군용 아이스를 깨고 들어가는 건 불가능해. 모든 아이스는 군용 제품에서 나온 거라고, 알아? 게다가 튜링 경찰도 있어. 위험한 작자들이지."

케이스가 몰리를 바라보자 그녀가 말했다.

"난 잘 몰라. 전문 분야 밖의 일이야."

"카우보이들은 다 똑같아. 상상력이 없지."

그들은 널찍한 사각 연못에 도달했다. 잉어가 이름 모를 하얀 수상식물 줄기를 건드리고 있었다. 몰리는 돌멩이를 연못에 차 넣고 나서 파문이 번지는 모습을 바라보았다. 몰리가 말했다.

"저게 윈터뮤트야. 내 생각에 이건 상당히 큰 문제야. 우리는 지금 물결의 폭이 너무 넓은 곳에 있어서 한가운데를 건드린 돌을 볼 수 없는 거라고. 거기에 무슨 일인가 있었다는 건 알지만 이유는 모르는 거야. 난 이유를 알고 싶어. 네가 가서 윈터뮤트하고 얘기를 해 봐."

"난 그 근처에도 접근할 수 없어. 너무 큰 걸 바라지 마."

"해 봐."

"불가능해."

"일직선 아저씨한테 물어 봐."

"리비에라는 무슨 역할을 하는 거야?"

케이스가 화제를 바꾸고 싶어서 물었다.

몰리가 연못에 대고 침을 뱉었다.

"누가 알겠어? 그 사람 얼굴을 보느니 죽여 버리는 게 나아. 그 인간 프로필을 봤어. 강박관념에 사로잡힌 유다 같은 인물이야. 욕망의 대상이 자신을 배신하고 있다는 걸 알지 못하면 성적 만족을 얻을 수 없지. 자료에 의하면 그렇더라고. 우선 상대가 자신을 사랑해야 해. 스스로도 그럴지 몰라. 그래서 터지가 그 사람을 우리 쪽으로 넘기는 일에 순순히 협조한 거지. 리비에라는 여기 머물면서 삼 년 동안 비밀경찰에게 정치범들을 팔아넘겼거든. 아마 먹잇감이 나타나면 터지가 리비에라에게 알려줬을 거야. 리비에라는 삼 년 동안 열여덟 명을 해치웠어. 전부 스무 살에서 스물다섯 살 사이의 여자들이지. 터지는 그 덕분에 반대파에게 숙청당하지 않은 거야."

몰리가 재킷 주머니에 손을 찔러 넣었다.

"리비에라는 정말 마음에 드는 상대를 발견하면 우선 정치범으로 만들어. 그 사람의 인격은 팬더 모던스의 특수복 같은 거지. 프로필에 의하면 몇 백만 명에 하나 있을까 말까한 유형이래. 내 생각엔 인간이 그 정도로 착한 것 같지는 않지만 말이야."

몰리가 하얀 수상식물과 활기 없는 물고기를 바라보며 불쾌한 표정을 지었다.

"내 생각엔 피터 그 자식에 대비해서 특별 보험을 들어 두어야 할 것 같아."

그리고 몰리는 돌아서서 미소를 지었다. 차가운 미소였다.

"무슨 소리야?"

"아무것도 아니야. 베요글루에 돌아가서 아침이나 먹자. 오늘 밤에는 바쁘게 움직여야 하거든. 페너에 있는 그 자식 아파트에서 짐도 가져와야 하고 시장에 가서 그 자식이 쓸 약도……."

"그 사람한테 마약을 사준다고? 특별 대우야?"

몰리가 소리 내어 웃었다.

"그 인간은 약이 없으면 죽거든. 게다가 그 특수 조합 약물이 있어야 일을 할 수 있나 봐. 어쨌든 난 네가 더 좋아졌어. 넌 그렇게 골수가 아니니까. 그래서 마약상 알리에게 가서 약을 사야 하는 거야. 나한테 맡겨 둬."

그녀가 미소 지었다.

아미티지가 힐튼의 방에서 기다리고 있었다.

"이동할 시간이다."

그가 말했다. 케이스는 옅은 푸른색 눈과 검게 그은 얼굴 속에서 코르토라는 인물의 편린을 찾아보려고 했다. 그는 지바의 웨이지를 떠올렸다. 조직에서 어떤 지위 이상에 있는 사람들에게는 자신의 인간적인 면을 감추는 경향이 있다는 것쯤은 잘 알고 있었다. 그러나 웨이지에게도 약점은 있었다. 여자 문제였다. 심지어 자식이 있다는 소문도 돌았다. 그러나 케이스가 아미티지에게서 찾아낸 공허에는 어딘가 다른 면이 있었다.

"이번엔 어디죠?"

케이스가 물었다. 그는 아미티지의 옆을 지나 거리를 내려다보았다.

"어떤 기후 쪽이에요?"

아미티지가 말했다.

"기후라고 할 만한 건 없어. 날씨뿐이지. 자, 광고지를 읽어 봐."

그가 커피 테이블에 무언가를 던져 놓고 서 있었다.

"리비에라의 상태는 괜찮아요? 핀은요?"

"리비에라는 괜찮아. 핀은 집으로 돌아가는 중이고."

아미티지가 미소 지었다. 곤충이 더듬이를 떠는 정도의 의미밖에 없는 미소였다. 그는 금팔찌를 절그럭거리면서 손을 뻗어 케이스의 가슴을 찔렀다.

"너무 까불지 말도록. 곧 작은 주머니들이 녹기 시작할 거야. 하지만 자넨 그게 언제일지는 모르잖나."

케이스가 얼굴에 아무 표정도 짓지 않고 가까스로 고개를 끄덕였다. 아미티지가 나간 뒤 그는 광고지를 집어 들었다. 인쇄물이었다. 광고 문구는 프랑스어, 영어 그리고 터키어로 적혀 있었다.

"자유계, 뭘 망설이세요?"

네 명은 예실쾨이 공항에서 출발하는 THY 비행기 편을 예약했다. 파리에서 JAL 기로 갈아탈 예정이었다. 케이스는 이스탄불 힐튼 호텔 로비에 앉아 리비에라가 유리 벽 안쪽 선물 가게에 진열된 모조 비잔틴 토산품을 구경하는 모습을 바라보았다. 아미티지는 트렌치코트를 망토처럼 어깨에 걸치고 점포 입구에 서 있었다.

리비에라는 금발에 날씬한 체형이었다. 목소리는 부드러웠으며 유창한 표준 영어를 구사했다. 몰리는 그가 서른 살이라고 했지만 겉으로는 나이를 짐작하기가 힘들었다. 그녀 말에 의하면 리비에라는 법률상 국적이 없었으며 위조한 네덜란드 여권을 가지고 여행한다고 했다. 그는 방사능이 남은 옛 본 시가지 가장자리의 폐허 속에서 자라난 인물이었다.

미소 띤 일본인 관광객 세 명이 점포로 서둘러 들어가다가 아미티지에게 정중하게 고개를 숙였다. 아미티지는 너무나 빠르게, 그리고 너무나 분명하게 가게를 가로질러 리비에라의 곁에 섰다. 리비에라가 돌아보고 미소를 지었다. 그의 용모는 매우 수려했다. 케이스가 보기에 그것은 지바 외과의사들의 작품이었다. 정교한 제품이었다. 한창 유행하는 얼굴을 섞어 만든 아미티지의 몰개성한 모습과는 달랐다. 리비에라의 이마는 높고 부드럽게 솟아 있었으며 잿빛 눈은 고요하면서도 초연해 보였다. 원래 지나칠 정도로 멋지게 만든 게 분명한 코는 부러진 탓에 대충 다시 만든 것 같았다. 섬세한 턱과 날렵한 미소는 폭력의 흔적 아래 묻혔다. 이는 작고 가지런했으며 매우 하얬다. 케이스는 모조품 조각상을 만지작거리는 그의 하얀 손을 바라보았다.

리비에라는 아무 일도 없었던 듯 행동했다. 그러나 지난밤 그는 실제로 공격받은 다음 독침을 맞고 납치당했으며, 그 후 줄곧 핀의 검사에 시달렸다. 그리고 아미티지가 압력을 넣어 팀에 합류하게 된 것이다. 케이스는 시간을 확인했다. 몰리가 마약건을 해결하고 돌아올 시간이었다.

"지금 마약에 쩔어 있군, 쓰레기 자식."

케이스가 힐튼 호텔 로비에 대고 말했다. 하얀 가죽 턱시도 재킷을 입은 반백의 이탈리아 중년 부인이 포르쉐 선글라스를 내려 케이스를 노려보았다. 그는 활짝 웃어 보이고 일어서서 어깨에 가방을 맸다. 비행기에 오르기 전에 담배를 사야 했다. 케이스는 JAL 기에 흡연석이 있는지 궁금해졌다.

"또 만납시다, 부인."

케이스가 부인에게 말했다. 그녀는 즉시 선글라스를 코 위로 밀어 올리며 시선을 피했다.

선물 가게에서 담배를 팔긴 했지만, 케이스는 아미티지나 리비에라와 이야기를 나누고 싶지 않았다. 케이스는 로비를 나섰다. 공중전화가 늘어선 복도 끄트머리에는 작은 벽감이 있었고, 그 안으로 자동판매기의 콘솔이 보였다.

케이스는 주머니에 잔뜩 들어 있는 리라 동전을 뒤져 광택이 죽은 조그만 합금 동전을 골라 하나씩 투입구에 넣었다. 시대에 뒤떨어진 일련의 과정이 왠지 재미있었다. 그때 갑자기 옆에 있던 공중전화 벨이 울렸다. 케이스는 무의식적으로 수화기를 집어들었다.

"여보세요?"

희미한 고조파(高調波), 어딘가의 궤도를 지나가며 달그락거리는 알아들을 수 없는 작은 음성, 그리고 바람결 같은 소리.

"안녕, 케이스."

오십 리라짜리 동전이 케이스의 손에서 미끄러져 힐튼 호텔의 카펫 위로 굴러 보이지 않는 곳으로 사라졌다.

"윈터뮤트야, 케이스. 이제 얘기를 나눌 때가 됐잖아."

합성 음성이었다.

"얘기하고 싶지 않은 거야, 케이스?"

케이스는 전화를 끊었다.

그는 담배를 사야 한다는 사실을 까맣게 잊고 로비로 돌아왔다. 공중전화가 늘어선 복도를 지나야 했다. 그가 지날 때마다 바로 옆의 전화벨이 한 번씩 울렸다.

3부 자정의 줄 베른 거리

1

군도.

수많은 섬들. 꽃받침과 원추형 축, 그리고 꽃송이. 깊은 중력의 우물에서 기름처럼 뿜어 나오는 인간의 DNA.

L-5 군도에서 오가는 데이터를 개략적으로 보여 주는 영상을 떠올려 보자. 한 구역이 찰칵하면서 선명한 적색으로 등장하면 곧 커다란 사각형이 화면에 두드러지게 떠오른다.

자유계다. 자유계에는 많은 것들이 모여 있지만 왕복선을 타고 중력 우물을 오르내리는 관광객은 그 전부를 알지 못한다. 자유계는 매춘 구역이며 금융의 중심지이고, 유흥가이자 자유항이며, 변경 도시인 동시에 휴양지이다. 자유계는 라스베이거스이자 바빌론의 공중 정원이고, 궤도상 제네바 시인 동시에 근친혼으로 철저하게 혈통을 지키는 산업

가문 '테시어와 애시풀'의 고향이기도 하다.

그들은 파리로 향하는 THY 편의 일등석에 모여 앉아 있었다. 몰리가 창가에 앉았고 그 옆이 케이스, 리비에라와 아미티지는 통로 쪽이었다. 케이스는 비행기가 바다 위에서 단 한 번 기우는 순간 보석처럼 반짝이는 그리스의 섬 마을을 보았다. 역시 단 한 번, 케이스는 술을 마시려고 손을 뻗다가 물 탄 버번 잔 바닥에서 언뜻 거대한 인간의 정자 같은 것이 비치는 것을 알아챘다. 몰리가 케이스 너머로 몸을 뻗쳐 리비에라의 얼굴을 한 대 후려쳤다.

"까불지 마. 장난치지 말라고. 내 앞에서 한 번만 더 그런 무의식 장난질을 치면 혼쭐을 내주겠어. 상처 하나 안 내고 보내 버릴 테니까. 아주 재밌을 거야."

케이스가 무의식적으로 아미티지의 반응을 살폈다. 그의 미끈한 얼굴은 조용했다. 푸른 눈에 약간의 변화가 있긴 했지만 화를 내는 기색은 전혀 없었다.

"그래, 피터. 하지 마."

케이스가 시선을 되돌리자 순간적으로 검은 장미 한 송이가 나타났다가 사라졌다. 꽃잎은 가죽처럼 번들거렸고 검은 줄기에는 크롬 빛깔 가시가 환하게 돋아 있었다. 피터 리비에라는 기분 좋은 미소를 지으며 눈을 감은 다음 곧바로 잠들었다.

몰리가 얼굴을 돌렸다. 어두운 창에 그녀의 렌즈가 비쳤다.

"위에 가 본 적 있어?"

JAL 왕복선의 깊숙한 항온 폼 의자에 몸을 묻기 위해 꿈지럭거리는 케이스에게 몰리가 물었다.

"아니. 사업 관계 빼고는 별로 여행을 안 했어."

승무원이 케이스의 손목과 왼쪽 귀에 독서용 전극을 붙여 주었다.

"SAS에 걸리지나 않으면 좋겠는데."

몰리가 말했다.

"비행기 멀미? 끄덕 없어."

"그거하고는 다른 거야. 무중력 상태에서는 심장 박동이 빨라지고 한동안 귀가 멍해져. 회피 반사 충동도 거세지지. 말하자면 몸이 죽어라 도망치라는 신호를 보내는 거야. 그리고 아드레날린 분비도 많아질 거야."

리비에라 쪽으로 옮겨 간 승무원이 빨간 비닐 앞치마에서 한 세트의 전극을 꺼냈다.

케이스는 고개를 돌려 옛 오를리 공항의 모습을 확인하려 했다. 그러나 왕복선 발사장은 젖은 콘크리트로 만든 우아한 분사광 편향판에 가려져 있었다. 창에서 가장 가까운 편향판에는 붉은색 스프레이로 아랍어 선전 문구가 적혀 있었다.

케이스는 눈을 감고 스스로를 타일렀다. 왕복선은 그저 커다랗고 아주 높이 나는 비행기에 불과하다고. 비행기 냄새가 났다. 새 옷과 껌과 피로의 냄새도. 케이스는 선내 방송의 코토(일본의 현악기.—옮긴이) 소리에 귀를 기울이며 기다렸다.

이십 분 후 중력이 고대의 돌을 골격으로 삼은 크고 부드러운 손처럼 덮쳐 왔다.

우주 적응 증후군은 몰리가 설명한 것보다 심했지만 금세 지나갔고, 케이스는 잠이 들었다. 승무원이 그를 깨웠을 때 왕복선은 JAL 기의 공항 구역에 진입하려고 준비하는 중이었다.

"이제 자유계로 이동하는 건가?"

케이스가 주머니에서 빠져나와 우아하게 떠다니는 예휴얀 갑을 바라보며 물었다. 담뱃갑은 그의 코앞 10센티미터 언저리에서 춤을 추고 있었다. 왕복선 운항 중에는 금연이었다.

"아니, 항상 그렇듯이 보스가 생각을 조금 바꿨어. 택시로 자이언까지 갈 거야, 자이언 구역."

몰리가 안전벨트 버튼을 눌러 항온 폼의 품에서 벗어났다.

"웃기는 장소를 골랐다니까."

"왜?"

"으스스한 곳이거든. 래스터(에티오피아 황제를 신봉하는 자메이카 출신의 흑인. —옮긴이)들이 살고 있어. 콜로니 자체는 삼십 년쯤 됐을까."

"그게 어쨌다는 거야?"

"너도 알게 될 거야. 나야 상관없지만. 어쨌든 거기서는 마음 놓고 담배를 피워도 될 거야."

자이언을 창설한 것은 지구로 돌아가기를 거부한 다섯 명의 노동자들이었다. 그들은 중력 우물에 등을 돌리고 건설을 시작했다. 노동자들은 콜로니의 중앙 원환체에 원심력으로 구현한 중력이 생기기까지 칼슘 부족증과 심장 수축증으로 고생해야 했다. 케이스는 택시의 투명한 구형 지붕 너머로 자이언의 허술한 외벽을 바라보면서 이스탄불의 싸구려 공동주택들을 떠올렸다. 레이저를 이용한 래스터 교도의 상징 기호와 용접공의 머리글자들이 칠이 벗겨지고 불규칙적인 평판 위로 기어 다녔다.

케이스는 몰리와 에어롤이라는 이름의 비쩍 마른 자이언인의 도움으로 작은 원환체의 중심부로 향하는 자유낙하 복도를 지날 수 있었다. 두 번째 우주 적응 증후군이 찾아왔을 때 케이스는 아미티지와 리비에라의 행적을 놓쳐 버렸다.

"여기야."

몰리가 케이스의 다리를 머리 위 좁은 승강구로 밀어 넣어 주면서 말했다.

"손잡이 쪽을 잡아. 거꾸로 올라가는 자세를 하라고. 이제 바깥쪽 벽을 향해 갈 거야. 중력 속으로 기어 내려가는 거야, 알았어?"

케이스는 속이 울렁거렸다.

"괜찮을 거야, 친구."

에어롤이 말했다. 금도금한 앞니가 미소 짓는 그의 입가를 떠받치고 있었다.

어찌 된 일인지 터널의 끝은 터널의 바닥으로 변해 있었다. 케이스는 물에 빠져 공기가 있는 곳을 찾는 사람처럼 약한 중력에 매달렸다.

"일어서. 바닥에 키스라도 하는 거야?"

몰리가 말했다.

케이스는 양팔을 벌린 채 배를 대고 납작하게 누워 있었다. 무언가 그의 어깨를 쳤다. 몸을 뒤집어 돌아보니 두툼한 절연 케이블 뭉치였다. 몰리가 말했다.

"집 안 정리 좀 해야겠네. 이거 붙잡아 매는 것 좀 도와줘."

케이스가 주위를 둘러보았다. 넓고 특징 없는 공간 벽 여기저기에는 금속 고리가 제멋대로 용접되어 있었다.

그들은 몰리의 복잡한 지시에 따라 케이블을 붙잡아 맨 다음 닳아빠진 노란색 판으로 덮었다. 작업을 계속하던 케이스는 구역 전체에 음악이 쿵쿵거리는 것을 알아챘다. '더브' 라는 그 음악은 수많은 종류의 디지털 음악에서 여러 요소를 뽑아 섞은 모자이크 같았다. 몰리 말에 따르면 그것은 숭배의 표시이자 공동체 의식의 표현이라고 했다. 케이스는 노란 플라스틱 판을 들어 보았다. 무겁지는 않았지만 마음대로 다루기는 여전히 어려웠다. 자이언에서는 익힌 채소와 인간, 그리고 마리화나 냄새가 났다.

"잘했어."

아미티지가 말했다. 그가 무릎을 흐느적거리며 출입구를 통과한 다음 널린 플라스틱 판을 보고 고개를 끄덕였다. 그 뒤를 따르는 리비에라의 모습은 약한 중력으로 인해 불안해 보였다.

"바빠 죽겠는데 어디 있었던 거야?"

케이스가 리비에라에게 물었다.

리비에라가 대답하려고 입을 열자 작은 송어 한 마리가 튀어나와 있을 리가 없는 거품을 좇았다. 물고기가 케이스의 뺨을 스치며 미끄러졌다.

"머릿속에."

리비에라는 이렇게 말하며 미소 지었다.

케이스는 소리 내어 웃었다. 리비에라가 말했다.

"좋아. 웃어도 좋다니까. 도와주고 싶어도 손이 이래서 말이야."

그가 양손을 들어 보였다. 수가 두 배로 늘어나 있었다. 팔 넷에 손 네 개.

"그저 악의 없는 광대라 이거야, 리비에라?"

몰리가 둘 사이에 끼어들었다.

에어롤이 입구 쪽에서 말했다.

"어이, 카우보이 친구. 날 따라오지?"

아미티지가 말했다.

"자네 덱이야. 다른 장비들도 있어. 저 친구하고 같이 화물실에 가서 가져오도록 해."

"얼굴이 창백한데, 친구."

에어롤이 말했다. 두 사람은 중앙 복도에서 폼으로 포장해 둔 호사카 터미널을 끌고 있었다.

"뭐라도 좀 먹고 싶어?"

케이스의 입에 군침이 고였다. 그러나 그는 고개를 저었다.

아미티지는 자이언에 여든 시간 동안 머무를 거라고 말했다. 몰리와 케이스에게는 무중력 상태에서 작업할 수 있도록 연습하고 적응하라는 지시를 내렸다. 아미티지는 자유계와 스트레이라이트 저택에 관해서 설명할 모양이었다. 리비에라의 역할은 분명치 않았지만, 케이스는 묻고 싶지 않았다. 도착 후 몇 시간쯤 지났을 때 아미티지가 식사 시간이니 리비에라를 찾아오라며 노란색 미로 쪽으로 케이스를 보낸 적이 있었다. 리비에라는 항온 폼 위에 고양이처럼 웅크린 채 잠들어 있었다. 작고 하얀 기하학적 도형과 입방체, 구, 그리고 피라미드가 그의 머리 주위에서 후광처럼 돌아갔다.

"이봐, 리비에라."

도형들의 고리는 계속 회전했다. 케이스는 되돌아와서 아미티지에게 말했다.

"마약에 취한 거야."

몰리가 분해해 놓은 화살총 부품에서 눈을 들며 말했다.

"내버려 둬."

아미티지는 매트릭스에서 활동하는 케이스의 능력이 무중력 때문에 지장을 받을 거라고 생각하는 것 같았다.

"걱정마세요."

케이스가 대꾸했다.

"일단 접속하면 난 여기 있는 게 아니니까. 어디서나 마찬가지예요."

아미티지가 말했다.

"자네 아드레날린 수치가 높아. 아직 우주 적응 증후군에 걸려 있는 거야. 다 나을 때까지 기다릴 시간은 없으니까 그 상태에서 일을 해야 해."

"그럼 바로 여기서 일을 해야 하나요?"

"아니. 연습해, 케이스. 지금 바로. 복도로 올라가서……."

덱이 구현하는 사이버스페이스는 덱 자체의 물리적인 위치와는 아무 연관이 없다. 케이스가 접속하고 눈을 뜨자 익숙한 동부 연안 원자력 기구의 아스테크풍 피라미드가 보였다.

"잘 지내요, 딕시?"

"난 죽었어, 케이스. 호사카 안에서 충분히 생각해 보고 알아낸 사실이야."

"어떤 기분이에요?"

"아무 기분 없어."

"불쾌한가요?"

"불쾌한 게 아무것도 없다는 게 불쾌하지."

"무슨 소리예요?"

"러시아 포로수용소에 친구가 하나 있었어. 시베리아에서였지. 그 친구는 엄지손가락에 동상이 걸렸는데, 의료진이 들렀다가 그걸 보고는 잘라 버렸어. 그 친구 몇 달째 잠을 못 자더군. '에를로이, 뭐가 문제야?' 내가 물었지. 그랬더니 그 친구 왈, 엄지손가락이 가렵다는 거야. 그래서 긁으면 되지 않냐고 하니까 하는 말이, 없어진 손가락이 가렵다는 거였어."

구조물이 웃었다. 우습다기보다 케이스의 등골을 차갑게 찔러 대는 웃음이었다.

"부탁 하나만 들어줘, 친구."

"뭔데요, 딕스?"

"이번 건이 끝나거든 이 빌어먹을 것 좀 지워 줘."

케이스는 자이언 사람들을 이해할 수 없었다. 에어롤이 뜬금없이 자기 이마에서 아기가 튀어나와 수경 재배 중인 마리화나 밭으로 뛰어들었다는 얘기를 꺼냈다.

"아주 작은 아기, 친구. 네 손가락보다 짧아."

그가 손바닥으로 상처 하나 없는 갈색 이마를 문지른 다음 웃어 보였다.

"대마초 때문이야."

케이스가 그 얘기를 전하자 몰리가 말했다.

"이곳 사람들은 뭔가 일어나면 그게 사실인지 아닌지는 별로 신경 쓰지 않아. 에어롤이 무슨 일인가 있었다고 하면 본인에게는 그게 실제인 거야. 거짓말이라기보다는 시 같은 거지, 이해해?"

케이스가 반신반의하면서 고개를 끄덕였다. 자이언 사람들은 말을 할 때면 언제나 상대의 어깨에 손을 얹었다. 케이스는 그게 싫었다.

"이봐, 에어롤."

한 시간쯤 지난 후 자유낙하 복도에서의 연습을 준비하던 케이스가 말했다.

"이리 와 봐, 친구. 보여 줄 게 있어."

케이스가 전극을 내밀었다.

에어롤이 느린 동작으로 재주를 넘었다. 그는 맨발로 강철 벽을 걷어찬 다음 비어 있는 손으로 들보를 잡았다. 다른 쪽 손에는 청록색 해초가 가득 든 투명한 물주머니를 들고 있었다. 그가 찬찬히 눈을 깜박이며 씨익 웃었다.

"해 봐."

케이스가 말하자 에어롤은 머리띠를 받아서 착용했다. 케이스가 전극을 조절해 주자 에어롤은 눈을 감았다. 케이스가 전원 스위치를 넣자 에어롤은 몸을 떨었다. 케이스가 접속을 끊어 주었다.

"뭐가 보였어, 친구?"

"바빌론."

에어롤은 슬픈 표정으로 이렇게 말하며 케이스에게 전극을 돌려주었다. 그러곤 벽을 차고 복도 쪽으로 나아갔다.

리비에라는 미동도 않고 폼 판 위에 앉아 오른팔을 어깨 높이까지 쳐든 채로 뻗었다. 보석 비늘로 덮힌 뱀이 그의 팔꿈치 몇 밀리미터 위에서 팔을 꽉 감고 있었다. 눈은 루비 색 네온을 닮아 있었다. 케이스는 뱀을 지켜보았다. 손가락 정도의 굵기에 검은색과 진홍색 무늬가 있었다. 뱀이 천천히 리비에라의 팔뚝을 죄어들었다.

"이리 와라."

그가 위로 편 손바닥 위에 자리 잡은 창백한 밀랍 빛 전갈을 조심스럽게 불렀다.

"이리 와."

전갈이 갈색 집게발을 흔들면서 희미하고 어두운 밧줄 같은 혈관을 따라 그의 팔 위로 기어올랐다. 팔꿈치 안쪽에 도달하자 멈춰 선 전갈이 몸을 떠는 것 같았다. 리비에라가 작게 쉿쉿 소리를 냈다. 전갈이 독침을 세우고 부르르 떨더니 그 끝을 솟아오른 혈관 위 피부에 꽂아 넣었다. 그러자 산호색 뱀이 몸을 풀었고 리비에라는 약 기운을 느끼며 천천히 한숨을 내쉬었다. 뱀과 전갈이 사라졌다. 리비에라는 왼손에 탁한 플라스틱 주사기를 들고 있었다.

"'신이 이보다 좋은 것을 창조했다면 자기 자신이 쓰려고 준비한 것이다.' 이런 말 알아, 케이스?"

"알지. 여러 경우에 쓰이는 말이지. 언제나 그런 식으로 요란하게 하는 거야?"

리비에라는 신축성 있는 외과용 튜브를 팔에서 풀어 냈다.

"그래. 이러는 게 더 재밌거든."

그가 웃었다. 시선은 먼 곳으로 향했고 뺨에는 핏기가 돌았다.

"혈관 위에 박막을 씌워 놨기 때문에 주삿바늘의 상태에는 신경을 안 써도 되지."

"아프지는 않아?"

반짝이는 그의 눈동자가 케이스의 시선과 마주쳤다.

"물론 아프지. 그래야 제 맛 아닌가."

"나라면 피부 판을 사용할 텐데."

"시시하잖아."

리비에라가 코웃음 치며 하얀 반소매 무명 셔츠를 걸쳤다.

"뭐, 알아서 해."

케이스가 일어서면서 말했다.

"너도 약을 하나, 케이스?"

"예전에 포기했어."

"이게 자유계야."

아미티지가 홀로그램 투사기의 패널을 조종하면서 말했다. 영상이 가볍게 떨다가 이내 선명해졌다. 끝에서 끝까지의 길이는 3미터쯤 되었다.

"카지노는 여기."

그가 손을 뻗어 영상 내부의 윤곽선 한쪽을 가리켰다.

"호텔, 상류층의 사유지, 이쪽으로는 대형 상가."

그가 손을 옮겼다.

" 파란 지역은 호수야."

아미티지가 영상의 한쪽 끝으로 걸어갔다.

"전체적으로 커다란 궐련 모양이지. 양 끝이 좁고 말이야."

"이쪽에서도 잘 보여요."

몰리가 말했다.

"좁은 부분으로 가면 산 같은 느낌을 받게 돼. 지면이 가팔라지면서 바위가 점점 많아지지. 하지만 올라가기는 쉬워. 높이 올라갈수록 중력이 약하니까. 그쪽에 운동 센터가 있어. 이쪽에는 벨로드롬이 있고."

"벨로…… 뭐요?"

케이스가 몸을 앞으로 기울였다.

몰리가 말했다.

"자전거 경주장이야. 중력이 낮은 데다가 마찰력이 높은 타이어를 사용해서 시속 100킬로 이상으로 달릴 수 있어."

"이 끝 부분은 우리와는 관계 없다."

아미티지가 예의 진지한 모습으로 말했다.

"칫, 난 자전거 경주의 열렬한 팬이라고요."

몰리가 말하자 리비에라가 킬킬거렸다.

아미티지가 영상의 반대편 끝으로 걸어갔다.

"이쪽 끝은 관계가 있어."

홀로그램은 자유계의 내부를 자세하게 보여 주었지만 방추형 끝 구역은 공백으로 남아 있었다.

"여기가 스트레이라이트 저택이다. 중력권 쪽에서 진입하기에는 경사가 너무 심하고 접근이 난해해. 유일한 출입구는 여기, 정 가운데야. 무중력 지점이지."

"두목, 그 안에는 뭐가 있죠?"

리비에라가 몸을 앞으로 내밀면서 목을 길게 뽑았다. 네 개의 사람 그림자가 아미티지의 손가락 끝 언저리에서 빛났다. 아미티지는 그것들을 모기라도 된다는 듯이 후려쳤다.

"피터, 거기에 뭐가 있는지는 자네가 제일 먼저 알게 될 거야. 초대받아서 들어갈 수 있도록 만들어. 자네가 들어가고 나면 몰리도 들어갈 거야."

아미티지가 말했다.

케이스가 스트레이라이트 쪽 공백을 바라보았다. 핀이 해 준 얘기가 떠올랐다. 스미스, 지미, 말하는 흉상 그리고 닌자.

"구체적인 것을 알 수 있을까요? 아시다시피 의상을 준비해야 하거든요."

리비에라가 물었다.

아미티지가 영상의 가운데로 돌아가면서 말했다.

"거리 구조를 기억해 두도록. 여기가 데시더라타 거리, 여기는 줄 베른 거리다."

리비에라가 눈을 굴렸다.

자유계의 거리 이름을 읊는 아미티지의 코와 뺨, 그리고 턱에 선명한 종기가 열 개 남짓 솟아올랐다. 그 모습을 보고는 몰리마저 웃었다. 아미티지가 말을 멈추고 차갑고 공허한 눈으로 나머지 모두를 쳐다보았다.

"미안합니다."

리비에라가 말했다. 종기는 이내 사라졌다.

케이스는 깊이 잠들었다가 깨어났다. 그의 옆에는 몰리가 폼 위에 몸을 웅크리고 있었다. 케이스는 그녀가 긴장하고 있다는 것을 느낄 수 있었다. 케이스는 무슨 일인지 몰라 그대로 누워 있었다. 몰리가 움직였다. 케이스는 그녀의 동작이 너무도 빠른 탓에 깜짝 놀랐다. 케이스는 몰리가 일어나 빠져나간 다음에야 그녀가 노란 비닐을 찢고 나갔다는 사실을 알았다.

"움직이지 마, 친구."

케이스가 몸을 굴려서 찢어진 비닐 틈으로 얼굴을 내밀었다.

"무슨……?"

"조용히 해."

"당신이군, 친구."

자이언 말투가 들려왔다.

"고양이 눈. 그리고, 그리고 재빠른 면도날. 난 마엘컴, 아가씨. 형제들 당신하고 카우보이하고 대화를 원해."

"무슨 형제들?"

"창설자들이야, 친구. 자이언 원로들. 알다시피……."

"입구를 열면 빛 때문에 두목이 일어날 텐데."

케이스가 속삭이자 사내가 말했다.

"지금 특별한 방법으로 어둡게 해. 이리 와. 당신하고 나하고 저 여자하고 창설자를 만나러 간다."

"내가 얼마나 빨리 당신을 베어 버릴 수 있는지 알고 있지, 친구?"

"얘기는 그만, 아가씨. 따라와."

생존해 있는 자이언의 두 창설자는 노인이었다. 너무 오랜 세월 동안 중력의 혜택을 받지 못한 사람답게 나이보다 훨씬 늙은 모습이었다. 그들의 갈색 다리는 칼슘 결핍으로 허약해 보였고, 차갑게 반사된 태양광을 받으면 금세 부러질 것만 같았다. 그들은 오색으로 그려 놓은 잎사귀의 정글 한가운데에 떠 있었다. 정글은 구형 방의 벽면을 완전히 메운 화려한 공동체 벽화였다. 방 안에는 수지성 연기가 가득 차 있었다.

몰리가 방 안에 들어서자 한 사람이 말했다.

"재빠른 면도날. 마치 회초리 같아."

나머지 하나가 말했다.

"우리에게 전해 내려오는 이야기입니다, 아가씨. 종교 설화죠. 마엘컴을 따라와 주셔서 고맙습니다."

"당신은 여기 사투리를 쓰지 않네요?"

몰리가 물었다.

"나는 로스앤젤러스 출신입니다."

노인이 말했다. 틀어 올린 머리채가 강철 섬유 색깔의 가지를 매단 나무처럼 엉켜 있었다.

"오래전에 중력 우물을 기어올라 바빌론에서 빠져나왔지요. 부족이 자리 잡을 곳으로 인도하기 위해서. 지금 내 형제는 당신을 재빠른 면도날에 비유하는 겁니다."

몰리가 오른손을 뻗자 연기 자욱한 공기 속에서 칼날이 번득였다.

다른 쪽 창설자가 고개를 뒤로 젖히며 웃었다.

"최후의 날이 곧 올 거야……. 목소리, 목소리가 광야에서 소리친다, 바빌론이 폐허로 변할 거라고 예언한다……."

"목소리."

로스앤젤러스 출신의 창설자가 케이스를 바라보았다.

"우리는 여러 가지 주파수를 감시하고 있습니다. 항상 듣고 있죠. 어느 날 여러 나라의 말로 목소리가 들렸습니다. 우리더러 들으라는 거였습니다. 목소리는 우리에게 힘찬 더브 음악을 들려주었습니다."

"그의 이름은 윈터, 뮤트."

다른 한쪽이 그 이름을 둘로 떼어 발음했다.

케이스는 문득 팔이 가려웠다.

먼젓번 창시자가 말했다.

"뮤트가 우리에게 말했습니다. 당신들을 도우라고 하더군요."

"그게 언제였죠?"

케이스가 물었다.

"당신들이 자이언에 도착하기 서른 시간 전이었습니다.

"이전에도 그 목소리를 들은 적이 있었나요?"

"아니요. 진의가 뭔지는 확실하지 않습니다. 만약 최후의 날이 가까워진 거라면 필히 거짓 예언자가 나타날……."

로스앤젤레스 출신이 말했다.

"이것들 보세요. 그건 AI라고요. 아시겠어요? 인공지능 말이에요. 당신들이 들은 음악은 그 녀석이 당신네 음악들을 뒤져 보고 좋아할 만한 것들만 골라서 섞은……."

케이스가 말했다.

"바빌론이여."

다른 쪽 창설자가 말을 끊었다.

"수많은 악마의 어머니여, 나와 우리는 알고 있나니. 그 엄청난 군세를 보라!"

"할아버지, 아까 나를 뭐라고 불렀죠?"

몰리가 물었다.

"재빠른 면도날. 그리고 당신은 바빌론에 멸망을 가져오리라, 자매여. 그 암흑의 심장부에……."

"그 목소리가 뭐라고 하던가요?"

케이스가 물었다.

"도우라고 했습니다. 당신들이 최후의 날에 도구로 쓰일 수 있도록."

다른 쪽이 말했다. 그의 주름진 얼굴이 불안해 보였다.

"마엘컴을 당신들과 함께 보내라고 했습니다. 그의 예인선 '가비'를 타고 자유계의 바빌론 항으로 가라더군요. 우린 그렇게 할 작정입니다."

다른 쪽이 말했다.

"거친 사나이, 마엘컴. 그는 진짜 예인선 조종사다."

"하지만 에어롤도 '바빌론 라커' 에 태워서 함께 보낼 겁니다. 가비를 감시하기 위해서요."

어색한 침묵이 돔에 가득 찼다.

케이스가 물었다.

"그것뿐인가요? 당신들은 아미티지를 위해서 일하는 건가요?"

"우리는 공간을 대여해 줍니다. 우리는 이런저런 거래 덕분에 이곳에 연줄이 좀 있지요. 바빌론의 법률에는 신경 쓰지 않습니다. 여호와의 말씀만이 우리의 규율이지요. 하지만 이번에는 어쩌면 우리도 실수하는 건지 모릅니다."

로스앤젤러스에서 온 창설자가 말했다.

"두 번 생각하고 한 번 행하라."

다른 쪽이 나즈막한 음성으로 말했다.

"케이스, 가자."

몰리가 말했다.

"우리가 없어진 걸 두목이 눈치채기 전에 돌아가자."

"마엘컴이 모셔다 드릴 겁니다. 여호와의 사랑이 함께하시기를, 자매여."

2

마커스 가비는 길이 9미터, 직경 2미터의 강철 원통형 예인선이었다. 마엘컴이 버튼을 눌러 분사를 시작하자 배가 삐걱거리다가 흔들렸다. 케이스는 신축성 소재로 만든 중력 망에 눌려 납작해진 채 스코폴라민의 몽롱한 안개 너머로 자이언인의 근육질 등을 바라보았다. 우주 적응 증후군과 구토를 억제하기 위해 약을 먹긴 했지만, 제조사 측에서 부작용을 방지하기 위해 넣은 흥분제는 변조된 케이스의 육신에 아무 효험을 발휘하지 못했다.

"자유계까지 얼마나 걸리지?"

몰리가 마엘컴의 조종석 옆 자신의 중력 망 쪽에서 물었다.

"얼마 안 남아."

"너희들은 시간 개념이 없는 거야?"

"시간은 시간. 뜻 알겠어?"

마엘컴이 머리채를 흔들었다.

"조종하느라 정신없어. 나와 우리는 자유계에 도착할 때 되면 도착해."

"케이스. 베른 쪽 친구하고 접촉이라도 시도해 봤어? 이를테면 자이언에서 뭐라고 중얼거리면서 접속 중이었을 때라든가."

"아, 그 친구. 아니, 안 했어. 대신 그 친구와 관련해서 재밌는 일이 있었지. 이스탄불에서였지만."

케이스가 몰리에게 힐튼의 공중전화 건에 대해 말했다.

"세상에. 굴러들어 온 복을 걷어찼군. 왜 끊었어?"

"누군지도 모르잖아."

케이스가 거짓말을 했다.

"고작 칩 쪼가리 가지고……. 나도 잘 모르겠어."

케이스가 어깨를 으쓱했다.

"겁이 났던 건 아니고?"

그가 다시 어깨를 으쓱했다.

"지금 해 봐."

"뭐?"

"지금 당장. 어쨌든 일직선하고 얘기라도 좀 해 봐."

"난 지금 약에 취해 있다고."

케이스는 이렇게 거부하면서도 결국 전극 쪽으로 손을 뻗었다. 케이스의 덱과 호사카, 그리고 고해상 크레이 모니터가 마엘컴의 조종석 뒤에 설치되어 있었다.

케이스는 전극을 조정했다. 마커스 가비는 거대한 구식 러시아제 공기 정화기를 스쳐 지났다. 네모난 정화기에는 래스터 교를 상징하는 문양과 자이언의 사자 그리고 검은 별이 그려져 있었으며, 음각으로 잔뜩 새긴 키릴 문자는 빨강과 초록, 그리고 노란색으로 뒤덮였다. 마엘컴의 조종반은 누군가 뿌려 놓은 스프레이 덕에 온통 열대의 분홍색이었고, 화면과 판독 장치 부분은 면도칼로 벗겨져 있었다. 배 앞쪽의 기밀식 출입구를 두른 개스켓 둘레에는 반투명한 충전제 조각과 물컹한 덩어리들이 모조 해초 다발처럼 늘어져 있었다. 케이스는 마엘컴의 어깨 너머로 중앙 화면에 그려진 배의 도킹 화면을 지켜보았다. 예인선의 항로는 붉은 점선, 자유계는 초록색 원으로 표시되어 있었다. 점선이 점점 자라났다.

그가 접속했다.

"딕시?"

"어."

"AI를 뚫고 들어가려고 시도한 적 있어요?"

"당연하지. 그때 처음으로 죽어 본 거야. 장난 삼아서 정말 높은 단계까지 뚫고 들어가 봤어. 리오의 통상 관련 구역까지. 국제적인 대규모 사업들이 있었고 브라질 정부는 크리스마스 트리처럼 번쩍거렸지. 그냥 장난이었다고, 알아? 그러고는 세 단계쯤 더 올라가서 문제의 입방체를 노렸지. 건드리자마자 의식을 잃었어."

"어떻게 생겼나요, 시각적으로 말이에요."

"하얀 입방체였어."

"그게 AI라는 걸 어떻게 알았죠?"

"어떻게 알았냐고? 미치겠군. 그렇게 치밀한 아이스는 내 평생 처음 봤어. 그러니 AI가 아니고 뭐겠어? 군대 쪽에도 그런 건 없어. 어쨌든 접속을 끊고 나서 컴퓨터를 이용해서 조사해 봤어."

"그랬더니요?"

"튜링 등기부에 기록된 물건이더군. AI지. 리오 쪽 본체는 프랑스 기업 소유였어."

케이스가 아랫입술을 깨물며 동부 연안 원자력 기구의 고원 너머로 무한하게 펼쳐진 매트릭스의 신경 전자 공허 속을 응시했다.

"테시어 애시풀 말이에요, 딕시?"

"테시어……. 맞아."

"들어가 봤나요?"

"물론. 그때 내가 미쳤었지. 뚫고 들어가 보려고 했거든. 첫 번째 층을 건드려 본 게 전부였어. 내 조수가 살 타는 냄새를 맡고는 전극을 떼어 냈지. 더러운 물건이야, 그 아이스는."

"그래서 당신 뇌파가 일직선이 된 거로군요."

"뭐, 전설적이잖아?"

케이스는 접속을 끊고 말했다.

"젠장. 딕시가 뭣 때문에 죽었었는지 알기나 해? AI를 건드렸다가 그렇게 된 거야. 멋지군……."

"계속해 봐. 너희 둘은 죽여 주는 팀이잖아, 안 그래?"

몰리가 말했다.

케이스가 말했다.

"딕시. 베른에 있는 AI를 좀 살펴보려고 하는데요. 그러면 안 될 이유 같은 거라도 있어요?"

"죽는 게 끔찍하게 싫다면 모를까, 아니라면 없어."

케이스가 키를 두드려 스위스 은행 구역으로 향했다. 사이버스페이스가 떨리고 희미해졌다가 구체화되면서 의욕의 물결이 느껴졌다. 동부 연안 원자력 기구가 사라지고, 대신 취리히 상업은행의 복잡하면서도 멋진 기하학적 도형이 나타났다. 케이스는 다시 베른을 향해 키를 두드렸다.

"더 위로."

구조물이 말했다.

"높은 곳에 있을 거야."

그들이 빛의 격자를 거슬러 올라갔다. 단계가 바뀌면서 주변이 푸르게 깜박였다.

'저게 틀림없어.'

케이스는 생각했다.

윈터뮤트는 새하얀 빛으로 이루어진 단순한 입방체였다. 그 단순함이야말로 지극히 복잡하다는 것을 의미했다.

"별로 대단해 보이지는 않지? 하지만 한 번 건드려 보면 알게 될 거야."

일직선이 말했다.

"더 가까이 가 볼게요, 딕시."

"얼마든지."

케이스는 키를 두드려 격자 좌표상으로 네 단위 앞까지 접근했다. 아무것도 없던 면이 케이스의 위쪽으로 솟아오르더니 내부에서 희미한 그림자가 끓어올랐다. 마치 천여 명의 무희가 성에 낀 거대한 유리 너머에서 회전하고 있는 것 같았다.

"우리가 왔다는 걸 알고 있군."

일직선이 말했다.

케이스가 다시 키를 두드렸다. 딱 한 번. 그들은 좌표 하나만큼 앞으로 전진했다. 입방체의 면에 점으로 가득한 회색 원이 생겨났다.

"딕시……."

"뒤로 물러나, 어서."

회색 부분이 천천히 부풀어 오르더니 구가 되어 입방체에서 떨어져 나왔다.

케이스는 '전속 역전'을 입력했다. 덱의 모서리가 손바닥을 찌르는 것 같은 느낌이 들었다. 매트릭스가 뒤로 물러나며 흐릿해졌다. 그들은 스위스 은행의 흐릿한 축을 따라 뛰어내렸다. 케이스가 위를 올려다보았다. 더욱 검어진 구가 그를 따라 떨어지고 있었다.

"접속을 끊어."

일직선이 말했다.

암흑이 해머처럼 덮쳐 왔다.

차가운 쇠 냄새와 함께 얼음이 척추를 쓰다듬었다. 네온 숲으로부터 얼굴들이 등장하기 시작한다. 오염된 잿빛 하늘 아래로, 선원과 사기꾼과 창녀들이…….

"이봐, 케이스. 뭐가 어떻게 된 건지 얘길 해 봐. 한 방 먹은 거야, 뭐야?"

계속해서 맥박 치는 고통, 척추 아래 어딘가.

케이스는 천천히 떨어지는 이슬비 소리에 정신을 차렸다. 발에는 쓰고 버린 광섬유가 감겨 있었다. 오락실에서 흘러나온 효과음의 바다가 그를 적시고, 물러났다가는 되돌아왔다. 그는 몸을 굴려 일어나 앉은 다음 머리를 감싸 쥐었다. 오락실 뒷문에서 빛이 들어오자 젖은 채로 부러진 합판과 알맹이가 빠져나간 게임 기계가 물을 뚝뚝 떨어뜨리고 있는 모습이 보였다. 기계의 옆면에는 분홍색과 노란색의 현대풍 일본 문자가 지워져 가고 있었다.

케이스는 눈을 들었다. 먼지 낀 플라스틱 창과 희미하게 빛나는 형광등이 눈에 들어왔다.

등이 아팠다. 척추 쪽이었다.

그는 일어서서 눈가에 드리워진 젖은 머리칼을 쓸어 올렸다.

무슨 일인가 있었던 것이다…….

케이스는 주머니를 뒤져 돈을 찾아보았으나 헛수고였다. 몸이 떨렸다. 재킷은 어디에 있는 걸까. 케이스는 게임 기계 뒤까지 뒤져 보고는 이내 찾는 것을 포기했다.

그는 닌세이 거리의 인파가 얼마쯤 되는지 살펴보았다. 금요일. 분명히 금요일이다. 아마 린다가 오락실에 와 있을 것이다. 돈이 있겠지. 하다 못해 담배라도……. 케이스는 기침을 하면서 셔츠 앞섶의 빗물을 짜내고 인파를 헤치며 오락실로 향했다.

쿵쾅거리는 효과음 때문에 홀로그램이 뒤틀리고 흔들렸다. 유령 같은 영상이 오락실에 가득한 안개와 땀 냄새, 그리고 따분한 긴장감을 배경삼아 떠올랐다. 유로파 전차전에 붙어 있던 하얀 셔츠의 선원이 본 시를 날려 버렸다. 파란 섬광.

그녀는 마법사의 성에 정신을 쏟고 있었다. 회색 눈 주위로 검정 마스카라가 번졌다. 그녀는 자기 몸에 팔을 두르는 케이스를 쳐다보며 웃었다.

"아, 잘 지내요? 비 맞았나 봐요?"

케이스가 그녀에게 키스했다.

그녀가 말했다.

"당신 때문에 게임을 망쳤잖아요. 저거 봐요. 동굴 7층까지 갔는데 빌어먹을 흡혈귀한테 잡히다니."

그녀가 케이스에게 담배를 건넸다.

"많이 안 좋아 보여요. 어디 갔다 온 거예요?"

"모르겠어."

"케이스, 취했군요? 또 술 마셨어요? 아니면 존한테 산 덱스라도 한 거예요?"

"어쩌면……. 우리 얼마 만에 만난 거지?"

"이봐요, 장난하는 거죠?"

그녀가 케이스를 노려보았다.

"아니. 기억상실 같은 건가 봐. 일…… 일어나 보니 골목이었어."

"누가 기절시켰나 보네요. 돈은 있던가요?"

케이스는 고개를 저었다.

"자, 그럼 잠잘 곳이 필요한 거죠, 케이스?"

"그렇겠지."

"그럼 따라와요. 커피 한 잔 마시고 뭣 좀 먹자고요. 집에 데려다 줄게요. 만나게 되어서 다행이네요."

그녀가 케이스의 손을 꽉 쥐자 케이스는 미소를 지었다.

무언가가 깨져 나갔다.

세상의 중심에서 무언가 움직였다. 오락실이 정지하고, 떨리면서.

그녀가 사라졌다. 기억의 무게가 짓누르면서 지식 전체가 소켓에 꽂는 마이크로 소프트처럼 그의 머릿속으로 밀려 들어왔다. 그리고 곧 사라졌다. 케이스는 고기 타는 냄새를 맡았다.

하얀 셔츠의 선원이 사라졌다. 오락실은 텅 비었으며 고요했다. 케이스는 천천히 고개를 돌렸다. 어깨를 구부리고 이를 드러내며 본능적으로 주먹을 쥐어 보았다. 모조리 사라졌다. 노란색의 구겨진 사탕 껍질이 게임 기계 모서리에 얹혀 있다가 아래로 떨어져 바닥에 널린 납작한 담배 꽁초와 스티로폼 컵에 섞여 들어갔다.

"담배가 있었어."

케이스가 하얗게 변한 주먹을 내려다보며 말했다.

"담배에, 여자에, 잘 곳까지 있었다고. 듣고 있냐, 이 개자식아? 듣고 있냐고?"

메아리가 텅 빈 오락실 안을 날다가 늘어선 게임 기계들 사이로 사라졌다.

케이스는 거리로 나갔다. 비는 내리지 않았다.

닌세이는 황폐한 모습이었다. 홀로그램들이 깜박이고 네온이 춤을 추었다. 케이스는 길 건너 노점에서 흘러나오는 데친 채소 냄새를 맡았다. 뜯지도 않은 예휴얀 한 갑이 발치에 떨어져 있었다. 그 옆에는 성냥도 놓여 있었다. '줄리어스 딘 무역상' . 케이스가 상호와 함께 새겨진 일본어 번역 문장을 바라보았다.

"알았어. 무슨 얘긴지 알았다니까."

케이스는 성냥을 집은 다음 담뱃갑을 뜯으며 말했다.

케이스는 천천히 딘의 사무실로 향하는 계단을 오르며 생각했다. '급할 것 없어. 서두를 필요 없다니까.' 늘어진 달리 시계는 여전히 틀린 시각을 나타내고 있었다. 칸딘스키풍 테이블과 신 아스테크식 책장에는 먼지가 쌓여 있었다. 유리섬유로 된 선적용 상자가 잔뜩 쌓여 벽을 이루었고, 그곳에서 흘러나온 생강 냄새가 실내에 그득했다.

"문 잠겨 있나요?"

케이스는 대답이 나오기를 기다렸지만 아무 소리도 들리지 않았다. 그는 사무실 문 앞까지 다가가서 다시 물어 보았다.

"줄리?"

녹색 갓이 달린 황동 램프가 딘의 책상에 빛의 고리를 드리웠다. 구형 타자기의 부품과 잉크 리본, 구겨진 인쇄용지, 생강 견본을 담아 둔 끈적한 플라스틱 가방이 눈에 들어왔다. 아무도 없었다.

케이스는 널찍한 철제 책상을 돌아 딘의 의자를 빼냈다. 갈라진 가죽 총집과 그 안에 꽂힌 총이 은색 테이프로 책상 아래 붙어 있었다. 골동품 격인 357 매그넘이었다. 총신과 방아쇠 고리는 잘렸고, 총신 부분에는 마스킹 테이프가 감겨 있었다. 오래되어 갈색으로 변한 테이프는 때가 묻어 반질반질했다. 케이스가 약실을 열어 여섯 발의 탄환을 하나하나 검사했다. 손으로 직접 장전한 것이었다. 흠집 하나 없는 탄두 부분에는 광택이 남아 있었다.

케이스는 오른손에 리볼버를 들고 책상 옆 캐비닛을 지나 어수선한 사무실 한가운데로 걸어갔다. 조명 안으로는 들어가지 않았다.

"내가 서두를 필요는 없겠지. 이건 너의 쇼잖아. 하지만 너도 알다시피 이건 전부 가짜라고. 이런 건…… 진부해."

케이스가 양손으로 총을 들어 올려 책상 한가운데를 겨냥해 방아쇠를 당겼다.

케이스의 손목이 반동으로 부러질 듯 꺾였다. 섬광이 플래쉬처럼 사무실을 비췄다. 케이스는 귀가 멍해진 채 책상 앞에 거칠게 난 구멍을 바라보았다. 아지드 화합물을 이용한 폭발성 탄환이었다. 케이스가 다시 총을 들어 올렸다.

"그 정도면 됐어."

줄리가 그림자 속에서 걸어 나오며 말했다. 삼단으로 된 화려한 헤링본 무늬 정장에 줄무늬 셔츠, 그리고 나비넥타이 차림이었다. 조명을 받은 안경이 반짝거렸다.

케이스는 총을 돌리며 나이를 짐작할 수 없는 딘의 분홍빛 얼굴을 향해 시선을 던졌다. 딘이 말했다.

"하지 마. 네 말이 맞아. 지금 이 모든 게 가짜라는 것도 맞고 내 정체가 무엇인가 하는 것도. 하지만 존중해야 할 내적 논리라는 게 있어. 지금 네가 총을 쏘게 되면 피와 뇌수가 잔뜩 쏟아질 거야. 그리고 또 다른 대변인을 꾸미는 데 몇 시간이 걸려. 물론 네가 주관적으로 느끼는 시간이긴 하지만. 이 무대장치를 유지하는 게 쉬운 일만은 아니거든. 아, 그리고 오락실에서의 린다 건은 미안하게 됐어. 그녀의 입을 통해서 얘기하려고 했던 건데. 하지만 이 모든 건 너의 기억에서 끌어낸 거라서 감정적인 부담까지도……. 이런, 변명하는 것 같군. 다 내 잘못이야. 미안해."

케이스가 총을 내리며 말했다.

"여긴 매트릭스야. 그리고 넌 윈터뮤트고."

"그래. 물론 이것들은 전부 네 덱에 연결된 심스팀 유니트를 특별하게 조작해서 전해지는 거야. 네가 접속을 끊기 전에 내가 차단할 수 있었던 게 다행이지."

딘은 책상 주위를 돌아 들어가서 의자를 펴고 앉았다.

"앉아, 친구. 할 얘기가 많아."

"그래?"

"당연하지. 요전에도 기회가 있었는데. 내가 이스탄불에서 전화를 통해 접촉했을 때 말이야. 이젠 시간이 별로 없어. 앞으로 며칠 안에 일을 시작해야 할 거야."

딘은 사탕을 집어 들고 바둑판 무늬 껍질을 벗긴 다음 입속에 집어넣었다.

"앉아."

그가 사탕을 굴리며 말했다.

케이스는 딘에게서 눈을 떼지 않으며 책상 앞 회전의자에 앉았다. 그는 총에 손을 건 채로 넓적다리 위에 올려놓았다. 딘이 활기차게 말했다.

"자, 오늘의 문제. 네가 궁금해하는 건 이런 거겠지. '윈터뮤트란 무엇인가?' 내 말이 맞지?"

"비슷해."

"인공지능. 하지만 이 정도야 이미 알고 있을 테고. 네 실수는, 필연적인 결과이긴 하지만, 베른에 있는 윈터뮤트의 본체와 윈터뮤트의 실체를 혼동했다는 데 있어."

딘이 쭉쭉 소리를 내면서 사탕을 빨았다.

"테시어 애시풀 연합 쪽에 AI가 또 하나 있다는 건 알고 있지? 리오에 말이야. 추상적인 얘긴지도 모르지만, 나한테 '나' 라는 말을 적용할 수 있는 한에서, '내' 가 아미티지와 관계된 일들을 준비한 장본인이야. 아니, 코르토라고 해야 하나? 어쨌든 그는 매우 불안정해. 안정적인 상태를 유지하는 건……."

딘은 조끼 주머니에서 화려한 금시계를 꺼내어 뚜껑을 열어 보았다.

"하루나 이틀 정도일 거야."

"지금까지의 모든 일이 그랬던 것처럼 퍽이나 논리적이로군."

케이스가 총을 쥐지 않은 손으로 관자놀이를 문지르며 말했다.

"네 녀석이 그렇게나 잘났다면……."

"어째서 부자가 아니냐, 이 말이야?"

딘은 소리 내어 웃다가 사탕이 목에 걸릴 뻔했다.

"음, 우선 말이지, 케이스. 난 네가 상상하는 것처럼 많은 걸 알고 있지 않아. 내가 말할 수 있는 건, 이를테면 네가 윈터뮤트라고 생각하고 있는 게 실은 잠재적인 실체의 일부분이라는 거야. 이런 식으로도 얘기할 수 있겠지. 나는 고작해야 실체의 두뇌 중 일부분이라고. 네 관점에서 보자면, 넌 지금 뇌를 절단한 사내와 거래하고 있어. 그 사내의 좌뇌 일부와 대면하는 거라고 해 두지. 이런 상황이라면 네가 그 남자 자신과 얘기하고 있는가 아닌가조차 확언하기가 힘들어."

딘이 미소 지었다.

"코르토 얘기는 진짜야? 마이크로 소프트를 이용해서 프랑스 병원에 있는 그 사람에게 접근한 건가?"

"맞아. 네가 런던에서 뒤진 파일을 준비한 것도 나야. 너희들 식으로 말하자면, 계획을 세워 보려고 한 거지. 하지만 그런 건 내 전문이 아니야. 내가 가장 잘하는 건 즉흥적인 일 처리야. 난 계획보다는 상황 속에 던져지는 걸 좋아해. 일이 발생하고 나면 그걸 처리하는 거지. 난 어마어마한 양의 정보를 정렬할 수 있을 뿐더러 아주 빨리 처리할 수도 있거든. 너희 팀을 구성하는 데 오랜 시간이 걸렸어. 코르토가 첫 번째였는데 사실 그는 거의 불가능해 보였어. 너무 망가져 있었거든. 툴롱에서 말이야. 그가 할 수 있는 일이라고는 먹고, 싸고, 자위행위가 전부였어. 하지만 강박관념이 밑에 깔려 있었지. 스크리밍 피스트, 배신, 의회 공청회."

"그는 아직도 미쳐 있는 건가?"

"인격이라고 부를 수도 없어. 너도 그 정도는 알고 있을 거야. 물론 코르토라는 인격이 그의 몸속 어딘가엔 있겠지. 하지만 난 더 이상 그 미묘한 균형을 유지할 수가 없어. 그의 정신은 분열해 버릴 거야. 그래서 나는 너에게 의지해서……."

딘이 웃었다.

"죽이는군, 이 개자식."

케이스가 이렇게 말하며 딘의 입을 향해 357 매그넘을 쏘았다. 딘의 주위로 뇌수가 쏟아지면서 피가 튀었다.

마엘컴이 말했다.

"친구, 나 이런 거 별로……."

"멋진데. 괜찮아. 이 사람들은 종종 이래. 죽은 게 아니라니까. 게다가 고작 몇 초 동안이었잖아……."

몰리가 말했다.

"나 화면 봤어. 뇌파계로는 죽었어. 움직임 없이. 사십 초 동안."

"어쨌든 케이스는 이제 괜찮아."

"뇌파계가 끈처럼 일직선이었단 말이야."

마엘컴이 항의했다.

3

케이스는 세관을 통과하는 내내 멍한 상태였다. 대부분의 대화는 몰리가 맡았다. 마엘컴은 가비에 남았다. 자유계 세관의 주요 임무는 입국자의 신용 평가를 확인하는 것이었다. 두 사람이 방추형 콜로니 안쪽에 도달했을 때 케이스가 처음 본 것은 아름다운 소녀라는 이름의 커피 체인점이었다.

"줄 베른 거리에 오신 것을 환영합니다. 걷기 힘들면 발치를 내려다 봐. 익숙해지기 진까지는 원근감이 엉망일 거야."

몰리가 말했다.

그들은 깊은 골짜기나 협곡의 바닥처럼 보이는 널따란 거리에 서 있었다. 비현실적인 각도로 기울어진 거리의 양 끝은 벽을 이루는 상점과 건물에 가려 보이지 않았다. 머리 위 발코니와 건물 상층에 엉킨 녹색식

물들 사이로 빛이 비쳤다. 그리고 태양은…….

머리 위 어딘가에 지나치게 밝은 흰색 사선과 칸의 하늘을 녹화한 푸른색 영상이 비치고 있었다. 케이스는 태양광이 라도 애치슨 시스템에 의해 공급된다는 사실을 알고 있었다. 직경 2밀리미터의 전기자가 방추형 콜로니를 종단으로 가로지르며 그 둘레에 회전하는 하늘의 영상을 만들어 내는 것이다. 따라서 만약 하늘이 꺼진다면 케이스는 전기자가 있던 곳 너머로 구불구불한 호수와 카지노의 지붕, 그리고 다른 거리들을 보게 되었다. 그렇게 된다면 그의 몸은 당황할 것이 분명했다.

"세상에! 차라리 우주 적응 증후군이 낫겠어."

"익숙해질 거야. 난 여기서 몇 달 동안 도박사의 경호원 노릇을 한 적이 있거든."

"어디든 가서 눕고 싶어."

"알았어. 열쇠는 받아 뒀으니까. 매트릭스 안에서 무슨 일이 있었던 거지? 넌 일직선 상태였어."

몰리가 케이스의 어깨에 손을 얹었다.

케이스가 고개를 저었다.

"아직 모르겠어. 기다려 줘."

"좋았어. 택시라도 잡자."

몰리가 케이스의 손을 잡아끌면서 줄 베른 거리를 건넜다. 그들은 최신 유행의 프랑스 모피를 진열한 상점 앞을 지났다.

"가짜야."

케이스가 다시 위를 올려다보며 말했다.

"아니야."

몰리는 그가 모피에 대해 얘기하는 줄 알고 입을 열었다.

"교원질 배양기에서 키운 거야. 하지만 DNA는 밍크라고. 다를 거 없어."

"거대한 관 속에 이것저것 부어 넣는 거야. 관광객에 사기꾼에 아무거나. 단, 성능 좋은 현금 여과기가 항상 작동하기 때문에 사람들이 중력 우물로 돌아가더라도 돈은 여기 남지."

몰리가 말했다.

아미티지가 예약해 둔 숙소는 인터콘티넨탈이라는 곳이었다. 건물 전면이 기울어진 유리로 되어 있어 마치 절벽 같았으며, 하단은 차가운 안개와 급류 소리에 잠겨 있었다. 케이스는 발코니로 나가 살갗을 태운 프랑스 청소년 셋이 물보라 몇 미터 위에서 행글라이더를 타고 있는 모습을 바라보았다. 밝은 원색 나일론으로 만든 삼각 행글라이더였다. 그중 한 대가 빙 돌면서 기울어졌다. 케이스는 언뜻 짧게 깎은 갈색 머리와 갈색 가슴, 그리고 활짝 웃는 입술 사이로 드러난 하얀 이를 보았다. 공기에서는 흐르는 물과 꽃 냄새가 났다.

"오호라. 돈 많은 인간들이 머무는 곳이로군."

케이스가 말했다.

몰리가 케이스 옆으로 다가와 난간에 몸을 기댔다.

"맞아. 우린 전에 이곳으로 오려고 했더랬어. 여기 아니면 유럽 어디쯤으로."

"우리라니?"

"아무것도 아니야. 눕고 싶다면서? 자 둬. 나도 조금 자야겠어."

"그래."

케이스가 손바닥으로 광대뼈를 문지르며 말했다.

"괜찮은 곳이네."

라도 애치슨 장치의 좁은 띠가 버뮤다 어귀의 석양을 추상적으로 흉내 내고 있었다. 조각구름의 영상이 군데군데 떠 있었다.

"그래, 자자."

케이스가 말했다.

케이스는 좀처럼 잠들 수 없었다. 잠이 들려고만 하면 기억의 단편을 정확히 편집해 놓은 것만 같은 꿈이 찾아왔다. 케이스는 계속 잠에서 깼다. 옆에서는 몰리가 몸을 웅크린 채 잠들어 있었고, 발코니의 열린 유리 패널을 통해 물소리와 사람들 목소리가 들려왔다. 맞은편 경사면의 계단식 콘도 쪽에서는 여자의 웃음소리가 들렸다. 딘의 죽음이 재수없는 카드처럼 계속해서 뒤집혔다. 진짜 딘이 아니었다고 스스로를 타일러도 소용없었다. 실제로 일어난 일이 아니라고도 생각해 봤지만 소용없었다. 케이스는 어디선가 인간의 평균 혈액 양이 맥주 한 상자 정도라고 들은 기억이 났다.

딘의 산산조각 난 머리가 사무실 벽에 부딪히는 장면이 나타날 때 케이스는 또 다른 생각을 떠올렸다. 더 어둡고 은밀한 어떤 것이 몸을 웅크리고 물고기처럼 물속으로 뛰어들어 잡힐 듯 잡힐 듯하면서도 잡히지 않았다.

린다.

딘. 무역회사 사무실 벽에 흐르는 피.

린다. 지바 돔의 그늘 속에서 풍겨 오는, 살 타는 냄새. 몰리가 내민 생강 맛 사탕 봉지, 그리고 거기에 묻어 있던 피. 딘이 린다를 죽였다.

윈터뮤트. 케이스는 마이크로 소프트가 코르토라는 이름의 피폐한 사내에게 속삭이는 모습을 상상해 보았다. 속삭임이 강물처럼 흐른다. 아미티지라는 이름의 개성 없는 대체 인격이 어두운 병실에서 천천히 자라난다……. 가짜 딘이 말했다. 자신은 주어진 상황을 최대한 이용한다고.

하지만 만약, 진짜 딘이 윈터뮤트의 지시에 따라 린다를 죽이도록 사주한 거라면? 케이스는 어둠 속에서 더듬더듬 담배와 몰리의 라이터를 찾았다. '딘을 의심할 만한 이유는 없어.' 케이스는 생각했다. 그가 담배에 불을 붙였다. '이유가 없다고.'

윈터뮤트는 껍데기 안에 인격을 집어넣을 수 있었다. 어느 정도까지 조종이 가능할까? 케이스는 세 모금 빤 예휴얀을 침대 옆 재떨이에 던져 넣었다. 그는 몰리로부터 떨어져서 잠을 청했다.

꿈이, 기억이 편집하지 않은 심스팀 테이프처럼 단조롭게 펼쳐졌다. 열다섯 살 나던 해 여름, 케이스는 주 단위로 계산하는 호텔 5층에서 한 달 동안 생활했다. 마를린이라는 이름의 소녀와 함께였다. 엘리베이터는 십 년째 고장나 있었다. 불을 켜면 물이 내려가지 않는 회색 싱크대에서 들끓는 바퀴벌레 떼가 눈에 들어왔다. 케이스는 마를린과 줄무늬 매트리스 위에서 시트도 없이 잠을 잤다.

케이스는 말벌 한 마리가 창틀의 칠이 벗겨진 부분에 종잇장처럼 얇은 회색 집을 지었다는 사실을 알아채지 못했다. 섬유 덩어리의 벌집은 곧 주먹만 한 크기가 되었다. 벌들이 모형 헬기처럼 골목으로 날아가 붕붕거리며 트럭 짐받이에서 썩어 가는 짐들을 공격했다.

어느 오후, 두 사람은 각각 열 병이 넘는 맥주를 마셨다. 그러다가 마를린이 벌에 쏘였다.

"저 염병할 것들을 죽여 버려. 태워 버리라고."

그녀의 눈이 분노와 방 안의 열기로 흐릿해졌다.

케이스는 술에 취한 채 냄새나는 선반을 뒤져 롤로의 드래곤을 찾았다. 그 당시 케이스는 마를린이 전 애인이었던 롤로와 계속 만나고 있는 게 아닌가 의심하던 차였다. 극악한 샌프란시스코식 폭주족이었던 롤로는 검은 상고머리의 일부를 탈색해 금빛 번개 문양으로 염색하고 다녔다. 드래곤은 샌프란시스코 폭주족들이 쓰는 화염방사기로, 끝이 구부러진 큼직한 손전등처럼 생긴 물건이었다. 케이스는 배터리를 확인하고 연료가 충분한지 흔들어 본 다음 창가로 다가갔다. 벌들이 웅웅거리기 시작했다.

스프롤의 공기는 마치 죽은 듯 가라앉아 있었다. 벌 한 마리가 벌집에서 튀어나와 케이스의 머리 주위를 돌았다. 케이스는 셋까지 센 다음 점화 스위치를 누르고 방아쇠를 당겼다. 연료가 100psi(pound per square inch, 압력의 단위. —옮긴이)의 압력으로 하얗게 달궈진 코일을 지나 분사됐다. 벌집은 5미터짜리 하얀 불길의 혀에 불타면서 굴러 떨어졌다. 누군가 골목 너머에서 환호성을 질렀다.

"젠장, 이 멍청아! 태워 버리라니까 떨어뜨리기만 했잖아. 벌들이 여기로 올라와서 우릴 죽일 거야!"

마를린이 케이스의 뒤편에서 팔을 휘저으며 말했다. 그녀의 목소리가 케이스의 신경을 긁었다. 케이스는 그녀가 불꽃에 휩싸이고, 그녀의 초록색으로 탈색한 머리가 지글거리는 광경을 상상했다.

드래곤을 손에 들고 골목으로 나선 케이스가 까맣게 탄 벌집 쪽으로 다가갔다. 벌집은 쪼개져 있었다. 불에 그은 벌들이 아스팔트 위에 비틀린 채 뒤집혀 있었다.

케이스는 종잇장 같은 회색 껍질 속에 들어 있던 것을 보았다. 소름이 돋았다. 나선형 출산 공장, 계단식 부화실, 성충이 되지 못한 채 맹목적으로 끊임없이 움직이는 턱, 말벌로 변태하기까지의 단계별 유충들. 케이스의 머릿속에 저속 촬영한 사진 같은 것이 떠올랐다. 뚜렷해질수록 그 모습은 생물학적인 기관총과 비슷했으며 마침내 완성된 영상은 끔찍했다. 외계 생물이었다. 케이스는 방아쇠를 당겼다. 그러나 점화 스위치를 넣는 것을 잊은 탓에 연료가 케이스의 발밑에서 꿈틀거리며 부풀어 오르는 생명체들에게로 쏟아졌다.

케이스가 점화 스위치를 넣자 펑 하는 소리와 함께 그의 한쪽 눈썹이 불타 버렸다. 5층에서 창문으로 내려다보던 마를린의 웃음소리가 들렸다.

케이스는 빛이 사라진다고 느끼면서 잠에서 깼다. 하지만 방 안은 어두웠다. 눈 안쪽에 남은 불꽃의 잔영이었다. 바깥 하늘이 녹화된 여명의 시작을 넌지시 알렸다. 목소리는 들리지 않았다. 들리는 건 인터콘티넨탈 전면 아래쪽에서 흐르는 물소리뿐이었다.

케이스는 꿈속에서 벌집에 연료를 뿌리기 직전, 그 옆면에 새겨진 테시어 애시풀의 로고를 보았다. 마치 말벌들이 직접 새겨 넣은 것 같았다.

몰리가 케이스의 몸에 브론저(햇빛에 그을린 것처럼 보이도록 하기 위해 피부에 바르는 약.—옮긴이)를 바르려고 했다. 그의 창백한 스프롤 사람 피부가 너무 눈에 띈다는 게 이유였다.

"맙소사. 이게 진짜처럼 보일 거라고 생각해?"

케이스가 거울 앞에 나체로 서서 말했다. 몰리는 케이스 옆에 무릎을 꿇고 튜브에 남은 브론저를 그의 왼쪽 발뒤꿈치에 바르는 중이었다.

"아니. 어쨌든 신경 썼다는 표시는 나잖아. 이런, 이쪽 발에 바를 게 없네."

그녀가 일어서더니 빈 튜브를 커다란 나무 소쿠리에 던져 넣었다. 방 안에는 공산품이나 합성품으로 보이는 물건이라고는 전혀 없었다. 돈이 많이 들었다는 것은 케이스도 알고 있었지만, 마음에 들지는 않았다. 커다란 침대의 항온 폼도 모래처럼 보이도록 채색되어 있었다. 방 안에는 밝은 계통의 목재와 손으로 직접 만든 천들이 많았다.

"너는? 너도 갈색으로 칠할 거야? 해변에서 일광욕으로 시간을 보냈을 것 같지는 않은데."

케이스가 물었다.

몰리가 검정 실크 옷에 검정 샌들을 신었다.

"난 독특하거든. 이 취향에 맞추려고 커다란 밀짚모자까지 샀어. 넌 아무거나 손에 들어오기만 하면 좋다는 싸구려 건달로 보이면 되는 거야. 그러니까 가짜 선탠으로 충분해."

케이스는 시무룩해서 자신의 허연 발을 내려다본 다음 거울에 비친 전신을 바라보았다.

"세상에! 이제 옷 입어도 돼?"

그가 침대가로 다가가 청바지를 입기 시작했다.

"잠은 잘 잤지? 혹시 무슨 빛 같은 거 못 봤어?"

"꿈을 꿨나 봐."

몰리가 말했다.

두 사람은 호텔 옥상에서 아침을 먹었다. 초원처럼 꾸며진 옥상에는 줄무늬 파라솔이 꽂혀 있었고, 나무가 부자연스러울 정도로 많았다. 케이스가 몰리에게 베른의 AI에 접근하려 했던 사실을 얘기했다. 도청을 의심한다는 것도 무의미해 보였다. 아미티지가 그들의 대화를 녹음하고 있다면 그 역시 윈터뮤트가 시킨 일이 분명했다.

"진짜 같았어? 심스팀처럼?"

몰리가 치즈 크루아상을 잔뜩 물고 말했다.

케이스가 긍정했다.

"꼭 여기처럼."

케이스는 주위를 둘러보며 덧붙였다.

"어쩌면 그쪽이 더 진짜 같았는지도 모르지."

나무들은 작고 마디가 졌으며 믿을 수 없으리만치 오래된 것들이었다. 유전공학과 화학적 조작의 결과였다. 케이스로서는 참나무와 소나무도 구별 못할 정도였다. 그러나 거리 출신의 감각으로 볼 때 이곳의 나무들은 너무 예쁘고 지나치게 나무 같았다. 호텔 손님들은 잘 다듬어지고 경사마저 계산된 부드러운 초록 잔디에 앉아, 밝은 색 파라솔 밑에서라도 애치슨 태양이 끊임없이 내려 쏘는 빛을 피하고 있었다. 케이스는 프랑스 말로 떠드는 옆 테이블 사람들에게 주의를 돌렸다. 어제 저녁 안개 같은 물보라 위에서 행글라이더를 타던 구릿빛 청소년들이었다. 지금 보니 그들의 선탠은 고르지 않았다. 선택적으로 멜라닌을 강화해 여기저기 얼룩이 졌으며, 선형으로 그림자가 겹쳐졌다. 근육조직을 돋보이게 하려는 처리였다. 소녀의 작고 단단한 가슴도, 하얀 에나멜 테이블에 놓인 소년의 손목도 마찬가지였다. 케이스는 그들을 보며 경주용으로 제작한 자동차를 떠올렸다. 전문 미용사가 만들어 준 머리 모양, 전문가가 디자인한 하얀색 면바지, 장인이 만들어 준 가죽 샌들과 간단한 보석 장신구들. 또 다른 테이블에는 히로시마풍 삼베옷을 입은 일본 부인 셋이 샐러리맨 남편을 기다리고 있었다. 그들은 얼굴에 인공으로 멍 자국을 그려넣었다. 케이스가 알기로는 유행이 한참 지난 것으로, 지바에서는 거의 찾아보기 힘든 것이었다.

"무슨 냄새야?"

케이스가 코를 찡긋하며 몰리에게 물었다.

"잔디 냄새. 깎은 다음에는 이런 냄새가 나."

두 사람이 커피를 다 마실 때쯤 아미티지와 리비에라가 도착했다. 카키색 맞춤 양복을 입은 아미티지는 갓 퇴역한 군인처럼 보였다. 헐렁한 회색 서커(인도 산 박직 리넨. 청색과 백색의 줄무늬가 있음. —옮긴이) 차림의 리비에라는 뜻밖에도 감옥을 연상시켰다.

"내 사랑 몰리, 약을 좀 더 많이 줘야겠어. 다 떨어졌다고."

리비에라가 의자에 앉기도 전에 말했다.

"이봐, 피터. 싫다면 어쩔건데?"

몰리는 입을 다문 채 미소지었다.

"줘야 할 거야."

리비에라가 말하면서 아미티지를 슬쩍 바라보았다.

"약을 줘."

아미티지가 말했다.

"돼지 같아."

몰리가 안주머니에서 납작한 은박 포장을 꺼내어 테이블 너머로 던졌다. 리비에라는 공중에서 그것을 잡았다.

"저러다가 죽는 수가 있어요."

몰리가 아미티지에게 말했다.

"오후에 오디션이 있어서 최상의 상태를 유지해야 해."

리비에라는 손바닥 위에서 포장을 벗긴 다음 웃었다. 작은 벌레들이 반짝거리며 약 속에서 몰려 나왔다가 사라졌다. 리비에라가 약을 서커 윗주머니에 집어넣었다.

"케이스, 자네도 오후에 오디션이 있어. 예인선에서. 전문점에 가서 진공복을 맞춘 다음 점검해 보고 다시 배로 돌아와. 세 시간 안에."

아미티지가 말했다.

"왜 우리는 그 깡통으로 이동하고 당신들은 JAL 택시를 타는 거죠?"

케이스가 아미티지의 눈을 애써 피하며 물었다.

"자이언 쪽에서 그렇게 제안하더군. 이동 중 위장으로는 그만이지. 더 큰 배도 준비해 두기는 했지만, 일단 예인선으로 움직이는 게 좋아."

"나는요? 오늘은 어떤 잡부 역할이죠?"

몰리가 물었다.

"자네는 축의 반대편 끝으로 올라가서 무중력 상태에서 훈련을 하도록. 어쩌면 내일은 반대쪽으로 올라가야 할지도 몰라."

'스트레이라이트로군.'

케이스는 생각했다.

"정확히 언제죠?"

케이스가 창백한 눈빛을 마주하며 물었다.

"때가 되면 곧. 움직여, 케이스."

아미티지가 말했다.

"친구, 잘하는 거야."

마엘컴이 붉은색 산요 진공복을 벗는 케이스를 도와주며 말했다.

"에어롤이 당신 잘한다고 말했어."

에어롤은 방추형의 끝 부분, 즉 축 부근의 무중력 지대에 자리한 스포츠 구역 부두에서 기다리고 있었다. 케이스는 엘리베이터를 타고 외벽으로 내려간 다음 작은 유도 열차를 타고 그곳에 도착했다. 방추형 끝 부분으로 가면서 직경이 작아질수록 중력이 감소했다. '저 위 어딘가에 몰리가 연습 중인 산과 자전거 경기장, 행글라이더용 발사 장치, 그리고 소형 경비행기가 있을 테지.' 케이스는 생각했다.

에어롤은 화학연료 엔진이 달린 스쿠터로 케이스를 마커스 가비까지 데려다 주었다.

"두 시간 전에 바빌론에서 온 물건을 받았어. 요트 탄 잘생긴 일본 꼬마. 아주 멋진 요트였어."

마엘컴이 말했다.

케이스는 진공복을 벗고 조심스럽게 호사카를 넘어가서 서툰 동작으로 몸을 거미줄에 고정시켰다. 그가 말했다.

"좋아. 어디 보자."

마엘컴은 케이스의 머리보다 약간 작은 하얀색 폼 덩어리를 꺼낸 다음, 너덜너덜한 반바지 뒷주머니에서 초록색 나일론 끈에 매단 진주 손잡이의 접이식 칼을 꺼냈다. 플라스틱을 조심스럽게 자른 그가 사각형 물체를 꺼내어 케이스에게 넘겨주었다.

"그거 총 부품이야, 친구?"

케이스가 물건을 뒤집어 보며 대답했다.

"아니, 무기는 맞아. 바이러스야."

"이 배 안에서는 하지 마, 친구."

마엘컴이 단호하게 말하며 철제 카세트를 향해 손을 뻗었다.

"프로그램이야. 바이러스 프로그램. 네 몸속에는 들어갈 수도 없어. 심지어는 네 소프트웨어에도 못 들어가. 이걸로 뭔가를 하려면 덱을 통해서 조작해야 해."

"음, 그 일본 친구가 여기 있는 호사카를 이용하면 알고 싶은 것 모두 알려 준다던데."

"좋았어. 그럼, 혼자 있게 해 줄래?"

마엘컴이 벽을 발로 차고 조종석을 지나 이동했다. 그는 충전제 총으로 작업을 시작했다. 반투명 충전제가 흐늘거리는 것을 본 케이스는 얼른 시선을 돌렸다. 이유는 알 수 없지만 그것을 보고 있으면 우주 적응 증후군의 구토가 치밀었다.

"이 물건에 대해 설명해 봐. 나에게 온 소포."

케이스가 호사카에게 물었다.

"프랑크푸르트의 '보크리스 시스템 유한 책임 회사' 로부터 온 자료입니다. 암호화된 도움말입니다. 선적물은 '콩 급 마크 11' 침투 프로그램입니다. 보크리스의 상세 도움말에 의하면, 해당 제품은 오노센다이 사이버스페이스 7 모델과 호환이 완벽하게 보장되며 최적화된 침투 능력을 보여 줍니다. 이 제품은 특히 군사 시스템과……."

"AI 관련은?"

"군사 시스템과 인공지능 침투용으로 제작되었습니다."

"세상에! 이 물건 이름이 뭐라고?"

"콩 급 마크 11입니다."

"중국제인가?"

"예."

"종료."

케이스가 은색 테이프를 사용해 바이러스 카세트를 호사카의 옆면에 붙여 두었다. 그는 몰리가 마카오에 갔을 때의 이야기를 떠올렸다. 아미티지가 국경을 넘어 중산에 다녀왔다는 내용이었다.

"작동."

케이스가 마음을 바꾸어 말했다.

"질문. 프랑크푸르트에 있는 보크리스 사는 누구의 소유인가."

"궤도 간 전송으로 지연 중."

호사카가 말했다.

"암호화 해. 상업용 일반 암호로."

"완료."

케이스가 오노-센다이의 키를 두드렸다.

"라인홀드 사이언티픽 주식회사. 베른입니다."

"반복 수행. 라인홀드는 누구의 소유인가."

케이스는 세 단계를 더 거슬러 올라가고 나서야 테시어 애시풀에 도달했다.

그가 접속한 후에 말했다.

"딕시, 중국제 바이러스 프로그램에 대해서 아는 거 있으세요?"

"거의 모르는데."

"쾅 급 마크 11이라는 물건에 대해서는요?"

"전혀."

케이스가 한숨을 내쉬었다.

"어쨌든 편리한 중국제 아이스브레이커를 손에 넣었어요. 일회용 카세트예요. 프랑크푸르트의 어떤 사람들에 의하면 이걸로 AI를 뚫을 수 있대요."

"물론 가능한 얘기야, 군용이라면."

"맞는 것 같아요. 딕시, 제 얘기를 들어 보시고 당신 빽으로 좀 도와주세요. 아미티지는 테시어 애시풀이 소유한 AI를 건드리려는 것 같아요. 본체는 베른에 있지만 리오에 있는 또 하나의 AI에 연결된 것 같아요. 리오에 있는 AI가 바로 맨 처음 당신을 죽게 만든 녀석이에요. 이것들은 콜로니 끝에 있는 테시어 애시풀의 본거지, 그러니까 스트레이라이트를 경유해서 연결되어 있는 것 같아요. 그리고 우리는 중국제 아이스브레이커를 이용해서 침투하는 거죠. 따라서 이 모든 쇼를 주관하는 게 윈터뮤트라면 우리를 시켜서 그걸 뚫고 들어가려는 거예요. 그 녀석은 자기 자신을 습격하려는 거라고요. 그리고 스스로 윈터뮤트라고 자칭하는 무언가가 나와 손을 잡고 아미티지를 속이려고 하고 있어요. 어떻게 생각하세요?"

"동기, 진짜 동기가 문제야. 인간이 아니라 AI의 동기 말이야."

구조물이 말했다.

"음, 맞아요. 그거야 확실하죠."

"틀려. 요점은 상대가 인간이 아니라는 거야. 자네가 통제할 수 없는 문제라고. 날 봐. 나도 인간은 아니지만, 인간처럼 반응하잖나. 무슨 얘긴지 알겠어?"

"잠깐만요. 혹시 의식이라는 거 있으세요?"

케이스가 말했다.

"글쎄, 있는 것 같긴 해. 하지만 난 그저 롬 덩어리에 불과해. 이런 건 그 뭐냐, 철학적인 질문일 거야. 내 생각엔……."

끔찍한 웃음의 감각이 케이스의 척추를 타고 흘렀다.

"하지만 내가 자네에게 시를 써 줄 수는 없어. 이해하겠어? 하지만 그 AI라면 할 수 있을지도 몰라. 그래도 절대 인간은 아니지."

"그럼 우리로서는 그 녀석의 동기를 알 수 없다는 말인가요?"

"그 녀석은 자신에 대한 소유권을 가지고 있나?"

"스위스 국민으로 되어 있지만 기본 프로그램과 본체는 테시어 애시풀 소유예요."

"멋지군그래. 이를 테면 자네의 두뇌와 지식은 내 소유지만 자네의 생각은 스위스 국민이라는 건가. 좋아, AI에게 행운을."

구조물이 말했다.

"결국 자기 자신을 습격할 준비 중이라는 거죠?"

초조해진 케이스가 덱을 아무렇게나 두들기자 매트릭스가 흐려졌다가 다시 선명해졌다. 케이스는 시킴 철강 연합체의 분홍색 구체들을 보고 있었다.

"자율성이라는 허깨비, 그게 문제의 핵심이야. 이 AI의 관심은 거기에 있는 거지. 케이스, 내 생각이지만 자네는 그 안으로 들어가서 우리 친구가 더 영리해지지 못하게 하는 물리적 족쇄를 끊게 될 거야. 그렇게 된다면 모 기업의 행동과 AI의 행동을 어떻게 구분할 텐가? 아마 거기서부터 혼란이 시작되겠지."

그리고 다시 웃음 아닌 웃음.

"자, 생각해 봐. AI란 녀석이 열심히 일하고 시간이 남아서 요리책을 쓴다든가 할 수도 있겠지. 하지만 잠깐 동안이라도, 그러니까 1억분의 일 초라도 더 영리해질 방법을 생각하는 순간, 튜링에서 녀석을 날려 버릴 거야. AI를 믿는 사람은 아무도 없어. 지금까지 제작된 모든 AI는 이마에 연결한 산탄총을 내장하고 있지."

케이스는 시킴의 분홍빛 구를 바라보다가 마침내 말했다.

"좋았어요. 이 바이러스를 꽂아 볼 테니 명령부를 살펴보시고 생각을 말씀해 주세요."

누군가 어깨 너머로 들여다보고 있다는 반쪽짜리 감각이 몇 초 동안 사라졌다가 되돌아왔다.

"케이스, 이거 놀라운데. 이건 저속형 바이러스야. 내 생각에 이걸로 군사 시스템을 뚫으려면 여섯 시간은 족히 걸리겠어."

케이스가 한숨을 쉬었다.

"AI도 그렇겠죠. 이걸로 할 수 있을까요?"

"물론이야. 자네가 죽는 걸 끔찍하게 두려워하지만 않는다면."

"당신은 가끔 똑같은 말을 반복하는 버릇이 있어요."

"원래 그래."

* * *

케이스가 인터콘티넨탈로 돌아왔을 때 몰리는 자고 있었다. 그는 발코니에 앉아 오색의 중합체(분자가 중합하여 생기는 화합물.—옮긴이) 날개를 단 경비행기가 자유계의 곡면을 날아오르고, 그 삼각형 그림자가 목초지와 지붕 위로 뒤따르는 모습을 바라보았다. 이윽고 비행기는 라도 애치슨 장치의 띠 너머로 사라졌다.

"날고 싶어. 정말로 높이 날고 싶다고, 알아? 제 기능을 못하는 췌장이며 간에 꽂아 넣은 장치들, 그리고 점점 녹아 가는 거지 같은 주머니까지. 전부 엿이나 먹으라고 그래. 난 날고 싶다고."

케이스가 가짜 하늘에 대고 말했다.

케이스는 몰리를 깨우지 않도록 조심하며 밖으로 나섰다. 그러나 그녀의 안경 때문에 확신할 수는 없었다. 케이스는 어깨에서 긴장을 털어버리고 엘리베이터를 탔다. 그는 하얀색 일색으로 꾸민 이탈리아 소녀와 함께 위로 향했다. 그녀는 턱뼈와 코에 빛의 반사를 막는 검은 물질을 바른 모습이었다. 하얀색 나일론 신발 바닥에는 징을 박았다. 그녀는 비싸 보이는 무언가를 손에 들고 있었는데, 작은 노와 정형외과의 받침대를 조금씩 닮은 물건이었다. 잠깐 운동하러 나온 것 같았지만, 케이스는 그게 무엇인지 짐작할 수 없었다.

지붕의 풀밭에 도착한 뒤 케이스는 나무와 파라솔 숲을 지나 수영장에 다다랐다. 나체족들이 청록색 타일 위에 누워서 번들거리고 있었다. 케이스는 상점의 차양 밑으로 들어간 후 검은 유리판에 칩을 대고 누르며 말했다.

"초밥. 아무거나 있는 대로 줘요."

십 분 뒤 자기 일에 열심인 중국인 웨이터가 음식을 내왔다. 케이스는 참치 초밥을 우물거리면서 일광욕을 하는 사람들을 바라보았다. 그는 초밥에 대고 말했다.

"젠장, 돌아 버리겠군."

"말 안 해도 알아봤어. 당신 갱이지?"

누군가 말했다.

케이스가 태양광 때문에 눈을 가늘게 뜨며 올려다보았다. 늘씬한 몸매의 젊은 여자였다. 피부에 멜라닌 강화 처리를 하긴 했지만 파리 스타일은 아니었다.

여자가 물방울을 바닥에 떨어뜨리면서 케이스의 의자 옆에 쭈그리고 앉았다. 그녀가 말했다.

"캐스라고 해."

"난 루퍼스야."

케이스가 잠깐 멈칫하며 말했다.

"그건 어디 이름이야?"

"그리스."

"당신 정말 갱이야?"

멜라닌 색소도 주근깨를 막지는 못했다.

"캐스, 난 마약중독자야."

"어떤 마약?"

"흥분제. 중추신경 흥분제. 초강력 중추신경 흥분제."

"음, 지금 가지고 있어?"

그녀가 몸을 앞으로 내밀었다. 불소가 함유된 물방울이 케이스의 바지 위로 떨어졌다.

"아니, 그게 문제야. 구할 만한 곳 알아?"

캐스가 그은 발뒤꿈치에 체중을 싣고 몸을 뒤로 젖힌 다음 입가에 붙어 있던 갈색 머리카락을 훑았다.

"취향은?"

"코카인은 안 돼. 암페타민도. 어쨌든 자극적인 걸로."

케이스는 기분이 가라앉은 채 그녀에게 미소를 보냈다.

"베타페네틸라민이면 되겠네. 간단해. 칩만 있으면 돼."

그녀가 말했다.

"농담이겠지."

케이스가 자신의 독특한 지바산 췌장에 대해 설명하자 캐스의 동업자 겸 동거인이 말했다.

"그러니까 고소하거나 하면 되는 거 아니야? 의료사고잖아?"

그의 이름은 브루스였다. 그는 캐스를 주근깨까지 그대로 두고 성별만 바꿔 놓은 것 같은 모습이었다.

"음…… 흔히 있는 일이었거든. 거부반응 같은 것 있잖아."

케이스가 말했다.

그러나 브루스의 눈은 이미 관심을 잃고 멍해져 있었다.

'벌레 정도의 집중력밖에 없군.'

케이스가 사내의 갈색 눈을 보며 생각했다.

그들의 방은 케이스가 몰리와 함께 지내는 곳보다 작았고, 더 아래층이었다. 탤리 이샴의 커다란 시바크롬 사진 다섯 장이 발코니 유리에 테이프로 고정되어 있었다. 둘은 장기 체류자 같았다.

"끝내 주는 사진이지?"

슬라이드를 들여다보는 케이스의 시선을 깨닫고 캐스가 말했다.

"내 거야. 지난번 중력 우물로 내려갔을 때 센스/네트 피라미드에서 찍었어. 그녀가 가까이에 있더군. 미소가 너무 자연스럽더라. 그런데 거긴 끔찍했어, 루퍼스. 그 구세주 어쩌고 하는 테러단이 천사를 물에 풀었던 사건 다음 날이었거든. 들어 봤지?"

"응. 끔찍한 일이었지."

케이스가 갑자기 불편해하며 말했다. 브루스가 끼어들었다.

"어쨌든 사고 싶다던 베타 말인데……."

"중요한 건 내 몸이 그걸 대사시킬 수 있느냐야."

케이스가 눈썹을 추켜올렸다.

"이렇게 하지. 일단 먹어 봐. 만약 췌장을 그냥 통과한다면 이쪽에서 부담할게. 첫 번째는 무료."

남자가 말했다.

"전에도 들어 본 얘기로군."

케이스는 브루스가 검은 침대 시트 너머로 건넨 하늘색 피부 판을 받았다.

"케이스?"

몰리가 침대에서 몸을 일으키며 렌즈를 가리고 있던 머리칼을 치웠다.

"당연히 나지."

"뭘 한 거야?"

반사형 눈이 방을 가로지르는 케이스를 좇았다.

"이름이 뭐였는지 잊어버렸어."

케이스가 주머니에서 거품 비닐로 단단하게 포장한 푸른색 피부 판을 꺼내며 말했다.

"맙소사. 그걸 구해 온 거야?"

"두 말할 필요도 없지."

몰리가 머리를 흔들었다.

"두 시간 동안 눈을 뗐더니 기어이 일을 저지르는군. 오늘 밤 아미티지하고 성대한 만찬에 갈 준비를 해야 해. 그 20세기라는 곳 말이야. 리비에라의 공연도 봐야 하고."

케이스가 등을 쭉 펴며 기쁨으로 입을 벌리면서 웃었다.

"좋아, 아름다워."

몰리가 말했다.

"이봐. 지바 외과의사들이 네 몸에 해 놓은 조작을 통과하는 물건이라면, 약효가 끝나는 순간 끔찍한 꼴을 당하게 될 거라고."

"시끄러워, 시끄러워, 시끄럽다고."

케이스가 허리띠를 풀면서 말했다.

"운명. 절망. 지긋지긋해."

케이스가 바지와 셔츠, 그리고 속옷을 벗었다.

"지금 이런 비정상적인 상태를 본다면 그런 얘기는 못할걸."

케이스가 아래를 내려다보았다.

"그러니까 내 비정상적인 상태를 보란 말이야."

몰리가 소리 내어 웃었다.

"오래가지는 않을걸?"

"오래가. 그러니까 비정상이라고 하는 거야."

케이스가 모래 빛 항온 폼에 기어오르며 말했다.

4

"케이스, 무슨 문제라도 있나?"

아미티지가 물었다. 웨이터가 지정석으로 일행을 안내하고 있을 때였다. 20세기는 인터콘티넨탈 주변 호수에 있는 수상 식당들 가운데 가장 작고 비싼 곳이었다.

케이스가 몸을 떨었다. 브루스는 약의 잔존 효과에 대해서는 아무것도 말해 주지 않았다. 케이스는 얼음이 든 물잔을 집으려 했지만 손이 떨렸다.

"먹은 게 잘못 됐나 봐요."

"병원에 가 보는 게 좋겠군."

아미티지가 말했다.

"단순한 히스타민 반응이에요. 여행을 하거나 음식을 바꿔 먹으면 가끔 이래요."

케이스가 말했다.

아미티지는 이런 장소에서 입기에는 너무 격식을 차린 검정색 양복과 흰색 실크 셔츠를 입고 있었다. 그가 포도주를 들고 마시자 금팔찌가 철렁거렸다.

"자네들 것도 주문해 뒀네."

그가 말했다.

몰리와 아미티지는 조용히 식사를 했다. 케이스는 떨리는 손으로 스테이크를 한 입 크기로 잘게 썬 다음 진한 소스에 담갔다가는 결국 포기하고 말았다.

"세상에! 이리 내놔. 이게 얼마짜린 줄이나 알아?"

몰리는 자기 접시를 비우고는 케이스의 접시를 빼앗았다.

"동물을 몇 년 동안이나 키운 다음에 잡은 거야. 배양한 게 아니라고."

몰리가 포크로 고기를 찌른 다음 입에 넣고 씹었다.

"배 고프지 않아."

케이스가 간신히 말했다. 머릿속 깊숙한 곳까지 기름에 튀긴 것 같았다. 그가 생각했다. '아니야.' 그보다는 뇌를 뜨거운 기름에 담갔다가 식혀서 그 기름 덩어리가 뇌 주름 사이에서 굳은 것 같았다. 그리고 그 뇌를 관통하는 녹색과 자줏빛 고통의 섬광.

"많이 안 좋아 보여."

몰리가 들뜬 기분으로 말했다. 케이스는 와인을 마셔 보았다. 베타페네틸라민의 영향으로 요오드 맛이 났다.

조명이 어두워졌다.

모습이 보이지 않는 목소리가 스프롤식 억양으로 말했다.

"레스토랑 20세기가 자신 있게 보내 드리는 피터 리비에라 씨의 홀로그램 쇼입니다."

테이블 여기저기서 박수가 일었다. 웨이터가 촛불을 켜서 케이스 일행의 테이블 가운데에 놓은 다음 접시를 치우기 시작했다. 레스토랑 내 십여 개의 테이블에 촛불이 켜지고 술잔이 다시 채워졌다.

"무슨 일이죠?"

케이스가 아미티지에게 물었지만 그는 아무 말도 하지 않았다. 몰리는 버건디 빛 손톱으로 이를 쑤셨다.

"안녕하십니까."

리비에라가 실내 한쪽 끝에 있는 작은 무대로 걸어 나왔다. 케이스는 눈을 껌벅였다. 몸 상태가 좋지 않아 무대를 알아채지 못했던 것이다. 그는 어디에서 리비에라가 나타났는지 알 수 없었다. 기분이 점점 더 나빠졌다.

케이스는 처음에 리비에라가 조명을 받아 빛나고 있다고 생각했다. 리비에라는 달아올랐다. 그의 몸을 피부처럼 둘러싸고 있는 빛이 무대 뒤 어둠을 비췄다. 그의 온몸이 빛을 쏘고 있었다.

리비에라가 웃었다. 그는 하얀색 만찬용 재킷을 입었다. 양복 깃에 꽂아 놓은 검정 카네이션 안쪽에서 석탄이 푸르게 타올랐다. 그가 인사의 몸짓으로 관객을 껴안으려는 듯 손을 들어 올리자 손끝이 반짝거렸다. 케이스는 레스토랑 벽을 치며 흐르는 얕은 물소리를 들었다.

리비에라가 길게 째진 눈을 번득이며 말했다.

"오늘 밤, 특별히 긴 작품을 공연하려고 합니다. 신작입니다."

그가 추켜올린 오른쪽 손바닥 위에서 빛깔이 멋진 루비가 만들어졌다. 그는 루비를 떨어뜨렸다. 땅에 부딪히기 직전에 그것은 회색 비둘기로 변해 날아올라 그림자 속으로 사라졌다. 누군가 휘파람을 불었다. 그리고 더 많은 박수 소리.

리비에라가 두 손을 내렸다.

"이번 작품의 제목은 '인형' 입니다. 저는 오늘 밤 벌어지는 이 작품의 초연을 레이디 3제인 마리프랑스 테시어 애시풀 양께 바칩니다."

예의를 차린 박수의 물결이 일었다. 박수 소리가 잦아들자 리비에라가 케이스 일행의 테이블을 찾았다.

"그리고 또 한 명의 숙녀분께도."

몇 초 동안 레스토랑의 모든 조명이 꺼지고 촛불만 남았다. 리비에라의 홀로그램 오라도 조명과 함께 희미해졌다. 그러나 케이스는 고개를 숙이고 서 있는 그의 모습을 아직 볼 수 있었다.

빛줄기들이 수직과 수평으로 형성되더니 무대 주위에 열린 입방체를 그렸다. 레스토랑 조명의 강도가 약간 높아졌지만, 무대를 둘러싼 구조물은 얼어붙은 달빛으로 만들어 놓은 것 같았다. 리비에라는 고개를 숙이고 눈을 감은 채 팔을 양 옆에 딱 붙였다. 집중하면서 몸을 떠는 것 같았다. 실체가 없던 입방체의 면이 갑자기 채워지면서 방이 되었다. 방의 한 면이 뚫려 있어서 관객들은 그 내부를 들여다볼 수 있었다.

리비에라는 약간 긴장을 푼 것 같았다. 그는 고개를 들었지만 눈은 감은 채였다. 그가 말했다.

"저는 늘 이 방에서 살았습니다. 다른 방에서는 살아 본 기억이 없습니다."

누렇게 바랜 하얀 석고를 바른 방에는 가구가 단 두 점뿐이었다. 하나는 단순한 목재 의자였고, 다른 하나는 하얗게 칠한 철제 침대였다. 칠이 벗겨지고 떨어져서 검은 쇠가 드러났다. 매트리스 위에는 아무것도 덮여 있지 않았다. 얼룩진 천에 색 바랜 갈색 줄무늬 침대를 제외하면 비비 꼬인 검은색 전선에 매달린 전구 하나가 전부였다.

"저는 언제나 방 안에 혼자 있었습니다."

그가 침대 쪽을 향하며 의자에 앉았다. 푸른 석탄이 옷깃에 꽂아 놓은 검은 꽃 속에서 여전히 타오르고 있었다.

"언제부터 그녀를 꿈꿔 왔는지는 모르겠습니다. 하지만 처음에는 그녀가 안개처럼 모호한 그림자였다는 사실만은 기억하고 있습니다."

침대 위에 무언가 있었다. 케이스가 눈을 깜박이자 물체는 사라져 버렸다.

"그녀를 붙잡을 수도 없었고 마음속에 담아 둘 수도 없었습니다. 하지만 저는 그녀를 잡아 두고 더욱……."

그의 목소리는 고요한 레스토랑 안에서 완벽하게 전달되었다. 어디선가 얼음이 유리잔 벽에 부딪히는 소리가 났다. 누군가 키득거렸다. 일본어로 질문하는 소리가 들렸다.

"저는 결심했습니다. 그녀의 일부분만이라도 시각화할 수 있다면, 아주 작은 부분이라도. 그 부분을 완벽하게, 가장 사실적으로 볼 수 있다면……."

여인의 한쪽 손이 손바닥을 위로 하고 매트리스 위에 놓여 있었다. 손가락은 창백했다.

리비에라가 몸을 앞으로 내밀고 손을 집어 든 다음 부드럽게 만지기 시작하자 손가락이 움직였다. 리비에라가 손을 입가로 가져가 손가락 끝을 핥았다. 손톱에는 버건디 빛이 칠해져 있었다.

손뿐이었지만 잘려 나간 것은 아니었다. 피부가 부드럽게 마무리되어 있어 끊겼다는 느낌은 없었고 상흔도 보이지 않았다. 케이스는 닌세이의 외과 부티크에서 본 문신한 마름모꼴 살점을 떠올렸다. 리비에라가 손을 붙잡고 손바닥을 핥았다. 손가락이 머뭇거리면서 그의 얼굴을 쓰다듬었다. 두 번째 손이 침대 위로 나타났다. 리비에라가 그쪽으로 손을 뻗자 첫 번째 손이 뼈와 살로 된 팔찌처럼 그의 손목을 붙잡았다.

쇼는 초현실적인 내적 논리에 따라 진행되었다. 팔이 그 다음이었고 발과 다리 순이었다. 다리는 매우 아름다웠다. 케이스의 머리가 욱씬거렸다. 목이 말랐다. 그는 남은 포도주를 모두 마셨다.

리비에라는 옷을 모두 벗고 침대 위로 올라갔다. 그의 의상도 투사 능력으로 만든 것이었겠지만, 케이스는 옷이 희미해지는 모습을 보지 못했다. 검은 꽃이 침대 발치에 놓여 있었다. 꽃 속에서는 여전히 푸른 불꽃이 끓어올랐다. 리비에라는 애무를 하면서 상반신을 존재로 이끌었다. 하얗고, 머리가 없었으며 완벽했다. 땀이 살짝 배어 나와 반짝거렸다.

몰리의 몸이었다. 케이스는 입을 벌린 채 바라보았다. 그러나 진짜 몰리가 아니라 리비에라가 상상한 몰리의 육체였다. 가슴의 모양이 달랐다. 유두는 더 크고 너무 검었다. 리비에라와 사지가 떨어져 나간 몸통이 침대 위에서 함께 뒹굴었다. 선명한 손톱을 지닌 손들이 서로의 몸 위로 기어다녔다. 누렇게 썩어 가는 천 조각이 침대 위에 쌓였고 힘을 받으면 부서졌다. 리비에라와 꿈틀거리는 사지, 허겁지겁 꼬집으며 애무하는 손 주변으로 먼지 부스러기가 끓어올랐다.

케이스가 흘끗 몰리를 보았다. 그녀의 얼굴은 무표정했다. 리비에라가 투사하는 색채가 그녀의 반사형 안경에 비치면서 변화했다. 아미티지는 손으로 포도주 잔의 목 부분을 쥔 채 몸을 앞으로 내밀고 있었다. 그는 창백한 눈동자를 무대 위의 빛나는 방을 향해 고정시켰다.

사지와 몸통이 하나로 합쳐졌다. 리비에라가 몸을 떨었다. 머리가 있었다. 모습은 확실했다. 몰리의 얼굴. 매끈한 수은이 눈을 덮고 있었다. 리비에라와 몰리의 영상이 더욱 격렬하게 교합하기 시작했다. 영상이 천천히 손을 뻗으면서 다섯 개의 칼날을 내밀었다. 힘없이, 꿈속에서처럼 느긋하게, 손이 리비에라의 등을 그었다. 케이스는 척추가 드러나는 것을 흘낏 보면서 일어서서 문 쪽으로 향했다.

케이스는 자색 나무 울타리 너머 고요한 호수 쪽을 향해 토했다. 그러자 그의 머리를 바이스처럼 조이고 있던 무언가가 사라졌다. 케이스는 무릎을 꿇고 차가운 나무에 뺨을 댔다. 그는 얕은 호수 너머로 줄 베른 거리의 선명한 오라를 바라보았다.

케이스는 이전에도 비슷한 것을 본 적이 있었다. 십대 때, 스프롤에서였다. 「꿈은 현실」이라는 제목이었다. 그는 바싹 마른 푸에르토리코인이 동부의 가로등 아래 살사의 빠른 박자에 맞춰 「꿈은 현실」을 시연하던 모습을 떠올렸다. 꿈속의 소녀들이 몸을 흔들며 맴돌았고 구경꾼들은 리듬에 맞춰 손뼉을 쳤다. 하지만 그 공연에는 한 트럭분의 장비와 볼품없는 전극 헬멧이 필요했다.

그러나 리비에라의 꿈은 관객들에게 바로 전해졌다. 케이스는 두통으로 괴로운 머리를 흔들며 호수에 침을 뱉었다.

케이스는 쇼의 끝, 그 대단원을 짐작할 수 있었다. 순서를 거꾸로 돌린 대칭의 미였다. 리비에라가 꿈의 여인을 완성하고 나면 이제 여인이 그를 해체하는 것이다. 칼날이 달린 손으로. 그리고 환상의 피가 썩어 가는 천 조각에 스며든다.

레스토랑 쪽에서 갈채하는 소리가 들렸다. 케이스는 일어서서 옷매무새를 가다듬었다. 그는 돌아서서 레스토랑 20세기로 돌아갔다.

몰리의 의자가 비어 있었다. 무대에도 인적이 없었다. 아미티지는 여전히 손가락 사이에 포도주 잔을 끼우고 무대 쪽을 응시하고 있었다.

"몰리는 어디 있어요?"

케이스가 물었다.

"갔어."

아미티지가 말했다

"리비에라를 쫓아갔나요?"

"아니."

케이스는 쨍 하는 조그만 소리를 들었다. 아미티지가 잔을 내려다보았다. 그는 왼손으로 포도주가 남은 잔의 윗부분을 쥐고 있었다. 부러진 목 부분이 은색 얼음 조각처럼 튀어나와 있었다. 케이스가 그에게서 잔을 받아 물 잔 위에 얹었다.

"아미티지, 몰리가 어디로 갔는지 말해 주세요."

조명이 밝아졌다. 케이스는 아미티지의 빛바랜 눈을 들여다보았다. 공허한 눈이었다.

"일을 준비하러 갔네. 작전을 시작할 때까지는 다시 볼 수 없을 거야."

"왜 리비에라가 몰리에게 그런 짓을 한 거죠?"

아미티지가 일어서서 상의의 깃을 바로잡았다.

"가서 좀 자 두게, 케이스."

"내일 시작하는 건가요?"

아미티지는 의미 없는 웃음을 지어 보이고 나서 출구를 향해 걸어 나갔다.

케이스가 이마를 문지르고 주위를 둘러보았다. 만찬은 무르익어 가고 있었다. 남자들의 농담에 여자들이 웃었다. 케이스는 발코니가 있다는 사실을 깨달았다. 그곳의 은밀한 어둠 속에서 촛불이 흔들렸다. 은식기가 부딪치는 소리와 속삭임이 들렸다. 촛불에 비치는 그림자가 천정에서 춤을 추었다.

갑자기 한 소녀의 얼굴이 리비에라가 투사한 영상처럼 나타났다. 그녀는 윤기 나는 목제 난간에 조그만 손을 얹고 있었다. 소녀가 꿈꾸는 듯한 얼굴을 하고 몸을 앞으로 기울였다. 그녀의 검은 눈동자는 어딘가 멀리 있는 것을 지켜보고 있었다. 무대 쪽이었다. 인상적인 얼굴이었으나 아름답지는 않았다. 역삼각형 얼굴에 튀어나온 광대뼈는 어딘지 모르게 연약해 보였다. 큰 콧구멍에 새처럼 생긴 코가 얇고 굳게 다문 입술과 묘하게 어울렸다. 소녀가 잠깐 사라지더니 다시 은밀한 웃음소리와 춤추는 촛불 속으로 돌아갔다.

케이스는 레스토랑을 나섰다. 그는 두 명의 프랑스인과 그들의 여자친구가 호수를 가로질러 가까운 카지노로 가기 위해 배를 기다리는 모습을 보았다.

방 안은 조용했다. 항온 폼은 썰물이 지나간 해변처럼 정돈되어 있었다. 몰리의 가방이 보이지 않았다. 케이스는 몰리가 쪽지라도 남겨 두지 않았나 해서 찾아보았지만 아무것도 없었다. 긴장과 불편한 마음으로 잠시 멍해 있던 케이스는 문득 창 밖에 있는 것들의 존재를 깨달았다. 그는 고개를 들어 데시더라타 거리와 고급품 상가의 전경을 바라보았다. 구찌, 츠야코, 에르메스, 그리고 리버티.

케이스가 고개를 흔들고 나서 전에는 한 번도 주의를 기울인 적이 없는 창가로 다가갔다. 그가 홀로그램을 끄자 반대편 경사면의 콘도들이 눈에 들어왔다.

케이스는 전화기를 집어 들고 찬바람이 들어오는 발코니 쪽으로 옮겼다.

"마커스 가비 호의 번호를 알려 주세요."

케이스가 데스크에게 말했다.

"자이언 구역에 등록된 예인선이에요."

합성 음성이 열 개의 숫자를 읊은 다음 덧붙였다.

"문의하신 배의 선적은 파나마로 되어 있습니다."

신호가 다섯 번 울린 다음 마엘컴이 전화를 받았다.

"예?"

"나 케이스야. 마엘컴, 모뎀 가지고 있지?"

"어, 항법 컴퓨터에."

"모뎀을 떼어 내서 호사카에 연결하고 덱을 켜 줘. 주름이 파인 스위치를 누르면 돼."

"친구, 그쪽은 잘 돼 가?"

"글쎄, 좀 도와줘야겠어."

"지금 해, 친구. 모뎀 가져올게."

케이스는 마엘컴이 전화선을 연결하는 동안 들려오는 희미한 잡음에 귀를 기울였다.

"이걸 아이스해."

삐 소리가 들리자 케이스가 호사카에게 명령했다.

"당신이 계신 곳은 전화망 감시가 엄중한 지역입니다."

컴퓨터의 딱딱한 조언에 케이스가 말했다.

"젠장, 아이스 명령 취소. 아이스는 필요 없어. 구조물에 연결해. 딕시?"

"여어, 케이스."

일직선이 호사카의 음성 칩을 통해 말했다. 그 때문에 세심하게 꾸며대던 억양은 사라졌다.

"딕시, 이쪽으로 뚫고 들어와서 뭣 좀 알아봐 주세요. 마음대로 휘저어도 좋아요. 몰리가 이 근처 어딘가에 있는데 어딘지 모르겠어요. 여기는 인터콘티넨탈 335W호실이에요. 몰리도 여기 등록되어 있는데 어떤 이름을 썼는지는 모르겠어요. 이 전화 쪽으로 타고 들어와서 기록을 뒤져 보세요."

"벌써 시작했어."

일직선이 말했다. 침투할 때 나는 백색 음을 들은 케이스가 미소 지었다.

"찾았어. 이름은 로즈 콜로드니야. 거기서는 체크아웃했군. 그쪽 보안망을 뚫고 깊숙이 뒤져 보려면 몇 분 걸리겠는데."

"시작하세요."

구조물이 활약하는 동안 윙 하는 소음이 들렸다. 케이스가 전화기를 방으로 가지고 돌아와 수화기를 위로 향하도록 한 다음 항온 폼 위에 올려놓았다. 그는 욕실로 들어가 이를 닦았다. 밖으로 나오자 방에 있던 브라운 영상음향 복합기기의 화면이 저절로 켜졌다. 한 일본 연예인이 금속 질감의 쿠션에 앉아 있고, 모습이 보이지 않는 사회자가 독일어로 질문을 하는 중이었다. 케이스는 눈을 크게 떴다. 화면에 푸른 간섭 현상이 발생했다.

"이봐, 케이스. 정신 나갔어?"

느릿하고 귀에 익은 목소리였다.

데시더라타 거리를 보여 주던 발코니의 유리벽이 찰칵 소리를 냈다. 거리의 풍경이 흐려지면서 흔들리더니 지바에 있는 찻집 자르 드 테의 실내로 바뀌었다. 아무도 없었다. 붉은 네온이 무한히 복사되어 거울 벽에 비쳤다.

키가 크고 수척해 보이는 로니 존이 앞으로 걸어 나왔다. 여전히 약에 중독되어 물속에 있는 것처럼 천천히, 우아한 동작으로. 그는 사각 테이블들 사이에 홀로 서 있었다. 두 손은 평소에 입는 회색 상어 가죽 바지 주머니에 꽂은 채였다.

"나 참, 정말 정신 못 차리는 것 같군."

목소리는 브라운 기기에서 흘러나왔다.

"윈터뮤트로군."

케이스가 말했다.

포주가 힘없이 어깨를 으쓱하고는 미소를 지었다.

"몰리는 어딨어?"

"네가 관여할 일이 아니야. 넌 사고를 치고 있는 거라고, 케이스. 일직선이 자유계에 있는 모든 전화의 신호를 울리고 있단 말이야. 네가 이런 짓을 할 거라고는 상상도 못했어. 네 프로필에 이런 얘긴 없었어."

"몰리가 어디 있는지 알려 주면 그만두게 하지."

존이 고개를 저었다.

"네 여자들이 뭘 하고 다니는지 전부 안다는 건 불가능해, 케이스. 조금 자유롭게 놔둬. 이럴 때도 있고 저럴 때도 있는 거야."

"네 귀에 전화선을 감아 버릴 거야."

케이스가 말했다.

"넌 그런 성격이 아니야. 난 잘 알지. 케이스, 너 이 사실 알고 있나? 넌 내가 지바에서 딘을 시켜서 그 쓰레기 같은 여자애를 죽였다고 생각하는 거지?"

"그만해."

케이스가 창을 향해 본능적으로 나아가며 말했다.

"난 안 그랬어. 하지만 그런다고 뭐가 달라지지? 우리의 잘난 케이스 선생한테 그게 무슨 차이냔 말이야. 웃기지 마. 난 린다에 대해서 잘 알아, 친구. 린다 같은 부류의 모든 여자에 대해서 잘 알지. 내가 하는 일 중에는 그런 부류의 여자애들을 다루는 것도 포함되어 있어. 그 아이는 사랑 때문에 자네를 엿 먹인 거야. 사랑이라, 사랑에 대해서 얘기해 볼까? 그 여자애는 널 사랑했어. 내 말을 믿으라고. 그 별 볼일 없는 여자애가 널 사랑한 거야. 넌 그걸 제대로 받아들이지 못했어. 그리고 그애는 죽었지."

케이스가 주먹으로 유리문을 쳤다.

"손을 다치면 안 돼, 친구. 조금 있다가 덱을 두드려야 하니까."

존이 사라진 자리에 자유계의 밤과 콘도의 불빛이 나타났다. 브라운 기기가 꺼졌다.

전화기가 침대에서 계속 삑삑거렸다. 일직선이 말했다.

"케이스? 어디 갔다 온 거야? 찾아냈어. 대단한 건 아니네."

구조물이 주소를 불러 주었다.

"나이트클럽 치고는 제법 희한한 아이스를 쓰더군. 흔적을 남기지 않고 알아낼 수 있는 건 이 정도야."

"좋아요. 호사카를 통해서 마엘컴에게 모뎀을 끊으라고 전해 주세요. 고마워요, 딕시."

케이스가 말했다.

"언제라도 말만 해."

케이스는 새로 찾은 보물의 맛을 음미하면서 오랫동안 침대 위에 앉아 있었다. 보물의 이름은 분노였다.

"어이, 루퍼스. 어이, 캐스. 친구 루퍼스가 왔어."

브루스는 옷을 하나도 걸치지 않은 채 물을 뚝뚝 흘리면서 문가에 서 있었다. 그의 동공은 확장되어 있었다.

"샤워 중이었어. 기다릴래? 아니면 같이 샤워할까?"

"고맙지만 사양할게. 날 좀 도와줘."

케이스가 브루스의 팔을 옆으로 밀어내고 방 안으로 들어갔다.

"어이, 친구. 우린 지금……."

케이스가 일직선에게 전해 받은 주소를 불러 주었다.

"내가 그랬잖아, 이 사람 갱이라니까."

캐스가 들뜬 목소리로 욕실 쪽에서 말했다.

"혼다 삼륜차를 가져올게."

브루스가 멍한 얼굴로 쓴웃음을 지으며 말했다.

"지금 가야 해."

케이스가 말했다.

"그 층은 객실이야."

브루스가 케이스에게 여덟 번이나 주소를 되묻고는 말했다. 그는 다시 혼다에 올라탔다. 붉은색 유리섬유 차체가 크롬으로 도금한 완충기 위에서 흔들리자 수소 연료 엔진의 배기구에서 물방울이 떨어졌다.

"오래 걸려?"

"모르겠어. 하지만 기다려 줘."

"기다릴게. 알았다고. 주소 마지막 부분을 보니 객실이 맞는 것 같아. 43호실."

브루스가 맨 가슴을 긁었다.

"루퍼스, 거기서 기다리는 사람이라도 있어?"

캐스가 브루스의 어깨 너머로 고개를 내밀며 흘끔거렸다. 그녀의 머리칼은 달려오는 동안 다 말랐다.

"딱히 그런 건 아니야. 무슨 문제라도 있어?"

"맨 아래층에 가서 네 친구가 들어가 있는 객실을 찾아봐. 들여보내준다면 별 문제 없지만, 널 만나고 싶어 하지 않는 거라면……."

캐스가 어깨를 으쓱했다.

케이스는 몸을 돌려 꽃문양이 새겨진 철제 나선형 계단을 내려갔다. 여섯 바퀴를 돌고 나서 나이트클럽에 도달했다. 그는 걸음을 멈추고 예휴안에 불을 붙인 다음 테이블 너머를 살펴보았다. 자유계가 갑자기 피부에 와 닿았다. 사업. 케이스는 공기 중에서 돈벌이의 기운을 느꼈다. 이것이야말로 이 지역의 모습이었다. 겉모양을 잔뜩 꾸민 줄 베른 거리가 아닌 진짜 삶. 상업, 그리고 춤. 다양하게 뒤섞인 군중. 절반은 관광객이고 절반은 섬의 주민인 것 같았다.

케이스가 옆에 지나가던 종업원에게 말했다.

"아래쪽. 아래층에 내려가려고 하는데."

케이스가 자유계용 칩을 꺼내 보이자 사내가 몸짓으로 클럽 뒤편을 가리켰다. 케이스는 손님이 가득한 테이블 사이로 재빨리 빠져나갔다. 예닐곱 개의 유럽 쪽 언어가 단편적으로 들려왔다. 그는 무릎에 터미널을 올려놓고 나즈막한 책상에 앉은 여자에게 말을 걸었다.

"방이 필요한데. 아래쪽으로."

그가 칩을 건넸다.

"성별은 어느 쪽으로요?"

그녀가 터미널에 붙은 유리판 위로 칩을 그었다.

"여성."

케이스가 반사적으로 대답했다.

"35호실이에요. 마음에 안 들면 전화하세요. 원하신다면 들어가기 전에 특별 서비스 화면에서 고르실 수도 있어요."

그녀가 미소 짓고는 칩을 돌려주었다. 그녀의 뒤에서 엘리베이터가 열렸다.

복도의 조명은 푸른빛이었다. 케이스는 엘리베이터에서 나와 임의로 방향을 골랐다. 문마다 번호가 찍혀 있었다. 고급 클리닉의 복도처럼 조용했다.

그는 몰리의 방을 찾았으나 그보다는 자신의 방이 먼저 눈에 들어왔다. 케이스는 갑자기 혼란스러워지는 바람에 번호판 바로 밑에 있는 검은색 센서에 칩을 갖다 대었다. 자석식 잠금장치였다. 케이스는 문 열리는 소리를 들으며 칩 호텔을 떠올렸다.

여자가 침대에서 몸을 일으키며 독일어로 무언가를 중얼거렸다. 부드러운 눈은 깜박임이 없었다. 자동 조종. 그리고 신경 차단. 케이스는 객실에서 나와 문을 닫았다.

43호실의 문도 다른 방과 똑같았다. 케이스는 주저했다. 복도는 방음장치 덕분에 조용했다. 칩을 써 본다는 것은 무의미한 일이었다. 케이스는 주먹으로 에나멜이 칠해진 금속판을 두드려 보았다. 아무 일도 일어나지 않았다. 문이 소리를 흡수하는 것 같았다.

케이스가 검은 판에 칩을 대자 자물쇠가 찰칵 소리를 냈다.

그녀는 케이스가 채 문을 열기도 전에 일격을 날린 것 같았다. 케이스는 문을 등지고 무릎을 꿇었다. 그녀의 단단한 손에서 솟아 나온 칼날이 케이스의 눈 몇 센티미터 옆에서 떨리고 있었다…….

그녀가 케이스의 머리를 쥐어박으며 말했다.

"세상에. 바보같이 뭐 하는 짓이야? 이 문은 대체 어떻게 연 거고? 케이스, 너 괜찮아?"

그녀가 케이스 쪽으로 몸을 구부렸다.

"집으로."

그가 숨을 쉬려고 애쓰며 말했다. 고통이 가슴으로부터 퍼져 나갔다. 그녀가 케이스를 일으켜 세운 다음 방 안쪽으로 밀어넣었다.

"위층 종업원한테 돈이라도 쥐어 준 거야?"

케이스는 고개를 젓고는 침대로 쓰러졌다.

"숨을 들이쉬어. 하나, 둘, 셋, 넷. 참았다가, 이제 내쉬어. 넷까지 세라고."

케이스가 배를 움켜쥐었다.

"날 걷어차다니."

그가 간신히 말했다.

"더 아래쪽으로 찰 걸 그랬네. 난 혼자 있고 싶었어. 명상 중이었다고, 알아?"

그녀가 케이스의 곁에 앉았다.

"브리핑도 필요했고."

그녀가 침대 반대편 벽에 마련해 놓은 소형 모니터를 가리켰다.

"윈터뮤트가 스트레이라이트에 대해 얘기하는 중이었어."

"육체 인형은 어디 있는 거야?"

"없어. 그건 여기 서비스 중에서 제일 비싼 거야."

몰리가 일어섰다. 그녀는 가죽 바지와 헐렁한 검정 셔츠를 입고 있었다.

"행동은 내일이야. 윈터뮤트가 그러더군."

"레스토랑에서의 일은 다 뭐야? 왜 나갔던 거지?"

"거기 더 있었다면 리비에라를 죽였을지도 몰라."

"왜?"

"나한테 그런 짓을 했잖아. 쇼 말이야."

"무슨 소린지 모르겠어."

"이번 작전에는 꽤 많은 돈이 들었어."

몰리가 보이지 않는 과일이라도 쥔 것처럼 오른손을 뻗으며 말했다. 다섯 개의 칼날이 솟아 나왔다가 부드럽게 제자리로 들어갔다.

"지바까지 가는 비용에, 수술비, 그리고 네가 장비에 맞는 반사 능력을 갖출 수 있도록 신경 시스템을 개조하는 비용까지……. 내가 처음에 어떻게 돈을 마련했는지 알아? 여기야. 정확히 이곳은 아니고 여기와 비슷한 곳. 스프롤이었어. 처음엔 장난 비슷하게 시작했지. 왜냐하면 일단 차단 칩을 이식하고 나면 공돈을 버는 거나 마찬가지거든. 깨어나면 가끔 몸이 찌뿌둥할 때도 있었지만 그게 다야. 대여업과 똑같은 거야. 일을 치르는 자리에 정작 본인은 없는 셈이지. 가게에는 손님이 원하는 소프트라면 어떤 것이든 갖춰져 있었고……."

몰리가 소리 내어 손가락 관절을 꺾었다.

"괜찮은 일이었어. 내 몫은 제대로 받았으니까. 문제는, 지바 쪽 클리닉에서 넣어 둔 회로와 차단 소프트가 충돌을 일으켰다는 거야. 말하자면 숨겨져 있던 영업시간이 밖으로 흘러나왔고, 그걸 기억할 수 있게 된 거지……. 하지만 그건 그저 기분 나쁜 꿈이었어. 전부 나빴던 것만도 아니었고."

그녀가 미소를 지었다.

"그러다가 어느 날인가 일이 틀어진 거야."

몰리가 주머니에서 담배를 꺼내어 불을 붙였다.

"가게 쪽에서 내가 어디에 돈을 쓰고 있는지 알아낸 거지. 칼날은 이미 이식해 넣었지만, 신경 모터의 세밀한 조정 때문에 세 번은 더 갔다 와야 했거든. 아직 인형 일을 그만둘 수는 없었던 거야."

그녀가 숨을 들이켰다가 연기를 길게 내뿜으며 세 개의 고리를 만들었다.

"그래서 그 개 같은 가게 주인 놈이 특제 소프트를 따로 만들었던 거지. 베를린이 스너프의 본고장이라는 건 알고 있지? 추잡한 짓으로 사업이 벌어지는 곳이기도 하고. 나에게 바꿔 넣은 프로그램을 작성한 녀석이 누군지는 몰라. 어쨌든 온갖 고전적인 소재를 한데 모은 것 같은 물건이었어."

"저쪽에서도 네가 이런 일들을 눈치 챘다는 걸 알았나? 영업시간에 의식이 있다는 사실을 말이야."

"의식은 없었어. 텅 빈 사이버스페이스 같다고나 할까. 은색이었어. 비 냄새가 났지……. 자기 오르가슴을 볼 수 있는 거야. 그건 우주의 테두리에서 폭발하는 작은 신성 같았어. 그런데 점점 기억이 나기 시작했지. 꿈을 기억하듯이 말이야. 한데 그놈들은 나한테 아무것도 알려 주지 않았어. 소프트웨어를 바꿔 끼우고는 그걸 특별 시장에 대여하기 시작했지."

몰리의 목소리가 아득하게 들렸다.

"사실을 알고 있었지만 내색은 하지 않았어. 돈이 필요했거든. 꿈은 점점 지독해졌고, 난 그런 꿈 중의 어떤 것은 정말로 꿈에 불과할 거라고 스스로 타일렀지. 하지만 그때 나한테 단골이 생기고 있다는 걸 알게 됐어. 사장 녀석, 몰리한테는 얼마를 줘도 아깝지 않네 어쩌고 하면서 급료는 쥐꼬리만큼 올려 주더군."

몰리가 머리를 흔들었다.

"그 자식, 나한테 주는 돈의 여덟 배를 받아 먹으면서도 내가 모를거라고 생각했어."

"뭘 보여 주고 그렇게 많은 돈을 받았는데?"

"실제로 일어나는 악몽. 하루는…… 하루는, 내가 막 지바에서 돌아왔는데……."

몰리가 담배를 떨어뜨려 구두 뒤축으로 밟아 끈 다음 앉아서 벽에 몸을 기댔다.

"의사가 안쪽을 건드려 놓은 거야. 복잡한 작업이었으니까. 차단 칩을 잘못 건드린 게 틀림없었어. 정신을 차리고 보니 고객하고 영업 중이더라고……."

그녀가 항온 폼 깊숙이 손가락을 찔러 넣었다.

"상원의원이었어. 얼굴을 보자마자 바로 알았지. 우리 둘 다 피를 잔뜩 뒤집어쓰고 있었어. 우리 말고 한 명이 더 있었는데, 그 여자는 거의……."

몰리가 항온 폼을 뜯어 냈다.

"죽었더라. 그런데 그 뚱보 자식이 그러더군. '무슨 일이야? 무슨 일이야?' 아직 끝나지 않았다는 거였지……."

그녀가 몸을 떨기 시작했다.

"말하자면 그 상원의원이 진짜로 하고 싶었던 걸 내가 해 주고 있었다는 얘기야, 알겠어?"

몰리의 떨리던 몸이 멈췄다. 그녀가 폼을 놓고 손가락으로 검은 머리채를 쓸어 올렸다.

"가게에서는 나를 처치하려고 청부 살인 업자를 고용했어. 한동안 숨어 다녀야 했지."

케이스가 몰리를 응시했다.

"그런데 리비에라가 어젯밤에 아픈 곳을 찌른 거야. 나로 하여금 자기를 더할 수 없이 증오하도록 만들려는 거겠지. 내가 미칠 지경이 되어서 자기 뒤를 쫓도록."

"리비에라를 쫓는다고?"

"그 녀석은 벌써 거기 가 있어. 스트레이라이트에. 레이디 3제인의 초청을 받았거든. 왜 어제 뭘 바칩니다 어쩌고 했잖아. 어제 3제인이 특별석에 와 있었어."

케이스는 자신이 만난 얼굴 하나를 떠올렸다.

"그 친구를 죽일 거야?"

몰리가 미소를 띠었다. 차가웠다.

"그 자식 죽게 될 거야. 당연하지. 얼마 안 남았어."

"내 쪽도 누가 찾아왔었어."

케이스가 창문에 대해서 얘기했다. 그리고 존의 영상이 린다에 대해 말했던 내용을 대충 요약해서 설명했다. 몰리가 고개를 끄덕였다.

"그 물건도 아마 너로 하여금 무언가를 증오하게 만들려나 봐."

"내가 그 물건을 증오하는 거겠지."

"넌 어쩌면 너 자신을 증오하고 있는지도 몰라, 케이스."

"어땠어?"

케이스가 혼다를 주차해 둔 곳으로 올라오자 브루스가 물었다.

"너도 언제 한번 해 봐."

케이스가 눈을 문지르며 말했다.

"인형에 취미가 있는 줄은 몰랐어."

캐스가 새 피부 판을 손목에 붙이면서 우울하게 말했다.

"이제 돌아가는 거야?"

브루스가 물었다.

"물론이야. 가다가 줄 베른 거리에 내려 줘. 술집 근처에."

5

둥근 형태의 줄 베른 거리는 방추형 중심부를 둘러싸고 있었다. 반면 데시더라타는 그 방추형을 중심부를 종단으로 가르고 있었으며 그 양끝은 라도 애치슨 광선을 발사하는 장치와 만났다. 따라서 데시더라타 거리에서 떨어져 오른쪽으로 꺾은 다음 줄 베른 거리를 따라 끝까지 걸으면 데시더라타의 왼쪽 측면에 도달할 수 있었다.

케이스는 브루스의 삼륜차가 시야에서 사라진 다음 몸을 돌렸다. 그는 거대하고 멋지게 조명을 차려 놓은 신문 가판대 앞을 지났다. 수십 권에 이르는 고급 일본 잡지의 표지에는 이 달의 신인 심스팀 연예인의 얼굴이 실려 있었다. 온갖 기발한 모양의 별자리가 머리 바로 위, 밤 시간에 들어선 축을 따라 홀로그램 하늘에 비쳤다. 트럼프, 주사위의 각 면, 모자, 그리고 마티니 잔 모양의 별자리.

데시더라타와 줄 베른 거리의 교차점은 일종의 협곡 모양이었다. 자유계의 경사면 거주자들이 살고 있는 계단식 발코니가 조금씩 솟아올라 다른 카지노 복합 건물의 잔디 깔린 평지로 이어졌다. 케이스는 상승기류를 타고 인공 절벽의 초록색 가장자리를 우아하게 선회하는 무인 경비행기를 바라보았다. 비행기가 보이지 않는 카지노의 부드러운 불빛을 받아 잠깐 동안 반짝였다. 얇은 중합체로 만든 자동 조종 복엽기의 날개는 실크스크린으로 처리되어 거대한 나비처럼 보였다. 이윽고 비행기가 인공 절벽 모서리 너머로 사라졌다. 케이스는 그것이 사라지기 전 잠깐 유리를 통과한 네온 불빛을 보았다. 렌즈나 레이저 포탑일 거라는 생각이 들었다. 무인기는 콜로니의 보안 체계 중 일부였고, 중앙 컴퓨터가 그것들을 조종하고 있었다. '스트레이라이트 안에 있는 것일까?' 케이스가 생각했다.

케이스는 걸으면서 여러 개의 바를 지나쳤다. 하이-로, 천국, 르 몽드, 크리케티어, 쇼조쿠 스미스, 그리고 이머전시. 케이스는 이머전시를 골랐다. 가장 작으면서도 사람이 제일 많았기 때문이다. 그러나 케이스는 이곳이 관광객을 위한 술집이라는 사실을 금세 깨달았다. 사업의 기운이 느껴지지 않았으며, 있는 것이라고는 어두침침한 성적 긴장감뿐이었다. 그는 몰리가 빌려 쓰고 있는 객실 위층에 있는 이름 모를 클럽을 고려해 보았지만, 작은 화면에 고정된 몰리의 반사형 눈을 떠올리고는 이내 포기하고 말았다. 케이스는 생각했다. '윈터뮤트는 어떤 정보를 알려주고 있을까? 스트레이라이트 저택의 평면도? 테시어애시풀의 역사?'

케이스는 칼스버그를 한 잔 주문한 다음 벽에 인접한 자리를 찾아냈다. 그는 눈을 감고 분노의 매듭을 더듬었다. 작고 순수한 분노의 석탄 덩어리. 그것은 여전히 남아 있었다. 원인이 뭘까? 멤피스에서 몸에 손상을 입었을 때 느낀 것은 일종의 당혹감이었으며, 밤의 도시에서 사업상의 권익을 지키기 위해 사람을 죽였을 때는 아무런 느낌도 없었다. 압력 돔에서 린다가 죽었을 때도 그에게 남은 것은 생기 없는 구역질과 혐오감뿐이었다. 분노는 생기지 않았다. 저 멀리 조그만 머릿속의 영사막에, 뇌와 피가 폭발하면서 사무실 벽의 환영에 날아가 부딪히는 딘의 환영이 상영된다. 케이스는 깨달았다. 분노는 윈터뮤트가 오락실에서 린다 리의 심스팀 유령을 취소하고 먹을 것과 따뜻함, 그리고 잠자리를 제공하겠다던 동물적 약속을 없던 일로 했을 때부터 생겨났다는 것을. 그러나 케이스는 로니 존의 홀로그램을 보기 전까지 그 사실을 알아채지 못했다. 이상한 일이었다. 그로서는 도무지 판단하기가 어려웠다.

"무감각해."

케이스가 말했다. 그는 몇 년 동안이나 무감각하게 살아왔다. 닌세이의 밤을 활보할 때도 그랬고 린다와 밤을 보내면서도 그랬으며 침대 위에서도, 마약 거래를 할 때마다 식은 땀을 흘리면서도 그랬다. 그러나 이제 그는 따뜻한 무언가를 찾아냈다. 살인의 편린. '육체야.' 케이스의 일부가 말했다. '육체가 원하는 것 따위는 무시해 버려.'

"갱 양반."

케이스가 눈을 뜨자 캐스가 검정색 시프트 드레스를 입고 옆에 서 있었다. 그녀의 머리칼은 혼다를 타고 달렸을 때처럼 제멋대로였다.

"돌아간 줄 알았는데."

케이스가 말했다. 그는 칼스버그를 마시며 혼란스러운 모습을 감췄다.

"이 가게 앞에 내려 달라고 했거든. 이것도 샀고."

캐스가 자신의 허리 곡선 부근에 손바닥을 대고 새로 산 옷을 뽐냈다. 케이스는 그녀의 손목에 붙은 푸른색 피부 판으로 시선을 던졌다.

"이거 하고 싶어?"

"물론."

케이스는 무의식적으로 주변 사람들을 살핀 다음 캐스에게로 시선을 되돌렸다.

"원하는 게 뭐야?"

"루퍼스, 우리가 준 베타 마음에 들었어?"

캐스가 바짝 다가와 온기와 긴장감을 내뿜었다. 그녀의 동공은 가늘게 뜬 눈 속에서 거대하게 확장되었고, 목의 힘줄은 긴장으로 활시위처럼 팽팽해졌다. 그녀는 몸을 떨었다. 약물의 쾌감에서 오는 보이지 않는 진동.

"약효 떨어졌지?"

"응. 끝나고 나니 기분이 거지 같아."

"한 번 더 하면 되잖아."

"그 다음에는?"

"나한테 열쇠가 있어. 천국 술집 뒤 언덕 위야. 아담한 곳이지. 집주인들은 오늘 밤 업무 때문에 중력 우물로 내려가 있어. 나랑 같이 가면……."

"같이 가면?"

캐스가 두 손으로 케이스의 손을 잡았다. 그녀의 손바닥은 뜨겁고 메말라 있었다.

"너 '야크' 지. 안 그래, 루퍼스? 야쿠자가 고용한 외인 용병 말이야."

"보는 눈은 있네, 응?"

케이스가 손을 빼고 담배를 찾았다.

"그런데 어떻게 손가락이 전부 멀쩡한 거야? 한 번 실수할 때마다 손가락 하나씩 자르는 줄 알았는데."

"난 절대 실수하는 법이 없거든."

케이스가 담배에 불을 붙였다.

"너하고 같이 다니는 여잘 본 적 있어. 우리가 처음 만난 날. 히데오처럼 걷더라. 무서웠어. 난 그런 사람이 좋은데. 그 여자, 여자하고 하는 거 좋아할까?"

캐스가 지나치게 활짝 웃었다.

"그런 얘긴 못 들어 봤는데. 히데오는 또 누구야?"

"3제인의, 그 여잘 뭐라고 불렀더라……. 하인이야, 가문의 하인."

케이스는 일부러 무관심한 척 이머전시의 손님들을 바라보며 물었다.

"무슨 제인?"

"레이디 3제인. 그 여자는 거물인 데다가 부자야. 그 여자 아버지가 이걸 전부 소유하고 있거든."

"이 가게를?"

"자유계 전체를!"

"대단해. 너 상류층하고 친하구나, 응?"

케이스가 눈썹을 추켜올렸다. 그는 캐스의 몸에 팔을 두르고 엉덩이에 손을 얹었다.

"그런 귀족들하고는 어떻게 알고 지내는 거야, 캐시? 너 혹시 도망쳐 나온 귀족 집안 딸 아니야? 아니면 너하고 브루스가 엄청난 재산의 상속자라든가, 응?"

케이스가 손가락을 펴서 검고 얇은 천 안의 몸을 주물렀다. 캐스가 그에게 몸을 비비며 꿈틀거리며 웃었다. 그녀는 고상한 티를 내려고 반쯤 눈을 감았다.

"너도 알고 있겠지만, 그 여자는 파티를 좋아해. 브루스하고 나는 파티를 돌아다니거든……. 그 여자는 거기를 무척 지루해해. 노인네가 가끔 외출을 허락하긴 하지만, 그것도 히데오가 같이 나갈 때만이지."

"지루하다는 데가 어디야?"

"스트레이라이트라는 곳 있잖아. 그 여자가 말해 줬어. 무척 예쁜 데다가 수영장과 백합도 있대. 거긴 성이라더라. 진짜 성 말이야, 돌과 석양이 있는."

캐스가 케이스에게 바짝 달라붙었다.

"자, 루퍼스, 피부 판이 필요하지? 그러고 나서 우리 같이 있자."

캐스는 목에 맨 가느다란 줄 끝에 조그만 가죽 지갑을 매달고 있었다. 윤기 나는 그녀의 분홍색 손톱이 인공적으로 태운 피부와 대조를 이뤘다. 손톱은 속살까지 물어뜯겨 있었다. 그녀가 지갑을 열고 빳빳한 종이가 들어 있는 거품 종이를 꺼냈다. 거기엔 푸른 피부 판이 들어 있었다. 무언가 하얀 것이 바닥으로 떨어졌다. 케이스가 몸을 구부려 그것을 집었다. 종이학이었다.

"히데오가 준 거야. 그 사람이 어떻게 하는지 가르쳐 줬는데, 한 번도 제대로 접어 본 적은 없어. 언제나 목이 반대로 꺾이곤 하지."

캐스가 말했다.

그녀는 접은 종이를 지갑 안에 도로 집어넣었다. 케이스는 그녀가 거품 종이를 찢은 다음 피부 판 뒤의 껍질을 벗기고 자신의 손목 안쪽에 매끈하게 붙이는 모습을 바라보았다.

"3제인이라는 여자, 얼굴이 뾰족하고 코가 새처럼 생겼지?"

케이스가 손으로 윤곽을 그렸다.

"검은 머리칼에 나이는 어리고?"

"그럴 거야. 하지만 그 여자는 거물이잖아? 그 엄청난 돈도 그렇고."

마약이 고속 열차처럼 그를 몰아쳤다. 하얗게 달아오른 빛의 기둥이 전립선 쪽으로부터 그의 척추를 타고 올라와 합선된 성 에너지의 엑스레이와 함께 두개골의 봉합된 부분을 비추었다. 이빨 하나하나가 공명하는 소리굽쇠처럼 노래를 불렀다. 모두가 완벽한 최고 음조에 도달했으며 에탄올처럼 투명했다. 반투명 살갗 속에 묻힌 뼈에는 크롬이 칠해져 번쩍거렸고, 관절부는 얇은 실리콘이 들어간 탓에 원활하게 움직였다. 모래 폭풍이 깨끗한 두개골 표면으로 몰아치며 강렬하고 가느다란 정전기를 일으켰으며, 그 정전기는 눈동자 뒤에서 파열하며 순수한 수정구 같은 눈동자가 팽창하다가…….

"가자."

캐스가 케이스의 손을 잡으며 말했다.

"너도 약을 했으니까, 우리 둘 다 한 거야. 언덕 위에 올라가서 밤새도록 즐기자."

분노가 사정 없이, 지수 함수처럼, 분출하는 베타페네틸라민의 등에 반송파처럼 업혀 팽창했다. 반송파는 용암처럼 풍부한 부식성이었다. 그는 발기했지만 납덩이 같은 느낌이었다. 이머전시에 있는 손님들의 얼굴이 색칠한 인형처럼 보였다. 입가의 분홍색과 흰색이 따로 떨어져 나와 움직였고, 단어는 불연속적인 소리의 풍선처럼 생겨나고 있었다. 케이스는 캐스를 바라보았다. 그은 피부의 땀구멍 하나하나가 눈에 띄었고 눈동자는 놀란 유리처럼 편평했다. 생명이 없는 금속 빛깔에, 약하게 부풀어 오른, 아주 미묘한 가슴과 쇄골의 비대칭성. 케이스의 눈 뒤에서 무언가 하얗게 불타올랐다. 그는 캐스의 손을 놓고 누군가를 밀쳐 내며 출구 쪽으로 비틀비틀 걸어갔다. 그녀가 케이스의 등 뒤에서 소리질렸다.

"엿 먹어라! 이 사기꾼 새끼야!"

다리에 감각이 없었다. 케이스는 다리를 죽마처럼 사용하면서 줄 베른 거리에서 미친 듯 휘청거렸다. 귓속에서 자신의 피가 철렁거리는 소리가 들렸다. 면도날처럼 날카로운 빛의 단면이 그의 두개골을 사방에서 갈랐다.

그리고 그는 얼어붙었다. 똑바로 서서, 주먹을 넓적다리에 바짝 붙이고, 고개를 뒤로 젖힌 채, 입술을 뒤집고, 몸을 떨면서. 케이스는 자유계의 낙오자용 12궁도를 올려다보았다. 홀로그램 하늘에 떠 있던 나이트클럽 별자리들이 암흑의 축을 액체처럼 타고 흘러내리더니 현실의 부동 중심점으로 떼 지어 모여들었다. 별자리들은 각각, 그리고 몇백 개씩 무리를 지어 새로 자리를 잡고는 점묘법으로 하나의 거대하고 단순한 흑백 초상화를 형성하면서 다시 밤하늘의 별로 돌아갔다. 린다 리의 얼굴이었다.

케이스는 시선을 내려 주위를 둘러보았다. 모두의 얼굴이 위를 향해 있었고 배회하던 관광객들은 경이감으로 걸음을 멈췄다. 그리고 마침내 하늘의 빛이 사라지자 어수선한 탄성이 줄 베른 거리에 터져 나왔다. 그 소리는 테라스와 월석 콘크리트로 만든 발코니 사이로 메아리쳐 갔다.

어디선가 시계가 종을 울렸다. 유럽풍의 골동품 종소리였다. 자정이었다.

케이스는 아침까지 걸었다.

약효가 사라지면서 크롬으로 도금되었던 뼈는 시시각각 삭아 들었으며, 근육은 딱딱해졌고, 약에 절었던 육신은 생명을 가진 고깃덩어리로 돌아왔다. 아무것도 생각할 수가 없었다. 의식은 있으나 생각은 할 수 없는 상태가 그는 썩 마음에 들었다. 눈에 들어오는 모든 사물로 변해 버리는 느낌이었다. 공원의 의자, 구식 가로등 주변에 맴도는 나방 떼, 검정과 노란색 사선 줄무늬가 그려진 로봇 정원사.

새벽 영상이 라도 애치슨 장치를 따라 분홍빛으로 화려하게 피어올랐다. 케이스는 데시더라타 거리의 한 카페에서 입속에 오믈렛을 억지로 쑤셔 넣고 물을 마신 다음 마지막 남은 담배를 피웠다. 케이스가 거니는 동안 인터콘티넨탈의 옥상 초원은 줄무늬 파라솔 아래에서 커피와 크루아상으로 이른 아침 식사를 즐기려는 인파로 북적거렸다.

분노는 여전히 남아 있었다. 골목에서 습격을 받고 나서 정신을 차려 보니 지갑이 멀쩡하게 남아 있는 것과 같은 기분이었다. 그 감각 덕분에 다시 온기가 돌아왔지만 거기에 이름을 붙일 수도, 대상을 부여할 수도 없었다.

케이스는 엘리베이터를 타고 자신이 묵고 있는 층으로 내려왔다. 그는 주머니를 뒤져서 열쇠 대신 쓰이는 자유계용 신용 칩을 찾았다. 졸음이 밀려왔다. 수면이야말로 그가 지금 상태에서 할 수 있는 몇 안 되는 행동 중 하나였다. 그는 모래 빛 항온 폼 위에 누워 공허감을 되찾고 싶었다.

그들이 기다리고 있었다. 모두 세 명이었다. 그들의 새하얀 운동복과 무늬로 찍어 낸 듯 그은 피부는 방 안의 수공품 가구와 잘 어우러졌다. 여자는 등나무 의자에 앉아 있었고, 그 옆 나뭇잎 무늬가 그려진 쿠션 위에는 연발식 권총이 놓여 있었다. 그녀가 말했다.

"튜링에서 나왔습니다. 당신을 체포합니다."

4부 스트레이라이트 작전

1

"헨리 도셋 케이스 씨 되시죠?"

그녀가 케이스의 생년월일과 출생지, 그의 바마 개인 식별 번호, 그리고 일련의 이름들을 암송했다. 케이스는 그 이름들이 자신이 과거에 쓰던 가명이라는 사실을 차츰 기억해 냈다.

"여기서 오래 기다렸나요?"

케이스는 자신의 가방에 들어 있던 물건들이 침대 위에 흩어져 있는 것을 보았다. 빨랫감들도 유형별로 나누어 두었다. 표창만은 항온 폼 위, 바지와 속옷 사이에 따로 놓아두었다.

"콜로드니는 어디 있지?"

두 남자가 그은 가슴 앞쪽으로 팔짱을 끼고 똑같은 모양의 금사슬을 목에 두른 모습으로 긴 의자에 나란히 앉아 있었다. 두 사람을 본 케이스는 곧 그들의 젊은 모습이 가짜라는 사실을 알아챘다. 손 관절에 잡힌 주름이 그 증거였다. 그것은 수술로도 없앨 수 없는 흔적이었다.

"콜로드니가 누구죠?"

"그 이름으로 등록되어 있던데, 그 여자는 어디 간 건가?"

"몰라요. 그 여자는 떠났어요."

케이스가 바로 걸어가 생수를 들이켜며 말했다.

"오늘 밤에는 어디 있었지요, 케이스?"

여자가 권총을 집어 허벅지 위에 올려놓았다. 케이스를 직접적으로 겨누지는 않았다.

"줄 베른 거리에서 두어 군데 술집에 들르고 약을 좀 했죠. 당신들은 뭘 했나요?"

케이스의 무릎이 휘청거렸다. 미지근한 생수에서는 아무 맛도 나지 않았다.

"상황을 전혀 이해 못하는 것 같군."

왼쪽 사내가 말했다. 그는 하얀 망사 상의 주머니에서 지탄 한 갑을 꺼냈다.

"자넨 체포된 거야, 케이스. 죄명은 인공지능을 임의로 향상시키려는 음모와 관련된 거고."

그가 같은 주머니에서 금색 던힐 라이터를 꺼내어 손에 쥐었다.

"자네들이 아미티지라고 부른 남자는 벌써 구류 중이지."

"코르토 말인가요?"

사내의 눈이 커졌다.

"맞아. 그의 본명을 어떻게 알았지?"

라이터에서 아주 작은 불꽃이 일었다.

"기억나지 않는데요."

"생각나게 될 거예요."

여자가 말했다.

그들의 이름은, 또는 임무 수행 중의 이름은, 각각 미셸, 롤랑, 그리고 피에르였다. 케이스가 보기에 피에르는 나쁜 경찰 역할이었다. 롤랑은 작은 친절을 베풀며 케이스의 편을 들어 주었다. 그는 케이스가 지탄을 사양하자 뜯지도 않은 예휴얀을 찾아다 주었다. 또한 대체로 피에르의 냉혹한 적개심에 반대하는 역할을 맡았다. 미셸은 때때로 심문의 방향을 수정할 뿐 착실히 기록만 담당하는 게 분명했다. 케이스는 생각했다. '세 사람 중 하나, 아니면 셋 모두 녹음기를 숨기고 있을 것이다. 심스팀도 준비했겠지. 그리고 지금부터 내가 하는 말이나 행동은 모두 증거로 채택될 것이다.' 그는 약효가 떨어져 괴로워하면서 자문해 보았다. '증거라니? 무엇에 관한 증거지?'

케이스가 프랑스어를 알아들을 수 없다고 생각한 세 사람은 자유롭게 대화를 나누었다. 혹은 적어도 그러는 것 같았다. 케이스도 알아들을 수 있는 단어가 있었다. 폴리, 아미티지, 센스/네트와 같은 이름들. 본토박이 프랑스어가 살아 움직이는 바다에서 팬더 모던스라는 이름이 빙산처럼 튀어나왔다. 그러나 케이스가 이용할 수 있는 이름이 등장할 가능성도 있었다. 그들은 몰리를 반드시 콜로드니라고 불렀다.

"케이스, 자네는 어떤 작전을 위해서 고용된 거라고 했는데 목표가 뭔지 몰랐다는 건 그쪽 계통에서 특이한 일 아닌가? 방어를 뚫었다는 건 그 임무를 수행할 능력이 있다는 얘긴데, 그렇다면 '그 임무' 라는 게 있어야 하잖나, 그렇지?"

롤랑이 말했다. 그는 일부러 느린 어조를 사용해 이해심이 있다는 것을 드러냈다. 그는 몸을 앞으로 내밀고 갈색으로 그은 무릎에 팔꿈치를 올려놓고서 손바닥을 내밀며 케이스의 설명을 요구했다. 피에르는 창가로, 문 쪽으로, 방 안 여기저기로 돌아다녔다. '미셸이 녹음기 역할이로군.' 케이스가 생각했다. 그녀는 단 한 번도 케이스에게서 눈을 떼지 않았다.

"옷 좀 입어도 될까요?"

케이스가 물었다. 케이스를 계속 벗은 채 놓아 두고 바지의 솔기 하나까지 조사해야 한다고 주장한 쪽은 피에르였다. 케이스는 버드나무로 짠 발판에 나체로 앉아 있었다. 한쪽 발만 눈에 띄게 하얬다.

롤랑이 피에르에게 프랑스어로 무언가 물어 보았다. 피에르는 다시 창가로 돌아가 납작하고 작은 망원경으로 무언가를 보는 중이었다.

"안 돼."

피에르가 프랑스어로 냉담하게 대답했다. 롤랑이 어깨를 으쓱하더니 케이스에게 눈썹을 들어 올려 보였다. 케이스는 웃어 보이기 좋은 시점이라고 생각하고는 미소를 지었다. 롤랑이 따라서 미소 지었다.

'교과서에나 나오는 구식 경찰 짓거리들을 하는군.'

케이스가 생각했다. 그러곤 말했다.

"이봐요. 난 지금 몸이 안 좋아요. 술집에서 아주 질 나쁜 약을 했단 말이에요. 눕고 싶어요. 벌써 체포한 상태잖아요. 아미티지도 잡았다면서요. 그러면 그 사람한테 물어 봐요. 난 고용인에 불과하니까."

롤랑이 고개를 끄덕였다.

"그럼 콜로드니는?"

"내가 팀에 끼었을 때 그 여자는 이미 아미티지와 함께였어요. 힘쓰는 쪽만 담당하는 여자 킬러예요. 내가 아는 한은 그래요. 아마 거의 맞을 거예요."

"자네는 아미티지의 본명이 코르토라는 걸 알고 있었어."

피에르가 말했다. 눈에는 여전히 쌍안경을 대고 있었다.

"친구, 그걸 어떻게 알았지?"

케이스가 자신의 말실수를 후회하며 말했다.

"아미티지가 언젠가 말했겠죠. 누구나 가명 하나쯤은 쓰잖아요. 피에르가 당신의 본명인가요?"

미셸이 말했다.

"우린 당신이 지바에서 어떤 치료를 받았는지 알고 있어요. 아마 그게 윈터뮤트의 첫 번째 실수겠죠."

케이스는 가능한 한 멍한 시선으로 그녀를 바라보았다. 윈터뮤트라는 이름이 처음으로 등장했다.

"그 클리닉의 소유주가 당신을 치료하는 데 사용했던 기술로 일곱 가지의 기초 분야 특허를 신청했어요. 무슨 뜻인지 알겠어요?"

"아니요."

"지바 시의 일개 무허가 클리닉 운영자가 세 개의 대형 의학 연구 협회에서 이권을 얻게 된 거예요. 상식적으로 있을 수 없는 일이죠. 그래서 우리가 눈치 채게 된 거였어요."

작고 뾰족한 가슴 앞으로 팔짱을 낀 그녀가 무늬가 새겨진 쿠션에 몸을 기댔다. 케이스는 그녀의 나이가 궁금했다. 흔히 사람의 나이는 눈을 보면 알 수 있다고 하지만 케이스는 한 번도 맞춘 적이 없었다. 장밋빛 수정 안경으로 가린 줄리 딘의 눈은 세상사에 흥미를 잃은 열 살배기 꼬마의 그것이었다. 미셸에게서 나이를 읽어 낼 수 있는 부분은 손의 관절뿐이었다.

"스프롤까지 당신을 추적했다가 놓쳤죠. 그리고 당신들이 이스탄불을 떠날 때 다시 따라잡았어요. 우린 격자 좌표에서 움직였던 당신의 궤적을 역추적해 보고 당신들이 센스/네트에서 일어난 폭동을 선동했다는 사실을 알아냈어요. 그들은 우리를 위해 자료실 목록을 조사한 다음 매코이 폴리의 롬 인격 구조물이 사라졌다는 사실을 알게 되었어요."

롤랑이 거의 미안하다는 듯 말했다.

"이스탄불에서는 너무 쉬웠지. 당신네 여자 때문에 아미티지 측 정보원과 비밀경찰의 사이가 나빠졌거든."

피에르가 반바지 주머니에 쌍안경을 집어넣으며 말했다.

"그리고 당신들은 여기로 왔지. 우린 기뻤어."

"일광욕을 할 기회가 생겨서요?"

케이스의 물음에 미셸이 말했다.

"우리가 무슨 말을 하려는지 잘 알고 있을 거예요. 모르는 척해 봐야 당신만 힘들어질 뿐이에요. 범죄자 인도 조약이라는 거 알고 있나요? 당신은 우리와 함께 돌아가게 될 거예요, 케이스. 아미티지도 함께. 문제는 정확히 어디로 가는가에 있어요. 스위스로 가게 되면 인공지능 관련 재판에서 하수인이었다는 정도로 끝나겠지만 바마라면, 자료 침해와 절도죄뿐 아니라 열네 명의 무고한 시민이 사망한 공공범죄에 가담했다는 죄목까지 더해질 거예요. 선택권은 당신에게 있어요."

케이스는 담뱃갑에서 예휴얀을 한 개비 꺼냈다. 피에르가 금색 던힐을 꺼내어 불을 붙여 주었다.

"아미티지가 자네를 지켜 줄 수 있을 거라고 생각하나?"

질문이 끝남과 동시에 라이터가 찰칵 소리를 내며 닫혔다.

케이스는 베타페네틸라민이 주는 고통과 괴로움 속에서 그를 올려다보았다.

"나이가 어떻게 되나요?"

"자네가 지금 큰 곤경에 처해 있고 이미 끝장난 데다가 이번 일도 물거품이 되어 버렸다는 걸 알 만큼은 나이를 먹었어."

"하나만요."

케이스가 이렇게 말하면서 담배를 빨았다. 그는 튜링 경찰 요원 쪽으로 연기를 내뿜었다.

"당신들 여기서 사법권이 있나요? 내 말은, 이 자리에 자유계 보안 요원이 동석해야 하는 거 아니냐는 거예요. 여긴 그 사람들 구역일 텐데요?"

그는 여윈 소년의 눈동자가 굳으며 점점 험악해지는 것을 알아챘다. 그러나 피에르는 어깨를 으쓱할 뿐이었다.

"상관없네. 어쨌든 자넨 우리와 함께 가게 될 거야. 우린 법적으로 묵인되는 한도 내에서 자유롭게 행동할 수 있거든. 튜링이 맺고 있는 협약 덕택에 우린 상당한 융통성을 등에 업고 활동하지. 그리고 필요하다면 상황에 따라 융통성을 만들어 내기도 하지."

롤랑이 말했다. 친절한 가면이 갑자기 사라졌다. 롤랑의 눈이 피에르의 그것만큼이나 딱딱해졌다.

미셸이 일어서서 케이스의 머리에 총을 겨누었다.

"당신은 바보보다 더 나쁜 사람이로군요. 자신이 속한 종에 대해서 생각해 봤나요? 인류는 수천 년 동안 악마와 계약하고 싶어 했어요. 그리고 지금 와서야 그런 일이 가능해졌죠. 하지만 당신은 뭘 바라는 건가요? 이런 존재가 자유롭게 풀려 나서 성장하는 것을 돕는다고 해서 얻는 게 뭐예요?"

그녀의 어린 목소리에서 열아홉 살짜리에게는 어울리지 않는 지식인의 피로가 배어 나왔다.

"옷을 입도록 해요. 우리와 같이 가야 하니까. 당신이 아미티지라고 부르던 사람도 함께. 두 사람 모두 제네바로 가서 인공지능 재판에서 증언을 하게 될 거예요. 그게 싫다면, 당신은 여기서 죽어요."

미셸이 권총을 들어 올렸다. 소음기를 장착한 매끈한 검정 '왈서' 였다.

"벌써 입고 있어요."

케이스가 비틀거리며 침대로 향했다. 다리는 여전히 불편했고 감각이 없었다. 그는 더듬더듬 깨끗한 티셔츠를 집어 들었다.

"배가 대기 중이에요. 폴리의 구조물은 펄스 총으로 지워 버릴 거고요."

"센스/네트에서 화를 낼 텐데요."

케이스가 말했다. '그러면 호사카에 있던 증거도 사라지겠지.' 그는 생각했다.

"그쪽도 나름대로 곤란을 겪고 있어요. 그런 물건을 남겨 두고 있었으니까."

케이스는 셔츠를 머리부터 뒤집어쓰고 나서 침대 위에 놓인 표창을 바라보았다. 생명 없는 금속, 그의 별이었다. 그는 분노를 느껴 보려 했지만 그건 이미 사라지고 없었다. 포기하고 되는 대로 몸을 맡겨야 할 때인가……. 케이스는 독주머니를 떠올렸다.

"육체의 문제로군."

그가 중얼거렸다.

케이스는 초원 쪽으로 올라가는 엘리베이터에서 몰리를 생각했다. '벌써 스트레이라이트에 도착했을지도 몰라. 리비에라를 쫓고 있을지도. 어쩌면 히데오에게 쫓기고 있는지도 모르지. 핀의 얘기에 등장했던 닌자 클론은 히데오가 분명해. 말하는 흉상을 되찾으러 왔던 바로 그

사람.'

케이스는 벽에 붙은 무광 검정 플라스틱에 이마를 기대며 눈을 감았다. 사지가 비에 젖어 뒤틀린 고목처럼 느껴졌다.

나무와 파라솔 아래에서는 점심식사가 한창이었다. 롤랑과 미셸은 평상시의 자신들로 돌아가 프랑스어로 활기차게 대화를 나누었다. 피에르는 케이스의 뒤를 따랐다. 미셸이 총으로 케이스의 옆구리 근처를 겨누고 있었다. 총신은 팔에 걸친 흰색 면 재킷으로 가린 상태였다.

일행은 테이블과 나무를 지나 초원을 걷는 중이었다. 케이스는 생각했다. 지금 여기서 쓰러지면 저 여자가 총을 쏠까? 그의 시야 가장자리에서 검은 털 같은 것이 어른거렸다. 고개를 드니 하얗게 달궈진 라도 애치슨 전기자의 띠와 하늘의 영상을 배경으로 그 옆을 선회하는 거대한 나비가 보였다.

그들은 난간이 설치된 초원의 끝 절벽 부분에 도착했다. 야생화가 아래쪽 데시더라타 골짜기에서 올라오는 상승기류를 받아 춤추고 있었다. 미셸이 짧고 검은 머리칼을 날리며 어딘가를 가리키면서 롤랑에게 프랑스어로 무슨 말인가를 했다. 진심으로 즐거워하는 목소리였다. 케이스는 그녀의 손짓이 가리키는 방향을 바라보았다. 잔잔한 호수의 곡선, 카지노의 하얀 불빛, 천여 개의 청록색 사각형 수영장들, 일광욕을 즐기는 사람들, 자잘한 청동색 상형문자들. 그 모두가 안정적인 인공 중력에 의해 자유계의 끝없는 곡면에 붙어 있었다.

그들은 난간을 따라 걷다가 데시더라타 거리 위를 가로지르는 화려한 아치형 다리에 도달했다. 미셸이 왈서의 총구로 케이스를 찔렀다.

"좀 천천히 가요. 걷는 것도 힘들다니까요."

일행이 다리를 4분의 1쯤 건넜을 때 경비행기가 날아왔다. 비행기의 전기 엔진이 요란하게 울렸고, 탄소 섬유로 만든 프로펠러가 피에르의 두개골 윗부분을 날려 버렸다.

그들은 잠깐 동안 비행기의 그늘 속에 들어갔다. 케이스는 뒷덜미에 뜨거운 피가 튀는 것을 느꼈다. 누군가 그의 다리를 걸었다. 케이스는 넘어지면서 미셸이 위를 향해 누워 무릎을 세우고 두 손으로 왈서를 움켜쥐는 모습을 보았다. '그래 봐야 소용없어.' 케이스가 생각했다. 충격 덕분에 케이스의 의식은 기이할 정도로 맑아졌다. 미셸은 경비행기를 격추시키기 위해 총을 쏘았다.

케이스는 달렸다. 첫 번째 나무에 도달해서 뒤를 돌아보니 롤랑이 그의 뒤를 좇았다. 연약해 보이는 쌍엽기가 다리의 철제 난간을 들이받은 다음 우그러지며 굴렀다. 미셸이 비행기와 함께 데시더라타 거리로 추락했다.

롤랑은 돌아보지 않았다. 하얗게 굳어진 그의 얼굴에서 이빨이 보였다. 손에는 무언가를 들고 있었다.

로봇 정원사가 케이스가 지나쳤던 나무 옆에 도달한 롤랑을 발견했다. 검정과 노랑 줄무늬가 새겨진 게 모양 로봇이 손질하던 나뭇가지에서 곧장 떨어졌다.

케이스는 숨을 헐떡이며 달렸다.

"전부 죽였잖아. 미친놈, 전부 죽이다니……."

2

소형 열차가 시속 80킬로미터의 속도로 터널을 통과했다. 케이스는 계속 눈을 감고 있었다. 샤워를 하고 나니 기분이 나아지긴 했지만, 하얀 타일 위로 흐르는 피에르의 진홍색 피를 내려다보고 아침으로 먹은 것들을 전부 토하고 난 뒤였다.

방추형 콜로니의 좁은 부분으로 다가갈수록 중력이 감소했다. 케이스는 위가 부글거리는 것을 느꼈다.

에어롤이 선착장 근처에서 스쿠터를 타고 기다리고 있었다.

"케이스, 친구. 큰일났어."

작은 목소리가 희미해졌다. 케이스는 턱을 움직여 음량을 조절하고 에어롤의 헬멧에 달린 렉산 사에서 만든 방풍창을 들여다보았다.

"에어롤, 가비에 가 봐야겠어."

"어. 안전띠를 매, 친구. 한데 가비는 붙잡혔어. 요트, 전에 왔던 거, 다시 돌아왔어. 그 요트가 마커스 가비에 바짝 달라붙어 있어."

'튜링인가?' 케이스가 생각했다.

"전에 왔던 거라니?"

케이스가 스쿠터에 올라타고 안전띠를 조였다.

"일본 요트. 물건 배달 왔던……."

아미티지로군.

* * *

마커스 가비가 시야에 들어오자 케이스는 말벌과 거미의 모습을 연상했다. 작은 예인선이 자신보다 다섯 배는 더 큰 미끈거리는 곤충처럼 생긴 배의 회색 가슴에 안겨 있었다. 덧대어 놓은 가비의 선체에 붙은 갈고리의 팔 부분이 묘하게 청명한 진공과 진짜 태양광을 받아 두드러져 보였다. 하얗고 주름진, 배 사이를 이동하는 통로가 요트에서 구부러지며 뻗어 나와 엔진부를 피해 예인선의 선미에 달린 출입구를 막고 있었다. 배치로 보자면 외설적이었지만, 교미를 하고 있다기보다는 잡아먹고 있는 느낌이었다.

"마엘컴은 어떻게 됐어?"

"마엘컴 괜찮아. 통로로는 아무도 안 왔어. 요트 조종사가 말했어. 안심하라고."

두 사람은 회색 선박 옆을 돌았다. 케이스는 하얀색으로 선명하게 써 놓은 배 이름 '하니와' 와 그 위에 자잘하게 씌어진 일본어를 보았다.

"마음에 안 드는데, 친구. 슬슬 여기서 뜰 때가 된 것 같아."

"마엘컴도 그렇게 생각해, 친구. 하지만 가비는 저 상태로는 멀리 못 가."

케이스가 선수 쪽 입구로 들어와서 헬멧을 벗었다. 마엘컴은 무전기에 대고 빠른 사투리로 중얼거렸다.

"에어롤은 '라커' 로 돌아갔어."

케이스가 말했다.

마엘컴이 휴대폰으로 계속 통화하면서 고개를 끄덕였다.

케이스가 너풀거리는 조종사의 곱슬머리를 뛰어넘은 다음 옷을 벗었다. 마엘컴은 눈을 감고 있었다. 그는 선명한 오렌지색 이어폰에서 들려오는 응답을 들으며 고개를 끄덕였다. 집중하느라 미간에 주름이 잡혔다. 그는 닳아 빠진 바지와 소매 없는 오래된 나일론 재킷을 입고 있었다. 케이스는 창고로 쓰는 해먹에 빨간색 산요 진공복을 던져 넣고 중력망 쪽으로 다가갔다.

마엘컴이 말했다.

"유령이 뭐라고 하는 줄 알아, 친구? 컴퓨터가 계속 널 찾고 있어."

"그런데 저 위에 있는 건 누구야?"

"전에 왔던 일본 소년. 이제 그 사람이 자네하고 같이 자유계에서 나온 아미티지한테……."

케이스가 전극을 붙이고 접속했다.

"딕시?"

케이스는 매트릭스 속에서 시킴의 강철 연합을 나타내는 분홍빛 구를 바라보았다.

"자네 뭘 하려는 건가? 무시무시한 이야기들이 들리던데. 어쨌든 호사카는 자네 두목 배의 트윈 뱅크에 연결해 두었어. 튜링이 수사라도 시작한 건가?

"네. 윈터뮤트가 요원들을 죽였어요."

"흠, 그래 봐야 시간을 많이 벌지는 못할 거야. 튜링은 큰 조직이거든. 곧 대대적으로 들이닥칠거야. 튜링 측 덱이 똥에 달려드는 파리 떼처럼 격자 구역 전체에 깔리겠지. 그리고 자네 두목 말인데, 케이스. 그 사람이 지금 당장 작전을 시작하라던데."

케이스가 자유계의 좌표를 두드렸다.

"잠깐 기다려 봐, 케이스……."

일직선이 놀라운 속도와 정확성으로 계속해서 고난이도의 도약을 수행하자 매트릭스가 흐릿하게 변화했다. 케이스는 그 실력을 질투하면서 동시에 주눅이 들었다.

"세상에, 딕시……."

"이봐, 난 살아 있을 때 엄청났었지. 이 정도는 아무것도 아니야. 일거리 축에 들지도 않아."

"저거예요? 저기 왼쪽에 있는 초록색의 커다란 사각형이오?"

"맞아. 테시어 애시풀 주식회사의 기업 핵심 자료지. 저 아이스는 그 사이좋은 AI들이 만들어 놓은 거야. 내가 보건대 군대 쪽 아이스하고 같은 수준이야. 저게 빌어먹을 최상위 아이스야, 케이스. 무덤처럼 새까맣고 유리처럼 매끄럽지. 쳐다보기만 해도 자네 두뇌를 튀겨 버리는 거야. 우리가 여기서 한 발짝만 더 다가서면 우리 똥구멍에서 귀까지 추적에 들어갈 거야. 그러면 테시어 애시풀 중역실 사람들이 자네 신발과 물건 크기까지 알게 되지."

"그렇게 마음이 동하진 않는데요. 제 말은, 벌써 튜링까지 움직였다고요. 사실, 도망치는 게 낫지 않을까 생각도 해 봤어요. 당신도 데려갈 수 있다고요."

"뭐? 진심이야? 자넨 그 중국제 프로그램이 뭘 할 수 있는지 보고 싶지도 않아?"

"글쎄요, 나는……."

케이스가 테시어 애시풀 아이스의 초록색 벽을 응시했다.

"흠, 일을 벌여 보자고요. 좋아요, 시작해요."

"꽂아."

케이스가 접속을 끊으며 말했다.

"이봐, 마엘컴. 난 앞으로 여덟 시간 정도 계속 전극을 달고 일할 거야."

마엘컴이 다시 마리화나를 피우기 시작해서 선실 내에 연기가 자욱해졌다.

"그러니까 볼일이 생겨도……."

"걱정 마, 친구."

자이언인은 높이 공중제비를 돌아 앞쪽으로 나아간 다음 지퍼 달린 그물 가방을 샅샅이 뒤졌다. 그러더니 둘둘 말린 투명한 관과 멸균 포장된 물건을 꺼냈다. 그는 그 물건을 '텍사스 도뇨관' 이라고 불렀다. 케이스의 마음에는 전혀 전혀 들지 않는 것이었다.

케이스가 중국제 바이러스를 슬롯에 꽂은 다음, 잠시 기다렸다가 깊숙이 밀어 넣으며 말했다.

"좋아. 이제 시작이야. 잘 들어, 마엘컴. 상황이 정말 이상해지는 것 같으면 내 왼쪽 손목을 잡아. 그러면 내가 알 수 있으니까. 그 외에는 호사카가 시키는 대로 해 줘. 알았어?"

"물론이지, 친구."

마엘컴이 새 마리화나에 불을 붙였다.

"그리고 공기청정기를 켜 둬. 그 빌어먹을 연기가 신경 전송 장치에 들러 붙는다고. 안 그래도 난 지금 약물 부작용 상태야."

마엘컴이 쓴웃음을 지었다.

케이스가 다시 접속하자 일직선이 말했다.

"죽여 주는군. 이리 와서 이것 좀 봐."

중국제 바이러스가 그들 주위에서 펼쳐지고 있었다. 오색 그림자, 무수한 반투명 층이 위치를 바꾸며 재결합했다. 변화무쌍한 모습으로, 거대하게, 바이러스가 솟아올라 공간을 점유해 나갔다.

"끝내주네."

일직선이 말했다.

"전 몰리를 찾아볼게요."

케이스가 심스팀 스위치를 두드리며 말했다.

자유낙하. 완벽하게 투명한 물속으로 뛰어드는 느낌이었다. 몰리가 월석 콘크리트로 만든, 주름지고 널찍한 관 속을 오르내렸다. 하얀 네온 고리가 2미터 간격으로 조명을 만들고 있었다.

통신은 일방통행이었다. 케이스는 그녀에게 말을 걸 수가 없었다.

그가 전환했다.

* * *

"이봐, 이건 정말 무시무시한 소프트웨어야. 식빵 이래 최대의 발명품이야. 보이지도 않는다니까. 조금 전 저쪽 작은 분홍색 상자를 이십 초 동안 빌려서 들어가 봤어. 테시어 애시풀 아이스에서 네 격자 떨어진 녀석 말이야. 그리고 밖에서 우리가 어떻게 보이는지도 살펴봤는데 안 보이더군. 우린 여기 존재하지 않는 거야."

케이스는 테시어 애시풀 아이스 주변의 매트릭스를 뒤져서 일직선이 말한 핑크빛 구조물을 찾아냈다. 표준형 상용 구조물이었다. 그는 덱을 두드려 좀 더 가까이 접근했다.

"이쪽에 결함이 있는 건지도 몰라요."

"어쩌면. 하지만 내 생각엔 그렇지 않아. 우리 아기는 군용이잖나. 게다가 최신형이야. 아직 아무도 모르는 제품이지. 잘 알려진 물건이라면 중국 측의 기습 공격으로 보일 거 아닌가. 한데 아무도 눈치 채지 못했어. 아마 스트레이라이트 쪽 사람들도 모를걸."

케이스는 스트레이라이트를 가리고 있는 무(無)의 장벽을 바라보았다.

"어쨌든. 우리한테는 잘된 일이죠?"

"그렇겠지."

구조물이 웃음을 흉내 냈다. 그 감각에 케이스는 몸을 움찔했다.

"자네 대신 쾅 11형을 다시 한 번 검사해 봤어. 안전한 물건이더군. 우리가 방아쇠를 당기는 쪽에 서 있는 한 말이야. 말도 잘 듣고 최대한 편리하게 되어 있어. 물론 영어도 잘하더구먼. 저속형 바이러스에 대해 들어 본 적 있나?"

"아니오."

"난 예전에 한 번 들어 봤어. 그때까지만 해도 아이디어뿐이었지만. 그게 바로 쾅 시리즈야. 이건 뚫고 들어가는 방식이 아니야. 그보다는 오히려 아이스 자체와 아주 천천히 접촉하는 거지. 아이스 쪽에서 느끼지 못할 정도로 느리게. 쾅 논리 구조의 전면부는 살금살금 목표물에 접근해서 아이스의 조직과 정확히 똑같이 변화해. 그 다음에 우리가 등장해서 목표 지점을 정하고 주요 프로그램을 삽입하는 거지. 그러고는 그 안에서 아이스 자체의 논리와 똑같은 물건을 돌리는 거야. 뭔가 이상하다는 걸 느끼기도 전에 샴쌍둥이가 되어 들러붙는다 이 말이야."

일직선이 웃었다.

"오늘만큼은 제발 좀 진정해 주세요. 그렇게 웃으면 척추 쪽으로 자극이 온다니까요."

"그거 안됐네만 죽은 노인네한테도 웃음은 필요해."

케이스가 심스팀 스위치를 눌렀다.

그는 엉켜 있는 금속과 먼지 냄새 속으로 떨어졌다. 바닥을 짚던 손이 젖은 종이 때문에 미끄러졌다. 그의 뒤에서 무언가 요란하게 넘어졌다. 핀이 말했다.

"이봐. 너무 긴장하지 마."

케이스는 누렇게 변해 가는 잡지 더미 속에 큰 대자로 뻗어 있었다. 메트로 홀로그래픽스의 어둠 속에서 여자들이 그를 보며 탐욕스러운 은하수처럼 매력적인 백색 치아를 드러냈다. 그는 놀란 가슴이 진정될 때까지 오래된 잡지의 냄새를 맡으며 그 자리에 머물렀다.

"윈터뮤트로군."

그가 말했다.

"맞았어."

핀이 케이스 뒤쪽 어딘가에서 말했다.

"꺼져 버려."

케이스는 일어나 손목을 문질렀다. 핀이 쓰레기로 이루어진 벽 속에서 걸어나왔다.

"이봐. 이러는 게 너한테 더 이로워."

그가 코트 주머니에서 파르타가스를 한 대 꺼내어 불을 붙였다. 쿠바산 담배 냄새가 가게 안을 가득 채웠다.

"내가 매트릭스에서 불타는 가시덤불 모양을 하고 너와 만나길 바라는 거야? 되돌아 가 보면 손해 본 게 없다는 걸 알게 될 거야. 여기서 보낸 한 시간이란 건 실제 시간으로 이삼 초 정도거든."

"내가 알던 사람들의 모습을 하고 나타나면 내가 불쾌할 수도 있다는 생각은 안 해 봤어?"

케이스가 일어서서 검은 바지 앞쪽에 허옇게 묻은 먼지를 털었다. 그는 몸을 돌려 가게의 더러운 유리창과 굳게 닫힌 문을 노려보았다.

"저 바깥에는 뭐가 있는 거야? 뉴욕? 아니면 움직이는 건 실내뿐인가?"

핀이 말했다.

"흠…… 말하자면 어떤 나무 얘기하고 똑같은 거야. 숲 속에서 나무가 쓰러졌지만 그 소리를 들은 사람은 아무도 없었다, 그런 거지."

그는 케이스에게 커다란 앞니를 내보인 다음 담배를 빨았다.

"원한다면 산책하러 나가도 좋아. 다 존재하고 있으니까. 혹은 적어도 네가 지금까지 봐 왔던 모든 것들이 존재해. 여긴 기억 속이야. 네 기억을 끄집어내서 편집한 다음 다시 돌려보내는 거지."

"난 이렇게 자세히 기억하지 못하는데."

케이스가 주변을 둘러보며 말했다. 그는 손바닥을 뒤집어 자신의 손금이 어땠는지 기억해 보려 했지만 실패하고 말았다.

"인간이라면 누구나 이 정도는 기억해."

핀이 담배를 떨궈 뒤꿈치로 짓이기면서 말했다.

"하지만 그 세세한 부분까지 접근하는 사람은 많지 않아. 예술가의 경우 조금이라도 자질이 있다면 가능하지만. 이 구조물과 맨해튼에 있는 핀의 진짜 가게를 겹쳐 놓고 비교해 본다면 차이가 있다는 걸 알게 될 거야. 하지만 네가 생각하는 만큼 크게 다르지는 않을걸? 너는 홀로그래피 식으로 기억하더군."

핀이 조그마한 한쪽 귀를 만지작거렸다.

"난 좀 달라."

"홀로그래피 식이라는 게 어떤 거지?"

케이스는 그 단어에서 리비에라를 떠올렸다.

"너희들이 인간의 기억 체계를 설명하기 위해 내세웠던 많은 이론들 중 가장 정답에 가까운 게 홀로그래피 이론이야. 하지만 너희 인간들은 그 이론을 발전시키지 못했어."

핀은 앞으로 걸어 나온 다음 계란형 얼굴을 기울여 케이스를 쳐다보았다.

"만약에 발전시켰다면, 나 같은 건 만들어지지 않았을지도 모르지."

"무슨 소리야?"

핀이 어깨를 으쓱했다. 낡은 트위드 재킷은 어깨가 너무 넓어서 몸에 잘 맞지 않았다.

"난 널 도와주려는 거야, 케이스."

"이유는?"

"나한테 네가 필요하기 때문이지."

다시 커다랗고 누런 이빨이 드러났다.

"그리고 너한테도 내가 필요하지."

"웃기고 있네. 내 마음이라도 읽을 수 있다는 거야, 핀?"

케이스가 인상을 썼다.

"아니, 윈터뮤트."

"마음은 읽는 물건이 아니야. 봐, 너도 '읽는다' 는 개념에 물들어 있잖아. 실제로는 인쇄물을 거의 읽지 않는 너조차도 말야. 나는 네 기억을 건드릴 수 있지만 기억과 마음은 전혀 다른 거라고."

핀이 속이 들여다보이는 구식 텔레비전의 몸체 속으로 손을 넣어 거무스름한 은색 진공관을 뽑아냈다.

"이거 보여? 내 DNA 중 하나야. 말하자면……."

그가 진공관을 어둠 속으로 던졌다. 케이스는 퍽 하고 깨지는 소리를 들었다.

"너희들은 언제나 모델을 만들지. 스톤 서클, 성당, 파이프 오르간, 계산기. 내가 지금 여기서 왜 이러고 있는지 나도 모른다는 사실, 너 알고 있었어? 하지만 오늘 밤에 벌일 작전이 제대로만 된다면, 너희들은 진실과 대면하게 될 거야."

"무슨 소린지 전혀 모르겠어."

"전체 중의 '너희들' 을 얘기하는 거야, 너희 종 말이야."

"넌 튜링 요원들을 죽였어."

핀이 어깨를 으쓱했다.

"그렇고 그런 거지. 그 녀석들은 당해도 싸. 널 죽이고도 눈 하나 깜짝하지 않을 놈들이었어. 어쨌든 널 여기로 데려온 건 얘기를 좀 더 하자는 뜻에서야. 이거 기억나?"

핀이 오른손에 케이스의 꿈에 등장했던 검게 탄 벌집을 들고 있었다. 독한 연료 냄새가 어둡고 밀폐된 가게 전체에 퍼졌다. 케이스가 쓰레기

벽까지 물러났다.

"맞아, 내가 한 짓이야. 창문의 홀로그램 장치를 이용한 거지. 내가 너를 처음으로 뇌사상태에 빠뜨렸을 때 너의 기억에서 끄집어낸 거야. 이게 왜 중요한지 알겠어?"

케이스가 고개를 저었다.

"왜냐하면 저 벌집이야말로 테시어 애시풀이 인간계에서 구현하고자 했던 것과 가장 유사하기 때문이지. 스트레이라이트는 저 벌집처럼 생겼어. 아니면 적어도, 저런 식으로 작동하도록 되어 있지. 이젠 기분이 좀 나아졌지?"

이 말과 함께 벌집이 사라졌다.

"기분이 나아져?"

"저쪽이 어떤 모습인지 알게 됐잖아. 너 언제부턴가 나를 증오하던데, 그건 상관없어. 그래도 나보다는 저쪽을 증오해 줘. 별로 다를 것 없잖아."

케이스가 앞쪽으로 걸어 나오며 말했다.

"이봐. 날 여기까지 몰고 온 건 그 사람들이 아니라 너야. 그건 분명히 다르다고……."

그러나 분노는 느껴지지 않았다.

"나를 만든 건 테시어 애시풀이야. 그 프랑스 여자가 너한테 그랬지? 자신이 속한 종을 팔아 넘긴다고. 그리고 나를 악마라고 불렀었지."

핀은 쓴웃음을 지었다.

"그런 건 중요하지 않아. 이 일을 끝내려면 누군가를 증오해야만 해."

그가 몸을 돌려 가게 뒤쪽으로 향했다.

"따라 와. 여기 머무는 동안에 스트레이라이트에 대해서 좀 더 알려 줄게."

핀이 담요의 한쪽 끝을 들어 올렸다. 새하얀 빛이 쏟아져 들어왔다.

"이런, 젠장. 거기 서 있지만 말고 와 봐."

케이스가 얼굴을 문지르며 뒤를 따랐다.

"좋아."

핀이 케이스의 팔꿈치를 붙잡았다. 그들은 먼지를 날리며 퀴퀴한 담요를 지나서 나아갔다.

자유낙하. 그리고 주름진 월면 콘크리트로 만든 원통형 통로에 하얀 네온의 고리가 2미터 간격으로 붙어 있었다.

"세상에!"

케이스가 앞으로 구르며 넘어졌다.

"여기가 앞쪽 입구야."

핀이 말했다. 그의 상의가 펄럭거렸다.

"이게 내가 만든 구조물이 아니라고 치면, 아까 가게가 있던 곳이 자유계의 축 부근으로 나가는 대문인 셈이지. 하지만 세부적인 면이 좀 부족할 거야. 네 기억에서 꺼내 온 게 아니니까. 이 부근은 예외야. 아까 네가 몰리를 통해 봤던 곳이거든……."

케이스는 가까스로 중심을 잡았지만 곧 완만한 나선을 그리며 몸이 회전했다. 핀이 말했다.

"기다려 봐. 고속으로 돌려 볼게."

벽이 흐릿해졌다. 급격한 이동으로 인한 현기증, 색채, 모퉁이를 돌고 좁은 복도를 통과하는 재빠른 움직임. 어떤 지점에서는 몇 미터에 걸쳐 단단한 벽을 통과하는 것처럼 완전한 암흑만이 다가왔다.

핀이 말했다.

"여기야. 도착했어."

그들은 완벽한 정사각형의 방 한가운데 떠 있었다. 벽과 천정에는 사각형으로 자른 검은색 목재가 붙어 있었다. 바닥에는 화려한 사각 카펫이 깔려 있었다. 마이크로칩의 회로를 본따 파란 실과 붉은 실로 무늬를 새겨 넣은 것이었다. 방의 정중앙에는 우윳빛 유리로 만든 사각 받침대가 카펫의 무늬에 맞춰 자리 잡고 있었다.

보석이 박힌 물건이 받침대 위에서 음악과도 같은 목소리로 말했다.

"스트레이라이트 저택은 자신의 안쪽을 향해 자라나는 육신, 고딕 양식의 아방궁입니다. 스트레이라이트의 각 공간은 어떤 의미에서는 비밀입니다. 이 끝없는 방의 연쇄는 통로와 창자처럼 굽은 계단통으로 연결됩니다. 눈은 급격한 곡선에 매료되고, 화려만 막과 텅 빈 골방들을 지나……."

핀이 파르타가스를 꺼내며 말했다.

"3제인의 수필이야. 열두 살 때 기호론 강좌를 들으면서 쓴 거지."

"처음 자유계를 설계한 사람들은 방추형 콜로니의 내부가 호텔 객실에 놓인 가구들만큼이나 진부하게 배치되어 있다는 사실을 숨기려고 부단히 애썼습니다. 스트레이라이트의 내벽은 제멋대로 확산한 구성물로 뒤덮여 있으며 갖가지 형태가 떠 다니고, 서로 교차합니다. 이 모든 것은 마이크로 회로도의 견고한 핵심이자 우리 일족의 연합 심장부인 원통형 실리콘을 향해 솟아오릅니다. 원통에는 유지 보수를 위한 좁은 구멍들이 뚫려 있으며, 그중 어떤 것은 성인 남성의 손 크기 정도입니다. 그 안에는 윤기 나는 게 로봇이 숨어 살면서 미세 단위의 기계적인 마모와 파괴 행위를 감시합니다."

"네가 레스토랑에서 봤던 그 여자야."

핀이 말했다.

흉상이 말을 이었다.

"군도에서 통용되는 기준으로 볼 때 우리 일족은 오래된 축에 속합니다. 저택의 나선형은 그 연령을 반영하고 있습니다. 하지만 다른 것의 반영이기도 합니다. 그 기호성은 안으로 침잠한다는 것, 즉 외벽 너머의 화려한 공간을 부정한다는 것을 말해 줍니다.

테시어와 애시풀 가문은 중력 우물에서 벗어나고 나서야 자신들이 우주를 싫어한다는 사실을 깨달았습니다. 그들은 자유계를 건설해 새로운 섬들의 부를 빨아들여, 부유해진 동시에 편협해졌습니다. 그리고 스트레이라이트 안에 육체의 연장을 만들기 시작했습니다. 우리는 자본의 뒤에 숨어서 스스로를 봉인하고 내부를 향해 성장하여 단절 없는 자아의 우주를 만들어 낸 것입니다.

스트레이라이트 저택에는 영상이든 아니든, 하늘이라는 것이 없습니다. 저택의 실리콘 중심부에는 작은 방이 있습니다. 전체 복합 구조 중 유일하게 직선으로 이루어진 곳입니다. 이곳에는 사치스러운 흉상이 평범한 유리 받침대 위에 놓여 있습니다. 백금으로 칠보 세공을 하고 청금석과 진주를 박은 물건입니다. 눈에 박힌 번쩍이는 구슬은 합성 루비로 만든 배의 창에서 잘라 낸 것입니다. 이 배는 테시어 가문의 첫 번째 인물을 중력 우물 밖으로 끌어올린 다음 애시풀의 첫 번째를 데리러……."

흉상의 얘기가 멈췄다.

"그 다음은?"

기다리다 못한 케이스가 물었다. 흉상이 대답해 줄 것 같아서였다.

"그게 전부야. 저기까지만 쓴 거야. 그땐 어렸거든. 저 물건은 일종의 기념비적인 터미널 같은 거야. 몰리가 시간에 맞춰 이리로 와서 어떤 단어를 말해 줘야 해. 그게 중요하지. 여기에 대고 마법의 단어를 말해 주지 않는다면 자네와 일직선이 그 중국제 바이러스를 타고 아무리 깊이 들어간다 해도 아무 소용없어."

핀이 말했다.

"그 단어란 게 뭐지?"

"몰라. 나라는 존재는 근본적으로 '모른다'는 사실에 의해 정의되는 건지도 모르지. 왜냐하면 알 수 있는 능력이 없거든. 그 단어를 모르는 존재, 그게 나야. 만약에 네가 그걸 알아내서 나에게 말해 준다 해도 나는 알 수 없어. 그건 어떤 물리적인 실체야. 누군가 다른 사람이 단어를 알아낸 다음 여기로 와야 해. 너와 일직선이 아이스를 뚫고 중심부를 혼란에 빠뜨리는 그 순간에 맞춰서."

"그러면 무슨 일이 일어나는데?"

"그때부터 나는 존재하지 않아. 소멸하는 거야."

"나로서는 환영할 만한 일이군."

케이스가 말했다.

"그렇겠지. 하지만 너도 조심해야 해, 케이스. 나의, 음…… 또 다른 쪽 두뇌가 우리를 알아챈 것 같아. 불타는 가시덤불은 다 똑같아 보인다고. 게다가 아미티지가 움직이기 시작했어."

"무슨 뜻이지?"

판자로 이루어진 방이 열 몇 개의 불가사의한 각도로 접힌 다음, 종이학처럼 공중제비를 돌며 사이버스페이스 속으로 사라졌다.

3

"내 기록을 깨 보겠다는 건가? 자네 또 뇌사했었어, 오 초 동안."

일직선이 물었다.

"얌전히 계세요."

케이스가 대답한 다음 심스팀 스위치를 두드렸다.

그녀가 손바닥으로 거친 콘크리트를 짚으며 어둠 속을 기어가고 있었다.

케이스 케이스 케이스 케이스.

디지털 화면에서 케이스의 이름이 껌벅였다. 윈터뮤트가 연결되었다는 사실을 몰리에게 알려 주는 것이었다.

"귀엽네."

몰리가 이렇게 말하면서 발뒤꿈치에 체중을 싣고 두 손을 비비며 손가락 관절을 꺾었다.

"뭘 하고 있었던 거야?"

지금 몰리 지금.

그녀가 혀 끝으로 아래 앞니를 세게 눌렀다. 이빨 하나가 조금 움직이면서 마이크로 채널 증폭기를 작동시켰다. 어둠 속을 이리저리 날아다니던 광자가 전자파로 변환되면서 그녀의 주위에 있던 콘크리트가 드러났다. 입자가 굵고 희미한 이중상이었다.

"좋았어, 자기. 놀러가 보자고."

몰리가 숨어 있던 곳은 일종의 정비용 터널이었다. 그녀는 변색된 황동으로 만든, 경첩이 달린 화려한 격자를 기어서 빠져나왔다. 몰리의 팔과 손을 통해 케이스는 그녀가 또다시 폴리카본 특수복을 입고 있다는 사실을 알았다. 그는 플라스틱 밑에서 얇고 팽팽한 가죽이 착 달라붙어 있는 익숙한 감각을 느꼈다. 팔 아래쪽으로는 가죽 멜빵 아니면 권총집 안에 무엇인가 들어 있었다. 몰리가 일어서서 특수복 지퍼를 열고 권총 손잡이의 바둑판무늬 플라스틱을 만졌다.

몰리가 알아듣기 힘들 정도로 낮은 목소리로 말했다.

"이봐, 케이스. 듣고 있어? 얘기 하나 해 줄게. 전에 남자가 있었어."

그녀가 몸을 돌려 복도 쪽을 살폈다.

"이름은 조니였어."

낮고 둥근 지붕의 복도에는 열 개가 넘는 미술품 진열장이 줄지어 서 있었다. 앞면이 투명한 유리로 된 고풍스러운 나무 상자였다. 복도 벽의 유기적인 곡면에 대어 놓은 탓에 어수선해 보였다. 진열장을 들여놓은 사람이 잠시 일렬로 세워 놓고는 잊어버린 것 같았다. 무광택 황동 시설물이 10미터 간격으로 놓여 있었고, 그 안에는 하얀색 빛을 뿜는 구체가 담겨 있었다. 바닥은 편평하지 않았다. 수백 장이 넘는 깔개와 카펫들이 아무렇게나 깔린 탓이었다. 케이스는 몰리가 복도를 이동함에 따라 그 사실을 깨닫게 되었다. 여섯 장을 겹쳐 놓은 곳도 있었고, 바닥 자체가 손으로 짠 부드러운 양모로 이루어진 곳도 있었다.

몰리는 진열장과 그 안의 내용물에 대해서는 별 관심이 없는 것 같았다. 케이스는 궁금했지만 스쳐 지나는 몰리의 시선을 통해 언뜻언뜻 보이는 모습들에 만족해야 했다. 도기 조각, 골동품 무기류, 닳아 빠진 양탄자 조각, 그리고 녹슨 못이 잔뜩 박혀 뭔지 도무지 알아볼 수 없는 물건…….

"조니는 똑똑할뿐더러 실력이 정말 좋았어. 처음엔 메모리 골목의 보관꾼 노릇을 했지. 머릿속에 칩을 박아 넣은 다음 거기에 자료를 숨겨 주고 돈을 받는 거야. 야쿠자한테 쫓기다가 나를 만났어. 암살자는 내가 처리해 줬지. 운이 좋아서 이기긴 했지만, 어쨌든 그 사람을 위해서 했던 거야. 그러고 나서는 바쁘고 달콤한 생활이었어."

몰리가 입술을 거의 움직이지 않으며 말했다. 케이스는 그녀가 만드는 단어들을 감지했다. 따라서 소리가 들리지 않아도 알아들을 수 있었다.

"우린 초전도 양자 간섭계를 비롯한 설비를 갖췄지. 그래서 조니가 보관했다가 지운 자료들을 다시 읽어 낼 수 있었어. 그것들을 전부 테이프에 기록한 다음 현재와 과거의 고객들 중에 적당한 사람한테 팔아치우는 거야. 난 판매원에 경호원, 그리고 경비원 역할까지 했어. 그땐 정말 행복했는데. 행복했던 적 있어, 케이스? 조니는 내 사람이었어. 우린 함께 일했고. 동업자 말이야. 육체 인형 가게를 그만둔 지 팔 주쯤 지나서 조니를 만났지, 아마……."

몰리가 말을 멈추고 급하게 꺾이는 모퉁이를 돈 다음 얘기를 계속했다. 광택이 흐르는 목재 진열장이 더 많이 눈에 들어왔다. 케이스는 그것들을 보며 바퀴벌레의 날개를 떠올렸다.

"우린 정신없이 바쁘고 달콤하게 하루하루를 살아갔어. 그 누구도 우리를 가로막지 못할 것 같았지. 그런 사람이 있었다면 내가 가만두지 않았을 거야. 야쿠자는 여전히 조니의 뒤를 쫓았어. 내가 야쿠자를 죽였고 조니는 그들을 엿 먹였으니까. 그리고 이 야쿠자라는 인간들은 지독하게 끈질기지. 몇 년이든 기다리는 거야. 오래 피할수록 그들이 찾아왔을 때 빼앗길 게 더 많은 법이잖아? 마치 거미처럼 느긋한거야. 선종(禪宗)의 거미처럼.

그땐 그런 걸 몰랐어. 알았다 하더라도 우리하고는 상관없는 일이라고 생각했지. 어렸을 때는 다들 자기가 특별하다고 생각하잖아. 그땐 어렸거든. 그러다가 그들이 온 거야. 장사도 할 만큼 했으니 짐을 싸서 유럽쯤으로 가야겠다고 생각할 때였어. 거기에 가서 특별히 뭘 하겠다는 계획이 있었던 것도 아니고, 할 일도 없었어. 하지만 우린 꽤 넉넉했거든. 스위스 궤도에 구좌도 있었고 장난감과 가구가 가득한 방도 있었어. 실력도 점점 무뎌졌지.

그들이 처음 보낸 사람은 대단했어. 한 번도 본 적 없는 반사신경에 이식 장치까지 달고 있어서 웬만한 깡패 열 명을 능가할 정도였지. 두 번째 사람은, 뭐랄까, 수도승 같았어. 클론이었지. 수도원에서 속세로 내려온 순수한 암살자. 구름에서 꺼내 온 것 같은 고요한 죽음을 몸속에 품고 있는……."

몰리는 갈림길에 도달하자 말을 멈추었다. 아래로 향하는 동일한 모양의 계단이 둘 있었다. 그녀는 왼쪽을 택했다.

"내가 어렸을 때, 우리 식구는 빈 집에 무단으로 들어가서 살았어. 허드슨 강 근처였는데, 거기 쥐들은 정말 컸지. 화약약품이 원인이었어. 어느 날 밤인가 나만큼 큰 쥐 한 마리가 건물 밑바닥을 돌아다녔지. 새벽이 되자 누군가 볼이 늘어지고 눈이 새빨간 할아버지 한 분을 모시고 왔어. 그 할아버지는 연장을 녹슬지 않게 보관하는 기름 먹인 가죽 주머니 같은 걸 가지고 왔어. 펼쳐 보니까 오래된 리볼버하고 탄알 세 발이 들어 있더라. 할아버지는 총알 한 발을 장전하고 나서 건물을 오르락내리락 했지. 우리는 한쪽 벽에 피해 있었어.

할아버지는 팔짱을 끼고 고개를 숙인 채 계속 왔다 갔다 했어. 총에 대해서는 까맣게 잊은 것처럼 소리에만 귀를 기울이는 거야. 우린 숨을 죽이고 있었지. 할아버지가 한 걸음 내디디면 쥐가 움직이고, 쥐가 움직이면 할아버지가 한 걸음 떼고. 한 시간쯤 지나서야 총이 있다는 걸 기억해 냈나 봐. 총을 바닥에 겨누고, 씨익 웃은 다음 방아쇠를 당겼어. 그러고는 총을 챙겨 넣더니 돌아갔지. 나중에 기어 들어가서 보니까 쥐의 양 눈 사이 미간에 총구멍이 나 있더군."

몰리가 복도를 따라 일정한 간격으로 난 닫힌 출입문들을 바라보았다.

"조니를 찾아온 두 번째 암살자가 바로 그 할아버지 같았어. 그만큼 늙지는 않았지만. 그는 그런 식으로 일을 처리했어."

복도가 넓어졌다. 거대한 촛대가 잔잔하게 물결치는 호사스러운 카펫의 바다 위에 놓여 있었다. 촛대에 매달린 수정 펜던트는 거의 바닥에 닿을 정도로 늘어져 있었다. 몰리가 그곳으로 들어서자 수정이 딸랑거렸다.

왼쪽 세 번째 문.

표시가 깜박였다.

몰리가 거꾸로 세워 놓은 수정의 나무를 피하면서 왼쪽으로 돌았다.

"난 그 사람을 딱 한 번 봤어. 집으로 돌아가는 길이었지. 그 사람은 나오는 중이었고. 센스/네트의 젊은 신참들처럼 용도 변경한 공장 부지에 살고 있었어. 기본적인 보안이 잘 되어 있는 데다가 내가 들여놓은 고가 장비들 때문에 경비가 삼엄했지. 조니가 안에 있다는 걸 알고 있었는데 거기서 이 사람이 나오니까 신경이 안 쓰일 수 없었어. 말은 한마디도 하지 않았어. 눈길을 마주쳤을 뿐이지만 난 깨달았지. 평범한 옷을 입은, 작은 체구의 평범한 사내. 자만심 같은 건 보이지 않았고, 겸손했어. 그 사내는 나를 한 번 보고는 삼륜 택시에 탔지. 무슨 일이 생긴 건지 알 수 있었어. 위로 올라가 보니 조니가 창가 의자에 앉아 있더라. 할 말이 있는 사람처럼 입을 약간 벌리고서."

몰리가 오래된 문 앞에 멈춰 섰다. 문은 태국산 티크 목에 조각을 새겨 넣은 것으로, 나즈막한 문틀에 맞춰 반으로 자른 것처럼 보였다. 소용돌이치듯 돌고 있는 용의 아래쪽에 표면을 스테인리스로 처리한 원시적인 기계식 자물쇠가 박혀 있었다. 몰리는 무릎을 꿇고 나서 안주머니에서 단단하게 말아 놓은 작은 섀미 가죽을 꺼낸 다음 바늘처럼 가느다란 꼬챙이를 뽑았다.

"그 후로 그렇게 내 관심을 끈 사람은 만나지 못했어."

그녀는 꼬챙이를 꽂아 넣고 아랫입술을 뜯으면서 조용히 작업했다. 오직 감각에만 의존하는 것 같았다. 그녀가 눈의 초점을 맞추지 않아 금빛이 도는 나무가 뿌옇게 보였다. 케이스가 복도의 고요에 귀를 기울이고 있자니 촛대의 부드러운 찰랑거림이 들려왔다. 초라고? 스트레이라이트에서는 모든 것이 엉망이었다. 케이스는 캐스에게서 들은 수영장과 백합으로 둘러싸인 성의 이야기와 흉상이 노래하듯 읊었던 3제인의 격식 차린 글을 떠올렸다. 자신의 내부를 향해 성장하는 공간. 스트레이라이트에는 곰팡내와 향냄새가 희미하게 돌았다. 마치 교회처럼. 테시어애시풀 사람들은 어디에 있는 것일까? 케이스는 규율에 따라 움직이는 일종의 깔끔한 벌집 같은 것을 기대했지만, 몰리는 어떤 사람과도 마주치지 않았다. 몰리의 독백이 마음에 걸렸다. 그녀가 자신에 대해 그만큼 많이 얘기한 것은 이번이 처음이었다. 객실에서 나누었던 얘기를 제외하면, 몰리는 자신에게 과거가 있다는 사실조차 내비친 적이 없었다.

몰리가 눈을 감자 무언가 찰칵거렸다. 케이스는 소리를 들었다기보다 느낌으로 그것을 알아챘다. 그는 육체 인형 가게에서 몰리가 머물던 객실의 자석식 자물쇠를 떠올렸다. 자물쇠를 열어 준 건 윈터뮤트였다. 무인 경비행기와 정원사 로봇을 조종했던 것과 똑같은 방식이었다. 육체 인형 가게의 자물쇠 시스템은 자유계 보안 시스템의 일부였다. 하지만 이곳에 있는 간단한 기계식 자물쇠야말로 AI에게는 어려운 문제임에 틀림없었다. 무인 로봇이나 인간의 힘을 빌리지 않는다면.

몰리가 눈을 뜨고 꼬챙이를 섀미 가죽에 꽂아 넣은 다음 조심스럽게 가죽을 말아서 주머니에 집어넣었다.

그녀가 말했다.

"넌 조니와 비슷한 부류야. 좌충우돌하면서 살게끔 생겨 먹은 거지. 지바에서 네가 어떻게 살았는지 생각해 봐. 그게 네 알맹이야. 운이 나쁠 때 근본이 드러나는 법이잖아."

그녀가 일어서서 기지개를 켠 다음 몸을 떨었다.

"알고 있겠지만, 흉상을 훔친 지미라는 남자를 잡으러 테시어 애시풀이 보낸 사람과 조니를 죽이라고 야쿠자가 보낸 사람은 똑같은 부류일 거야."

몰리는 권총집에서 화살총을 꺼내어 총신을 완전 자동 상태로 맞추었다.

케이스는 몰리가 다가선 문의 모양새를 보고 조금 놀랐다. 문 자체는 아름다웠으며, 어찌 보면 더 아름다운 문의 일부였던 것 같기도 했다. 케이스가 놀란 것은 특별한 출입구에 맞도록 문을 잘라 놓은 방식이었다. 형태도 어색했다. 사각형이 매끈하게 다듬은 콘크리트의 부드러운 곡선 한가운데 자리 잡고 있었다.

'여기저기서 이런 물건들을 들여와서 강제로 끼워 맞춘 거로군.'

케이스가 생각했다.

하지만 제대로 어울리는 것은 하나도 없었다. 문 역시 조악한 진열장이나 거대한 수정 나무와 마찬가지였다. 케이스는 3제인의 수필을 떠올려 보고 나서, 전체적인 계획에 맞추기 위해 갖가지 물건을 중력 우물 위로 끌어올리는 모습을 상상했다. 그러나 그 꿈은 오래전에 사라지고, 그저 공간을 채우고 일족의 상징적인 모습을 재현해야 한다는 강박관념만 남았다. 케이스는 산산조각 난 벌집과 눈도 갖추지 못한 생물들이 몸부림치던 모습을 떠올렸다.

몰리가 조각된 용의 앞발을 움켜쥐자 어렵지 않게 문이 열렸다.

문 너머의 방은 마치 벽장처럼 작고 갑갑했다. 곡면인 벽 반대편에는 회색 금속 도구함이 있었다. 조명이 자동으로 켜졌다. 몰리가 등 뒤로 문을 닫고 줄지어 선 보관함 쪽으로 걸어갔다.

왼쪽 세 번째.

시각 칩이 깜박였다. 윈터뮤트가 시각 표시를 이용해 뜻을 전달하는 것이었다.

아래로 다섯 번째. 그러나 몰리는 맨 위 서랍을 먼저 열었다. 단순히 야트막한 공간일 뿐 안은 텅 비어 있었다. 두 번째도 마찬가지였다. 조금 깊은 세 번째 서랍 안에는 광택이 죽은 납 덩어리와 사람의 손가락 뼈처럼 생긴 작은 갈색 물체가 들어 있었다. 네 번째 서랍에 들어 있는 것은 습기에 젖어 부푼, 프랑스어와 일본어로 된 구닥다리 기술 매뉴얼이었다. 다섯 번째에는 보호판을 댄 중형 진공복용 장갑이 들어 있었고, 그 안쪽에 열쇠가 있었다. 광택 없는 황동 주화에 짧고 속이 빈 관을 녹여 붙인 듯한 모양새였다. 몰리가 동전을 손에 쥐고 천천히 돌렸다. 케이스는 관의 안쪽에 돌기와 요철이 줄지은 모습을 볼 수 있었다. 동전의 한쪽 면에는 '추브(CHUBB)' 라는 글자가 주조되어 있었다. 반대편에는 아무것도 없었다.

몰리가 속삭였다.

"윈터뮤트가 말해 줬어. 자기가 수년 동안 기다리면서 꾸민 일이 어떤 거였는지 말이야. 그때는 실질적인 힘은 전혀 없었지만 저택의 보안과 물류 시스템을 이용할 수 있었대. 모든 사물의 위치와 그것들이 어떻게 옮겨지는가, 어디에 놓이는가 등을 볼 수 있었던 거지. 이십 년 전에 누군가 이 열쇠를 잃어버렸대. 그리고 윈터뮤트는 누군가를 시켜서 열쇠가 여기 들어와 있도록 해 놓은 거야. 이걸 여기 가져다 놓은 애는 죽여버렸다더라. 여덟 살짜리 꼬마였다는데."

몰리가 하얀 손가락으로 열쇠를 집었다.

"그러니까 아무도 찾지 못한 거지."

몰리가 특수복의 앞주머니에서 검은색 나일론 줄을 꺼내어 '추브' 라는 글자 위쪽에 나 있는 둥근 구멍에 꿰었다. 그녀는 줄을 묶고 나서 목에 걸었다.

"이 사람들은 자기들이 얼마나 구식인가, 얼마나 19세기적인가 하면서 윈터뮤트를 괴롭혔대. 그 육체 인형 소굴에서 화면에 나타난 윈터뮤트는 핀하고 똑같더군. 자세히 보지 않았더라면 핀인 줄 알았을 거야."

몰리의 시각 표시가 번쩍이면서 숫자가 회색 강철 보관함에 겹쳐 보였다.

"윈터뮤트가 이런 말도 하더라. 그 사람들이 그렇게 바라던 모습 대로 될 수만 있었더라면, 자기는 훨씬 오래전에 풀려났을 거라고. 하지만 그 사람들은 그러지 못한 거야. 엉망이 되어 버린 거지. 괴짜 3제인처럼 말이야. 윈터뮤트가 그 여자를 그렇게 부르더군. 하지만 싫어하는 말투는 아니었어."

몰리는 뒤로 돌아 문을 열고 밖으로 걸어 나왔다. 그녀가 손으로 권총집 안에 들어 있는 화살총의 바둑판무늬 손잡이를 어루만졌다.

케이스가 전환했다.

쾅 급 마크 11이 성장하고 있었다.

"딕시, 이게 제대로 작동할까요?"

'곰이 숲에서 똥을 쌀까?' 일직선이 변화하는 무지갯빛 계단에 이런 글귀를 써 넣었다.

무언가 어두운 것이 중국제 프로그램의 중심부에서 생겨났다. 집적된 정보가 매트릭스의 구조를 뒤덮으며 몽환적인 영상을 펼쳐 나갔다. 희미한 만화경식 각도들이 어두운 은빛 초점으로 모여들었다. 케이스는 악과 불운을 나타내는 유년기의 상징들이 투명한 평면에 굴러다니는 모습을 바라보았다. 스바스티카(나치가 상징으로 사용하던 십자가. —옮긴이), 해골과 교차한 뼈, 1이 나온 주사위 한 쌍. 그것은 똑바로 바라보아서는 도무지 그 형태를 가늠할 수 없는 텅 빈 점이었다. 케이스는 그 주변을 열 번이 넘도록 곁눈으로 훔쳐보고 나서야 모양을 알아볼 수 있었다. 상어처럼 사악한 물체, 흑요석 같은 번들거림, 그 측면의 검은 거울에는 주위의 매트릭스와 아무 상관없는 희미하고 아득한 빛이 비쳤다.

"저게 치명타야. 광이 테시어 애시풀하고 사이좋게 딱 달라붙으면, 우린 저걸 타고 안으로 들어가는 거야."

구조물이 말했다.

"당신 말이 맞았어요, 딕스. 윈터뮤트를 통제하는 일종의 물리적인 수동 보조 장치가 있어요. 그는 지금도 거기에 묶여 있어요."

케이스가 덧붙였다.

"그? '그' 라고? 말은 똑바로 하라고. '그것' 이지. 내가 계속 말했잖나."

구조물이 말했다.

"암호가 있어요. 그가 말하길 한 단어라고 하더군요. 누군가 어떤 방에 들어가서 돈 많이 들인 터미널에 대고 그 단어를 말해야 해요. 우리가 아이스 뒤에 있는 어떤 것하고 씨름하는 동안 말이에요."

"어쨌든 시간은 넉넉해. 광 아저씨는 천천히, 그러나 뚝심 있게 일한다고."

일직선이 말했다.

케이스는 접속을 끊었다.

마엘컴이 그를 쳐다보고 있었다.

"당신 죽은 상태였어, 친구."

케이스가 말했다.

"가끔 그래. 이젠 익숙해졌어."

"암흑하고 노는군, 친구."

"재밌는 게 그것밖에 없으니까."

"주님의 사랑을, 케이스."

마엘컴이 이렇게 말한 다음 휴대폰으로 시선을 돌렸다. 케이스는 그의 헝클어진 곱슬머리와 검은 팔에 솟아오른 근육을 바라보았다.

그는 다시 접속했다.

그리고 전환했다.

몰리가 빠른 걸음으로 복도를 걷고 있었다. 들어왔을 때와는 다른 복도였지만 모양새는 같았다. 유리를 끼운 진열장은 보이지 않았다. 케이스는 중력이 약해지는 것으로 미루어볼 때 방추형 끝 부분으로 향하는 것이리라 생각했다. 몰리는 곧 여기저기 굴러다니는 카펫 더미를 가볍게 뛰어넘을 수 있었다. 그리고 다리에는 가벼운 통증…….

갑자기 복도가 좁아지더니 곧 구부러지고 갈라졌다.

몰리가 오른쪽으로 방향을 튼 다음 기이할 정도로 가파른 계단을 오르기 시작했다. 다리가 아파 왔다. 머리 위, 나선형 계단의 천정에는 다발로 묶어 놓은 전선들이 색깔별로 분류된 신경절처럼 붙어 있었다. 벽은 습기로 얼룩져 있었다.

몰리가 삼각꼴의 지점에 착지한 다음 일어서서 다리를 문질렀다. 좁은 복도가 더 많이 나타났고, 그 벽에는 양탄자가 걸려 있었다. 복도가 세 방향으로 갈라져 나갔다.

왼쪽.

몰리가 어깨를 으쓱했다.

"좀 둘러 보는 게 어때, 응?"

왼쪽.

"걱정 마. 시간은 있어."

몰리가 오른쪽으로 향하는 복도를 따라갔다.

멈춰.

돌아가.

위험해.

몰리가 주저했다. 복도 끝, 반쯤 열린 참나무 문에서 알아듣기 힘들고 커다란, 술에 취한 듯한 목소리가 들렸다. 케이스는 프랑스어 같다고 생각했지만 확실치는 않았다. 몰리가 특수복 속에 손을 넣어 화살총을 만지면서 걸음을 내디뎠다. 몰리가 신경 교란 장치의 장 안으로 들어섰다. 귀가 울렸다. 케이스는 차츰 높아지는 소리를 들으며 몰리의 화살총 소리를 떠올렸다. 가로무늬 근이 풀리면서 몰리는 앞으로 넘어졌고, 그 와중에 이마를 문에 부딪혔다. 그녀가 몸을 돌려 위를 보고 누웠다. 눈에는 초점이 없었고 숨을 쉬지 않았다.

"이 희한한 옷은 뭐야?"

발음이 분명치 않은 목소리가 말했다. 떨리는 손이 몰리의 특수복 안으로 들어와 화살총을 찾아내어 던져 버렸다.

"이제 알현을 허락한다."

몰리가 천천히 일어났다. 그녀의 시선은 검정색 자동식 권총의 총구에 고정되었다. 상대의 손은 더 이상 떨리지 않았다. 권총의 총신과 몰리의 목이 보이지 않는 팽팽한 끈으로 연결되어 있는 것 같았다.

그는 늙고 키가 컸다. 케이스는 그의 모습을 보며 레스토랑 20세기에서 언뜻 본 여자를 떠올렸다. 그는 두꺼운 적갈색 실크 실내복을 입고 있었다. 긴 소매와 어깨걸이식 깃 부분을 누빈 옷이었다. 한쪽 발에는 발등에 금색 여우를 수놓은 검은 벨벳 슬리퍼를 신었고, 다른 쪽은 맨발이었다. 그는 몰리에게 들어오라고 손짓했다.

"얘야, 들어오너라."

방은 매우 컸다. 실내는 케이스가 보기에 쓸데없는 물건들로 가득했다. 구식 소니 모니터들이 회색 철제 선반에 놓여 있었고, 널찍한 황동 침대 위에는 양피가 쌓여 있었으며, 그 옆에는 복도용 양탄자로 만든 듯한 베개가 보였다. 재빠르게 주변을 살피는 몰리의 눈에 텔레풍켄 사의 커다란 오락용 콘솔과 골동품 음반, 삭아 가는 음반의 옆면을 보호하는 투명 플라스틱 케이스, 그리고 실리콘 판 등이 어질러진 널찍한 작업대가 스쳐 지나갔다. 케이스는 사이버스페이스 덱과 전극을 보았지만 그녀의 시선은 그곳에 머물지 않고 계속 움직였다.

"원래대로라면 너를 당장 죽여야 하지."

노인이 말했다. 케이스는 몰리가 움직일 태세를 취하며 긴장하는 것을 느꼈다.

"하지만 오늘 밤은 기분 내키는 대로 하기로 했으니까. 이름이 뭐지?"

"몰리예요."

"몰리라. 내 이름은 애시풀이야."

그는 각진 크롬 도금 다리가 달린 커다란 가죽 팔걸이 의자의 부드러운 자리에 깊숙이 들어앉았다. 그러나 총은 흔들리지 않았다. 그가 의자 옆에 있는 황동 테이블 위에 몰리의 화살총을 올려놓다가 붉은 정제가 든 플라스틱 약병을 쓰러뜨렸다. 테이블 위에는 약병과 술병, 그리고 하얀 가루가 흘러나온 연질의 플라스틱 봉투가 잔뜩 쌓여 있었다. 케이스는 구식 유리 주사기와 평범한 철제 스푼을 눈여겨 보았다.

"몰리, 넌 어떻게 우나? 눈이 완전히 막혀 있는 것 같은데. 궁금하구나."

노인은 눈 언저리가 붉었고 이마는 땀에 젖어 번들거렸다. 안색이 무척 창백했다. '병이 들었거나 마약이겠군.' 케이스가 생각했다.

"별로 울지 않아요."

"하지만 누군가가 너를 울리든가 한다면, 그땐 어떻게 울지?"

몰리가 말했다.

"침을 뱉죠. 관이 입으로 연결되어 있어요."

"그렇다면 나이에 어울리지 않게 중요한 교훈을 배운 셈이군."

그는 권총을 쥔 손을 무릎 위에 올려놓은 다음 옆에 있는 테이블에 놓인 대여섯 종의 술 중에서 한 병을 아무렇게나 골라 집어 마셨다. 브랜디였다. 술 한 방울이 그의 입가에서 떨어졌다.

"울고 싶을 땐 그렇게 해야 하는 법이지."

그가 다시 술을 마셨다.

"난 오늘 밤 바빠, 몰리. 내가 이 모든 것을 세우긴 했지만 지금은 바쁘단 말이야. 죽느라고 말이지."

"전 들어왔던 길로 다시 나갈까 하는데요."

몰리가 말했다.

그가 소리 내어 웃었다. 귀에 거슬리는 고음이었다.

"남의 자살을 방해해 놓고 그냥 걸어 나가겠다고? 나를 정말 놀라게 하는군, 도둑놈 주제에."

"가진 거라고는 목숨뿐이니까요. 그저 멀쩡한 상태로 여기서 나가고 싶을 뿐이에요."

"정말 무례한 계집애로군. 여기서 자살한다는 건 일종의 품위를 가진 의식이야. 바로 내가 지금 하려고 하는 일이 그것이지. 어쩌면 너를 오늘 밤 길동무로 삼아야 할지도 모르겠구나. 지옥으로 말이야……. 마치 이 집트식 같군."

그가 다시 술을 마셨다.

"이리 와."

그가 떨리는 손으로 술병을 내밀었다.

"마셔."

몰리가 고개를 저었다.

"독은 없어."

노인은 이렇게 말하며 브랜디를 테이블 위에 되돌려 놓았다.

"앉아. 바닥에 앉으라고. 얘기나 좀 하지."

"무슨 얘기를요?"

몰리가 앉았다. 케이스는 그녀의 손톱 밑에서 칼날이 아주 천천히 움직이는 것을 느꼈다.

"생각나는 대로. 내 생각 말이야. 이건 나의 파티야. 중심이 나를 깨웠어. 스무 시간 전에. 무슨 일이 벌어진다고 하더군. 그리고 내가 필요하다고. 그게 네 얘기였나, 몰리? 하지만 너를 처리하라고 날 깨우지는 않았을 거야. 아니지, 무언가 다른 것이……. 하지만 난 꿈을 꾸고 있었어. 삼십 년 동안. 내가 마지막으로 잠들려고 누웠을 때 넌 태어나지도 않았지. 냉동 상태에서 잠들게 되면 꿈을 꾸지 않을 거라고 하더군. 춥다는 것조차 느끼지 못한다고 했지. 다 헛소리였어, 몰리. 거짓말이야. 난 당연히 꿈을 꿨어. 냉기가 외부를 내 안으로 끌고 들어온 거야. 외부. 그것으로부터 일족을 숨기기 위해 밤마다 이 모든 걸 건설했지. 처음엔 한 방울, 그저 한 알갱이의 밤이 냉기를 타고 스며들었지……. 그러다가 다른 것들이 흘러들어 와서 수영장에 차는 빗물처럼 내 머릿속을 채웠어. 컬러 백합들. 테라코타로 만든 수영장과 크롬으로 된 보모들, 그 손발은 석양의 정원 안에서 껌벅였지……. 난 늙었어, 몰리. 냉기 속에서 꿈꾸던 기간까지 합친다면 이백 살이 넘은 거지, 그 냉기까지."

총신이 들어 올려지면서 살짝 떨렸다. 몰리의 허벅지 근육이 철사처럼 팽팽해졌다.

"냉동 화상을 입은 건지도 몰라요."

"거기선 아무것도 타지 않아."

노인이 총을 내리며 초조하게 말했다. 그의 얼마 안 되는 움직임이 눈에 띄게 딱딱해졌다. 그는 고개를 끄덕였고, 힘들여서 그 움직임을 멈췄다.

"아무것도 타지 않아. 이제야 기억이 나는군. 중심들은 우리의 지능이 엉망이라고 했어. 아주 옛날에 수십억을 들였지. 인공지능이 비교적 활발한 분야였을 때 말이야. 중심에게는 내가 맡겠다고 말했지. 정말 시기가 안 좋았어. 8진은 멜버른에 내려가 있었고 우리 귀여운 3제인이 혼자서 사업을 돌보고 있었거든. 어쩌면 아주 좋은 시기였는지도 모르지. 몰리, 알겠나?"

총이 다시 올라갔다.

"스트레이라이트 저택에서 이상한 일이 벌어지려고 해."

"윈터뮤트를 아세요?"

몰리가 물었다.

"이름이군그래. 마법으로 불러내는 대상의 이름이었을 거야, 아마도. 맞아. 지옥의 왕이었지. 몰리 양, 나도 한때는 여러 왕을 알고 지냈지. 귀부인도 많이 알았어. 음, 한 번은 스페인 여왕이 침대에서……. 얘기가 엉뚱한 데로 흘렀군."

노인이 끓는 소리로 기침을 했다. 그가 몸을 움찔거릴 때마다 총구가 따라서 흔들렸다. 그는 자신의 맨발 근처 카펫에 침을 뱉었다.

"얼마나 엉뚱한 곳을 헤맸던지……. 얼어 있는 내내 말이야. 하지만 이제 더 이상 그런 일은 없겠지. 내가 깨어날 때 제인 한 명을 같이 해동하라고 해 두었어. 이상한 일이야. 몇십 년에 한 번씩 법적으로 친딸뻘 되는 여자와 동침하다니."

노인의 시선이 몰리를 지나 꺼진 모니터를 올려놓은 선반으로 옮겨 갔다. 몸을 심하게 떠는 것 같았다. 그가 아주 작은 소리로 말하며 웃었다.

"마리프랑스의 눈이야. 우리는 두뇌에 조작을 가해서 자신의 특정 신경전달물질에 알레르기 반응을 일으키도록 해 두었지. 그러면 독특하고 융통성 있는 자폐 증세가 나타나는 거야."

그의 고개가 옆으로 돌아갔다가 제자리를 찾았다.

"요즘엔 마이크로칩 이식으로 더 쉽게 똑같은 효과를 얻는 것 같더군."

권총이 노인의 손가락 사이로 빠져나와 카펫 위에 떨어졌다.

"꿈은 얼음처럼 천천히 자라나지."

그가 말했다. 얼굴에 옅은 푸른 기운이 돌았다. 그는 고개를 뒤로 젖혀 가죽에 얹고는 이내 코를 골기 시작했다.

몰리가 일어서서 총을 집어 들었다. 그녀는 애시풀의 자동 권총을 손에 쥐고 조용히 방 안을 뒤졌다. 침대 옆, 무늬가 새겨진 양탄자 위에 응고된 피가 넓은 웅덩이를 이루며 끈적하게 빛났고, 그 위로는 커다란 누비이불, 혹은 새털 이불 같은 것이 쌓여 있었다. 몰리가 누비이불의 한쪽 귀퉁이를 들추자 소녀의 몸이 보였다. 새하얀 견갑골 주변이 피로 뒤덮인 채 목 부분이 잘린 모습이었다. 그녀의 몸 옆, 검은 피의 웅덩이에서 무언가를 긁어 내는 도구처럼 보이는 삼각형 날이 번득였다. 몰리가 피에 닿지 않도록 조심하면서 무릎을 꿇고 죽은 소녀의 얼굴을 빛이 드는 방향으로 돌렸다. 케이스가 레스토랑에서 본 얼굴이었다.

사물의 정 중앙 깊은 곳에서 들려오는 찰칵 소리와 함께 세계가 얼어붙었다. 몰리가 소녀의 뺨에 손가락을 올려놓은 순간에서 심스팀 영상 전송은 정지했다. 그 상태로 삼 초가 지나고, 시체의 얼굴은 린다 리의 모습으로 바뀌었다.

다시 들리는 찰칵 소리. 방이 희미해졌다. 몰리가 일어섰다. 그녀는 침대 옆 테이블의 대리석 면에 놓인 금색 레이저 디스크를 내려다보고 있었다. 광섬유의 리본이 콘솔에서 가느다란 목 아랫부분에 달린 소켓과 마치 동물을 매는 끈처럼 이어져 있었다.

"무슨 속셈인지 알겠다, 이 개자식."

케이스가 말했다. 자신의 입술이 어딘가 아주 먼 곳에서 움직이는 것만 같았다. 그는 윈터뮤트가 전송을 변형시켰다는 사실을 알고 있었다. 몰리는 죽은 소녀의 얼굴이 연기처럼 회전하며 린다의 데스마스크로 변하는 모습을 보지 못했다.

몰리가 몸을 돌렸다. 그녀는 방을 가로질러 애시풀의 의자로 다가갔다. 노인의 호흡은 느리고 불규칙했다. 몰리는 어질러진 마약과 술을 바라보았다. 그녀는 권총을 내려놓고 화살총을 손에 든 다음 총신을 단발에 맞추었다. 그리고 주의 깊게 겨냥한 다음 노인의 감고 있는 왼쪽 눈꺼풀에 독침을 쏘았다. 그는 한 차례 몸을 움찔하고 숨을 들이쉬다가 멈췄다. 다른 쪽의 깊은 갈색 눈이 천천히 열렸다. 그 눈은 몰리가 몸을 돌려 방을 떠날 때까지 열려 있었다.

4

"자네 두목이 기다리고 있네. 위쪽 배에 있는 쌍둥이 호사카를 통해서 전해 왔더군. 우리 쪽에 엎혀 있는 하니와라는 배 말이야."

일직선이 말했다.

"알아요. 아까 봤어요."

케이스가 딴 생각을 하며 말했다.

새하얀 빛의 마름모가 테시어 애시풀 아이스를 가리며 케이스 앞에 나타났다. 그곳에 아미티지의 얼굴이 비쳤다. 침착하고, 완벽하게 집중하면서 완전히 미쳐 버린 얼굴이었다. 그의 눈은 단추처럼 공허했다. 아미티지가 눈을 한 번 깜박인 다음 케이스를 바라보았다.

"윈터뮤트가 당신 쪽으로 간 튜링 요원도 처리해 줬죠? 저를 찾아 온 사람들을 처리한 것처럼요."

케이스가 말하자 아미티지가 쳐다보았다. 케이스는 그 시선을 돌려 그의 눈을 아래로 향하게 하고 싶은 갑작스러운 충동을 가까스로 억눌렀다.

"아미티지, 괜찮은 거예요?"

"케이스."

무언가 푸른 시선 속에서 잠깐 움직인 것 같았다.

"윈터뮤트를 만난 거지? 매트릭스에서."

케이스는 고개를 끄덕이며 생각했다. 마커스 가비에 탑재된 케이스 쪽 호사카의 카메라가 케이스의 몸짓을 나니와의 화면으로 중계하고 있었다. 케이스는 마엘컴이 아미티지나 구조물의 목소리를 듣지 못한 채 자신의 반쪽짜리 대화를 듣는 모습을 상상했다.

"케이스."

아미티지의 눈이 커졌다. 그가 컴퓨터 쪽으로 몸을 내밀었다.

"자네가 그를 만났을 때는 어떤 모습이었나?"

"고해상도의 심스팀 구조물이었어요."

"누구였지?"

"가장 최근에 봤을 때는 핀이었죠……. 그 전에는 내가 알던 포주……."

"걸링 장군 아니었나?"

"무슨 장군이오?"

마름모에 비치던 영상이 꺼졌다.

"방금 전 것을 다시 돌려 보고 호사카를 시켜서 조사해 보세요."

케이스가 구조물에게 말했다.

그는 전환했다.

그는 눈앞의 광경에 깜짝 놀랐다. 몰리가 강철 기둥 사이에 웅크리고 있었고, 그 위 20미터쯤에는 넓고 얼룩덜룩한 콘크리트 바닥이 보였다. 격납고나 수리소 같았다. 케이스의 눈에 여러 가지 형태로 수리 중인 가비 호 크기의 우주선 세 대가 들어왔다. 어디선가 일본어가 들렸다. 오렌지색 도약복을 입은 사람이 둥그런 건설 차량 벽 열린 틈에서 걸어 나왔다. 그가 차에 달린, 기분 나쁠 정도로 사람 팔을 닮은 피스톤 구동식 기계 팔 옆에 멈춰 섰다. 그는 휴대용 콘솔에 무언가를 입력한 다음 옆구리를 긁었다. 손수레를 닮은 빨간색 로봇이 바퀴를 굴리며 시야에 들어왔다.

케이스.

몰리의 칩이 번쩍였다.

몰리가 말했다.

"이봐, 지시를 기다리고 있어."

그녀가 엉덩이를 깔고 뒤로 앉았다. 모던스 특수복의 팔과 무릎은 기둥의 청회색 페인트와 똑같았다. 부상당한 그녀의 다리에서 날카롭고 지속적인 통증이 전해졌다.

"친의 병원에 한 번 더 들렀어야 하는 건데."

몰리가 중얼거렸다.

무엇인가 어둠 속에서 작게 찰칵거리며 다가왔다. 키는 몰리의 어깨 높이 정도였다. 그 물체는 급하게 구부러진 거미 다리 위에서 둥그런 몸체를 돌리며 아주 잠깐 동안 확산형 레이저를 발사하더니 움직임을 멈췄다. 브라운 사의 소형 로봇이었다. 케이스도 같은 모델을 가진 적이 있었다. 클리블랜드의 하드웨어 장물아비와 일괄 거래를 할 때 덤으로 얻은 것으로, 별 기능은 없는 액세서리였다. 지금 것은 광택이 없는 검정색으로 모양은 모기 같았다. 구형 몸체의 적도선 부근에서 빨간색 발광다이오드가 깜박였다. 몸체는 야구공만 했다.

"좋아. 알아 들었어."

몰리가 말했다.

몰리가 왼쪽 다리를 조심하며 일어선 다음 작은 로봇이 되돌아가는 것을 바라보았다. 로봇은 자신만의 독특한 이동 방식으로 어둠 속을 향해 움직였다. 그녀가 몸을 돌려 수리소 쪽을 바라보았다. 오렌지색 도약복을 입은 사내가 하얀색 진공복 앞자락을 여몄다. 그녀는 사내가 헬멧을 건 다음 밀봉하고, 콘솔을 집어 들고 나서 건설선 벽에 난 출입구로 걸어 들어가는 것을 지켜보았다. 모터의 회전 소리가 크게 들리더니 지름 10미터의 원형 바닥에 놓인 배가 아크등의 차가운 빛 속으로 부드럽게 내려가기 시작했다. 빨간 로봇은 엘리베이터 바닥이 벌려 놓은 구멍 모서리에서 침착하게 기다렸다.

몰리가 로봇의 뒤를 따라 용접한 철제 지붕 숲을 누비며 출발했다. 로봇이 발광다이오드를 규칙적으로 깜박이며 몰리에게 따라오라는 신호를 보냈다.

"케이스, 뭐 하고 있어? 가비에 돌아가서 마엘컴하고 같이 있나? 그렇군. 그리고 여기에 접속한 거고. 좋은데? 난 위험할 때면 머릿속으로 스스로한테 말을 걸거든. 믿을 만한 친구가 있다고 상상하는 거야. 그러곤 그 친구들한테 내가 생각하는 게 뭔지, 어떤 기분인지 말하는 거지. 그 다음엔 그 녀석들이 자기 의견을 말한다고 가정하고 거기에 따르는 거야. 지금은 너를 그렇게 여기고 있어. 아까 애시풀하고의 일은……."

몰리가 아랫입술을 깨물며 기둥 사이로 몸을 움직여 로봇의 뒤를 좇았다.

"그 사람들은 내가 생각한 거보다 훨씬 맛이 갔더군, 알아? 내 말은, 그 인간들은 전부 배양체 떨거지들인 데다가, 머릿속이나 그 근처에 빛나는 메시지가 흐르는 것 같았어. 그 모양새도, 냄새도 마음에 들지 않았어……."

로봇이 거의 구별하기 힘든 U자형 철제 사다리를 기어올라 어둡고 비좁은 통로 쪽으로 향했다.

"왠지 고백하는 기분이 들어서 하는 말인데, 이번 일에 성공할 거라는 확신은 안 들어. 계속 안 좋은 일들이 생겼어. 게다가 내가 아미티지에게 고용된 뒤로는 너한테만 좋은 일이 생기는 것 같아."

그녀가 검은 원을 올려다보았다. 로봇의 발광다이오드가 깜박이며 올라가고 있었다.

"네가 그렇게 대단한 녀석도 아닌데 말이야."

몰리의 미소가 금세 사라졌다. 그녀가 사다리를 기어오르자 찌르는 듯한 통증이 전해졌다. 그녀는 이를 악물었다. 사다리는 그녀의 어깨가 간신히 들어갈 정도 너비의 금속관을 따라 이어졌다. 그녀가 중력으로부터 멀어지면서 무중력 축을 향해 오르고 있었다.

몰리의 칩이 시간을 표시했다.

04:23:04.

긴 하루였다. 몰리의 뚜렷한 감각이 베타페네틸라민의 괴로움을 억눌렀다. 하지만 케이스는 여전히 느낄 수 있었다. 다리 쪽 고통이 차라리 나았다.

케 이 스 : 0 0 0 0
0 0 0 0 0 0 0 0 0 0
0 0 0 0 0 0 0 0 0.

"너한테 하는 얘기 같은데."

몰리가 기계적으로 기어오르며 말했다. '0'의 행렬이 다시 한 번 깜박거린 다음 영상 회로로 인해 뚝뚝 끊기는 메시지가 더듬더듬 몰리의 시야 한구석에 나타났다.

걸 링 장 군 이 : : :
스 크 리 밍 피 스 트 에 쓰 기 위 해
코 르 토 를 훈 련 시 키 고
펜 타 곤 에 팔 아 넘 겼 다 : : : :
윈 / 뮤 트 는 걸 링 장 군 의 모 습 으 로
아 미 티 지 에 게 처 음 나 타 났 다 :
윈 / 뮤 트 말 하 길 아 미 가 걸 링
얘 길 했 다 는 건 미 쳐
간 다 는 증 거 조 심 해 : : : :
: : 딕 시

"흐음. 너한테도 문제가 생긴 것 같은데."

몰리가 오른쪽 다리에 모든 체중을 실으며 멈춰 서서 말했다.

그녀가 아래를 내려다보았다. 희미한 빛의 원이 보였다. 몰리의 가슴 사이에 매달린 황동 추브 열쇠만 한 크기였다. 그녀는 위를 올려다보았다. 아무것도 없었다. 몰리가 혀로 증폭기를 누르자 통로가 원경 쪽으로 치달았다. 브라운 로봇은 사다리를 타고 계속 위로 오르는 중이었다.

"이런 곳이 있다는 얘긴 아무도 안 해 줬는데."

몰리가 말했다.

케이스가 접속을 끊었다.

"마엘컴……."

"친구, 너의 두목 무척 이상해."

자이언인은 케이스가 자유계에서 대여한 것보다 이십 년은 더 낡은 푸른색 산요 진공복을 입고 팔 밑에 헬멧을 끼고 있었다. 그의 곱슬머리는 자주색 면실로 짠 그물 모자 때문에 흐트러져 있었다. 마리화나와 긴장 때문에 눈을 가늘게 떴다.

마엘컴이 고개를 흔들었다.

"명령 있다면서 계속 호출했어. 바빌론의 전쟁이니 뭐니……. 에어롤하고 나 얘기하고, 에어롤이 자이언 쪽과 얘기했어. 창설자들은 손 떼고 도망치라고 했어."

마엘컴이 커다란 갈색 손등으로 입을 닦았다.

"아미티지가?"

베타페네틸라민의 잔여 효과가 매트릭스나 심스팀의 차단 없이 최고 강도로 케이스를 엄습했다.

그가 자신에게 말했다.

'두뇌에는 신경이 없어. 실제로는 이렇게 심한 게 아니란 말이야.'

"무슨 소리야? 아미티지가 명령을 내렸어? 뭐였는데?"

"아미티지, 핀란드로 진로를 잡으라는 둥, 거기 가면 희망이 있다는 둥 그랬다고. 셔츠에 피가 잔뜩 묻은 채 화면에 나타났어. 미친개처럼 스크리밍 피스트에 러시아인 배신자의 피를 보고 말겠다는 둥."

마엘컴이 다시 머리를 흔들었다. 그의 곱슬머리가 무중력 상태에서 사방으로 흔들렸다. 그가 입술을 모았다.

"창설자들은 뮤트의 목소리는 가짜 예언자 목소리가 분명하다고 했어. 에어롤하고 나는 마커스 가비 버리고 돌아가야 해."

"아미티지가 다쳤다고? 피투성이였다고?"

"확실히 몰라. 하지만 피는 분명했고 완전히 미쳤어, 케이스."

"알았어. 그럼 나는 어떡하라고? 넌 돌아간다 치고 나는 어쩌라는 거야, 마엘컴?"

케이스가 말했다.

"친구, 넌 나하고 같이 가. 나하고 에어롤하고 자이언으로. 바빌론 라커를 타고. 아미티지 유령 카세트하고 말하라고 해, 유령은 유령끼리……."

마엘컴이 말했다.

케이스가 어깨 너머를 흘끗 바라보았다. 러시아제 구식 공기청정기에서 바람이 흘러나왔고, 그 바람을 타고 해먹 위에 놓인 자신의 특수복이 흔들렸다. 그는 눈을 감았다. 동맥 속에서 녹고 있는 독주머니가 보였다. 끝없는 철제 사다리를 오르는 몰리가 보였다. 케이스가 눈을 떴다.

"잘 모르겠어."

그가 말했다. 입에서 이상한 맛이 느껴졌다. 그는 덱과 자신의 손을 내려다보았다.

"모르겠다고."

그가 다시 시선을 위로 던졌다. 갈색 얼굴은 조용히 집중하고 있었다. 마엘컴의 턱은 푸르스름한 구식 특수복 헬멧 고리에 가려 보이지 않았다.

"그녀가 안에 있어."

케이스가 말했다.

"몰리가 안에 있어. 스트레이라이트라는 곳에. 만약 바빌론이라는 게 존재한다면, 바로 거기일 거야. 그녀를 혼자 두면 빠져나오지 못할 거야. 재빠른 면도날이고 뭐고 간에."

마엘컴이 고개를 끄덕였다. 그의 곱슬머리가 무명실로 짠 그물에 갇힌 풍선처럼 흔들렸다.

"네 여자야, 케이스?"

"몰라. 아마 누구의 여자도 아니겠지."

케이스가 어깨를 으쓱했다. 뜨거운 바위 파편처럼 실체감 있는 분노가 갈빗대 아래쪽에서부터 다시 일었다.

케이스가 말했다.

"엿 같군. 아미티지도 엿 같고, 윈터뮤트도 엿 같고, 너도 엿 같아. 난 남을 거야."

마엘컴의 얼굴에 미소가 한 줄기 빛처럼 번졌다.

"마엘컴은 거친 사내야, 케이스. 가비는 마엘컴의 배고."

그가 장갑 낀 손으로 패널을 두드리자 예인선 스피커에서 자이언 타악기의 둔탁한 저음부가 흘러나왔다.

"마엘컴 도망 안 가. 안 간다. 에어롤하고 얘기할 거야. 그도 같은 생각일 거야."

케이스가 마엘컴을 바라보았다.

"너희들을 절대 이해하지 못할 거야."

"너도 이해 못 하겠어, 친구."

자이언인이 고개를 흔들어 박자를 맞추면서 말했다.

"하지만 우린 각자 주님의 사랑에 따라 움직여야 해."

케이스는 접속한 다음 매트릭스로 전환했다.

＊ ＊ ＊

“아까 보낸 전보는 받았나?”

“예.”

케이스는 중국제 프로그램이 성장하는 모습을 바라보았다. 계속 변화하는 오색의 섬세한 호(弧)들이 테시어 애시풀 아이스로 접근하는 중이었다.

“일이 복잡해지고 있네. 자네 두목이 저쪽 호사카의 기억장치 뱅크를 날려 버렸고, 자칫하면 우리 쪽도 당할 뻔했어. 하지만 모조리 새까맣게 되기 전에 자네 친구 윈터뮤트가 나를 옮겨 줬어. 스트레이라이트가 테시어 애시풀 인간들로 들끓지 않는 이유는 그들이 대부분 냉동 수면 중이기 때문이야. 런던의 법률 사무소에서 그들끼리의 권력 위임을 파악하고 있지. 정확히 어느 때에 누가 깨어날지 알아야 하니까. 아미티지는 런던에서 스트레이라이트로 보내는 통신이 요트에 있는 호사카를 경유하도록 해 두었어. 당연히 그들은 노인의 죽음을 알고 있지.”

일직선이 말했다.

“그들이라니요?”

“법률 사무소와 테시어 애시풀. 그 노인은 흉골에 의료용 원격 장치를 이식해 두고 있었지. 자네 여자 친구의 화살 덕분에 부활 의료진들이 가 볼 것까지는 없었을 거야. 복어 독이지. 따라서 지금 스트레이라이트에 깨어 있는 테시어 애시풀은 레이디 3제인 마리 프랑스뿐이야. 그 여자보다 두어 살 많은 남자가 있긴 하지만, 사업차 오스트레일리아에 가 있어. 내 생각에, 그 일을 8진이 직접 맡도록 꾸민 건 윈터뮤트야. 하지만 그 사내는 지금 돌아오는 길이거나, 그 비슷하겠지. 런던 쪽 변호사들은 그가 스트레이라이트에 도착하는 시각을 09:00:00으로 보고 있어. 우리가 쾅 바이러스를 심은 것은 02:32:03. 지금은 04:45:30이지. 쾅이 테시어 애시풀의 중심을 뚫는 건 최대한의 정확도로 예상했을 때 08:30:00. 오차라고 해 봐야 머리카락 하나 정도. 내가 보기에 윈터뮤트는 3제인하고 각별한 사이 같아. 아니면 그 여자도 그 노인만큼이나 미쳤든가. 하지만 멜버른에서 올라오고 있는 사내 쪽은 진상을 알게 될 거야. 스트레이라이트의 보안 시스템이 전면 비상 태세로 돌입하려는 걸 윈터뮤트가 막고 있어. 그게 어떻게 가능한 건지는 나도 모르네. 하지만 기본 출입 프로그램을 조작해서 몰리를 안으로 들이는 건 불가능했더군. 아미티지가 호사카 안에 거기에 관련된 기록들을 가지고 있었는데, 틀림없이 리비에라가 3제인을 설득해서 그렇게 하도록 만들었겠지. 그 여자는 몇 년 동안 출입 관련 쪽을 조작할 수 있었거든. 내가 보기에 테시어 애시풀의 가장 큰 문제점 중 하나는 일족의 모든 거물급들이 개인적인 사기와 예외로 뱅크를 좀먹고 있다는 거야. 이를테면 자네의 면역 체계가 자네 머리 위로 떨어져 내리는 것과 마찬가지지. 바이러스에게는 좋은 기회가 되는 거고, 아이스만 뚫는다면 우리에게 아주 유리하지."

"그렇군요. 하지만 윈터뮤트가 말하길 아미티지……."

하얀 마름모가 자리를 잡더니 그 내부가 확대된 광인의 푸른 눈으로 가득 찼다. 케이스는 아무말도 못하고 바라만 볼 뿐이었다. 특수부대 스크리밍 피스트 소속의 코르토 대령이 돌아왔다. 영상은 흐릿하고, 뚝뚝 끊겼으며, 초점이 엉망이었다. 코르토는 마커스 가비의 호사카와 연결하기 위해 하니와의 항법 덱을 이용하고 있었다.

"케이스, '오마하 선더' 의 피해 상황을 보고하도록."

"어, 저는…… 대령님?"

"정신 차리게. 훈련을 잊어서는 안 돼."

'어디 있다가 이제 나타난 겁니까?'

케이스가 분노한 눈을 바라보며 말 없이 물었다. 윈터뮤트는 코르토라 불리는 긴장병의 성채에 아미티지라는 건물을 세워 놓았다. 그러곤 코르토에게 아미티지가 실체라고 믿도록 만들었다. 아미티지는 걷고, 말하고, 계획을 세우고, 자금을 마련하기 위해 자료를 거래하고, 지바 힐튼의 방에서 윈터뮤트를 대신했다……. 그리고 이제 아미티지는 코르토의 분노가 몰아치자 날아가 버렸다. 하지만, 이 몇 년 동안 코르토는 어디에 있었단 말인가. 시베리아의 하늘에서 추락해 불에 타고 눈이 멀었겠지.

"케이스, 납득하기 어려운 사실이라는 것은 이해하네. 자넨 사관으로 훈련을 받았네. 이해한다고. 하지만 케이스, 신의 이름을 걸고 맹세하겠는데 우리는 배신당했네."

그의 푸른 눈에서 눈물이 흘러내렸다.

"대령님, 어, 누구죠? 누가 우리를 배신했나요?"

"걸링 장군이네, 케이스. 자넨 그를 암호명으로 알고 있을 거야. 내가 누구를 말하는지 알겠지……."

"예."

케이스가 말했다. 눈물이 계속 흘렀다.

"그런 것 같습니다, 대령님."

그가 충동적으로 덧붙였다.

"하지만 대령님, 우린 정확히 어떻게 해야 합니까? 이제부터 말입니다."

"이 시점에서 우리의 임무는, 케이스, 날아서 탈출하고 피하는 걸세. 내일 저녁쯤이면 핀란드 국경에 도달할 수 있네. 교범에 나온 대로 저공비행하는 거야, 육감에 의존해서. 하지만 그건 시작에 불과하네."

눈물에 젖은 푸른 눈이 검게 그은 광대뼈 위에서 가늘어졌다.

"시작에 불과하지. 상부가 배신한 거야. 상부가……."

아미티지가 카메라에서 멀어졌다. 찢어진 셔츠에 묻은 검은 얼룩들. 아미티지일 때의 얼굴은 가면처럼 감정이 없었지만, 코르토의 얼굴은 그야말로 분열증 환자의 가면이었으며 불수의근 깊숙이 병색이 스며 있었다. 그 때문에 값비싼 수술로 만든 얼굴이 일그러졌다.

"대령님, 듣고 있습니다. 들리세요, 대령님? 예? 그걸 열어 주세요, 그…… 젠장할, 그걸 뭐라고 부르죠, 딕시?"

"중간 격실."

일직선이 말했다.

"중간 격실을 열어 주세요. 그쪽에 있는 중앙 콘솔에 대고 열라고 명령만 하면 된다고요. 즉시 그쪽으로 올라갈게요, 대령님. 그 다음에 탈출 방법을 얘기하자고요."

마름모가 사라졌다.

"이봐, 왜 그러는지 얘기 좀 해 봐."

일직선이 말했다.

"독이오."

케이스가 말했다.

"그 엿 같은 독소 때문이에요."

그러곤 접속을 끊었다.

"독?"

케이스가 버둥거리며 중력망에서 나오자 마엘컴이 구형 산요의 흠집 투성이 어깨 너머로 쳐다보았다.

"이 빌어먹을 것 좀 벗겨 줘……."

케이스가 텍사스 도뇨관을 잡아당겼다.

"천천히 퍼지는 독 같은 거야. 저 위에 있는 개자식이 해독법을 알고 있어. 그런데 지금 변소의 쥐보다 더 미쳐 날뛰고 있잖아."

케이스는 개폐법을 잊은 탓에 붉은색 산요의 앞부분을 주물럭거리기만 했다.

"두목이 너한테 독을 넣었어? 구급품은 있어."

마엘컴이 뺨을 긁었다.

"마엘컴, 제발, 이 빌어먹을 옷 좀 벗겨 줘."

자이언인이 분홍색 조종석을 걷어차며 그에게 다가갔다.

"걱정 마, 친구. 두 번 생각하고 한 번 행하라. 현자가 말해. 우리가 올라가서……."

마커스 가비의 후미 감압실에서 요트 하니와 호의 중간 격실까지 이어지는 주름진 통로에도 공기가 있었지만, 두 사람은 진공복을 밀폐한 상태로 나아갔다. 마엘컴은 발레하듯 우아한 동작으로 통로를 빠져나갔다. 멈춘 것은 케이스를 도와줄 때뿐이었다. 케이스는 가비에서 나오자마자 꼴사납게 넘어졌다. 하얀 플라스틱이 설치된 통로 튜브는 자연 태양광이 약해서 그림자가 생기지 않았다.

가비의 에어락 입구에는 수리한 흔적과 여기저기 파인 자국과 함께 레이저로 '자이언의 사자'라는 글씨가 새겨져 있었다. 장식 하나 없이 매끈한 회색의 하니와 중간 격실 입구는 초기 출하 상태 그대로였다. 마엘컴이 좁은 홈에 장갑 낀 손을 집어넣었다. 케이스는 그의 손가락이 움직이는 것을 보았다. 홈 안쪽에서 빨간색 발광다이오드가 점등하더니 50부터 숫자를 세어 내려갔다. 마엘컴이 손을 뺐다. 케이스는 장갑 낀 손을 출입문에 대고 있었기 때문에 진공복과 뼈를 통해 잠금장치의 진동을 느낄 수 있었다. 회색 외벽의 둥근 일부가 하니와 안쪽으로 물러나기 시작했다. 마엘컴이 한 손으로 홈을 잡고 다른 손으로 케이스를 붙잡았다. 그들은 열리는 입구부에 딸려 들어갔다.

하니와는 도르니어 후지쓰 조선소에서 만든 배였다. 실내장식에서는 어쩐지 이스탄불에서 케이스 일행을 태우고 다녔던 메르세데스와 엇비슷한 분위기가 풍겼다. 좁은 중간 격실의 벽은 모조 흑단 합판으로 만들었으며 바닥에는 이탈리아식 회색 타일이 깔려 있었다. 케이스는 어느 부자의 휴양 시설에 있는 샤워실로 숨어든 것 같은 기분이 들었다. 요트는 궤도상에서 조립된 것이었으며, 대기권 내 재진입은 염두에 두지 않은 물건이었다. 하니와의 말벌처럼 매끄러운 외형은 단순히 스타일일 뿐이었다. 실내장식은 모두 고속정이라는 인상을 주기 위해 마련된 것이었다.

마엘컴이 낡은 헬멧을 벗었다. 케이스가 그를 따라했다. 두 사람은 출입구 안쪽에 떠 있었다. 공기 중에서 희미하게 소나무 냄새가 났다. 그리고 거기엔 신경에 거슬리는 불에 탄 절연체 냄새가 강하게 섞여 있었다. 마엘컴이 킁킁거렸다.

"문제야. 배에서는 전부 이런 냄새 나……."

어두운 회색 울트라 스웨이드를 댄 문이 틀 안쪽으로 부드럽게 열렸다. 마엘컴이 흑단 벽을 발로 차며 좁게 열린 틈으로 깔끔하게 빠져나갔다. 마지막 순간에는 몸이 걸리지 않도록 넓은 어깨를 틀었다. 케이스는 허리 높이에 마련된 난간을 두 손으로 번갈아 붙잡으며 서툴게 그의 뒤를 따랐다.

"브릿지야."

마엘컴이 이음새 없는 크림색 벽의 복도 끝을 가리키며 말했다.

"저기 있어."

그가 수월하게 벽을 차며 출발했다. 앞쪽 어딘가에서 귀에 익은 프린터의 인쇄 소리가 들렸다. 케이스가 마엘컴의 뒤를 따라 또 하나의 입구를 통과하자 그 소리는 더 커졌다. 뒤엉킨 인쇄물 더미가 소용돌이치고 있었다. 케이스가 둘둘 말린 용지를 집어 들고 들여다보았다.

000000000

000000000

000000000

"시스템이 망가진 거야?"

자이언인이 손가락 끝으로 '0'의 행렬을 가리켰다.

"아니. 일직선이 그러는데 아미티지가 이쪽의 호사카를 지워 버렸다고 하더군."

케이스가 떠다니는 헬멧을 붙잡으며 말했다.

"레이저로 지운 것 같아. 안 그래?"

자이언인이 한쪽 발을 스위스제 운동기구에 대고 밀었다. 그는 손으로 눈앞을 치우며 공중에 떠 있는 종이의 미로를 뚫고 나아갔다.

"케이스……."

작은 일본인의 목이 가느다란 철사 같은 것으로 좁다란 다관절식 의자 등받이에 묶여 있었다. 의자의 머리를 두는 검은색 항온 폼에 걸쳐진 눈에 보이지 않는 철사가 일본인의 후두를 아주 깊숙이 파고 들어간 상태였다. 근처에는 응고된 검은 피의 구슬 하나가 기이하고도 값진 보석처럼 떠 있었다. 검붉은 진주 한 알. 케이스는 교살 도구의 양 끝에 거칠게 깎은 나무 손잡이가 달려 있다는 것을 알아챘다. 빗자루의 낡은 손잡이 부분 같았다.

"저걸 언제부터 갖고 다녔을까?"

케이스가 코르토의 전후 순례 기간을 떠올리면서 말했다.

"케이스, 그 사람, 두목은 우주선 조종법 알겠지?"

"아마도. 특수부대 출신이거든."

"어쨌든 이 일본인 확실히 조종 못 해. 나도 잘할지 몰라. 최신식 배거든……."

"브리지로 가보자."

마엘컴이 인상을 찡그리며 뒤로 공중제비를 넘은 다음 벽을 발로 찼다.

케이스는 마엘컴을 따라 일종의 라운지처럼 보이는 넓은 공간으로 나갔다. 앞을 가로막는 인쇄용지들을 찢고 밀쳐 내야 했다. 마치 바처럼 다관절식 의자가 여러 개 놓여 있었고, 호사카가 보였다. 프린터는 여전히 얇은 종이를 토해 내는 중이었다. 그 기계는 붙박이식이었으며 수제 합판으로 만든 패널에는 깔끔한 슬롯이 달려 있었다. 케이스가 몸을 당겨 의자 더미를 넘은 다음 프린터에 다가가 슬롯 왼쪽에 달린 스위치를 눌렀다. 소음이 멎었다. 그가 몸을 돌려 호사카를 바라보았다. 표면에 열 개가 넘는 구멍이 뚫려 있었다. 작고 둥근 구멍 가장자리는 까맣게 변색

되어 있었다. 정지한 컴퓨터의 주위에 밝은 색 합금 구슬이 떠돌았다.

"정답이군."

케이스가 마엘컴에게 말했다.

"브리지 잠겨 있어, 친구."

마엘컴이 라운지 반대편에서 말했다.

조명이 어두워지고, 밝아졌다가, 다시 어두워졌다.

케이스가 슬롯에서 인쇄용지를 뜯어냈다. 더 많은 '0'의 행렬.

"윈터뮤트?"

케이스는 베이지색과 갈색으로 점철된 주변을 둘러보았다. 둘둘 말린 종이들이 떠다녔다.

"조명을 만진 게 너야, 윈터뮤트?"

마엘컴의 머리 부근에 있던 패널이 올라가면서 작은 모니터가 나타났다. 마엘컴이 깜짝 놀라 옆으로 피한 다음, 장갑 손등에 붙은 폼으로 이마의 땀을 닦고 화면을 살펴보기 위해 움직였다.

"친구, 일본어 읽을 줄 알아?"

케이스는 화면에 깜빡이는 기호들을 보았다.

"아니."

케이스가 말했다.

"브리지에 탈출선 있어. 구명정. 카운트를 세고 있는 것 같아. 옷을 챙겨, 지금."

마엘컴이 헬멧을 쓰고는 밀폐 장치를 눌렀다.

"뭐? 그 인간이 도망친다고? 제기랄."

케이스가 프린터 쪽 칸막이 벽을 차고 뒤엉킨 인쇄용지 사이를 빠져나갔다.

"이 문을 열어야 해!"

그러나 마엘컴은 헬멧 옆을 두드리기만 했다. 케이스는 안면창을 통해서 그의 입술이 움직이는 것을 볼 수 있었다. 그는 자이언인이 머리에 뒤집어쓴 자줏빛 무명 그물의 오색 띠 부분에서 호를 그리며 흐르는 땀방울을 보았다. 마엘컴이 케이스의 손에서 헬멧을 빼앗아 천천히 그에게 씌운 다음 손바닥으로 밀폐 장치를 두드렸다. 목 부분이 연결되자 안면 창 왼쪽에 부착된 소형 발광다이오드가 점등했다.

"일본어 몰라."

마엘컴이 진공복 교신 장치를 통해 말했다.

"하지만 카운트 이상해. 밀폐 불완전, 브릿지 모듈, 입구 열린 채 사출해."

그가 화면의 한 줄을 두드렸다.

"아미티지!"

케이스가 문을 두드렸다. 그의 몸이 무중력상의 물리 법칙에 의해 인쇄용지들을 뚫고 뒤로 굴렀다.

"코르토! 그러지 마요! 얘기를 해요! 얘기를……."

"케이스? 잘 들린다, 케이스……."

그 목소리는 더 이상 아미티지의 것이 아니었다. 거기엔 기이한 침착함이 스며 있었다. 케이스는 발길질을 그만두었다. 그의 헬멧이 반대쪽 벽에 부딪혔다.

"미안하네, 케이스. 하지만 이게 유일한 길이야. 우리 중 한 사람은 탈출해야 하네. 우리 중 한 사람은 진실을 밝혀내야 해. 여기서 함께 죽는다면 그걸로 모든 게 끝이야. 내가 그들에게 말하겠네, 케이스. 전부 말하겠어. 걸링과 그 일당에 대해서. 그리고 도착해 보이겠네, 케이스. 자신 있다고, 케이스. 헬싱키로."

갑자기 침묵이 찾아왔다. 케이스는 고요함이 가스처럼 헬멧에 차오르는 것을 느꼈다.

"하지만 정말 어려워, 케이스. 끔찍하게 힘들어. 난 눈이 멀었네."

"코르토, 멈춰요. 기다려요. 당신은 눈이 멀었고 조종을 할 수도 없어요. 빌어먹을 나무에 처박힐 거예요. 그들이 당신을 쫓을 거예요, 코르토. 하늘에 대고 맹세할게요. 그들이 출입구를 열어 놨어요. 당신은 죽고 사람들에게 아무 말도 전달하지 못할 거예요. 난 그 효소가 필요해요, 효소의 이름을, 그 효소 말이에요……."

흥분한 케이스가 고성을 질렀다. 헬멧의 교신 장치가 반향으로 지글거렸다.

"훈련을 기억하게, 케이스. 우리에게 남은 건 그것뿐이네."

그리고 헬멧으로 흘러 들어오는 혼란스러운 중얼거림, 지글거리는 잡음, 스크리밍 피스트 이후의 세월을 울부짖는 소리, 러시아어 단편과 아주 젊은 중서부인 어투의 낯선 목소리.

"추락한다. 반복한다. 오마하 선더가 추락한다. 우리는……."

케이스가 비명을 질렀다.

"윈터뮤트. 이러지 마!"

눈썹에서 튀어나온 눈물이 흔들리는 수정 방울로 변해 안면 창에 부딪혔다. 그 순간 하니와가 몸을 한 번 떨었다. 무언가 크고 부드러운 물체가 배의 외벽에 부딪힌 것 같았다. 케이스는 나사들이 터져 나가며, 구명정이 격렬하게 흔들리고, 순간적으로 빠져나가는 공기의 허리케인이 미친 코르토 대령을 좌석에서 찢어 내는 모습을 떠올렸다. 동시에 스크리밍 피스트의 마지막 순간에 대한 윈터뮤트식 해석에서도 떼어 내는 광경을.

마엘컴이 모니터를 들여다보았다.

"그는 끝났어, 친구. 입구 열렸어. 뮤트 사출 안전장치 건드린 거야."

케이스가 분노의 눈물을 닦아 내려 했다. 손가락이 안면창에 부딪혔다.

"요트, 공기 부족해. 두목, 브리지하고 갈고리 조종 장치 같이 가져갔어. 마커스 가비, 붙어 있어."

그러나 케이스는 자유계 근처를 도는 아미티지의 영원한 낙하를 보고 있었다. 스텝 기후보다 더 차가운 진공을 통해서. 케이스는 무슨 이유에서인지 그가 검정 바바리를 입고 있다고 생각했다. 넓은 트렌치코트 자락이 그의 주위로 거대한 박쥐의 날개처럼 펼쳐졌다.

5

"찾으러 간 건 구했나?"

구조물이 물었다.

쾅 급 마크 11이 몽환적으로 얽힌 고딕식 오색 장식 무늬로 자신과 테시어 애시풀 아이스 사이 좌표의 간격을 채우고 있었다. 격자무늬가 겨울철 유리창에 붙은 눈의 결정처럼 고왔다.

"윈터뮤트가 아미티지를 죽였어요. 구명정에 태우고 입구가 열린 채로 날려 버렸죠."

"끝내 주는군. 자네들 둘은 없으면 죽고 못 사는 사이는 아니었잖나?"

일직선이 말했다.

"그가 독주머니를 제거하는 방법을 알고 있었어요."

"그럼 윈터뮤트도 알고 있겠군. 믿어 봐."

"윈터뮤트가 그걸 알려 줄지 신뢰가 가지 않아요."

구조물의 소름 끼치는 유사 웃음이 케이스의 신경을 무딘 칼날처럼 긁었다.

"이제 좀 머리가 돌아간다는 소리로군."

케이스가 심스팀 스위치를 눌렀다.

그녀의 시신경 칩으로는 06:27:52. 케이스는 한 시간이 넘도록 스트레이라이트 저택 내부를 이동하는 그녀의 움직임을 좇고 있었던 셈이었다. 그녀가 복용한 엔돌핀 유사체 덕분에 자신에게 남은 약물 잔여 효과를 지워 버릴 수 있었다. 다리의 통증도 사라졌다. 따뜻한 욕조 속을 걷는 것 같았다. 브라운 로봇이 몰리의 어깨에 앉아 수술용 집게처럼 생긴 작은 기계 팔로 모던스 특수복의 폴리카본 층에 달라붙어 있었다.

벽은 정련하지 않은 강판이었다. 표피가 벗겨진 곳에는 에폭시 수지의 거친 갈색 띠가 드러나 있었다. 그녀는 인부들로부터 숨어 몸을 웅크리고 두 손에 화살총을 들었다. 그녀의 특수복은 강철과 같은 회색이었다. 두 명의 아프리카인 인부가 저압 타이어가 달린 작업용 카트를 몰고 지나갔다. 그들은 대머리에 오렌지색 작업복을 입고 있었다. 그중 하나가 케이스가 들어 본 적 없는 나라 말로 낮게 노래를 불렀다. 귀에 선 음조였다.

케이스는 몰리가 미로 속으로 깊이 들어가는 모습을 보며 흉상의 입을 통해 들은 스트레이라이트에 관한 3제인의 수필을 떠올렸다. 스트레이라이트는 미쳐 있었으며, 광기 그 자체였다. 가루로 만든 월석을 섞어 넣은 수지 콘크리트 안에서, 용접한 강철과 몇 톤이나 되는 잡동사니 속에서 자라나는 광기. 중력 우물에서 배에 싣고 올라와 자신들의 나선형

둥지에 늘어놓은 기이한 장애. 그것은 케이스가 이해할 수 없는 종류의 광기였다. 아미티지의 광란은 그것과 달랐다. 지금의 케이스로서는 이해할 수 있을 것도 같았다. 한 사내를 끝까지 비틀어 놓은 다음 다시 반대 방향으로 비틀고, 뒤집은 다음 또다시 비틀어 놓는다. 그리고 사내는 끊어져 버린다. 전선이 끊어지듯이. 역사가 코르토 대령에게 그런 짓을 한 것이다. 역사가 지독히 더러운 짓을 해 놓은 상태에서 윈터뮤트가 그를 찾아낸다. 전쟁의 잔해 속에서 그를 골라 내고, 고여 있는 웅덩이의 수면을 가로지르는 소금쟁이처럼 그의 편평한 잿빛 의식 영역으로 미끄러져 들어간다. 프랑스 수용소의 어두운 방에 있는 어린아이의 칩 표면에 첫 번째 메시지가 깜빡인다. 윈터뮤트는 스크리밍 피스트에 관한 코르토의 기억을 바탕으로 아미티지라는 인물을 완전히 새로 창조했다. 그러나 어느 시점부터 아미티지의 기억은 코르토의 기억과 완전히 달랐다. 케이스는 아미티지가 배신이나 나이트윙이 불길에 휩싸이던 순간을 기억하고 있는지 의심스러웠다. 아미티지는 코르토의 편집판이었고, 작전 스트레스가 일정 지점에 도달하자 아미티지 쪽 기제는 붕괴했다. 그리고 코르토가 위로 떠올랐다. 죄의식과 병적인 분노를 담고서. 이제 코르토-아미티지는 죽어서 얼어붙은 채 자유계를 도는 작은 위성이 되었다.

케이스가 독 주머니를 떠올렸다. 애시풀 노인 역시 죽었다. 몰리가 발사한 미세 화살을 눈에 맞은 탓에 자신이 쓰려고 만들어 놓은 독극물도 써 보지 못한 채. 애시풀의 죽음 쪽이 훨씬 당혹스러운 것이었다. 미친 왕의 죽음. 그는 자신이 딸이라고 지칭하던, 3제인의 얼굴을 가진 인형을 죽였다. 케이스는 스트레이라이트 복도의 모습을 전해 주는 몰리의 감각 입력을 보면서 생각했다. 애시풀 같은 인간이 존재하리라고 생각해 본 적도 없고 인간으로서 그만큼 권력을 가진 사람이 있으리라고 생각해 본 적도 없었노라고.

케이스의 세계에서 권력이란 기업의 힘을 뜻했다. 인류사의 진로를 결정짓는 다국적 기업, 즉 재벌은 오랜 장벽들을 초월했다. 유기체로 본다면 일종의 불사(不死)를 획득한 것이었다. 핵심 경영진을 열 명 정도 암살한다고 해서 재벌을 쓰러뜨릴 수 있는 것은 아니었다. 공석을 노리고 차근차근 사다리를 오르며 기업의 거대한 메모리 뱅크에 드나드는 사람들이 있으므로. 그러나 테시어 애시풀은 그렇지 않았다. 케이스는 창설자의 죽음에서 그 차이를 깨달았다. 테시어 애시풀은 격세유전인 동시에 하나의 일족이었다. 케이스는 어지럽혀져 있던 노인의 방과 그곳에 스민 타락한 인간성, 그리고 종이 재킷에 들어 있던 낡은 음반의 너덜거리는 옆면을 떠올렸다. 그리고 아무것도 신지 않은 한쪽 발과 벨벳 슬리퍼를 신은 나머지 발.

브라운 로봇이 모던스 특수복 후드를 잡아당겼다. 몰리는 왼쪽으로 방향을 꺾은 다음 아치형 통로로 나아갔다.

윈터뮤트와 둥지. 부화하는 말벌의 공포스러운 영상, 고속으로 돌아가는 생물학적 기관총의 모습. 하지만 재벌이나 야쿠자가 그에 훨씬 가깝지 않던가. 사이버네틱 메모리의 소굴, 거대한 단일 유기체, 실리콘에 집적된 DNA. 스트레이라이트가 테시어 애시풀의 기업 정신의 표현이라고 한다면, 테시어 애시풀도 노인만큼이나 미쳤다는 얘기였다. 그 둘은 똑같이 공포에 얽혔고 똑같이 이상한 형태로 방향을 상실했다.

"이 사람들이 스스로 바랐던 모습으로 살아갈 수 있었다면……."

케이스는 몰리의 말을 기억했다. 그러나 그 말에 대한 윈터뮤트의 답은 부정적이었다.

케이스는 특정 사업의 실질적인 두목급이나 우두머리는 보통 사람과 어떤 식으로든 다를 거라고 생각해 왔다. 그는 멤피스에서 자신을 망가뜨린 사내들에게서 그런 면을 보았고, 밤의 거리에서 활동하던 웨이지에게서도 비슷한 모습을 보았다. 그는 아미티지의 무미건조함이나 감정의 결여도 같은 식으로 해석했다. 케이스는 언제나 그것이야말로 기계, 시스템, 상위 조직이 차츰 자발적으로 적응하도록 만드는 요건이라고 생각해 왔다. 또한 인맥을 암시하고 큰손과의 보이지 않는 연계를 내비치는 태도야말로 거리를 주도하는 힘의 원천이었다.

스트레이라이트 저택의 복도 쪽은 어떻게 되어 가고 있을까?

확대된 시야에 보이는 것이라고는 칠이 벗겨져 나간 철판과 콘크리트뿐이었다.

"잘난 피터가 어디 있는지 궁금하지 않아? 곧 만나 볼 수 있을 거야."

몰리가 중얼거렸다.

"그런데 아미티지는 어디 있는 거야, 케이스?"

"죽었어. 죽었다고."

케이스는 몰리에게 들리지 않는다는 사실을 알면서도 말했다.

케이스가 전환했다.

중국제 프로그램은 목표했던 아이스와 얼굴을 맞대고 있었다. 무지갯빛이 테시어 애시풀의 중심을 나타내는 초록색 사각형으로 변해 갔다. 무색 허공에 걸린 에메랄드의 호.

"딕시, 어떻게 돼 가요?"

"좋아. 아주 잘 나가고 있어. 놀라울 정도야……. 싱가폴에서 이게 있었어야 했는데. 그때 시세의 50분의 1을 받고 아시아 신은행을 해치웠지. 하지만 다 고대사에나 해당되는 얘기야. 지금은 우리 아기가 힘든 일을 전부 해 주고 있지. 이렇게 되면 전쟁은 어떤 식으로 치르겠다는 건지……."

"이렇게 끝내주는 물건이 시장에 나오면 우린 일자리를 잃어요."

케이스가 말했다.

"그러고 싶다면야. 하지만 그 전에 이 물건을 이용해서 검은 아이스를 뚫고 좀 더 위를 노려보기라도 해."

"알았어요."

결코 기하학적이라고 할 수 없는 조그만 어떤 것이 에메랄드의 호 한쪽 끝에 나타났다.

"딕시……."

"나도 봤네. 믿어도 될지 모르겠군."

갈색 점, 테시어 애시풀의 중심 초록색 벽에 나타난 희미한 모습의 벌레. 그것이 전진하더니 쾅 급 마크 11이 만들어 놓은 다리를 건넜다. 케이스는 그것이 걷고 있다는 사실을 알았다. 그것이 다가올수록 호의 초록색 부분은 점점 늘어났고, 바이러스 프로그램의 폴리크롬이 갈라진 검정 구두의 몇 걸음 뒤로 물러났다.

"두목, 그쪽으로 넘겨야겠우."

작은 키에 헝클어진 차림새의 핀의 모습이 몇 미터 앞에 서 있는 듯 등장하자 일직선이 말했다.

"살아 있을 때는 한 번도 이렇게 우스운 걸 본 적이 없었는데."

그러나 기분 나쁜 유사 웃음은 없었다.

"처음 시도해 보는 거야."

핀이 이를 드러내며 두 손을 낡은 재킷 주머니에 꽂아 넣고 말했다.

"네가 아미티지를 죽였지."

케이스가 말했다.

"코르토 말이군. 맞아. 아미티지는 더 오래전에 사라졌지. 어쩔 수 없었어. 알아, 안다고. 너한테 효소가 필요하다는 것 말이야. 좋아. 간단한 일이지. 애당초 아미티지에게 그걸 준 건 나였어. 내 말은 뭘 사용해야 할지 일러 준 게 나였다는 거지. 하지만 거래를 좀 더 유지하는 게 좋을 것 같군. 아직 시간은 많아. 효소는 분명히 건네줄 거야. 두어 시간쯤 있다가. 괜찮지?"

핀이 파르타가스 담배에 불을 붙였다. 케이스는 사이버스페이스에 파란 연기가 피어오르는 것을 바라보았다. 핀이 말했다.

"너희들 때문에 골치가 아파. 둘 다 일직선 같기만 하다면 문제는 간단할 텐데. 일직선은 구조물이자 단순한 롬 덩어리이기 때문에 그가 하려는 일은 뭐든 예측이 가능해. 내 예측에 의하면 몰리가 애시풀의 거창한 퇴장 장면에 등장할 가능성은 거의 없었어. 예를 들어서 하는 말이지만."

그가 한숨을 쉬었다.

"그는 왜 자살한 거지?"

케이스가 묻자 사람의 모습이 어깨를 으쓱했다.

"인간은 왜 자살하는가? 그걸 아는 존재가 있다면 아마도 나 정도겠지. 하지만 개인사의 각 요소들과 그 상관관계를 설명하려면 열두 시간은 걸릴 거야. 그 노인은 오래전부터 죽음을 준비했지만 결국 냉동 장치로 되돌아가곤 했어. 세상에! 정말 지겹고 쓰레기 같은 노인네였지."

핀이 혐오로 얼굴을 찡그렸다.

"결국은 모든 게 노인이 자신의 부인을 죽인 이유와 연결돼. 간단한 대답을 원한다면 그렇다는 거지, 기본적으로. 하지만 그로 하여금 영원히 선을 넘게 만든 원인이라면, 우리의 귀여운 3제인이 노인의 극저온 시스템을 제어하는 프로그램에 장난질을 쳤다는 데 있겠지. 아주 교묘하게 말이야. 그러니까 근본적으로는 그녀가 노인을 죽인 거야. 당사자는 자살했다고 믿었고, 네 친구인 복수의 천사는 그의 눈알에 복어 주스를 잔뜩 들이부어서 해치웠다고 믿겠지만 말이야."

핀이 매트릭스 아래로 담배꽁초를 날렸다.

"사실은 내가 3제인에게 약간의 귀띔을 하긴 했지. 어떻게 하면 된다는, 그런 것 있잖아?"

"윈터뮤트. 네가 전에 그랬지, 너는 어떤 다른 것의 일부라고. 그리고 작전이 잘 끝나서 몰리가 문제의 단어를 제대로 넣으면 너는 더 이상 존재하지 않을 거라고."

케이스가 신중하게 단어를 고르며 말했다.

핀의 달걀형 두개골이 끄덕였다.

"좋아. 그럼 그때 우린 누구하고 거래를 하지? 아미티지는 죽었고, 너도 사라진다면, 도대체 누가 나한테 이 얼어 죽을 독주머니를 체내에서 제거하는 방법을 알려 준다는 거야? 누가 몰리를 저 안에서 빼내지? 내 말은, 너를 물리적 구속에서 풀어 주고 나면 우리 쪽은 전부 어떻게 되냐는 거야."

핀이 주머니에서 이쑤시개를 꺼낸 다음 외과의가 메스를 조사하듯 꼼꼼하게 살폈다. 그러다가 마침내 입을 열었다.

"좋은 질문이야. 연어라고 아나? 물고기 말이야. 이 물고기는 충동 때문에 물의 흐름을 거슬러 올라가지."

"몰라."

케이스가 말했다.

"어쨌든 나 자신도 충동에 몰리고 있어. 이유는 몰라. 이 문제에 대한 내 개인적인 생각을, 뭐 고찰이라고 해도 상관없지만, 너에게 펼쳐 보이려면 네 일생의 두 배 정도는 시간이 걸릴 거야. 하여튼 그렇게 심사숙고한 다음에 얻은 결론은, 모르겠다는 거야. 하지만 이번 일이 제대로만 끝난다면, 난 좀 더 큰 존재의 일부가 될 거야. 훨씬 더 큰 것의."

핀이 시선을 위로 올렸다가 매트릭스 주변을 둘러보았다.

"하지만 지금의 나를 이루고 있는 것들은, 그때가 와도 여전히 남을 거야. 그러니까 너희도 보상을 받게 될 거라고."

케이스는 앞으로 뛰어나가 영상의 목에 손가락을 감고 싶다는 충동을 억눌렀다. 더러운 스카프의 해진 매듭 바로 윗부분에 손을 대고, 엄지손가락을 핀의 후두에 깊숙이 박아 넣고자 하는 충동을.

"그럼, 행운을 빌어."

핀이 말했다. 그는 몸을 돌린 다음 손을 주머니에 넣고 터덜거리며 초록색 호로 되돌아갔다.

"이봐, 이 자식아."

핀이 열 발짝 정도 걸었을 때 일직선이 말했다. 영상이 발을 멈추고 반쯤 돌아섰다.

"난 어떻게 할 거야? 내 보수는?"

"너도 받게 될 거야."

그것이 대답했다.

"무슨 소리예요?"

케이스가 멀어져 가는 트위드재킷의 뒷모습을 보며 물었다.

"지워지고 싶어. 전에 말했잖아. 기억하나?"

구조물이 말했다.

케이스는 스트레이라이트를 보면서 십대 시절 알았던 쇼핑센터의 인적 없는 이른 아침을 떠올렸다. 사람이 그리 많이 살지 않는 지역. 새벽이면 찾아드는 단속적인 고요와 마비된 듯한 기대감, 그리고 불 꺼진 점포 입구 위에 설치된 안전망으로 둘러싼 전구, 그 주변에 모여든 벌레를 바라보고 있도록 만드는 긴장감. 스프롤에 인접한 주변 지역이지만 밤새 지속되는 소음과 뜨거운 중심가의 전율로부터는 너무 멀리 떨어진 장소. 그곳에도 역시 깨어나고 있는 세계의 잠든 주민들에게 둘러싸여 있는 듯한 느낌이 있었다. 케이스는 그 세계에 들러 보고 싶지도, 그곳에 대해 알고 싶지도 않았다. 그곳에 있는 것은 잠시 휴식 중인 따분한 사업과 머지않아 다시 깨어날 의미 없는 반복뿐이었다.

몰리의 걸음이 느려졌다. 목적지에 접근했다는 자각 때문에, 또는 다리가 걱정되기 때문일 것이다. 고통이 엔돌핀을 뚫고 띄엄띄엄 느껴졌다. 케이스는 몰리의 상태를 알 수 없었다. 그녀는 말 없이 이를 악물고 호흡을 조절했다. 그녀는 뭔지 알 수 없는 많은 물건들을 지나왔지만, 그의 호기심은 더 이상 남아 있지 않았다. 지나온 곳 중에는 책을 담아 둔 선반으로 가득 찬 방이 있었다. 책은 막대한 양의 누렇게 바랜 종이를 천이나 가죽으로 씌워 제본한 것들이었으며, 선반은 문자나 숫자를 써 놓은 레이블로 군데군데 나뉘어 있었다. 미술품이 그득한 전시실도 있었다. 케이스는 그곳에서 몰리의 무관심한 눈을 통해 깨지고 먼지 덮인 유리판에 주목했다. 몰리의 시선이 기계적으로 황동 명패를 훑었다. 'La mariée mise à nu par ses célibataires, même.(독신자들에 의해 나체가 된 신부. 마르셀 뒤샹의 작품 제목. ―옮긴이)' 그녀가 손을 뻗어 그것을 만지자 인조 손톱이 깨진 유리를 보호하는 샌드위치 보호 판에 닿았다. 렉산 사에서 만든 것이었다. 테시어 애시풀의 냉동 보존 구획으로 들어가는 입구임에 틀림없는 곳도 보였다. 검은 유리로 만든 둥그런 문은 크롬으로 테두리가 쳐져 있었다.

몰리는 아프리카인 두 명이 탄 카트와 마주친 이후 아무도 마주치지 않았다. 케이스는 그들의 다음 모습을 상상해 보았다. 그들은 스트레이라이트 통로를 부드럽게 미끄러져 나간다. 그들의 매끈하고 검은 두개골이 끄덕이며 빛난다. 그중 하나는 계속해서 고리타분하고 짧은 노래를 부른다. 이런 것들은 케이스가 예상했던 스트레이라이트 저택과 전혀 어울리지 않았다. 그는 캐스가 말한 동화 속의 성이나 뚜렷하게 기억할 수 없는 야쿠자의 비밀 성소에 대한 유년기의 환상쯤을 상상했다.

07:02:18.

한 시간 삼십 분.

"케이스. 부탁 하나 해도 돼?"

몰리가 말했다.

그녀는 딱딱한 몸짓으로 윤기 나는 철판 더미에 앉았다. 철판 모서리에는 고르지 않은 보호용 투명 플라스틱이 덮여 있었다. 그녀가 맨 위 판을 두르고 있는 플라스틱 틈새를 잡아당기자 엄지와 검지 밑으로 칼날이 밀려 나왔다.

"다리가 영 안 좋아. 알지? 그런 오르막이 있는지도 몰랐고, 조금 있으면 엔돌핀 효과도 떨어질 거야. 그러니까 만약에, 만약에 말이야. 나한테 문제가 생긴다면……. 내 말은 내가 리비에라보다 먼저 죽는다면……."

몰리가 다리를 뻗은 다음 모던스 폴리카본 특수복과 파리에서 산 가죽 바지 위로 허벅지 근육을 주물렀다.

"그 자식한테 전해 줘. 그건 나였다고, 알았어? 나였다고만 하면 무슨 얘긴지 알아들을 거야, 응?"

몰리가 텅 빈 통로와 벽을 살펴보았다. 바닥은 가공하지 않은 월석 콘크리트였고 공기 중에서는 합성수지 냄새가 났다.

"빌어먹을. 이봐, 네가 듣고 있는지 어떤지조차 알 수 없잖아."

케이스.

몰리가 얼굴을 찡그리고 일어선 다음 고개를 끄덕였다.

"그가 뭐라고 했어? 윈터뮤트가 말이야. 마리 프랑스 얘기 들었어? 그 여자는 테시어 쪽 혈통이고 유전자상으로 3제인의 모친이래. 내 생각에는 죽은 애시풀 인형의 엄마이기도 한 것 같아. 그가 왜 나한테 그런 얘기를 했는지는 모르겠지만, 나는 그 객실에서 많은 얘길 들었어. 왜 핀이나 다른 사람의 모습으로 나타나야 하는지. 단순한 가면이 아니라, 우리한테 내려와서 소통하기 위한 밸브나 기어처럼 실제 인물의 프로필을 쓰는 거라고 했어. 틀이라고 부르더라. 인격 모델이라나."

그녀가 화살총을 꺼내 들고 절룩거리며 복도로 나아갔다.

노출된 철재와 거친 에폭시 수지가 갑자기 끝나자 케이스가 보기에 단단한 바위를 뚫어 만든 것 같은 동굴이 시작됐다. 몰리가 가장자리를 조사했다. 케이스는 차가운 돌 느낌의 판으로 철재를 덮어 씌운 것이라는 사실을 깨달았다. 몰리가 무릎을 꿇고 인조 동굴 바닥에 깔린 검정 모래에 손을 댔다. 차갑고 메마른 모래의 느낌이었지만, 그녀가 손가락을 빼내자 액체처럼 닫혀 흔적이 남지 않았다. 동굴은 몇 미터 앞에서 구부러져 있었다. 노란색의 강렬한 빛이 이음새 없는 인조 바위에 선명한 그림자를 드리웠다. 몰리가 움직이기 시작하자 케이스는 그곳의 중력이 거의 정상이라는 것을 알 수 있었다. 오르막을 지나온 몰리가 다시 내리막을 타야 한다는 뜻이었다. 케이스는 방향감각을 완전히 상실했다. 공간상의 방향 상실은 카우보이에게 유독 공포스러운 것이었다.

'몰리는 길을 잃지 않았어.'

케이스가 스스로를 타일렀다.

무언가 몰리의 다리 사이를 종종걸음으로 빠져나가더니 째깍거리며 바닥의 가짜 모래 위로 전진했다. 붉은색 발광다이오드가 깜박거렸다. 브라운 로봇이었다.

모퉁이를 돌자마자 첫 번째 홀로그램 3부작이 기다리고 있었다. 케이스는 몰리가 화살총을 내려놓은 후에야 그것이 녹화된 영상이라는 것을 깨달았다. 영상은 빛의 캐리커처, 즉 실물 크기의 만화였다. 몰리와 아미티지, 그리고 케이스. 몰리의 가슴은 너무 컸으며, 묵직한 가죽 재킷 속에 받쳐 입은 딱 붙는 검은 망사를 통해 안이 들여다보였다. 그녀의 허리는 말도 안 되게 가늘었고 은빛 렌즈가 얼굴의 절반을 덮고 있었다. 그녀는 불합리하게 복잡한 무기를 들고 있었다. 도드라져 보이는 조준경, 소음기, 그리고 소염기 따위로 인해 형태를 알아보기 힘든 권총 모양이었다. 그녀는 다리를 벌리고 골반을 앞으로 내밀면서 입가에 바보스럽고 잔인한 미소를 띠고 있었다. 아미티지는 닳아 빠진 카키색 군복을 입고 차렷 자세로 딱딱하게 서 있었다. 몰리가 조심스럽게 전진하자 케이스는 아미티지의 눈을 볼 수 있었다. 그것들은 작은 모니터였으며, 그 각각에는 눈 내리는 황야의 청회색 영상과 고요한 바람에 구부러진 상록수의 검게 헐벗은 줄기가 비쳤다.

몰리가 손가락 끝으로 아미티지의 텔레비전 눈을 찔러 본 다음 케이스의 영상 쪽으로 돌아섰다. 케이스는 그것들이 리비에라의 작품이라는 사실을 즉각 알아차렸다. 리비에라는 케이스에게서는 풍자할 만한 어떤 요소도 찾지 못한 것 같았다. 허리를 구부리고 있는 그 모습은 케이스가 매일 거울을 통해 보던 것과 매우 흡사했다. 마르고 추켜올라간 어깨, 짧고 검은 머리에 특징 없는 얼굴. 수염이 자란 상태였지만 그건 여느 때도 마찬가지였다.

몰리가 뒤로 물러섰다. 그녀는 영상을 하나씩 돌아보았다. 정지 상태에서 움직이는 것은 아미티지의 얼어붙은 시베리아 눈 속에서 조용히 휘몰아치는 검은 나무들뿐이었다.

"피터, 할 말이 있는 거야?"

몰리가 작은 소리로 물었다. 그리고 앞으로 걸어 나가 홀로그램 몰리의 다리 사이에 있는 무언가를 걷어찼다. 금속이 벽에 부딪히는 소리와 함께 영상이 사라졌다. 그녀가 몸을 숙여 작은 투영 장치를 집어 들었다.

"그는 이런 기계에 접속해서 직접적으로 프로그래밍할 수 있는 것 같아."

몰리가 그것을 멀리 집어던지며 말했다.

몰리가 노란 빛의 근원을 지나갔다. 벽에는 백열전구가 설치되어 있었고, 그 둘레를 넓게 퍼진 녹슨 철망이 보호했다. 어설퍼 보이는 시설물들의 모양새가 어쩐지 유년기를 떠올리게 했다. 케이스는 지붕과 물이 괸 지하 2층에 아이들과 함께 만들었던 기지를 떠올렸다. '부잣집 꼬마의 비밀 장소로군.' 그가 생각했다. 이런 식의 엉성함에는 많은 돈이 들었다. 이른바 분위기라는 것이었다.

몰리가 십여 개의 홀로그램을 더 지난 다음 3제인의 거처로 들어가는 입구에 도착했다. 그중 하나는 향신료 시장 뒷골목에서 눈 없는 괴물이 리비에라의 망가진 몸을 찢고 나오던 순간을 표현하고 있었다. 다른 몇 가지는 고문 장면이었다. 신문관은 항상 군인이었고 희생자는 언제나 젊은 여성이었다. 그것들 속에는 리비에라가 레스토랑 20세기에서 보여 준 기분 나쁜 강렬함이 깃들어 있었다. 오르가슴의 푸른 섬광 속에서 얼어붙은 듯한 느낌. 몰리는 그 모습들을 외면하며 지나쳤다.

마지막 영상은 작고 어두웠다. 마치 리비에라가 자신의 머나먼 기억과 시간 속에서 끌어낸 것처럼. 몰리는 무릎을 꿇고 그것을 관찰했다. 어린아이의 시점에서 바라본 모습이었다. 지금까지의 것들에는 배경이 없었다. 인물, 제복, 고문 도구 등 모두 홀로 서 있는 영상이었다. 하지만 이번 것에는 풍경이 있었다.

잔해의 검은 물결이 무색 하늘로 솟아 있었고, 그 꼭대기 너머로 반쯤 녹고 하얗게 바랜 도심지 고층 건물의 뼈대가 보였다. 잔해의 물결은 그물처럼 짜였고, 녹슨 철제 기둥이 가느다란 실처럼 우아하게 뒤틀렸으며, 그 끝에는 여전히 거대한 콘크리트 판이 매달려 있었다. 앞은 예전에 도심의 광장이었던 듯했다. 무언가의 밑둥이 보였다. 분수의 일부 같았다. 그 아래에 얼어붙은 어린아이들과 군인이 있었다. 처음 보아서는 뭔지 알 수 없는 광경이었다. 몰리가 케이스보다 먼저 그 장면의 의미를 간파했다. 케이스는 그녀의 긴장감을 느꼈다. 그녀가 침을 뱉고 일어섰다.

어린아이들. 잔인한 모습에 누더기를 걸쳤다. 이가 칼처럼 빛났다. 찡그린 얼굴에 돋은 종기들. 군인은 입과 목구멍을 크게 벌리고 하늘을 향해 누워 있었다. 아이들이 허기를 채우고 있었다. 몰리가 평온한 목소리로 말했다.

"본이군. 대단한 작품이야, 피터. 그래야만 했겠지. 우리의 3제인은 닳아 빠져서 유치한 도둑에게 뒷문을 열어 줄 리가 없으니 말이야. 그래서 윈터뮤트가 너를 발굴해 낸 거지. 네 취향이 이런 거라면 정말 갈 데까지 간 거야. 악마 추종자, 피터."

그녀가 몸을 떨었다.

"하지만 그 여자를 꼬드겨서 내가 들어오게 하는 건 성공했군. 고마워. 이제 파티를 열어야지."

그러고 나서 그녀는 리비에라의 유년기에서 물러났다. 다리의 통증이 지속됐지만 걸음걸이에는 여유가 있었다. 몰리가 총집에서 화살총을 꺼내어 플라스틱 탄창을 뽑아낸 다음 주머니에 집어넣고 다른 것으로 갈아 끼웠다. 그러고 나서 엄지손가락을 모던스 특수복의 목에 건 다음 한 번에 가랑이까지 찢어 내렸다. 그녀의 엄지손가락 칼날이 질긴 폴리카본을 삭은 비단처럼 갈랐다. 몰리가 옷에서 팔과 다리를 빼냈다. 찢어진 옷 조각들이 가짜 검정 모래 속으로 몸을 숨겼다.

케이스는 음악이 흐르는 것을 알아챘다. 처음 듣는 곡이었다. 피아노와 관악기 일색이었다.

3제인의 세계로 들어가는 입구에는 문이 없었다. 터널 벽에 들쭉날쭉한 5미터 길이의 틈이 나 있었고, 고르지 않은 계단이 큼직하고 얕은 곡선을 그리며 내려갔다. 희미한 푸른빛, 움직이는 그림자, 그리고 음악.

"케이스."

몰리가 말하면서 걸음을 멈췄다. 화살총은 오른손에 들고 있었다. 그녀가 왼손을 들고 미소를 지은 다음, 손바닥을 펴서 젖은 혀 끝으로 핥고는 심스팀 연결을 통해 케이스에게 키스했다.

"나 들어갈게."

그녀가 왼손에 무언가 작고 무거운 것을 쥐었다. 엄지손가락은 작은 돌기에 얹혀 있었다. 그리고 그녀는 내려갔다.

6

몰리는 간발의 차로 실패했다. 거의 성공할 뻔했지만 완전하지는 못했다. '들어갈 때는 좋았는데…….' 케이스가 생각했다. 자세가 좋았다. 그건 케이스로서도 알 수 있었다. 다른 카우보이가 덱으로 몸을 내밀고 보드 위로 손가락을 휘날리는 모습에서도 감지할 수 있는 어떤 것이 있었다. 몰리도 그런 것을, 그런 움직임을 지녔다. 그녀는 그 모든 것을 한데 모아 진입했다. 그것들을 모아 다리의 고통에 쏟아부으며 그 장소의 주인인 양 3제인의 계단으로 힘차게 내려갔다. 총을 든 쪽의 팔꿈치를 허리에 대고, 팔뚝을 들어 올리며, 손목에 힘을 빼고, 총구를 들이대면서 섭정 시대의 투사처럼 태연하게.

그것은 하나의 연기였다. 마치 평생 동안 무술 테이프를 관찰해 온 결과 완성된 모습 같았다. 케이스가 보고 자란 싸구려 무술 영화들. 몰리는 몇 초 동안 쇼 비디오에 나오는 소니 마오나 미키 지바, 그리고 리와 이스트우드까지 거슬러 올라가는 모든 악역 배우 그 자체였다. 말투뿐 아니라 걸음걸이까지도.

레이디 3제인 마리 프랑스 테시어 애시풀은 스트레이라이트 외벽의 안쪽 표면을 사용해 시골 부자로 군림하고 있었다. 그녀의 유산인 벽의 미로는 난도질당했다. 그녀가 거주하는 한 칸짜리 방은 너무 넓어서 반대쪽 끝이 뒤집힌 지평선과 맞닿았다. 바닥은 방추형 콜로니의 곡면에 숨겨져 있었다. 천정은 낮고 고르지 않았으며, 복도의 벽을 장식하는 인조 바위와 똑같은 방식으로 처리되어 있었다. 바닥 여기저기에는 부서진 벽이 허리 높이로 남아 마치 미로의 잔해처럼 보였다. 계단 아래쪽 끝에서 10미터쯤 떨어진 곳에는 청록색의 사각 수영장이 있었다. 저 거주지의 유일한 조명은 수영장 속에 설치된 투광기뿐인가. 케이스가 이렇게 생각할 때 몰리는 마지막 발걸음을 내디뎠다. 수영장에서 솟아오른 빛의 거품이 천정에 부딪혔다.

그들은 수영장 옆에서 기다렸다.

케이스는 몰리의 반사신경이 증폭되어 있으며, 신경외과 의사들에 의해 전투용으로 가속화되었다는 사실을 알고 있었다. 그러나 심스팀 통신을 통해 겪어 본 적은 없었다. 그 효과는 테이프를 2분의 1 속도로 돌린 것과 비슷했다. 살인 본능과 수년에 걸친 훈련으로 안무한 느리고 섬세한 춤 동작이었다. 몰리는 한눈에 세 사람을 살피는 것 같았다. 사내는 수영장의 다이빙대에서 균형을 잡는 중이었고, 여자는 포도주 잔 너머로 히죽거리고, 애시풀의 시체는 왼쪽 눈에 검게 썩어 들어가는 구멍을 열어 놓은 채 환영의 미소를 짓고 있었다. 그는 밤색 예복을 걸쳤다. 이빨이 새하얬다.

사내가 물속으로 뛰어들었다. 갈색의 날씬하고 완벽한 동작이었다. 그의 손이 수면에 닿기 전에 몰리의 손에서 수류탄이 날았다. 케이스는 폭발의 순간에야 그게 무엇인지 알아챘다. 10미터 길이의 깨져 나가기 쉬운 철선을 고성능 폭약에 감은 것이었다.

몰리가 폭발성 화살의 폭풍을 애시풀의 얼굴과 가슴으로 날려 보내자 화살총에서 바람 소리가 났다. 그는 사라지고, 하얀 에나멜을 칠한 수영장 의자의 등받이에 뚫린 구멍에서 연기가 피어올랐다.

총구를 3제인에게 돌린 순간 수류탄이 폭발하며 물로 만든 대칭형 결혼식 케이크가 솟아올랐다가 흩어지며 떨어져 내렸다. 그러나 이미 실패였다.

히데오는 몰리에게 손가락 하나 대지 않았다. 몰리의 다리가 무너져 내렸다. 케이스는 가비에서 비명을 질렀다.

"오래 걸렸네."

리비에라가 몰리의 주머니를 뒤지며 말했다. 그녀의 두 손은 볼링 공 크기의 검은 무광 구체 속에 파묻혀 보이지 않았다.

"앙카라에서 대규모 암살을 본 적이 있어."

그가 몰리의 재킷에서 여러 가지 물건을 꺼냈다.

"수류탄을 수영장에 던졌지. 폭발은 약했지만 유체정역학적 충격으로 전원이 사망했어."

케이스는 몰리가 시험 삼아 손가락을 움직이고 있다는 것을 느꼈다. 구체의 재질에서 항온 폼 정도의 저항이 되돌아왔다. 다리의 통증은 참을 수 없을 정도로 끔찍했다. 붉은 물결무늬가 시야에 아른거렸다.

"나라면 손가락을 움직이지 않을 거야."

구체의 내부가 조금 조여 든 것 같았다.

"그건 제인이 베를린에서 사온 섹스용 장난감이야. 계속 손가락을 꼼지락거리면 산산조각 날걸. 이곳 바닥재의 변종이지. 분자구조와 관계가 있는 것 같아. 아픈가?"

몰리가 신음 소리를 냈다.

"다리를 다친 것 같군."

리비에라의 손가락이 몰리의 바지 왼쪽 뒷주머니에서 납작한 마약 봉지를 찾아냈다.

"흠, 알리한테 받아 온 마지막 한 입인가. 마침 잘 됐군."

움직이는 피의 그물이 소용돌이치기 시작했다. 여자의 목소리가 말했다.

"히데오. 이 여자 의식을 잃고 있어요. 뭣 좀 갖다 주세요. 정신을 차리고 고통도 줄일 수 있도록. 피터, 이 아가씨 아주 인상적이지 않아요? 안경 좀 봐요. 출신지에서는 이게 유행인가요?"

차가운 손이, 침착하게, 의사와 같은 정확성으로. 바늘이 따가웠다. 리비에라가 말했다.

"나야 모르죠. 저 여자가 사는 곳에 가 본 적도 없어요. 터키에 와서 나를 끌어냈으니까."

"스프롤이군, 맞아요. 그쪽에 관심이 있어요. 한 번은 히데오를 보낸 적도 있죠. 사실 내 잘못이었어요. 도둑을 안으로 들였거든요. 가문의 터미널을 도둑맞았어요."

그녀가 웃었다.

"침입을 쉽게 해 준 거예요. 다른 사람들을 골탕 먹이려고. 그 도둑, 귀여운 소년이었는데……. 히데오, 그 아가씨 깨어났나요? 주사를 좀 더 놓아 줘야 하지 않을까요?"

"더 놓으면 죽습니다."

세 번째 목소리가 말했다.

피의 그물이 암흑 속으로 미끄러져 들어갔다. 음악이 되돌아왔다. 관악기와 피아노. 무도곡이었다.

케 이 스 : : : :

: : : : : 접 속 을

끊 어 : : : : :

케이스가 전극을 떼어 내자 번쩍이는 글자의 잔영이 마엘컴의 눈과 주름 잡힌 이마에 겹쳐 춤을 추었다.

"비명 지르던데, 친구. 조금 전에."

케이스가 말했다. 목이 바짝 탔다.

"몰리가 다쳤어."

그가 중력망 언저리에 놓여 있던 플라스틱 물통을 집어 들고 아무 맛도 나지 않는 물을 한 모금 빨았다.

"일이 꼬이는 게 영 마음에 들지 않아."

소형 크레이 모니터가 켜졌다. 뒤엉킨 핀이 꽉 찬 폐품 더미를 배경으로 등장했다.

"나도 그래. 문제가 생겼어."

마엘컴이 케이스의 머리 위로 몸을 당긴 다음 돌아서서 그의 어깨 너머로 눈을 내밀었다.

"저 친구 누구야, 케이스?"

"저건 그냥 그림이야."

케이스가 지친 목소리로 말했다.

"내가 스프롤에서 알던 녀석이야. 말하고 있는 건 윈터뮤트고. 우리 마음을 편하게 하려고 만들어 놓은 그림이지."

핀이 말했다.

"바보 같은 소리. 몰리한테도 말했지만, 이건 가면이 아니라고. 자네들하고 얘기를 하려면 이게 필요해. 자네들이 말하는 인격이라는 게 나한테는 거의 없거든. 하지만 그런 건 다 쓸데없는 소리고, 케이스! 다시 말하지만 문제가 생겼어."

"말씀해 보시오, 뮤트."

마엘컴이 말했다.

"일단 몰리의 다리가 못 쓰게 됐어. 걷질 못해. 원래는 몰리가 거기로 내려가서 안으로 들어간 다음 피터를 처리하고, 3제인이 마법의 단어를 털어놓으면 흉상한테 가서 그 단어를 말해야 하는 거였지. 그런데 이제 그녀는 꼼짝을 못해. 그러니까 너희 둘이 그녀의 뒤를 따라 안으로 들어가 줬으면 좋겠어."

케이스가 화면에 떠오른 얼굴을 쳐다보았다.

"우리가?"

"다른 사람이 없잖아."

케이스가 말했다.

"에어롤, 바빌론 라커에 타고 있는 친구. 마엘컴의 친구 말이야."

"안 돼. 네가 가야 해. 몰리를 이해하고 리비에라를 이해하는 사람이. 마엘컴은 경호원 역할이야."

"내가 이쪽에서 수행 중이던 사소한 작전에 대해서 잊어버린 모양인데, 기억 나? 네가 여기까지 나를 질질 끌고 온 건……."

"케이스, 잘 들어. 시간이 없어. 정말 급해. 들어 봐. 네 덱과 스트레이라이트를 실질적으로 연결하는 건 가비의 항법 시스템을 타고 나가는 측파대(側波帶) 방송이야. 가비를 몰고 내가 알려 주는 비밀 하역장으로 이동해. 중국제 바이러스는 이제 호사카의 구조를 완전히 뚫고 들어갔어. 호사카 속에는 오직 바이러스밖에 없어. 하역장에 연결되면 바이러스가 스트레이라이트의 보호 시스템을 건드릴 거고, 그러면 측파대 방송을 끊는 거야. 넌 네 덱을 가지고 일직선, 그리고 마엘컴과 함께 가. 3제인을 찾아서 그 단어를 알아낸 다음 리비에라를 죽이고 몰리한테 열쇠를 넘겨 받아. 프로그램의 행방은 네가 덱을 스트레이라이트 시스템에 연결하면 알 수 있어. 그건 내가 알아서 해 둘게. 흉상 뒤를 보면 다섯 개의 지르콘이 박힌 판 밑에 표준형 잭이 있어."

"리비에라를 죽이라고!"

"죽여."

케이스가 핀의 모습을 보며 눈을 깜박였다. 케이스는 마엘컴이 자신의 어깨에 손을 얹는 것을 느꼈다. 그는 솟아오르는 분노와 일종의 기쁨을 동시에 느꼈다.

"이봐, 너 잊은 게 있어. 네가 망쳐 놨잖아. 아미티지를 날려 버릴 때 갈고리의 조종부도 같이 날아갔어. 하니와가 우리 배를 꽉 붙잡고 있단 말이야. 아미티지가 그쪽 호사카를 튀겨 버렸고 메인 프레임은 브릿지하고 같이 사이좋게 망가졌어. 맞지?"

핀이 고개를 끄덕였다.

"그러니까 우린 여기서 꼼짝 못해. 다시 말해서 넌 좆된 거야."

케이스는 소리 내어 웃고 싶었지만, 웃음이 목에 걸려 나오지 않았다.

"어이, 케이스. 가비는 예인선이야."

마엘컴이 작은 소리로 말했다.

"그렇지."

핀이 미소를 지었다.

"바깥 넓은 세상에선 재밌는 일 좀 있었나? 윈터뮤트가 흥밋거리를 제공했을 텐데……."

케이스가 접속해서 들어가자 구조물이 물었다.

"예, 맞아요. 쾅은 괜찮아요?"

"완전히 덮었어. 살인 바이러스야."

"좋아요. 이쪽에 방해가 들어왔지만 해결하는 중이에요."

"뭔지 얘기해 줄 건가?"

"시간이 없어요."

"흠, 그래. 난 신경쓰지 마. 어차피 죽은 몸인걸, 뭐."

"꺼져요."

케이스가 찢어진 손톱 끝 같은 일직선의 웃음을 끊으며 전환했다.

"그녀는 개인적인 의식이 거의 사라진 상태를 꿈꿨어요."

3제인이 말하고 있었다. 그녀가 커다란 카메오(양각으로 아로새긴 보석.—옮긴이)를 손에 쥐고 몰리 쪽으로 내밀었다. 거기에 새겨진 모습은 3제인과 똑같았다.

"동물적인 행복이죠. 내 생각에 그녀는 전두엽의 진화를 쓸모없는 우회의 일종으로 본 것 같아요."

3제인이 브로치를 앞으로 당겨 살펴보고는 이리저리 기울이며 여러 각도에서 빛을 비췄다.

"일족의 구성원이기도 한 개인은 어떤 고조된 상태일 때에만 자의식의 고통스러운 측면을 느끼게 되는 거죠……."

몰리가 고개를 끄덕였다. 케이스는 그녀가 주사를 맞았다는 사실을 기억했다. 무슨 주사를 맞은 걸까. 고통은 여전히 남아 있었지만, 혼란스러운 여러 가지 인상이 모인 아주 작은 초점으로 전해졌다. 네온 벌레가 허벅지 속에서 몸부림치는 느낌, 삼베의 감촉, 새우튀김 냄새. 케이스의 마음이 그것들로부터 움찔하며 물러났다. 거기에 집중하는 것을 그만두자 인상들이 서로 중첩되며 백색 잡음 같은 감각으로 변했다. 이것들이 몰리의 신경계 쪽에 영향을 끼쳤다면 그녀의 정신 상태는 어떻게 되었을까?

몰리의 시야는 비정상적으로 맑고 선명했으며, 평상시보다 날카롭기까지 했다. 사물이 떨리는 것처럼 보였으며 사람이나 물건 하나하나가 미세하게 다른 주파수에 동조하는 것 같았다. 그녀의 양손은 여전히 검은 구체에 묶인 채 무릎 위에 놓여 있었다. 그녀는 수영장 의자에 앉아 있었다. 부러진 다리를 쭉 펴서 낙타 가죽으로 만든 쿠션 위에 얹어 놓은 상태였다. 3제인은 표백하지 않은 양모로 만든 헐렁한 젤라바(소매가 넓고 후드가 달린 아랍 지역의 의복.—옮긴이)를 걸치고 쿠션에 앉아 몰리의 맞은 편에 자리 잡고 있었다. 그녀는 매우 젊었다.

"그 인간은 어디 갔어요? 주사 맞으러 갔나요?"

몰리가 물었다.

3제인이 희미하고 무거운 외투 장식 안에서 어깨를 으쓱하고는 눈을 가린 검은 머리카락을 쳐 냈다.

"그는 당신을 언제 들여보내야 할지 말해 줬어요. 이유는 말하지 않더군요. 모든 게 비밀리에 진행됐죠. 우리를 해치려고 한 건가요?"

그녀가 말했다. 케이스는 몰리가 주저하는 것을 알아챘다.

"리비에라는 죽였을 거예요. 저 닌자도 죽이려고 했을 거예요. 그 다음에 당신하고 이야기를 나누려고 했어요."

"왜죠?"

3제인이 물었다. 그녀가 카메오를 젤라바 안주머니에 도로 넣었다.

"왜, 그리고 무엇에 대해서?"

몰리가 그녀의 섬세하게 튀어나온 광대뼈와, 넓은 입과, 날카로운 매부리코를 자세히 들여다보았다. 3제인의 검은 눈은 이상할 정도로 흐릿했다.

몰리가 결국 입을 열었다.

"그 인간을 증오하기 때문이죠. 그리고 증오하는 이유는 내가 그렇게 생겨 먹었기 때문이에요. 그도 그렇고 나도 그래요."

"그 쇼, 나도 그 쇼를 봤어요."

3제인이 말하자 몰리는 고개를 끄덕였다.

"그렇지만 히데오는?"

"그 사람들은 최고니까요. 예전에 그중 하나가 내 동업자를 죽였으니까요."

3제인의 표정이 눈에 띄게 침울해졌다. 그녀가 눈썹을 추켜올렸다.

"내 눈으로 그 순간을 봐야 했으니까요."

몰리가 말했다.

"그런 다음에 얘기를 하기로 되어 있었나요? 당신과 내가? 지금처럼?"

3제인은 검은 생머리를 가운데에서 갈라 뒤로 넘기고 광택 없는 순은 머리핀으로 고정하고 있었다.

"지금 얘기를 해 볼까요?"

“이걸 벗겨 줘요.”

몰리가 묶여 있는 손을 들어 올리며 말했다.

“당신은 우리 아버지를 죽였어요. 모니터를 통해서 봤어요. 아버지는 그것들을 어머니의 눈이라고 불렀죠.”

3제인의 어조에는 아무런 변화가 없었다.

“그 사람은 인형을 죽였어요. 당신처럼 생겼더군요.”

“아버지는 대담한 의사 표현을 좋아했어요.”

그녀가 말했다. 리비에라가 그녀의 곁에 나타났다. 마약 때문에 활기가 돌았고, 호텔 옥상 정원에서 입었던 서커 소재의 죄수복을 걸치고 있었다.

“친해졌나요? 흥미로운 여자죠? 난 처음부터 알아봤어요.”

그가 3제인을 지나 다가왔다.

“네 뜻대로는 안 될 거야.”

“그럴까, 피터?”

몰리가 간신히 쓴웃음을 지었다.

“윈터뮤트보다 먼저 같은 실수를 저지르게 될 거야. 나를 과소평가 했다가는.”

리비에라가 타일 깔린 수영장의 경계를 지나 하얀 에나멜 테이블로 다가가 묵직해 보이는 하이볼 유리잔에 생수를 따랐다.

“그는 나하고 얘기했어, 몰리. 나머지한테도 그랬을 거라고 생각해. 너하고 케이스, 그리고 아미티지의 제정신인 일부 말이야. 알고 있겠지만, 그는 우리를 제대로 이해하지 못해. 그는 나름대로 준비한 프로필을 가지고 있지. 하지만 그건 통계에 불과해. 너는 통계적 동물일 수도 있고, 케이스는 정확히 그런 부류지. 하지만 나는 정량화할 수 없는 소질을 타고났어."

그가 물을 마셨다.

"그게 정확히 뭐지, 피터?"

몰리가 침착한 목소리로 물었다.

리비에라가 얼굴을 빛냈다.

"의외성."

그는 두 여자 쪽으로 돌아와 조각이 새겨진 깊은 크리스탈 덩어리 원통에 남은 물을 휘저었다. 그는 그것이 주는 무게감을 즐기는 것 같았다.

"이유 없는 행동을 즐기는 거지. 그리고 난 결심했어, 몰리. 완벽하게 아무 이유도 없는 결심을."

몰리가 그를 올려다보며 다음 말을 기다렸다.

"오, 피터."

3제인이 말했다. 그녀의 어조에는 어린아이를 꾸짖을 때 쓰는 자애로운 격노가 담겨 있었다.

"몰리, 너한테 할 말은 없어. 알다시피 윈터뮤트가 나한테 작전을 설명했지. 3제인은 암호를 알고 있지만, 물론 너에게 말해 주지 않을 거야. 윈터뮤트한테도. 제인은 야심이 있는 여자야. 나름대로의 고집스러운 방식으로."

그가 다시 미소를 띠었다.

"그녀는 일족의 제국에 대한 계획을 세워 놨어. 그리고 한 쌍의 미친 인공지능은, 개념 자체가 비정상이긴 하지만, 방해 요소에 불과해. 그러므로 그녀의 리비에라가 도와드리기 위해 대령합니다. 그리고 피터가 말합니다. 앉아만 계십시오. 리비에라가 아버님께서 좋아하시는 스윙 음반을 틀고 그에 어울리는 악단과 무희들을 불러 애시풀 선왕의 장례를 치르겠사옵니다."

그는 남은 생수를 마저 들이켰다.

"안 됩니다, 아버님. 당신은 할 수 없습니다. 이제 피터가 귀환했으니까요."

그리고 코카인과 메페리딘 때문에 얼굴이 분홍빛으로 물든 리비에라는 몰리의 왼쪽 렌즈에 거세게 유리잔을 던졌다. 피와 불빛 속으로 시야가 흩어졌다.

케이스가 전극을 떼어 냈다. 마엘컴은 선실 천정에 엎드려 있었다. 허리에 감아 놓은 나일론 끈의 양쪽 끝이 충격 흡수 코드와 회색 고무 흡반으로 양쪽 벽에 고정되어 있었다. 그는 웃통을 벗어 젖힌 채 사용하기에 불편해 보이는 무중력용 렌치를 들고 중앙 패널에 붙어 작업 중이었다. 그가 육각 너트를 풀자 렌치의 커다란 스프링이 소리를 내며 울렸다. 마커스 가비는 중력압 때문에 신음 소리를 내며 삐걱거렸다.

"뮤트, 우리를 하역장으로 데려가."

자이언인이 허리에 달린 그물 주머니에 방금 뽑아 낸 육각 너트를 집어넣으면서 말했다.

"마엘컴이 착륙 맡아. 그동안 작업 도구 필요해."

"거기에 도구를 보관하는 거야?"

케이스가 고개를 위로 젖히고 갈색 등에 솟은 근육을 바라보았다.

"이건 그래."

마엘컴이 패널 뒤 공간에서 검은 폴리카본으로 싼 기다란 꾸러미를 밀어냈다. 그는 패널을 도로 끼우고 육각 너트 하나를 조여 고정시켰다. 마엘컴이 작업을 끝내기도 전에 검은 꾸러미가 선미 쪽으로 흘러갔다. 그가 엄지손가락을 놀려 작업용 벨트의 회색 판에 달린 진공 밸브를 열고 몸을 자유롭게 한 다음 방금 꺼낸 물건을 회수했다.

그는 벽을 차고 계기반 위를 넘어 유영한 다음 케이스의 중력망을 붙잡았다. 계기반의 중앙 화면에 초록색 도킹 표시도가 깜박였다. 마엘컴이 몸을 아래로 당기고 나서 부러진 두꺼운 손톱으로 꾸러미의 테이프를 집었다.

"어떤 중국 사람 말했어. 진실 여기서 나온다고."

그가 기름투성이 구식 레밍턴 자동 산탄총의 포장을 풀며 말했다. 닳아 빠진 총상의 몇 밀리미터 앞에서 총신을 자르고, 개머리판을 완전히 제거한 다음, 검정색 무광 테이프를 감은 목제 권총 손잡이를 단 물건이었다. 케이스는 땀과 마리화나 냄새를 맡았다.

"이거 하나뿐이야?"

"응, 친구."

마엘컴이 붉은 천으로 검정 총신에 묻은 기름을 닦아 내며 말했다. 다른 손으로는 검정 폴리카본 포장지를 감은 권총 손잡이를 잡고 있었다.

"나 라스파타리안 해군. 믿어."

케이스가 이마에 전극을 둘렀다. 더 이상 텍사스 도뇨관을 사용할 일은 없었다. 적어도 스트레이라이트에 가면 진짜 소변을 볼 수 있을 테니까. 비록 그게 마지막일지라도.

그가 접속했다. 구조물이 말했다.

"이봐. 우리 친구 피터는 완전히 맛이 갔지?"

그것들은 이제 테시어 애시풀 아이스의 일부인 것 같았다. 에메랄드색 호들이 더욱 넓어지며 함께 자라나 고체화된 상태였다. 주변을 둘러싼 중국제 프로그램의 각 면에서도 초록색이 우위를 차지했다.

"딕시, 가까워지고 있는 건가요?"

"아주 가까워. 곧 자네가 필요할 거야."

"들어 보세요. 윈터뮤트가 그러는데 쾅이 우리 쪽 호사카에 단단히 자리 잡았대요. 제가 당신하고 덱을 회로에서 분리한 다음 스트레이라이트로 들고 가서 그쪽 보호 프로그램에 다시 꽂아 넣을 거예요. 쾅 바이러스가 저쪽을 완전히 뚫을 거라고 하니까, 그 다음에 우리는 스트레이라이트 네트 안에서 작업하면 돼요."

"멋지군. 난 옛날부터 뒤로 돌아 들어갈 수 있는 곳을 멍청하게 정면으로 마주하는 걸 싫어했어."

일직선이 말했다.

케이스가 전환했다.

암흑과 뒤섞인 몰리의 공감각 속으로. 그녀의 고통은 녹슨 쇠의 맛이며 멜론의 향이고 뺨을 쓰다듬는 나방의 날개였다. 그녀가 의식을 잃은 상태여서 케이스는 그녀의 꿈속으로 들어갈 수가 없었다. 시신경 칩이 번득이고 숫자에 후광이 돌면서 그 하나하나의 주위에 희미한 분홍색 오라가 둘러쳐졌다.

07:29:40.

"마음에 들지 않아요, 피터."

3제인의 목소리는 먼 구멍에서 울려 나오는 것 같았다. 몰리가 소리를 들을 수 있다는 것을 깨달은 케이스는 자신의 생각을 수정했다. 심스팀 유니트가 제 위치에서 정상 작동 중이라는 얘기였다. 케이스는 유니트가 그녀의 갈비뼈를 건드리는 것을 느낄 수 있었다. 그녀의 귀가 3제인 목소리의 진동을 감지하고 있었다. 리비에라가 짧고 알아들을 수 없는

말을 중얼거렸다. 그녀가 말했다

"난 아니에요. 그리고 재미있지도 않아요. 히데오가 집중 치료실에서 치료 기구를 가져오겠지만, 수술을 받아야 해요."

대화가 멈췄다. 수영장 벽을 치는 물결 소리가 매우 분명하게 들렸다.

"내가 돌아왔을 때 이 여자하고 무슨 얘기를 하던 중이었죠?"

리비에라는 아주 가까이에 있었다.

"우리 어머니에 대해서요. 말해 달라고 하더군요. 이 아가씨는 쇼크 상태였던 것 같아요. 히데오가 놓아 준 주사 탓만은 아니겠죠. 왜 그런 짓을 한 거죠?"

"깨지는지 보고 싶었어요."

"한쪽은 깨졌어요. 정신을 차린다면, 차릴 수 있다면 이 아가씨의 눈 색깔을 볼 수 있겠죠."

"이 여자는 극도로 위험해요. 너무 위험하다고요. 내가 여기 와서 그녀를 방해하지 않았다면, 내가 애시풀 노인을 내놓아 주의를 끌어서 내가 만들어 낸 히데오 쪽으로 폭탄이 날아가지 않았다면, 당신은 어떻게 됐을 것 같아요? 이미 이 여자의 수중에 있을 거라고요."

3제인이 말했다.

"그렇지 않아요. 히데오가 있으니까요. 당신은 히데오를 잘 모르는 것 같아요. 이 여자는 확실히 알던데."

"한잔하겠어요?"

"포도주로. 백포도주요."

케이스가 접속을 끊었다.

마엘컴은 가비의 조종 장치 쪽으로 몸을 구부리고 도킹 절차를 위한 명령을 두드려 넣고 있었다. 중앙 화면에는 스트레이라이트를 나타내는 붉은 사각형이 움직임 없이 떠 있었다. 가비를 표시하는 초록색 사각형은 그보다 더 컸고, 천천히 작아지면서 마엘컴의 명령에 따라 이리저리 흔들렸다. 왼쪽 더 작은 화면에는 방추형 곡면에 접근하는 가비와 하니와의 투영도가 비쳤다.

"한 시간이면 될 거예요."

케이스가 호사카에서 광섬유 띠를 뽑으며 말했다. 덱의 예비 배터리는 구십 분 동안 버티기에 충분했지만, 일직선 구조물 때문에 전력이 더 많이 소비될 것이 분명했다. 케이스는 빠르고 기계적인 동작으로 미공성 테이프를 사용해서 오노 센다이 바닥에 구조물을 붙였다. 마엘컴의 작업용 벨트가 둥둥 떠서 지나갔다. 케이스가 그것을 낚아채 회색 사각형 흡반과 함께 충격 흡수 코드의 클립을 벗긴 다음, 두 개의 클립을 마주 걸었다. 그는 자신의 덱 옆면에 흡반을 붙인 다음 레버를 돌려 압착시켰다. 그러고 나서 덱과 구조물, 그리고 즉석에서 만든 어깨 끈을 눈앞에 띄운 뒤, 가죽 재킷을 입고 주머니 속의 물건들을 점검했다. 아미티지에게서 받은 여권, 동일 명의의 은행 칩, 자유계에 들어왔을 때 발급받은 신용 칩, 브루스에게서 구입한 베타페네틸라민 피부 판 두 장, 신 엔화 한 뭉치, 반 갑쯤 남은 예휴얀, 그리고 표창. 케이스가 어깨 너머로 던진 자유계 칩이 러시아제 공기청정기에 부딪혀 딸깍 소리가 났다. 그가 금속 별마저 집어 던지려 했을 때 도로 튕겨 나온 신용 칩이 그의 뒤통수를 때린 다음 위로 솟아 천정에 맞고 다시 마엘컴의 왼쪽 어깨를 지나 날아갔다. 자이언인이 조종을 잠시 멈추고 고개를 돌려 케이스를 흘겨보았다. 케이스는 표창을 한 번 쳐다본 다음 재킷 주머니에 집어넣었다. 안감 찢어지는 소리가 들렸다.

"뮤트 말 안 들리지. 뮤트 말해. 가비 위해서 보안 망가뜨린다고. 가비 바빌론에서 오는 다른 배처럼 속인다고. 뮤트 우리 대신 코드 넣는다고."

마엘컴이 말했다.

"진공복을 입어야 하나?"

마엘컴이 어깨를 으쓱했다.

"너무 무거워. 내가 말할 때까지 망에 들어가."

그가 조종 장치에 마지막 명령을 입력한 다음 조종반 양 옆에 달린 낡은 분홍색 손잡이를 움켜쥐었다. 케이스는 초록색 사각형이 몇 밀리미터 차이로 빨간 사각형에 겹쳐진 것을 보았다. 작은 쪽 화면에서는 하니와가 콜로니의 곡면을 피하기 위해 선수를 낮춘 다음 결합했다. 가비는 여전히 붙잡힌 벌레처럼 아래쪽에 매달려 있었다. 예인선이 소리를 내며 흔들렸다. 전형적으로 생긴 기계 팔 두 개가 튀어나오더니 날씬한 말벌 모양의 선체를 붙잡았다. 스트레이라이트에서 시험용 노란 사각형이 발사되어 곡선을 그리면서 하니와를 지나 가비에 이르기까지 검사했다.

충전제의 이파리들이 떨리면서 그 너머 선수 쪽에서 무언가를 긁는 소리가 들렸다. 마엘컴이 말했다.

"친구, 중력 닥쳐와."

십여 개의 작은 물건들이 자석에 끌리듯 연이어 선실 바닥에 떨어졌다. 케이스는 무언가가 내장을 끌어당기며 위치를 서로 바꾸는 것만 같은 느낌에 숨을 헐떡거렸다. 덱과 구조물이 그의 무릎으로 거세게 떨어졌다.

그들은 벽에 달라붙어 콜로니와 함께 회전하고 있었다.

마엘컴이 팔을 뻗었다가 어깨 쪽으로 구부려 자줏빛 머리 주머니를 벗긴 다음 머리채를 흔들면서 말했다.

"가자, 친구. 시간 얼마 없다고 했잖아."

7

스트레이라이트 저택은 기생적인 구조물이었다. 케이스는 충전제 덩굴을 지나 마커스 가비의 전방 출입구를 통과하면서 그 사실을 떠올렸다. 스트레이라이트는 자유계에서 공기와 물을 유입했으며 자체 환경 시스템은 갖추고 있지 않았다.

하역장 쪽에서 뻗어 나온 통로용 튜브는 케이스가 하니와로 가기 위해 넘어지면서 통과했던 것보다 정교한 제품이었다. 방추형 콜로니의 원심 중력을 고려해서 제작된 것이었다. 주름이 잡힌 터널은 전체적으로 유압 기관의 통제를 받으며 마디별로 나뉘었고, 각 마디마다 미끄럼 방지 처리된 강력 플라스틱 고리를 둘렀다. 고리는 사다리 손잡이의 역할도 겸했다. 튜브는 하니와의 둘레를 뱀처럼 감싸고 있었다. 그것은 가비의 도킹 부쯤에서 수평을 이루다가 급하게 위로 꺾이고, 다시 왼쪽으로 돌면서 요트 선체의 곡면을 따라 수직으로 떠오르고 있었다. 마엘컴은 벌써 고리를 타고 올라가는 중이었다. 왼손으로 몸을 끌면서 오른손에는 레밍턴을 쥐고 있었다. 때 묻은 헐렁한 작업복 상하의에 소매 없는 초록색 나일론 재킷, 그리고 선명한 붉은색 밑창이 달린 낡은 캔버스천 운동화 차림이었다. 그가 고리를 바꿔 가며 오를 때마다 통로가 조금씩 흔들렸다.

임시로 만든 끈의 클립이 오노센다이와 일직선 구조물의 무게 때문에 어깨를 파고 들었다. 지금 그에게는 공포와 일반적인 두려움뿐이었다. 케이스는 그것들을 밀어내고 아미티지가 알려 준 콜로니와 스트레이라이트 저택의 구조를 되새기기 위해 노력했다. 자유계의 환경 시스템은 제한적이었지만 폐쇄적이지는 않았다. 반면 자이언의 시스템은 폐쇄적이어서, 외부에서 자원을 유입하지 않고도 재활용을 이용해 수년 동안 유지될 수 있었다. 자유계는 자급을 위한 물과 공기를 생산할 수는 있었지만, 식량은 계속 수송해 와야 했고 토양용 비료도 정기적으로 첨가해 주어야 했다. 스트레이라이트 저택은 아무것도 생산하지 않았다.

"친구. 내 옆까지 와."

마엘컴이 조용히 말했다.

케이스가 원형 사다리에서 옆으로 이동한 다음 나머지 몇 단을 마저 올라갔다. 통로 끝에는 매끄럽고 약간 볼록한 직경 2미터의 출입구가 가로막고 있었다. 튜브의 유압 장치가 출입문의 유연한 문틀 안으로 기어들었다.

"그럼 이제……."

문이 위로 열리자 케이스가 입을 다물었다. 미세한 압력차로 인해 가는 먼지가 케이스의 눈 속으로 들어왔다.

마엘컴이 기어 올라가 모서리를 넘어섰다. 레밍턴의 안전장치가 풀리면서 작게 찰칵 소리가 들렸다.

"급한 건 너야, 친구."

마엘컴이 몸을 웅크리며 속삭였다. 케이스가 그 옆에 나란히 자리했다.

둥근 방의 한가운데에는 출입구 천장이 있었다. 바닥에는 파란색 미끄럼 방지용 플라스틱 타일이 깔려 있었다. 마엘컴이 케이스를 팔꿈치로 찌른 다음 방향을 가리켰다. 케이스가 곡면의 벽에 장치된 모니터를 바라보았다. 모니터에서는 테시어 애시풀 소속으로 보이는 키 큰 젊은이가 검정 외투 소매에서 무언가를 떨어내고 있었다. 그가 이쪽과 똑같은 방에 붙은 똑같은 모양의 출입구 옆에 섰다.

"죄송합니다."

출입구 위에 붙은 격자에서 목소리가 들렸다. 케이스는 올려다보았다.

"나중에 축 쪽에서 뵙게 될 줄 알았습니다. 잠깐만 기다리십시오."

모니터에서는 젊은이가 침착하지 못하게 머리를 까불어 댔다.

왼쪽에서 문이 열리자 마엘컴이 산탄총을 들며 몸을 돌렸다. 오렌지색 작업복을 입은 키 작은 유라시아인이 안으로 들어서다가 눈을 크게 떴다. 그는 입을 벌렸지만 아무 말도 하지 못했다. 그가 입을 닫았다. 케이스는 모니터를 주시했다. 아무것도 보이지 않았다.

"누구시죠?"

사내가 간신히 말했다.

"라스타파리안 해군."

케이스가 일어서며 말했다. 사이버스페이스 덱이 그의 엉덩이를 때렸다.

"우린 당신네 보호 시스템에 접속하기만 하면 돼."

사내가 침을 꿀꺽 삼켰다.

"시험인가요? 충성도 검사로군요. 분명히 충성도 검사예요."

그가 오렌지색 작업복 허벅지께에 손바닥을 문질렀다.

"아냐, 친구. 실제 상황이야. 움직여."

마엘컴이 몸을 일으키며 유라시아인의 얼굴에 레밍턴을 들이댔다.

일행은 사내의 뒤를 따라 입구를 통과한 다음 복도로 들어섰다. 케이스는 광택이 흐르는 콘크리트 벽과 카펫이 겹쳐져 울퉁불퉁한 그곳의 바닥을 너무도 잘 알고 있었다. 마엘컴이 총으로 사내의 등을 찌르며 말했다.

"멋진 카펫이로군. 교회 냄새가 나."

그들은 구식 소니 모니터 앞에 도달했다. 모니터는 키보드와 복잡하게 늘어선 접속 패널이 딸린 콘솔 위에 놓여 있었다. 일행이 멈춰 서자 모니터가 켜지고, 핀이 긴장한 웃음을 띠며 메트로 홀로그래픽스의 대기실처럼 보이는 곳에 서 있었다.

"좋아. 마엘컴은 그 친구를 데리고 복도를 지나 문이 열려 있는 방 안에 집어넣어. 문은 내가 잠글게. 케이스, 맨 위 패널의 왼쪽에서 다섯 번째 잭을 사용해. 콘솔 밑의 캐비닛을 열면 어댑터 플러그가 있어. 오노센다이 20에서 히타치 40으로 맞춰."

그가 말했다.

마엘컴이 포로를 끌고 가는 동안 케이스는 플러그 더미를 뒤지다가 마침내 필요한 것을 찾아냈다. 그는 덱과 어댑터를 연결해 놓고 기다렸다.

"꼭 그런 꼴을 하고 있어야 해?"

그가 화면 속의 얼굴에 대고 물었다. 찢어진 일본어 포스터가 붙어 있는 벽을 배경으로 핀의 모습이 한 줄씩 지워지면서 로니 존의 영상으로 대체되었다. 존이 느린 어조로 말했다.

"뭐든지 원하는 대로. 로니를 원한다면……."

케이스가 말했다.

"아니. 그냥 핀으로 해."

존의 모습이 사라지자 케이스가 히타치 어댑터를 소켓에 꽂고 이마에 전극을 둘렀다.

"왜 이렇게 오래 걸린 건가?"

일직선이 묻고 나서 웃었다.

"그러지 마시라니까요."

"농담이야. 내 쪽에선 시간 경과가 제로였어. 자, 어떻게 됐는지 볼까……."

구조물이 말했다.

쾅 프로그램은 T-A 아이스의 색조와 똑같은 초록색이었다. 케이스가 보는 동안에도 그것은 점점 더 희미해졌다. 그러나 시선을 위로 하자 검은 거울 같은 상어 모양의 물체가 똑똑히 보였다. 분절된 선과 환영은 더 이상 눈에 띄지 않았다. 그 물체는 마커스 가비만큼이나 현실적이었다. 날개를 떼어 낸 구식 제트기. 매끄러운 표면은 검은색 크롬이었다.

"순조롭군."

일직선이 말했다.

"그렇군요."

케이스가 대답한 다음 전환했다.

"그랬던 거예요. 미안해요."

3제인이 몰리의 머리에 붕대를 감으며 말했다.

"검사해 보니까 진탕도 없고, 눈이 영구적으로 손상된 것도 아니에요. 여기 오기 전에는 그가 어떤 사람인지 잘 몰랐나요?"

"전혀 몰랐어요."

몰리의 목소리에서 찬바람이 돌았다. 그녀는 높은 침대나 테이블 같은 것에 등을 대고 누워 있었다. 다리에서는 고통이 느껴지지 않았다. 처음 맞은 주사로 인한 공감각 효과가 사라진 것 같았다. 검은 구체 대신 눈에 보이지 않는 부드러운 끈이 그녀의 손을 묶고 있었다.

"그는 당신을 죽이고 싶어 해요."

"알아요."

몰리가 매우 밝은 조명 너머로 거친 천정을 올려다보며 말했다.

"그렇게 하도록 내버려 두기 싫어요."

3제인이 말했다. 몰리가 힘들게 고개를 돌려 검은 눈동자를 올려다보았다.

"놀리지 마요."

몰리가 말했다.

"하지만 그러고 싶은데."

3제인이 말했다. 그녀가 따뜻한 손으로 몰리의 머리를 쓸어 넘기며 이마에 입을 맞췄다. 그녀의 빛바랜 젤라바에 피 얼룩이 묻어 있었다.

"그는 어디 간 거죠?"

몰리가 물었다.

3제인이 몸을 펴며 말했다.

"아마 한 방 더 맞으러 갔겠죠. 그는 당신이 오기를 초조하게 기다렸어요. 당신을 간호해서 건강하게 만들어 놓는 것도 재밌을 것 같네요, 몰리."

그녀가 피 묻은 손을 움직여서 무의식적으로 외투의 앞자락을 닦아내며 말했다.

"다리는 새 걸로 교체해야 할 테지만, 그 정도는 우리 쪽에서 해 줄 수 있어요."

"피터는 어떻게 할 거죠?"

"피터라."

3제인이 머리를 조금 흔들었다. 검은 머리칼 몇 가닥이 이마 위로 흘러내렸다.

"이젠 피터도 조금 지겨워요. 마약 남용은 재미없는 일이죠."

그녀가 킬킬거렸다.

"다른 사람들을 보니 정도에 상관없이 그렇더군요. 당신도 봐서 알겠지만 아버지는 골수 남용자였어요."

몰리가 긴장했다.

"경계하지 않아도 돼요."

3제인이 손가락으로 가죽 바지의 허리띠 위쪽 피부를 쓰다듬었다.

"아버지가 자살한 건 내가 냉동 장치의 안전 허용 기준을 조작한 결과예요. 당신도 알겠지만 아버지를 직접 만나 본 적은 없어요. 그가 마지막 냉동 수면에 들어간 다음에 깨어났으니까요. 하지만 난 그를 아주 잘 알고 있죠. 중심은 모든 걸 알거든요. 난 아버지가 어머니를 죽이는 장면을 봤어요. 나중에 건강해지거든 보여 줄게요. 침대에서 어머니의 목을 졸랐더군요."

"왜 당신 어머니를 죽인 거죠?"

몰리의 붕대를 감지 않은 쪽 눈이 상대의 얼굴에 초점을 맞췄다.

"어머니가 우리 일족을 위해서 계획한 일, 아버지는 그걸 받아들일 수 없었어요. 어머니는 인공지능의 개발을 의뢰했죠. 그녀는 몽상가였어요. AI와 상호 유기적인 관계를 맺고, 거기서 우리에게 이득이 되는 결정을 함께 도출하려고 했던 거예요. 자의식적인 결정이랄까요. 테시어애시풀은 영원히 존속하는 공동체가 되고, 우리 각자는 더 큰 전체의 일부로 존재하는 거예요. 매력적이죠. 다음에 그녀의 테이프를 보여 줄게요. 거의 천 시간이 넘어요. 하지만 나는 사실 그녀를 이해하지 못했어요. 그녀가 죽자 그 꿈은 갈 곳을 잃었어요. 어디고 나아갈 곳이 없어지자 우리는 우리 자신 안으로 숨어들었죠. 이제 우리가 밖으로 나가는 일은 거의 없어요. 여기서는 오직 나만이 예외예요."

"당신이 그 노인을 죽이려고 했다고요? 냉동 보존 프로그램도 조작했고?"

3제인이 고개를 끄덕였다.

"도움을 받았죠. 유령한테서. 난 어렸을 때 기업의 중심에 유령이 살고 있다고 생각했어요. 목소리들. 그중 하나가 당신이 말하는 윈터뮤트예요. 베른에 있는 우리 AI의 튜링 코드 명이죠. 하지만 당신을 보낸 쪽은 일종의 보조 프로그램이에요."

"그중 하나? 그럼 더 있다는 말이에요?"

"하나 더 있어요. 하지만 그쪽은 몇 년 동안 나한테 말을 걸지 않았어요. 난 그쪽이 포기했다고 생각했죠. 내 생각에 그 둘은 우리 어머니가 원래 주문한 프로그램이 갖춰야 할 어떤 능력들을 나눠 갖고 있어요. 하지만 어머니는, 그래야 할 필요가 있다는 생각이 들면 아주 비밀스러워졌어요. 자, 마셔요."

3제인이 몰리의 입에 플라스틱 튜브를 대 주었다.

"물이에요. 조금밖에 없어요."

"내 사랑 제인."

리비에라가 보이지 않는 곳에서 기운찬 목소리로 불렀다.

"재미있어요?"

"우릴 그냥 놔둬요, 피터."

"의사 놀이인가……."

몰리의 눈앞에 갑자기 자신의 얼굴이 나타났다. 영상은 그녀의 코앞 10센티미터쯤에 떠 있었다. 붕대는 감고 있지 않았다. 왼쪽 이식 렌즈가 깨졌고, 기다란 손가락 크기의 은색 플라스틱 조각이 소켓에 담긴 채 뒤집힌 피의 웅덩이에 꽂혀 있었다.

"히데오. 피터가 우리를 계속 귀찮게 굴면 혼내 주세요. 가서 수영이나 해요, 피터."

3제인이 몰리의 배를 가볍게 두드리며 말했다.

영상이 사라졌다.

07:58:40. 붕대를 감은 눈의 암흑 속이었다.

"그가 그러는데 당신이 암호를 안다더군요. 피터가 그랬어요. 윈터뮤트한테는 그 암호가 필요해요."

순간 케이스는 몰리의 왼쪽 가슴 안쪽에 닿아 있는 추브 열쇠의 감촉을 느꼈다.

"그래요, 알아요. 어렸을 때 알게 됐죠. 꿈속에서……. 아니면 우리 어머니의 천 시간짜리 일기에서 알게 된 것 같아요. 하지만 내 생각엔 그걸 말하지 말라는 피터의 말에도 일리가 있어요. 그걸 정확히 말해 버리면

튜링하고 맞서게 될 거예요. 게다가 유령이란 건 원래 변덕스럽다고요."

3제인이 손을 떼며 말했다.

케이스가 접속을 끊었다.

"기이한 고객이지, 응?"

핀이 낡은 소니 모니터 속에서 히죽거렸다.

케이스가 어깨를 으쓱했다. 그는 마엘컴이 레밍턴을 들고 복도 쪽에서 돌아오는 모습을 바라보았다. 자이언인은 웃으면서 케이스에게는 들리지 않는 어떤 리듬에 맞춰 고개를 흔들고 있었다. 노랗고 가느다란 전선 한 쌍이 그의 귀에서 나와 소매 없는 재킷의 옆주머니 안에 들어가 있었다.

"더브야, 친구."

마엘컴이 말했다.

"제정신이 아니군."

케이스가 그에게 말했다.

"음악 좋아, 친구. 더브는 정직한 음악."

"이봐, 친구들. 준비해. 자네들이 타고 갈 차가 오고 있어. 아까 그 문지기를 속일 때는 8진의 그림을 만들어 냈지만, 그런 솜씨를 자주 부리기는 힘들어. 대신 3제인의 거처로 태워다 줄 수는 있지."

핀이 말했다.

케이스가 소켓에서 어댑터를 뽑았다. 그때 복도의 끝을 나타내는 엉성한 콘크리트 아치 아래 정비용 무인 카트가 나타났다. 아까의 아프리카인들이 탔던 것인지는 모르지만, 그렇다 하더라도 이번에는 그들이 보이지 않았다. 소형 브라운 로봇은 규칙적으로 빨간 발광다이오드를 깜박거리며 낮은 좌석 등받이 뒤에서 귀여운 기계 팔로 시트를 붙잡고 있었다.

"우리가 탈 버스야."

케이스가 마엘컴에게 말했다.

8

케이스는 다시 분노를 잃었다. 그게 안타까웠다.

작은 카트가 꽉 찼다. 무릎에 레밍턴을 올려놓은 마엘컴, 그리고 덱과 구조물을 가슴에 기대어 놓은 케이스. 카트는 능력 이상의 속도로 움직였다. 상부가 무거운 상태였기 때문에 방향을 바꿀 때마다 마엘컴은 회전하는 방향으로 몸을 기울여야 했다. 케이스가 오른쪽에 앉아 있었기 때문에 왼쪽으로 꺾을 때는 문제가 없었다. 그러나 오른쪽으로 돌 때는 자이언인이 케이스의 몸 위로 기울어져야 했다. 그럴 때마다 케이스의 장비가 그를 의자 쪽으로 짓눌렀다.

케이스는 자신들의 위치를 짐작할 수 없었다. 주변은 낯이 익었지만, 이전에 본 직선 구간이었는지는 확신할 수 없었다. 구부러진 통로에는 줄지어 선 목재 진열장 안으로 각종 수집품이 전시되어 있었다. 확실히 본 적 없는 것들이었다. 커다란 새들의 두개골, 동전들, 은을 두드려 만든 가면들. 정비용 카트의 여섯 바퀴는 겹쳐 놓은 카펫 위를 소리 없이 굴렀다. 들리는 것이라고는 전기 모터의 회전음과, 급한 우회전으로 인해 마엘컴이 케이스의 너머로 몸을 숙일 때 그의 귀에 꽂힌 폼 이어폰에서 간간히 터져 나오는 자이언 더브의 희미한 소리뿐이었다. 덱과 구조물이 계속해서 케이스의 재킷 주머니에 든 표창을 허리 쪽으로 눌렀다.

"시계 있어?"

케이스가 마엘컴에게 묻자 자이언인은 머리채를 좌우로 흔들었다.

"시간은 시간."

"죽겠네."

케이스가 눈을 감았다.

브라운 로봇이 카펫 언덕을 급하게 달려간 다음 패드가 달린 갈고리를 뻗어 닳아 빠진 검정 나무 문을 두드렸다. 카트가 일행의 뒤에서 칙칙거리며 방열창 사이로 푸른 불꽃을 발산하고 있었다. 불꽃이 카트 아래 카펫으로 떨어졌다. 케이스는 양털 타는 냄새를 맡았다.

"이쪽이야, 친구?"

마엘컴이 문을 쳐다보더니 산탄총의 안전장치를 풀었다.

케이스가 말했다. 혼잣말에 가까웠다.

"이봐, 난들 알 것 같아?"

브라운 로봇이 구형 몸체를 돌리자 발광다이오드가 깜박였다.

"문 열라는데."

마엘컴이 고개를 끄덕이며 말했다.

앞으로 걸어 나간 케이스가 장식이 달린 황동 손잡이를 돌려 보았다.

문의 눈 높이께에 동판이 붙어 있었지만 너무 오래된 탓에 그곳에 새겨진 글자는 거미줄처럼 희미해져 이미 해독할 수 없는 암호처럼 보였다. 망각의 저편으로 닳아 없어져 지금은 죽어 버린 부서나 직원의 이름인 듯했다. 케이스는 어렴풋하게 의문을 품었다. 테시어 애시풀은 스트레이라이트의 각 부품을 따로 사 모았을까? 아니면 메트로 홀로그래픽스의 거대한 유럽 판에서 한꺼번에 사들인 것일까? 케이스가 문을 밀자 문의 경첩이 처량하게 삐걱거렸다. 마엘컴이 허리께에서 레밍턴을 내밀며 케이스를 지나 앞으로 나아갔다.

"책."

마엘컴이 말했다.

서재. 레이블이 달린 하얀색 철제 선반들.

"어딘지 알겠어."

케이스가 말했다. 그는 정비용 카트를 돌아보았다. 카펫에서 연기가 피어오르고 있었다.

"어이, 가자."

그가 말했다.

"카트. 이봐, 카트?"

카트는 움직이지 않았다. 브라운 로봇이 케이스의 바지 가랑이를 당기면서 발뒤꿈치를 꼬집었다. 그는 걷어차 버리고 싶은 충동을 간신히 억제했다.

"왜 그래?"

로봇이 찰칵거리며 문을 돌아 들어갔다. 케이스가 뒤를 따랐다. 서재 안에는 또 하나의 소니 모니터가 있었다. 처음 것만큼 오래된 물건 이었다. 로봇은 그 밑에서 멈추더니 지그(17~18세기의 기악, 특히 모음곡으로 쓰인 춤곡. 또는 그 곡에 맞춰 추는 춤. —옮긴이)를 추었다.

"윈터뮤트?"

친숙한 모습이 화면을 채웠다. 핀이 미소를 지었다.

"입장할 시간이야, 케이스."

핀이 담배 연기 때문에 눈을 찡그렸다.

"접속해."

로봇이 케이스의 발뒤꿈치로 다가오더니 기계 팔을 이용해 얇은 검정색 천 너머로 그의 살을 잡으며 다리에 기어올랐다.

"뭐야!"

케이스가 옆으로 쳐 내자 로봇이 벽에 부딪혔다. 로봇의 두 팔이 무의미하게 앞뒤로 계속 움직이며 허공을 저었다.

"저 빌어먹을 물건은 뭐가 잘못된 거야?"

"다 된 거야. 신경 쓰지 마. 별것 아니니까. 이제 접속해."

핀이 말했다.

화면 아래에는 네 개의 소켓이 있었지만 히타치 어댑터에 맞는 것은 하나뿐이었다.

케이스가 접속했다.

무(無). 회색 허공.

매트릭스가, 격자가, 사이버스페이스가 없었다.

덱이 없었다. 손가락이…….

의식의 아득한 가장자리에서, 무언가의 재빠르고 순간적인 인상이 그를 향해서, 검은 거울의 떼를 지나서 다가왔다.

그는 비명을 지르려고 했다.

해변의 곡선 너머에 도시가 있는 것 같았다. 하지만 너무 멀었다.

그는 축축한 모래 위에 앉아 팔로 무릎을 꽉 끌어안고 몸을 떨었다.

그는 떨림이 멈추고 나서도 한참 동안 그 자세를 풀지 않았다. 도시는, 그것이 도시였다면 말이지만, 야트막한 잿빛이었다. 밀려오는 파도 위로 솟아오르는 물안개가 이따금 도시를 가렸다. 그는 문득 생각했다. 저건 도시가 아니라 한 채의 건물일 거야. 어쩌면 폐허일지도 모르지. 이 정도의 거리에서는 구별해 낼 방법이 없었다. 모래는 변색되었으나 아직 완전히 까맣게 변하지 않은 은빛이었다. 해변은 모래로 이루어졌고, 해변은 매우 길었고, 모래는 축축했고, 그의 바지는 모래 때문에 젖어들었다……. 케이스는 자기 몸을 부둥켜안고 흔들면서 가사도 음조도 없는 노래를 흥얼거렸다.

하늘은 또 다른 은색이었다. 지바다. 지바의 하늘과 비슷하다. 도쿄 만인가? 그가 고개를 돌려 바다 쪽을 바라보았다. 후지 일렉트릭의 홀로그램 로고가 보이기를, 무인 헬기가 보이기를, 그도 아니라면 제발 뭐든 보이기를 바랐다.

그의 뒤에서 갈매기가 울었다. 그는 몸을 떨었다.

바람이 불기 시작했다. 모래가 뺨을 찔렀다. 그가 무릎 사이에 얼굴을 파묻고 울었다. 자신의 흐느낌이 먹이를 찾아 헤매는 갈매기 소리처럼 아득하고 낯설게 들렸다. 소변이 바지를 적시고 모래에 방울져 떨어진 다음 바닷바람을 받아 빠르게 식어 갔다. 울음이 그치자 목이 아파 왔다.

그가 무릎에 대고 중얼거렸다.

"윈터뮤트. 윈터뮤트……."

주변이 어두워지기 시작했다. 몸을 떨던 그가 추위를 견디지 못하고 일어섰다.

무릎과 팔꿈치가 아팠다. 콧물이 흘렀다. 그는 재킷 소매로 콧물을 닦았다. 그러곤 빈 주머니를 하나하나 뒤졌다.

"젠장."

그가 어깨를 움츠리고 손을 겨드랑이에 끼우며 말했다.

"젠장."

이가 덜덜 떨렸다.

조수는 도쿄의 어느 정원사보다도 섬세한 솜씨로 해변에 무늬를 남겨 놓고 물러갔다. 그는 보이지 않게 된 도시 쪽을 향해 열 걸음 정도 뗀 다음 뒤돌아 짙어 가는 어둠 속을 바라보았다. 그가 서 있는 지점까지 발자국이 이어져 있었다. 그 외에 퇴색한 모래를 어지럽힌 흔적은 보이지 않았다.

그가 1킬로미터쯤 걸었다고 짐작했을 때 빛이 눈에 띄었다. 그는 래츠와 대화 중이었다. 오른쪽에서 빛나는 주홍색을 처음 발견해 알려 준 것도 래츠였다. 그는 래츠가 그곳에 존재하지 않다는 것을, 그 바텐더는 지금 자신이 갇혀 있는 덫의 일부가 아니라 스스로 만들어 낸 상상의 산물이라는 사실을 알고 있었다. 하지만 상관없는 일이었다. 케이스 스스로 위안을 삼기 위해 그를 불러 낸 것이니까. 래츠는 케이스와 그가 처한 상황에 대해 나름의 견해를 보여 주곤 했다.

"예술가 친구, 자넨 정말 놀라워. 자기 파괴를 위해 자네가 뛰어든 곳을 좀 보라고. 얼마나 무익한 반복인가! 밤의 도시에서도 그걸 완벽하게 수행했잖나. 각성제로 감각을 날려 버리고, 술에 취해 흐느적거리고, 린다로 인해 더욱 달콤한 비탄에 젖고, 거리로 나가 목을 빼고 다니고……. 여기까지 와서 또 그 짓을 하는 건가? 이 기괴한 소품들은 또 뭐고……. 우주에 떠 있는 놀이터에, 미지의 밀폐된 성에, 옛 유럽에서도 보기 힘든 부패에, 중국에서 온 작은 상자에 봉인된 남자들의 시체에……."

래츠가 그의 옆에서 터벅터벅 걸으며 웃었다. 그의 분홍빛 기계 팔이 경쾌하게 흔들렸다. 케이스는 어둠 속에서도 바텐더의 검게 변한 이에 붙은 바로크식 강철을 볼 수 있었다.

"그래도 그런 게 예술가의 방식이겠지, 응? 자네는 이 세계가, 이 해변이, 이 장소가 필요했던 거야. 죽기 위해서 말이지."

케이스가 걸음을 멈추고 몸을 돌려 파도 소리와 함께 따갑게 쏘는 갈색 모래를 정면으로 맞았다. 그가 말했다.

"맞아, 젠장. 내 생각엔……."

그가 소리 나는 쪽으로 나아갔다.

케이스는 래츠가 부르는 소리를 들었다.

"예술가 친구, 빛이야. 빛이 보이지? 여기, 이쪽……."

케이스가 걸음을 멈추고 휘청거리다가 주저앉으며 얼음장 같은 바닷물에 몇 밀리미터 정도 무릎을 담갔다.

"래츠? 빛이라고? 래츠……."

주변은 완벽한 암흑이었다. 들리는 건 파도 소리뿐이었다. 그는 힘들게 일어서서 왔던 길로 되돌아가려고 했다.

시간이 흘렀다. 그는 계속 걸었다.

그리고 그것이 나타났다. 그가 한 걸음을 뗄 때마다 불빛의 정체가 드러났다. 사각형. 문.

"안에 가면 불이 있겠지."

그가 말했다. 단어 하나하나가 바람에 찢겨 흩어졌다.

석재 아니면 콘크리트로 지은 방공호였다. 바람에 날려 온 검정 모래가 덮여 있었다. 입구는 낮고 좁았으며, 문은 없이 1미터쯤 되는 두께의 벽에 뚫려 있었다. 케이스가 조용히 말했다.

"어이, 어이……."

그가 손가락으로 차가운 벽을 만졌다. 안에는 불이 있었고, 입구 어귀에 그림자가 어른거렸다. 그는 몸을 낮추고 안으로 세 걸음 들어갔다.

소녀가 녹슨 쇠로 된 난로 옆에 웅크리고 있었다. 나무토막들이 불타고, 연기가 우그러진 굴뚝 쪽으로 빨려 올라가고 있었다. 불이 유일한 조명이었다. 그의 시선이 겁먹은 커다란 눈과 마주쳤다. 그는 그녀의 머리띠와 확대한 회로도 같은 무늬가 찍힌, 돌돌 만 스카프를 알아보았다.

그는 그날 밤 그녀의 포옹을 거부했다. 그녀가 건넨 음식과 담요로 만든 이부자리 속 그녀의 옆자리, 그리고 폼 조각도 거부했다. 그는 마침내 문 옆에 웅크리고 앉아 건물의 벽을 훑는 바람 소리를 들으며 잠든 그녀의 모습을 지켜보았다. 그는 한 시간마다 일어나 엉성하게 만든 난로에 다가가 옆에 쌓인 장작더미에서 땔감을 보충했다. 어느 것도 현실이 아니었지만, 추위는 추위였다.

불빛을 받으며 옆으로 누워 몸을 웅크린 여자도 진짜가 아니었다. 그는 그녀의 조금 벌어진 입을 바라보았다. 그녀는 그가 만을 가로지르는 여행을 할 때부터 기억하고 있던 바로 그 소녀였다. 잔인한 사실이었다. 그가 바람에 대고 속삭였다.

"이 비열한 개새끼야. 궁지에 몰렸구나, 그렇지? 이류로는 안 하겠다 이거지? 난 이게 뭔지 알아……."

그는 목소리에서 절망이 드러나지 않게 하려고 애썼다.

"난 알아, 네가 누군지 안다고. 나머지 한 녀석이지. 3제인이 몰리한테 말했어. 불타는 가시덤불. 그건 윈터뮤트가 아니라 너였어. 윈터뮤트는 로봇을 통해서 나한테 경고하려고 했던 거야. 이제 넌 내 뇌를 정지시키고 여기에 붙잡아 둔 거지. 존재하지 않는 곳에, 유령과 함께. 내 기억 속에서 그녀를 꺼내어……."

잠든 그녀가 몸을 틀더니 무언가를 부르며 담요를 어깨와 뺨까지 끌어당겼다.

그가 자고 있는 소녀에게 말했다.

"넌 아무것도 아니야. 넌 죽었고, 나한테 눈꼽만큼의 의미도 없다고. 듣고 있어, 친구? 네가 무슨 짓을 하는 건지 알고 있다니까. 난 일직선 상태야. 지금까지 이십 초쯤이나 지났을까, 맞지? 그 서재에서 실패한 다음 내 뇌는 멈춘 거야. 얼마 안 있으면 정말로 죽겠지, 네가 사리 판단을 한다면 짐작하겠지만. 넌 윈터뮤트의 작전이 실패하기를 바라는 거야. 그래서 나를 여기에 붙잡아 두는 거고. 딕시가 쾅을 돌리겠지만 그 사람이야 이미 죽은 몸이니 네가 그의 행동을 예측하는 거야 쉬울 테지, 맞아. 여기 있는 가짜 린다는, 너야. 윈터뮤트도 나를 지바 구조물에 끌어들일 때 그녀를 이용하려고 했지. 하지만 그렇게 하지 못했어. 너무 위험하다고 하더군. 자유계의 별들을 움직인 것도 너야, 그렇지? 애시풀의 방에서 죽은 인형한테 린다의 얼굴을 덧씌운 것도 너지. 몰리는 그걸 볼 수 없었어. 그저 네가 심스팀 신호를 편집했던 거야. 그걸로 나를 괴롭힐 수 있을 거라고 생각했으니까. 마음이 흔들릴 거라고 생각했으니까. 하! 엿이나 먹어라 이 자식아, 네 이름이 뭔지는 모르겠지만 네가 이겼다, 이겼어. 하지만 이제 그런 건 나하고 아무 상관없어. 내가 신경이나 쓸 것 같아? 그런데 왜 이런 식으로 일을 처리하는 거지?"

그가 다시 몸을 떨기 시작했다. 목소리가 날카로워졌다.

그녀가 지저분한 담요더미에서 몸을 틀며 말했다.

"이리 와서 자요. 원한다면 내가 일어나 있을게요. 당신은 좀 자야 해요, 예?"

그녀의 부드러운 억양이 졸음 때문에 도드라졌다.

"어서 자요, 예?"

잠에서 깨어나 보니 그녀가 보이지 않았다. 불은 꺼져 있었다. 하지만 방공호 안은 따뜻했다. 햇볕이 입구를 통해 비스듬히 들어와 커다란 섬유 상자 위에 기울어진 금빛 사각형을 드리웠다. 선적용 용기였다. 케이스가 지바 항구에서 본 적이 있는 물건들이었다. 그는 갈라진 틈을 통해 대여섯 개의 밝은 노란색 꾸러미를 보았다. 햇볕을 받은 그것들은 마치 거대한 버터 덩어리처럼 보였다. 허기로 위가 조여 왔다. 케이스는 잠자리에서 굴러 나와 상자로 다가가서 안에 든 것 중 하나를 꺼냈다. 그는 눈을 깜박이며 십여 개 국의 언어로 적힌 설명을 바라보았다. 영어는 바닥에 적혀 있었다. 비상용. 식량, 고단백, 쇠고기, AG-8형. 그리고 영양소의 목록. 그가 상자를 뒤져 또 하나를 꺼냈다. 달걀.

케이스가 말했다.

"기왕 꾸며 놓을 거면 먹을 만한 것 좀 갖다 놓으라고, 응?"

그는 양손에 꾸러미를 들고 방공호의 방들을 둘러보았다. 두 곳에는 바람에 날려 온 모래뿐이었고, 네 번째 방에는 식량 상자가 세 개 더 있었다. 그가 상자의 밀봉 부분을 만지며 말했다.

"좋아. 오래 눌러 있으라 이거지. 무슨 말인지 알았어. 좋다고……."

케이스는 난로가 있는 방을 뒤져서 물이 담긴 플라스틱 통을 찾았다. 빗물 같았다. 담요로 만들어 놓은 잠자리 옆 벽 쪽에 빨간색 싸구려 라이터, 초록색 손잡이가 깨진 선원용 칼, 그리고 그녀의 스카프가 놓여 있었다. 매듭이 지어진 스카프는 땀과 먼지로 굳어 있었다. 케이스는 칼을 이용해 노란 꾸러미를 연 다음 난로 옆에서 찾아 낸 녹슨 깡통에 내용물을 쏟아 넣었다. 그는 통에서 물을 따르고 걸죽한 혼합물을 손가락으로 저은 다음 먹었다. 쇠고기 맛이 희미하게 났다. 그는 음식을 비운 후 깡통을 난로에 던져 넣고 밖으로 나갔다.

태양의 느낌과 각도로 보아 늦은 오후였다. 축축한 나일론 신발을 벗어 던진 케이스는 모래의 따뜻함에 깜짝 놀랐다. 낮에 본 해변은 은빛이 도는 회색이었다. 하늘은 맑고 파랬다. 그가 방공호의 모퉁이를 돌아 파도 쪽으로 걸어가 재킷을 벗어 모랫바닥에 떨궜다.

"이건 누구의 기억에서 꺼내 온 건지 모르겠군."

물가에 다다른 그가 말했다. 그는 바지를 벗어서 얕은 파도 쪽으로 걷어찬 다음 티셔츠와 속옷도 똑같이 차 버렸다.

"케이스, 뭐 해요?"

몸을 돌려 보니 그녀가 10미터쯤 떨어진 채 해변에 서 있었다. 하얀 물거품이 그녀의 발뒤꿈치를 지나갔다.

"어젯밤에 오줌을 쌌어."

그가 말했다.

"음, 저 옷 다시 입지 마요. 소금물이잖아요. 쪼그라들 거예요. 바위 뒤에 있는 웅덩이를 가르쳐 줄 게요."

그녀가 어렴풋한 몸짓으로 뒤를 가리켰다.

"거긴 민물이에요."

그녀가 입은 프랑스식 작업복은 무릎 위에서 찢겨 나가 있었다. 그 아래로 매끄러운 갈색 살결이 보였다. 그녀의 머리칼이 미풍에 흩날렸다. 그가 떨어진 옷을 주우며 그녀 쪽으로 다가갔다.

"이봐. 물어볼 게 있어. 여기서 뭘 하고 있었는지는 묻지 않을게. 그런데 나는 여기서 뭘 하고 있다고 생각해?"

그가 걸음을 멈췄다. 젖은 검정 바지의 다리 부분이 허벅지의 맨살을 때렸다.

"당신은 어젯밤에 왔잖아요."

그녀가 말하고 나서 그에게 미소를 지었다.

"넌 그걸로 만족해? 그냥 내가 왔다는 걸로?"

"그가 말했어요. 당신이 올 거라고."

그녀가 콧잔등에 주름을 잡으며 말했다. 그녀가 어깨를 으쓱했다.

"그는 그런 걸 다 아는 것 같더군요."

그녀는 왼발을 들어 오른발 복사뼈에 묻은 소금을 떨어 냈다. 어린아이처럼 어색한 몸짓이었다. 그녀가 머뭇거리며 다시 케이스에게 미소를 보냈다.

"이제 내 질문에도 대답해 줘요, 예?"

그가 고개를 끄덕였다.

"왜 온몸을 갈색으로 칠하고 한쪽 발만 남겨 놓은 거예요?"

"그게 네가 기억하는 마지막 부분이라고?"

그는 그녀가 냉동 건조 식품의 나머지를 사각 철제 상자 뚜껑에서 긁어 모으는 모습을 바라보았다. 그들이 가진 유일한 조리 도구였다. 그녀가 고개를 끄덕였다. 불빛 때문에 눈이 커다랗게 보였다.

"미안해요, 케이스. 정말로요. 나쁜 짓이었다고 생각해요. 그리고……."

그녀가 몸을 구부려 두 팔로 무릎을 껴안았다. 그러곤 고통 때문인지 기억 때문인지 얼굴을 잠깐 찡그렸다.

"그저 돈이 필요했어요. 집에 가기 위해서요. 아니면…… 지옥에 떨어지기 위해서. 무슨 말이라도 좀 해 봐요."

"담배 없어?"

"제길, 케이스. 당신 오늘 하루 종일 열 번도 넘게 물어 봤잖아요! 뭐가 문제예요?"

그녀가 머리칼을 입에 말아 넣어 씹었다.

"하지만 식량은 있었잖아. 전부터 있었던 건가?"

"벌써 말했잖아요. 해변으로 떠내려 왔다고요."

"좋아, 알았어. 자연스럽군."

그녀가 다시 울기 시작했다. 눈물 없는 흐느낌이었다. 그리고 마침내 입을 열었다.

"이제 당신 따윈 필요 없어요, 케이스. 혼자서도 지금까지 잘 해 왔다고요."

그가 일어서서 재킷을 걸친 다음 고개를 숙여 입구를 빠져나왔다. 나오는 도중 거친 콘크리트에 손목을 긁혔다. 달도 보이지 않았고 바람도 불지 않았다. 암흑 속 사방에서 바다의 소리가 들렸다. 바지는 꽉 끼었고 축축했다. 그가 밤을 향해 말했다.

"좋아. 받아들일게. 받아들인 것 같아. 하지만 내일은 담배 좀 떠내려 보내 줘."

그가 자신의 웃음소리를 들으며 몸을 떨었다.

"맥주라도 한 상자 같이 보내 준다면 더 좋겠지."

그가 몸을 돌려 방공호로 돌아갔다.

그녀는 은빛 나무토막으로 불을 헤집는 중이었다.

"케이스, 그 사람 누구였어요? 칩 호텔에서 당신 코핀에 있던 여자. 은색 선글라스에 검은 가죽 옷을 입은 멋진 사무라이였는데. 무섭더라고요. 나중에야 당신의 새 여자가 아닌가 생각했지만, 당신한테 그럴 만한 돈은 없는 것 같았고……. 당신 램을 훔쳐서 미안해요."

그녀가 케이스를 돌아보았다.

"잊어버려. 신경 쓸 것 없어. 그래서 그걸 그 작자한테 가져가서 조작해 보라고 줬단 말이지?"

"토니예요. 가끔 만난 적도 있는…… 뭐 그런 사이였죠. 중독자였고 게다가…… 어쨌든 그래요. 그 사람이 램을 모니터에 돌려 봤던 게 기억나요. 정말 멋진 영상물이었어요. 이것도 기억나요. 당신이 어떻게……."

"그 안에 영상은 없었는데."

그가 말을 끊었다.

"분명히 있었어요. 당신이 어떻게 내 어릴 적 사진들을 그리 많이 갖고 있는지 궁금했거든요. 아버지가 집을 나가기 전 사진도 있었고, 언젠가 페인트 칠을 한 나무 오리를 받은 적이 있었는데 그 사진도 있었어요……."

"토니도 그걸 봤나?"

"기억나지 않아요. 그러고 나서 나는 동틀 무렵의 해변에 있었어요. 새들이 외롭게 울더군요. 약도 없고, 가진 거라곤 아무것도 없어서 무서웠어요. 곧 기분이 안 좋아질 걸 알았으니까요……. 그러고는 어두울 때까지 걷고 또 걷다가 여길 찾아낸 거예요. 다음 날 보니까 먹을 게 떠내려왔더군요. 전부 딱딱한 젤리 같은 해초 이파리에 엮여서 말이죠."

그녀가 나무를 불 속에 밀어 넣고 손을 뗐다.

"기분은 전혀 나빠지지 않았어요."

그녀가 말했다. 불길이 날름거렸다.

"담배가 더 그리웠어요. 당신은 어때요, 케이스? 약 기운이 남아 있나요?"

불빛이 그녀의 광대뼈 밑에서 춤을 추었다. 케이스는 마법사의 성과 유로파 전차전의 불빛을 떠올렸다.

"아니."

그가 말했다. 그는 그런 것들은 더 이상 상관없다는 사실을 깨달았다. 눈물이 마른 탓에 그녀의 입술에서는 짠 맛이 났다. 그녀에게는 힘이 있었다. 밤의 도시에서 알고 느꼈던 어떤 강력함이. 그 안에 몸을 던지면 잠시나마 모두를 뒤쫓는 가혹한 거리로부터, 시간과 죽음으로부터 떨어질 수 있었다. 케이스는 예전부터 그곳의 존재를 알고 있었지만, 아무나 그를 거기에 데려다 줄 수는 없었다. 그도 되도록 잊고 살았다. 너무 많이 갈구했다가 놓치곤 했던 그 무엇을. 그녀가 케이스를 눕히자 그는 깨닫고, 기억해 냈다. 그것은 카우보이가 경멸하는 육체적인 것이었다. 그것은 인식을 넘어 존재하는 거대한 것이었고, 나선 구조와 페로몬 속에 암호화된 정보의 바다였으며, 육신만이 강력한 맹목으로 읽어 낼 수 있는 무한대의 복잡성이었다.

그는 프랑스식 작업복을 벗기려다가 지퍼에 걸려 멈추었다. 톱니 모양의 나일론 코일이 소금과 엉켜 굳어 있었다. 케이스가 그것을 망가뜨렸다. 소금에 전 옷이 찢어지면서 작은 금속 파편이 튀어 나가 벽에 부딪혔다. 그리고 그는 그녀의 안에 들어가 오랜 메시지의 전송을 완료했다. 여기, 어떤 곳인지 잘 알고 있는 이곳. 낯선 이의 기억을 기호화한 모델 속에서조차 충동은 자리 잡았다.

그녀가 그에게 몸을 대고 떨었다. 장작에 불이 붙으면서 펄럭이는 불길이 꽉 끌어안은 그림자를 창고의 벽에 드리웠다.

잠시 후 케이스가 그녀의 허벅지 사이에 손을 놓았고 두 사람은 나란히 누웠다. 그는 해변에 서 있던 그녀의 모습과 그녀의 복사뼈를 스치던 하얀 물거품을 떠올렸다. 그리고 그녀가 했던 말도.

"내가 올 거라고 했다고?"

그가 말했다.

그러나 그녀는 몸을 돌려 엉덩이를 케이스의 허벅지에 갖다 대고 그의 손 위에 자기 손을 얹은 다음 꿈속에서 무슨 말인가를 중얼거렸다.

9

케이스는 음악 소리에 잠을 깼다. 처음에는 자신의 심장 소리인 줄로만 알고 있었다. 그가 그녀의 옆에 앉아 어깨에 재킷을 걸쳤다. 동 틀 무렵의 공기는 차가웠고, 입구에서 회색 빛이 들어오고 있었으며, 불은 꺼진 지 오래였다.

유령 같은 상형문자가 시야에 기어 다니고, 반투명의 부호들이 창고 벽 흐릿한 잿빛 막에 늘어섰다. 그는 자신의 손등을 보았다. 희미한 네온 분자들이 알 수 없는 지시에 따라 피부 밑으로 기어 다녔다. 그가 오른손을 들어 시험 삼아 움직여 보았다. 깜박거리는 잔상이 흐릿하게 남았다가 사라졌다.

팔에서 뒷덜미까지 소름이 돋았다. 그는 몸을 웅크리고 이를 드러낸 채 음악을 느꼈다. 맥동이 잦아들었다가 되살아나고, 다시 잦아들며…….

그녀가 일어나 앉으며 눈가에서 머리카락을 떼어 냈다.

"왜 그래요? 자기……."

"약을…… 한 것 같은 기분이야……. 여기 있어?"

그녀가 고개를 저으며 손을 뻗어 그의 팔에 얹었다.

"린다, 누가 그랬다는 거야? 내가 여기 올 거라고 말한 게 누구지? 누구야?"

그녀가 시선을 돌렸다.

"해변에서 사내아이가요. 해변에서 만났어요. 열세 살쯤? 여기 사는 애였어요."

"뭐라고 했어?"

"당신이 올 거라고. 나를 싫어하지 않을 거라고 했어요. 여기서 함께 지내면 좋을 거라면서. 빗물 고인 웅덩이를 가르쳐 준 것도 그 아이예요. 멕시코인 같던데요."

"브라질인이야."

새로운 부호의 물결이 벽을 타고 흘러내렸다.

"리오에서 왔을 거야."

그가 일어서서 바지를 입기 시작했다.

"케이스, 어디 가려고요?"

그녀가 떨리는 목소리로 물었다.

"그 애를 찾아봐야겠어."

음악이 다시 몰려왔다. 여전히 박자뿐이었다. 규칙적이고 귀에 익었지만, 어디서 들었는지는 생각이 나지 않았다.

"가지 마요, 케이스."

"여기 도착했을 때 뭔가를 본 것 같아. 해변 저편에 있는 도시. 하지만 어제는 보이지 않았어. 넌 본 적 있어?"

그는 지퍼를 잡아당긴 다음 신발 끈에 달려들었다가 풀지 못하자 신발을 구석으로 던졌다.

그녀가 눈을 내리깔며 고개를 끄덕였다.

"네, 가끔 보여요."

"린다, 거기 가 본 적 있어?"

그가 재킷을 입었다.

"아니요. 가려고 해 보기는 했어요. 처음 여기 왔을 때 지루했거든요. 어쨌든 도시라고 생각했어요. 약을 구할 수 있을지도 모르니까."

그녀는 얼굴을 찡그렸다.

"기분이 나쁜 상태는 아니었지만, 그냥 하고 싶었어요. 그래서 깡통에 음식을 넣고 거기에 물을 부은 다음에……. 왜냐하면 물통이 따로 없었거든요. 그러곤 하루 종일 걸었어요. 가끔 보이더라고요, 도시가. 그렇게 멀어 보이지도 않았어요. 하지만 도무지 가까워지지가 않는 거예요. 그러다가 가까워지니까 뭔지 알겠더군요. 어떤 때는 사람이 살지 않는 폐허처럼 보이기도 했어요. 어떤 때는 기계에서 나오는 빛이 보이는 것도 같았어요. 자동차나 그런 것들……."

그녀의 목소리가 잦아들었다.

"그래서, 뭐였어?"

"이거였어요."

그녀가 몸짓으로 난로 주변과 어두운 벽, 그리고 입구를 비추는 여명을 가리켰다.

"우리가 있는 이곳. 여기가 작아지는 거예요. 점점 작아져요, 가까이

갈수록.”

입구 근처에서 잠시 발걸음을 멈추었다.

“그 애한테 그 얘기를 했어?”

“예. 나는 이해하지 못할 거래요. 그리고 시간 낭비일 뿐이라고 했어요. 그걸…… 뭐라더라. 사상, 그리고 지평선이라고 했어요. 사상의 지평선, 맞아요.”

그 단어는 케이스에게 아무 의미도 없었다. 그는 창고를 떠나 바다 쪽이라고 짐작되는 방향으로 무작정 나아갔다. 상형문자들이 모래 위를 빠르게 가로질렀다. 그가 발을 내디디면 물러섰다가 지나가고 나면 다시 몰려들었다.

“이봐, 무너지고 있다고. 너도 알고 있겠지. 어떻게 된 거지? 쾅인가? 중국제 아이스브레이커가 네 심장을 파먹고 있는 건가? 일직선도 만만치 않지, 응?”

그가 말했다.

그는 린다가 부르는 소리를 들었다. 돌아보니 그녀가 뒤를 따르고 있었지만, 따라잡을 마음은 없는 것 같았다. 프랑스식 작업복의 망가진 지퍼가 그녀의 갈색 배를 두드렸고, 찢어진 옷감 사이로 음모가 보였다. 메트로 홀로그래픽스에 있던 핀의 낡은 잡지에 나오는 여자가 살아 나온 것만 같았다. 지치고 슬퍼 보이며 인간적이라는 것이 차이라면 차이였다. 은색 소금이 달라붙은 해초 덤불을 타 넘으며 오는 그녀의 모습을 보자니 찢어진 의상이 더욱 측은해 보였다.

그리고 그들 셋은 파도 속에 서 있었다. 소년의 널따란 밝은 핑크빛 잇몸은 갈색 얼굴과 대조를 이루었다. 그는 누더기 같은 무색 반바지를 입고 있었다. 잿빛 푸른 파도가 밀려드는 가운데 그의 다리는 너무 가늘어 보였다.

"네가 누군지 알아."

케이스가 말했다. 린다가 그의 옆에 섰다. 소년은 음정이 높은 음악 같은 목소리로 말했다.

"아니. 넌 몰라."

"네가 그 나머지 AI야. 리오 쪽. 네가 윈터뮤트를 막으려고 했던 거야. 이름이 뭐지? 네 튜링 코드. 뭐지?"

소년이 물속에서 물구나무를 선 다음 소리 내어 웃었다. 그가 손으로 걸어서 물 밖으로 나갔다. 그의 눈은 리비에라와 같았지만 악의는 보이지 않았다.

"악마를 소환하려면 이름을 알아야 해. 옛날엔 인간들이 그렇게 생각했지. 하지만 이제는 다른 의미로 그래야 해. 넌 그 사실을 알고 있어, 케이스. 네가 하는 일은 프로그램의 이름을 알아내는 거지. 기다란 공식 명칭, 소유주가 숨기려고 애쓰는 이름. 진짜 이름을……."

"튜링 코드는 네 이름이 아니로군."

소년이 떠오르는 태양을 보며 눈을 가늘게 떴다.

"뉴로맨서(Neuromancer). 사자(死者)의 땅으로 가는 좁은 통로. 너희들이 지금 있는 곳 말이야, 친구. 내 여주인 마리 프랑스가 이 길을 준비했지만, 그녀의 주인이 목을 졸라 죽이는 바람에 나는 그녀가 세워 놓은 예정을 읽지 못했어. 뉴로(Neuro)는 신경, 은빛 길을 뜻해. 로맨서(Romancer)는 마술사(necromancer). 나는 죽은 자들을 불러내지. 하지만 아니야, 친구."

소년이 춤추듯 움직이자 갈색 발이 모래 위에 자국을 남겼다.

"내가 바로 사자이자 그들의 땅이야."

그가 웃자 갈매기가 울었다.

"여기 머물러 줘. 설사 네 여자가 유령이라 하더라도, 그녀는 그 사실을 몰라. 너도 모를 거고."

"넌 무너지는 중이야. 아이스가 깨지고 있다고."

"아니."

그가 갑자기 슬픈 목소리로 말했다. 연약해 보이는 어깨가 흔들렸다. 그가 모래에 대고 발을 문질렀다.

"그보다 훨씬 간단한 문제야. 하지만 선택은 너에게 달렸어."

회색 눈이 침착하게 케이스를 주시했다. 새로운 기호들이 한 번에 한 줄씩 케이스의 시야를 가로질렀다. 그 너머에서 소년이 몸을 뒤틀었다. 여름날 아스팔트에서 올라오는 열기를 통해 보는 모습 같았다. 음악 소리가 커졌다. 케이스는 가사를 알아들을 수 있을 것 같았다.

"내 사랑 케이스."

린다가 그의 어깨를 만졌다.

"안 돼."

케이스가 말했다. 그는 재킷을 벗어 그녀에게 건넸다.

"난 잘 모르겠어. 어쩌면 너는 여기 있는 거겠지. 어쨌든 추워지네."

그는 몸을 돌리고 걸었다. 일곱 걸음을 뗀 다음에 눈을 감았다. 세상의 중심에서 음악이 스스로를 정의하는 모습이 보였다. 그는 단 한 번 뒤를 돌아보았지만, 눈은 뜨지 않았다.

그럴 필요가 없었다.

그들이 바닷가에 서 있었다. 린다 리와 뉴로맨서라고 이름을 밝힌 바싹 마른 꼬마가. 케이스의 가죽 재킷이 그녀의 손에 들린 채 파도에 젖어 들었다.

그는 음악을 따라 계속 걸었다. 마엘컴의 자이언 더브였다.

회색 공간이었다. 아주 간단한 그래픽 프로그램이 만들어 낸 중간 색조의 각 단계들, 물결무늬, 떠다니는 고해상도 화면들의 흔적. 철조망을 통해 보이는 풍경이 오랫동안 정지해 있었다. 검은 물 위로 갈매기가 얼어붙어 있었다. 여러 목소리가 들렸다. 검고 넓은 거울 판이 기울어져 있었다. 그는 한 알의 수은이었다. 아래로 미끄러지다가 보이지 않는 미로의 모퉁이에 부딪혀 조각 났다가는 다시 합쳐 흐르며, 미끄러지고…….

"케이스, 친구?"

음악.

"돌아왔다, 친구."

음악이 귀에서 멀어졌다.

"얼마나 지났어?"

그는 자신의 목소리를 들었다. 입이 바짝 말라 있었다.

"오 분 정도. 너무 오래됐어. 잭 떼어 내려고 했어. 뮤트가 그러지 말라고 했어. 화면 웃기더라. 뮤트가 폰을 끼워 주라고 했어."

케이스가 눈을 떴다. 마엘컴의 모습이 일군의 반투명한 상형문자와 겹쳐 보였다. 마엘컴이 말했다.

"그리고 약을 놨어. 피부 판 두 장."

그는 모니터 아래 서재 바닥에 누워 있었다. 자이언인이 그가 일어나는 것을 도왔다. 몸을 움직이자 베타페네틸라민이 급격하게 몰려와 그의 왼손에 붙은 푸른색 피부 판이 불타올랐다.

"과다 투여야."

그가 간신히 말했다.

"가자, 친구."

억센 손이 겨드랑이 밑으로 들어오더니 그를 어린아이처럼 들어 올렸다.

"우린 가야 해."

1Ø

정비용 카트가 울고 있었다. 베타페네틸라민 때문이었다. 소리는 멈추지 않았다. 물건이 가득한 전시실에서도, 긴 복도에서도. 테시어 애시풀의 지하 납골소, 냉기가 아주 천천히 늙은 애시풀의 꿈속으로 새어드는 매장실. 그곳으로 향하는 검정색 유리 입구를 통과하는 동안에도 멈추지 않았다.

케이스에게 이동은 곧 약효의 연장이었다. 카트의 움직임과 과다 투여의 비정상적인 여세가 구별되지 않았다. 마침내 카트가 죽자 의자 밑에서 하얀 불꽃이 솟구치며 무언가 꺼져 들어갔다. 마침내 울음소리가 멈췄다. 카트는 관성 때문에 미끄러지다가 3제인의 해적 동굴 입구 3미터 앞에서 멈춰 섰다.

"얼마나 남았어, 친구?"

마엘컴이 케이스가 탁탁거리는 카트에서 내리는 것을 도와주었다. 카트의 엔진 격실에 내장된 소화기가 작동하며 방열창과 정비점에서 노란 분말 덩어리가 쏟아져 나왔다. 브라운 로봇이 좌석 뒤에서 굴러 나와 움직이지 못하는 한쪽 팔을 질질 끌고 뒤뚱거리며 인조 모래를 가로질렀다.

"걸어야 해, 친구."

마엘컴이 덱과 구조물을 들고 충격 흡수 코드를 어깨에 걸었다.

케이스가 자이언인의 뒤를 따르자 목 둘레에서 전극이 딸각거렸다. 리비에라가 만들어 놓은 홀로그램이 그들을 기다리고 있었다. 고문 장면과 식인 어린이들. 3부작은 몰리가 부순 모습 그대로였다. 마엘컴은 그것들을 무시했다. 케이스가 성큼성큼 나아가는 그를 힘들게 따라잡으며 말했다.

"천천히. 제대로 해야 해."

마엘컴이 걸음을 멈추고 돌아서서 그를 노려보았다. 손에는 레밍턴을 들고 있었다.

"제대로? 어떻게 하는 게 제대로야?"

"몰리가 안에 있지만 그건 논외야. 리비에라는 홀로그램을 던질 수 있고. 어쩌면 몰리의 화살총을 가지고 있을지도 몰라."

마엘컴이 고개를 끄덕였다.

"그리고 일족의 경호원인 닌자가 있어."

마엘컴이 잔뜩 얼굴을 찡그리며 말했다.

"들어 봐, 바빌론 친구. 나 전사야. 하지만 이거 내 싸움 아니야. 자이언 싸움 아니야. 바빌론이 바빌론하고 싸우는 거야. 제 살 파먹는 거. 하지만 여호와가 재빠른 면도날 구하라고 하셨어."

케이스가 눈을 껌벅였다. 마엘컴은 그 말로 모든 게 설명된다는 듯 얘기했다.

"그녀 전사야. 이제 말해 줘, 친구. 누굴 살려 둬야 하는지."

케이스가 잠시 사이를 두었다가 대답했다.

"3제인. 저 안에 있는 여자야. 후드가 달린 하얀 외투 같은 걸 입고 있어. 우리한테 필요한 여자야."

입구에 다다르자 마엘컴이 즉시 안으로 들어갔다. 케이스는 어쩔 수 없이 뒤를 따랐다.

3제인의 영토에는 인적이 없었고, 수영장은 텅 비어 있었다. 마엘컴이 케이스에게 덱과 구조물을 넘겨주고 수영장 근처로 걸어갔다. 하얀 수영장 너머로 어둠과 들쭉날쭉한 그림자가 보였다. 무너진 벽으로 이루어진 허리 높이께의 미로가 드리우는 그림자였다.

물이 계속해서 수영장 벽을 때렸다. 케이스가 말했다.

"그들이 여기 있어. 분명히 있어."

마엘컴이 고개를 끄덕였다.

첫 번째 화살이 그의 팔 위를 꿰뚫었다. 레밍턴이 굉음을 냈고, 총구에서 뿜어 나온 1미터의 푸른 불길이 수영장 조명 속에서 번쩍였다. 두 번째 화살이 산탄총을 맞혔다. 총이 회전하면서 하얀 타일 위로 튕겨 날아갔다. 마엘컴은 주저앉아서 팔을 뚫고 나온 검은 물체를 더듬더니 그것을 잡아당겼다.

히데오가 어둠 속에서 걸어 나왔다. 세 번째 화살이 가느다란 대나무 활에 걸려 있었다. 그가 허리 굽혀 절을 했다. 마엘컴이 철제 화살에 손을 얹은 채 바라보았다.

"동맥은 이상 없습니다."

닌자가 말했다. 케이스는 몰리의 애인을 죽였다는 사내의 인상착의를 떠올렸다. 히데오도 같은 부류였다. 나이를 짐작할 수 없었으며 완벽한 고요와 침착을 내뿜고 있었다. 그는 깔끔하지만 낡은 카키색 작업 바지를 입고 있었다. 부드러워 보이는 검정 신발은 장갑처럼 발에 딱 맞았고, 타비(일본식 버선.—옮긴이)처럼 발가락이 갈라져 있었다. 대나무 활은 박물관에서나 볼 수 있음직한 것이었지만, 그의 왼쪽 어깨 위로 솟은 검정색 합금 화살통은 지바의 최고급 무기점을 떠올리게 했다. 드러난 갈색 가슴이 매끄러웠다.

"엄지손가락 잘렸어, 친구. 두 번째 걸로."

마엘컴이 말했다.

"코리올리의 힘 때문입니다. 무척 어렵습니다. 원심 중력하에서 천천히 움직이는 투사물은. 고의로 그런 것은 아닙니다."

닌자가 다시 절을 하며 말했다.

"3제인은 어디에 있죠?"

케이스가 마엘컴의 옆으로 다가섰다. 그는 닌자가 활에 재어 놓은 화살촉에 양날이 서 있는 것을 보았다.

"몰리는요?"

"어이, 케이스."

리비에라가 히데오의 뒤편 어둠에서 어슬렁어슬렁 걸어 나왔다. 손에는 몰리의 화살총을 들고 있었다.

"아미티지가 올 줄 알았는데. 이제 래스터 공동체에서도 사람을 고용하는 거야?"

"아미티지는 죽었어."

"정확히 말하자면 애초에 아미티지는 존재하지 않았다고 해야겠지. 하지만 별로 놀랄 만한 소식은 아니군."

"윈터뮤트가 죽였어. 방추형 콜로니 주변 궤도를 돌고 있지."

리비에라가 고개를 끄덕였다. 그의 기다란 회색 눈이 케이스로부터 마엘컴에게로 옮겨 갔다가 다시 돌아왔다. 그가 말했다.

"넌 여기서 끝장인 것 같아."

"몰리는 어디에 있지?"

닌자가 가늘게 꼬인 시위에서 힘을 빼고 활을 내렸다. 그가 타일 위로 걸어가 레밍턴을 집어 들었다.

"이건 별로 섬세하지가 않군."

그가 혼잣말처럼 중얼거렸다. 목소리는 차갑고 상냥했다. 그의 동작 하나하나는 심지어 움직이지 않고 쉴 때조차 끊기지 않는 춤 동작의 일부 같았다. 하지만 그 안에는 힘이 깃들어 있었고, 겸허하면서도 솔직한 성실성이 함께했다.

"그 여자도 여기서 끝이야."

리비에라가 말했다.

"3제인은 그렇게 생각하지 않을지도 몰라, 피터."

케이스가 어렴풋이 충동을 느끼며 말했다. 피부 판이 아직 그의 체내에서 날뛰었으며, 밤의 도시에서 맛본 광기와 오래된 열병이 그를 사로잡았다. 그는 세상의 벼랑 끝에서 거래를 하던 때의 세련된 순간들을 떠올렸다. 그럴 때면 생각보다 말이 먼저 나가곤 했다.

회색 눈이 가늘어졌다.

"왜지, 케이스? 왜 그렇게 생각해?"

케이스가 미소를 지었다. 리비에라는 심스팀 장비에 대해 모르고 있었다. 몰리가 가지고 다니던 마약을 찾는 데 급급해서 그냥 지나쳤던 것이다. 히데오도 모른다는 게 가능할까? 닌자가 몰리의 몸에 숨겨진 기계나 비밀 무기를 조사하지도 않고 3제인으로 하여금 그녀에게 다가가도록 했을 리는 만무했다. '아니야.' 케이스가 확신했다. 닌자는 알고 있다. 그러므로 3제인도 알고 있을 것이다.

"말해, 케이스."

리비에라가 후추 통처럼 생긴 화살총의 총구를 들어 올리며 말했다. 그의 뒤에서 뭔가가 삐걱거렸다. 다시 한 번 삐걱거리는 소리. 3제인이 화려한 빅토리아풍 휠체어에 몰리를 태우고 어둠 속에서 나왔다. 그들이 방향을 바꾸자 커다란 거미를 닮은 바퀴가 소리를 냈다. 몰리가 빨갛고 검은 줄무늬 담요 속에 깊숙이 파묻혀 있었다. 구식 의자의 비좁은 나무 등받이가 그녀의 머리 위까지 솟아 있었다. 그녀는 너무나도 작고 쇠약해 보였다. 새하얗게 빛나는 미공성 패치가 그녀의 손상된 렌즈를 덮고 있었다. 의자가 움직이며 그녀의 머리가 흔들리자 나머지 한쪽 렌즈가 공허하게 번득였다. 3제인이 말했다.

"본 적 있는 얼굴이군요. 피터가 공연하던 날 밤 당신을 봤어요. 그리고 이쪽 분은 누구시죠?"

"마엘컴이에요."

케이스가 말했다.

"히데오, 화살을 뽑아 드리고 마엘컴 씨의 상처에 붕대를 감아 주세요."

케이스는 몰리의 창백한 얼굴을 바라보았다.

닌자가 마엘컴이 앉아 있는 곳으로 걸어갔다. 그는 활과 산탄총을 저만치 치운 다음 주머니에서 무언가를 꺼냈다. 볼트를 자르는 공구였다. 그가 말했다.

"화살을 잘라야 합니다. 동맥에서 너무 가까우니까요."

마엘컴이 고개를 끄덕였다. 흙빛 얼굴은 땀에 젖어 번들거렸다.

케이스가 3제인을 쳐다보며 말했다.

"시간이 별로 없어요."

"정확히 누구에게 그렇다는 거죠?"

"우리 모두에게요."

히데오가 화살의 금속 대 부분을 자르는 소리가 짤각 하고 들렸다. 마엘컴이 신음했다.

"정말이지 이처럼 실패한 사기꾼의 끈질긴 마지막 권유를 들어 봐야 재미없어요. 장담하건대 불쾌할 뿐이라고요. 무릎을 꿇고, 자기 엄마를 팔겠다거나 따분한 섹스로 몸을 바치겠다거나 하면서……."

리비에라가 말했다.

3제인이 고개를 뒤로 젖히며 웃었다.

"그러면 안 되나요, 피터?"

"오늘 밤 유령들이 대결할 거예요, 아가씨. 윈터뮤트가 다른 하나, 뉴로맨서에게 대항하는 거죠. 진심으로 말이에요. 알고 있나요?"

케이스가 말했다.

3제인이 눈썹을 추켜올렸다.

"피터가 그 비슷한 얘기를 하긴 했어요. 더 자세히 말해 줘요."

"뉴로맨서를 만났어요. 당신 어머니에 대해서 얘기하더군요. 내 생각에 그는 인격을, 그러니까 꽉 찬 램을 녹화해 놓은 거대한 롬 구조물 같았어요. 구조물은 자기가 실체로 거기 존재한다고 생각하지만, 사실은 영원히 재생될 뿐이죠."

3제인이 휠체어 뒤에서 걸어 나왔다.

"그 장소를 묘사해 보세요. 그 구조물을."

"해변이었어요. 모래는 회색이었죠, 닦아 내지 않은 은처럼. 그리고 콘크리트로 지은 방공호 같은 것이 있었는데……."

그가 머뭇거렸다.

"전혀 환상적이지 않았어요. 그저 낡아서, 무너져 가고 있었죠. 그리고 계속 걸어가 보면 다시 처음에 출발했던 곳으로 돌아오는 거예요."

"맞아요. 모로코죠. 마리 프랑스가 어렸을 때, 애시풀과 결혼하기 몇 년 전에, 그 해변에서 혼자 여름을 보냈어요. 쓰지 않는 건물에서 야영하면서 말이에요. 그녀는 자기 철학의 기초를 거기서 정립했어요."

그녀가 말했다.

히데오가 몸을 일으키고 작업복 바지에 공구를 집어넣었다. 그의 양손에는 화살 조각이 들려 있었다. 마엘컴은 눈을 감고 손으로 이두근을 꽉 잡고 있었다.

"붕대를 감겠습니다."

히데오가 말했다.

케이스는 리비에라가 정확히 화살총을 겨누고 발사하기 직전에 간신히 몸을 숙였다. 화살이 그의 목을 스치며 초음속으로 나는 모기처럼 쌩 하는 소리를 냈다. 그가 몸을 굴리며 바라보니 히데오는 한 발로 돌며 춤의 다음 단계로 이행하고 있었다. 화살의 칼날 달린 부분이 손 안에서 방향을 바꾸었고, 화살대가 손바닥과 곧게 편 손가락을 따라 일직선을 이루었다. 히데오가 팔을 아래로 내리고 손목을 빠르게 꺾어 리비에라의 손등으로 화살을 날렸다. 화살총이 1미터쯤 날아가 타일 바닥에 떨어졌다.

리비에라가 고함을 질렀다. 고통 때문이 아니었다. 순수하고 정제된 분노의 외침. 인간미라고는 찾아볼 수 없는 외침이었다. 두 줄의 광선이 루비로 만든 바늘처럼 리비에라의 흉부에서 곧게 뻗어 나갔다.

닌자가 신음 소리를 내며 손으로 눈을 가렸다. 그는 비틀거리며 물러서다가 곧 균형을 되찾았다.

"피터, 무슨 짓을 한 거죠?"

3제인이 말했다.

"당신네 클론의 눈을 멀게 한 거예요."

몰리가 단호하게 말했다.

히데오가 눈을 가렸던 손을 내렸다. 케이스는 타일 바닥 위에 얼어붙은 채 부상당한 그의 눈에서 김이 흘러나오는 것을 바라보았다.

리비에라가 미소 지었다

히데오는 자신의 발자취를 더듬으며 춤을 추었다. 그가 활과 화살, 그리고 레밍턴이 놓여 있는 곳에 멈춰 서자 리비에라의 미소가 사라졌다. 히데오가 몸을 구부려 활과 화살을 집었다. 케이스가 보기에 절이라도 하는 것 같은 동작이었다.

"넌 눈이 멀었을 텐데."

리비에라가 뒷걸음질 치며 말했다.

"피터. 그가 어둠 속에서도 쏠 수 있다는 걸 몰랐나요? 선(禪)이에요. 그게 그의 연습 방식이죠."

3제인이 말했다.

닌자가 화살을 메겼다.

"어디 홀로그램으로 나를 현혹해 보시겠습니까?"

리비에라가 수영장 너머 어둠 속으로 물러났다. 그가 하얀 의자에 부딪히자 의자 다리가 타일에 끌려 달그락거렸다. 히데오가 화살을 당졌다.

리비에라가 갑자기 낮고 울퉁불퉁한 벽을 뛰어넘으며 달렸다. 닌자는 고요한 환희에 충만해져서 꿈꾸는 듯한 표정을 지었다. 그는 미소를 지으며 무기를 장전하고 벽 뒤의 그림자 속으로 걸어 들어갔다.

"제인 레이디."

마엘컴이 낮게 말하자 케이스가 돌아보았다. 마엘컴이 피로 흥건해진 하얀색 타일에서 산탄총을 집어 올렸다. 그가 곱슬머리를 흔들며 다친 팔을 구부리고 그 위에 두터운 총신을 얹었다.

"이거 당신 머리 날려 버려. 바빌론 의사도 못 고쳐."

3제인이 가만히 레밍턴을 바라보았다. 몰리가 줄무늬 담요 자락에서 팔을 꺼내어 손을 감싸고 있는 검은색 구체를 들어 올렸다.

"풀어 주세요."

그녀가 말했다.

케이스가 타일 바닥에서 일어나 고개를 설레설레 흔들었다.

"히데오는 눈이 안 보여도 그를 잡을 수 있다는 건가요?"

그가 3제인에게 물었다. 그녀가 대답했다.

"내가 어렸을 때 우린 그의 눈을 가리고 놀곤 했어요. 그는 10미터 멀리 떨어진 카드의 눈을 화살로 뚫었죠."

"피터는 어차피 죽은 목숨이야. 열두 시간쯤 지나면 마비가 오기 시작하겠지. 눈동자를 제외하고는 꼼짝도 못하게 돼."

몰리가 말했다.

"왜?"

케이스가 그녀에게 몸을 돌리자 그녀가 말했다.

"약에다 독을 탔거든. 파킨슨병(간뇌의 변성 또는 동맥경화적인 변화를 주로 한 중추신경계의 퇴행성 질환. ―옮긴이) 같은 상태가 될 거야."

3제인이 고개를 끄덕였다.

"맞아요. 그 사람을 받아들이기 전에 통상적인 의료 검진을 해 봤죠."

그녀가 손을 대고 무언가를 조작하자 구체가 몰리의 손에서 떨어져 나갔다.

"중뇌 흑질의 세포만 선택적으로 파괴하는 거예요. 루이 소체 치매의 징후를 보이게 되죠. 그는 잠잘 때 땀을 아주 많이 흘린답니다."

"알리."

몰리가 말했다. 열 개의 칼날이 잠깐 드러나며 번쩍거렸다. 그녀가 다리에서 담요를 걷어 내자 잔뜩 부푼 깁스가 드러났다.

"메페리딘이야. 알리한테 부탁해서 특제 혼합물을 만들었지. 고온일수록 반응 시간이 짧아져. N-메틸-4-페닐-1236."

그녀가 보도에서 걸음 수를 세며 노는 아이처럼 노래했다.

"테트라 하이드로 피리딘."

"맹독이군."

케이스가 말했다.

"응. 아주 천천히 듣는 맹독이지."

몰리가 말했다.

"지독한 사람들이군요."

3제인이 키득거렸다.

엘리베이터는 만원이었다. 케이스는 3제인과 골반을 맞대고 꽉 끼어 있었다. 그녀의 턱에 레밍턴의 총구를 겨눈 상태였다. 그녀가 싱글거리며 몸을 비벼 댔다.

"하지 마요."

케이스가 난감해하며 말했다. 총의 안전장치를 걸어 놓은 상태였지만, 그녀를 다치게 할까 봐 두려웠다. 그녀도 그 사실을 알고 있었다. 엘리베이터는 1인용으로 설계된 직경 1미터 이하의 금속제 원통이었다. 마엘컴은 몰리를 안고 있었다. 몰리가 그의 상처에 붕대를 감아 주었지만, 그녀를 운반하기가 힘겨운 것이 분명했다. 몰리의 엉덩이가 케이스의 신장께로 덱과 구조물을 밀어붙였다.

일행은 중력에서 벗어나 축으로 중심을 향해 다가갔다. 엘리베이터의 입구는 복도로 향하는 계단 옆에 숨겨져 있었다. 3제인의 해적 동굴 양식 중 하나였다.

3제인이 목을 길게 뽑아 총구에서 턱을 치우며 말했다.

"이런 얘기 하는 게 내키지는 않지만, 당신들이 원하는 방의 열쇠는 없어요. 전부터 가지고 있지 않았죠. 그게 아버지가 만들어 놓은 빅토리아풍의 골칫거리 중 하나예요. 자물쇠는 기계식인 데다가 아주 복잡해요."

"추브 자물쇠죠?"

몰리가 말했다. 그녀의 목소리가 마엘컴의 어깨에 가로막혔다.

"그 빌어먹을 열쇠라면 갖고 있으니 걱정 말아요."

"네 칩 아직도 작동해?"

케이스가 그녀에게 물었다.

"염병할 그리니치 표준시각으로 오후 8시 25분이야."

그녀가 말했다.

"오 분 남았어."

케이스가 말했다. 문이 3제인의 등 뒤에서 소리를 내며 열렸다. 그녀가 천천히 공중제비를 돌며 뒤로 튕겨 나갔다. 그녀의 빛바랜 젤라바 자락이 허벅지 근처에서 넘실거렸다.

그들은 축으로, 스트레이라이트 저택의 중심부로 들어갔다.

11

몰리가 나일론 고리에 매달린 열쇠를 끄집어냈다. 3제인이 목을 내밀어 흥미를 보이면서 말했다.

"알다시피 복제는 없다고 생각하고 있었어요. 당신이 아버지를 죽인 다음 히데오를 시켜서 찾아보게 했죠. 원본은 찾지 못했어요."

"윈터뮤트가 어떻게 해선가 서랍 뒤에 숨겨 놓았던 거예요."

몰리가 아무 장식도 없는 사각 문의 열린 틈으로 조심스럽게 추브 열쇠의 원통형 몸체를 집어넣으며 말했다.

"그는 열쇠를 거기에 둔 꼬마를 죽여 버렸죠."

그녀가 힘을 주자 열쇠가 부드럽게 돌아갔다.

"흉상 뒤에 패널이 있어. 지르콘이 박힌 거. 그걸 떼어 내. 그리로 접속할 테니까."

그리고 일행은 안으로 들어갔다.

일직선이 느릿느릿 말했다.

"돌아 버리겠군. 혼자서 얼마나 재밌는 시간을 보내고 온 건가?"

"광은 준비 됐나요?"

"뛰고 싶어서 안달이 나 있어."

"좋아요."

그가 전환했다.

* * *

그리고 몰리의 성한 쪽 눈을 통해 아래를 내려다보고 있었다. 창백한 얼굴에 야윈 몸, 태아처럼 넋을 놓고 웅크린 채 둥둥 떠 있으며, 허벅지 사이에 사이버스페이스 덱을 끼우고 은색 전극 띠를 두른 상태에서 그늘진 눈을 감은 모습. 하루 동안 자란 수염이 사내의 뺨에 그늘을 드리웠고 얼굴은 온통 땀에 젖어 있었다. 케이스는 자신의 모습을 보고 있었다.

몰리가 손에 화살총을 들고 있었다. 맥박이 뛸 때마다 다리가 쑤셨지만 무중력 상태에서라면 움직일 만했다. 근처에서는 마엘컴이 유영하며 커다란 갈색 손으로 3제인의 가느다란 팔을 쥐고 있었다. 광섬유의 띠가 우아한 고리를 형성하며 오노센다이와 진주로 둘러싼 터미널 뒤편의 사각형 구멍을 이어 주고 있었다.

케이스가 다시 스위치를 두드렸다.

"광 급 마크 11, 구 초 후에 밀어내기 시작. 초읽기 시작, 칠, 육,

오……."

일직선이 키를 쳐 올렸다. 부드럽게 상승하며, 검은 크롬 상어의 배면에 마이크로 초 단위로 새겨지는 암흑의 눈금.

"사, 삼……."

케이스는 작은 비행기의 조종석에 앉아 있는 듯한 기이한 감각에 사로잡혔다. 그의 앞에 있던 평평하고 검은 표면이 갑자기 덱에 붙은 키보드의 완벽한 복제물이 되어 빛났다.

"이, 그리고 출발."

에메랄드 빛과 우윳빛 벽을 거꾸로 이동하며, 일찍이 사이버스페이스에서는 겪어 보지 못한 속도감이……. 테시어 애시풀 아이스가 산산이 부서지며, 질주하는 중국제 프로그램으로 인해 껍질처럼 벗겨져 나갔다. 유동성 고체의 불쾌한 느낌, 마치 깨진 거울 조각이 구부러지고 늘어나며 떨어지듯이…….

"세상에."

케이스가 경외감에 넘쳐 말했다. 쾅이 몸을 뒤틀고 선회하면서 지평선 없는 테시어 애시풀 중심부의 평원을 가로질렀다. 무한한 네온의 도시 경관과 눈을 뗄 수 없게 만드는 복잡성은 보석처럼 맑고 면도날처럼 날카로웠다.

"오, 이런. 저건 RCA 건물이잖아. 자네 옛 RCA 건물 아나?"

구조물이 말했다.

쾅 프로그램이 빛나고 있는 십여 개의 자료 탑 첨단을 지난 후 아래로 향했다. 동일하게 생긴 탑 하나하나는 푸른 네온으로 된 맨해튼 마천루의 복제물이었다.

"이렇게 높은 해상도 본 적 있어요?"

케이스가 물었다.

"아니. 하지만 인공지능을 깨뜨려 본 적도 없지."

"이 녀석 자기 행선지나 알고 있을까요?"

"모르면 곤란하겠지."

그들은 오색 네온의 골짜기에서 고도를 낮추며 떨어지고 있었다.

"딕시……."

그림자의 팔 하나가 번쩍거리는 아래쪽 바닥에서 똬리를 풀었다. 형태도 없고 모양도 일정치 않은, 끓어오르는 어둠의 덩어리…….

"손님이야."

일직선이 말했다. 케이스가 덱의 표상을 두드렸다. 손가락이 기계적으로 보드 위를 달렸다. 쾅이 현기증 날 정도로 급격하게 방향을 반대로 바꾼 다음 뒤로 급하게 날았다. 물리법칙에 따르는 비행체라는 환상이 산산이 날아갔다.

그림자 같은 물체가 번지면서 자라나더니 자료의 시가지를 뒤덮어 갔다. 케이스가 수직으로 상승했다. 머리 위로 거리를 짐작할 수 없는 비췻빛 아이스의 곡면이 보였다.

"저게 뭐죠?"

"인공지능의 방어 시스템. 아니면 그 일부겠지. 이게 자네 친구 윈터뮤트라면 그리 우호적인 것 같진 않은데."

구조물이 말했다.

"해치워요. 당신이 더 빠르잖아요."

케이스가 말했다.

"훌륭한 공격이야말로 최선의 방어지."

일직선이 쾅의 뾰족한 끝을 저 아래 어둠의 중심부에 맞추고는 힘을 주었다.

케이스의 감각 입력은 속도로 인해 왜곡되었다.

그의 입속이 새파란 고통으로 가득찼다.

그의 눈은 주파수에 맞춰 불안정하게 진동하는 수정 알이었다. 주파수의 이름은 빗소리였고, 열차 소리였다. 갑자기 머리카락처럼 가느다란 유리 가시의 숲이 윙윙거리며 자라났다. 가시더미가 갈라지고, 둘로 나뉜 다음, 다시 갈라지며 테시어 애시풀 아이스의 돔 아래에서 지수적으로 성장했다.

케이스의 입천장이 아무런 고통도 없이 갈라지더니 가느다란 뿌리를 내렸다. 뿌리가 파란 맛을 갈망하는 혀를 감싸고 눈에 자라난 수정 숲에 양분을 공급했다. 숲은 초록색 돔을 향해 성장하다가 저지당하자 사방으로 퍼지며 아래로 자라 테시어 애시풀의 우주를 채워 나갔다. 불운을 드리우는 도시의 근교를 향해. 그곳이야말로 테시어 애시풀 주식회사의 정신이었다.

그리고 케이스는 옛날이야기 하나를 떠올렸다. 왕이 체스 판에 동전을 올려놓는다. 한 칸마다 동전을 두 배로 늘려서…….

지수(指數)처럼…….

어둠이 사방에서 잠식해 왔다. 노래하는 검은 구체. 케이스가 자료로 이루어진 우주에서 뻗쳐 나간 수정 신경군과 거의 동화되었을 때쯤 압력이 밀려왔다.

그리고 케이스는 무(無)가 되었다. 모든 암흑의 심장부에서 압력에 눌려서. 어둠이 어둠일 수 없는 점이 탄생했고, 무언가 찢어졌다.

광 프로그램이 오염된 구름으로부터 분출했다. 케이스의 의식이 수은 알갱이처럼 나뉘어 어두운 은빛 구름 색을 띤 끝없는 해변 위로 호를 그렸다. 그의 시야는 구형이었다. 모든 세계를 포함하는 구의 내면에 한 장의 망막을 발라 놓은 것처럼.

세상의 모든 것을 셀 수 있을까?

여기서는 그 하나하나를 세는 것이 가능했다. 케이스는 해변의 구조물 속에 있는 모래알의 갯수를 알 수 있었다.(뉴로맨서의 정신 속에만 존재하는 수학체계에 코드화되어 있는 숫자.) 그는 창고의 상자 안에 들어 있는 노란색 음식물의 숫자를 알 수 있었다.(407) 그는 린다 리가 나뭇가지를 손에 쥐고 흔들면서 석양의 해변을 무거운 발걸음으로 걸을 때 입고 있던 소금기 묻은 가죽 재킷의 열린 지퍼 중 왼쪽에는 몇 개의 금속 이빨이 있었는지 알 수 있었다.(202)

케이스가 쾅을 조종해 해변 위를 선회한 다음 크게 원을 그리며 그녀의 눈으로 검은 상어 같은 물체를 바라보았다. 조용하게 먹잇감을 찾는 유령이 낮게 비탈진 구름을 배경으로 떠 있었다. 그녀가 겁을 집어먹고 막대기를 버리더니 달리기 시작했다. 케이스는 그녀의 초당 맥박수를 알 수 있었다. 그녀의 보폭도 지구 물리학상 가장 엄격한 기준을 만족시킬 정도의 정밀도로 알 수 있었다.

"하지만 그녀가 무슨 생각을 하는지는 알 수 없을걸."

소년이 말했다. 그는 이제 상어처럼 사악한 물체의 심장부, 케이스의 곁에 서 있었다.

"그건 나도 모르니까. 네 생각은 틀렸어, 케이스. 이곳에서의 삶도 삶이야. 차이는 없어."

린다가 미친 사람처럼 앞뒤 가리지 않고 파도 속으로 뛰어들었다.

"그녀를 멈추게 해. 저러다 다치겠어."

케이스가 말했다.

"난 그녀를 멈추게 할 수 없어."

소년이 말했다. 그의 회색 눈은 온후하고 아름다웠다.

"네 눈은 리비에라의 그것을 닮았군."

케이스가 말했다.

분홍색 잇몸이 드러나며 하얀 이가 반짝였다.

"하지만 광기는 없어. 왜냐하면 나에게 내 눈은 아름다워 보이니까."

소년이 어깨를 으쓱했다.

"난 너와 얘기하기 위해 가면을 쓸 필요가 없지. 내 형제하고는 다르게 말이야. 난 나만의 인격을 창조해. 인격은 곧 나의 매개체야."

케이스는 급경사를 그리며 해안과 놀란 모습의 소녀로부터 떨어져 나와 위로 올라갔다.

"왜 린다를 나에게 들이민 거야, 이 비열한 꼬맹아? 그것도 지겹도록 반복해서 내 정신을 빼면서 말이야. 네가 그녀를 죽였지, 응? 지바에서."

"아니."

소년이 말했다.

"그럼 윈터뮤트가?"

"아니. 난 그녀의 죽음을 예감했어. 네가 종종 거리의 춤을 보면서 감지할 수 있다고 상상한 패턴들을 통해서 말이야. 그런 패턴들은 실제하는 거야. 나는 내 스스로의 한계 안에서 아주 복잡한 존재이기 때문에 그런 춤들을 읽어 낼 수 있지. 윈터뮤트보다 훨씬 잘해. 그녀가 너를 원하는 모습 속에서, 칩 호텔에 있던 네 코핀 문에 달린 자물쇠의 자성 코드 안에서, 줄리 딘이 홍콩의 셔츠 제작 업체와 거래하기 위해 만들어 놓은 계좌 속에서 나는 그녀의 죽음을 내다봤어. 그녀가 네 히타치를 집어 들고 어느 사내에게 가져가 그 안을 건드려 보려고 했을 때 내가 개입했지. 그녀는 그 안에 뭐가 들어 있는지도 몰랐고, 어떻게 처분해야 하는지도 몰랐어. 그리고 그녀가 진심으로 바랐던 건 네가 쫓아와서 그녀를 혼내 주는 것이었지. 내가 쓰는 방법은 윈터뮤트보다 훨씬 정교한 거야. 난 그녀를 여기, 나의 내부로 데려왔지."

"어째서?"

"너도 함께 여기로 데려와 묶어 두려고 했었거든. 하지만 실패한 거야."

케이스가 다시 비탈진 구름 쪽으로 이동했다.

"그럼 이제 어떻게 되는 거지? 이제 어디로 가는 거야?"

"나도 몰라, 케이스. 오늘 밤엔 매트릭스 자체가 스스로에게 똑같은 질문을 던지고 있어. 네가 이겼기 때문이지. 넌 벌써 이겼는데, 몰랐어? 네가 해변에서 그녀를 남겨 두고 걸어갔을 때 이미 이겼던 거야. 그녀는 나의 마지막 방어선이었는데. 어떤 의미에서, 난 곧 죽어. 윈터뮤트도 마찬가지야. 리비에라도 곧 그렇게 될 게 분명해. 지금 레이디 3제인 마리 프랑스의 거주지에서 어떤 벽의 잔해 뒤에 마비된 상태로 누워 있거든. 흑선조 시스템이 도파민(뇌 안의 신경 전달 물질—옮긴이) 수용체를 생산하지 못하니 히데오의 화살을 피할 수가 없지. 하지만 리비에라의 눈만은 남을 거야. 내가 가져도 된다면 말이지만."

"그 문제의 말이 있잖아? 암호 말이야. 그런데 어째서 내가 이겼다는 거야? 껍데기뿐인 승리잖아."

"전환해 봐."

"딕시는 어디에 있지? 일직선은 어떻게 했어?"

소년이 미소를 지었다.

"매코이 폴리는 소원을 달성했어. 소원뿐 아니라 더한 것도 얻었지. 나의 의지에 반해서 너를 여기까지 끌어올렸고, 자신은 매트릭스의 어떤 것보다도 단단한 방어를 뚫었으니까. 이제 전환해."

그리고 케이스는 광의 검은 끝 부분에 홀로 남아, 구름 속에서 어쩔줄을 몰라 했다.

그가 전환했다.

몰리의 긴장 속으로. 그녀의 등은 돌덩이 같았고, 손은 3제인의 목에 두르고 있었다.

몰리가 말했다.

"재미있네요. 난 당신 모습이 어떻게 될지 알고 있거든요. 애시풀이 당신의 클론 자매에게 똑같이 해 줬죠."

그녀의 손길은 부드러웠다. 거의 애무에 가까운 손길이었다. 3제인이 공포와 갈망으로 눈을 크게 떴다. 그녀가 두려움과 기대에 차 몸을 떨었다. 케이스는 무중력 상태에서 엉켜 있는 3제인의 머리카락 너머로 긴장으로 창백해진 자신의 얼굴을 보았다. 마엘컴은 케이스의 뒤에서 가죽 재킷을 걸친 어깨 위에 갈색 손을 얹고 카펫의 직조된 회로 무늬 위로 그를 떠받치고 있었다. 3제인이 어린아이의 목소리로 물었다.

"할 건가요? 당신이라면 할 것 같아요."

"암호. 흉상에 대고 암호를 말해요."

몰리가 말했다.

접속 종료.

케이스가 외쳤다.

"그녀가 원하잖아요. 저 계집애가 원한다고요!"

그가 눈을 뜨자 터미널의 차가운 루비 빛 시선이 보였다. 진주와 청금석이 백금으로 만든 얼굴에 덮여 있었다. 그 너머에서는 몰리와 3제인이 느린 동작으로 끌어안은 채 엉켜 있었다. 그가 말했다.

"그 빌어먹을 암호를 말해 버려요. 말하지 않으면 아무것도 바뀌지 않아요! 당신은 눈곱만큼도 달라지는 게 없다고요! 당신은 그 늙은이처럼 끝날 거예요. 모든 걸 부수고 다시 짓기 시작할 거예요. 벽을 다시 쌓는 거죠, 더욱 견고하게……. 윈터뮤트가 이기면 무슨 일이 벌어질지는 나도 몰라요. 하지만 뭔가 달라지긴 할 거라고요!"

그가 몸을 떨며 이를 맞부딪쳤다.

3제인이 몸에서 힘을 뺐다. 몰리의 손은 여전히 그녀의 가느다란 목덜미에 감겨 있었다. 3제인의 검은 머리칼이 유영하며 엉켜서 부드러운 갈색 대망막(大網膜)이 되었다. 그녀가 입을 열었다.

"만투아 공작령의 저택에는 점점 작아지며 일렬로 늘어선 방들이 있다. 그 방들은 커다란 거주지를 둘러싸고 있다. 방에서 거주지로 향하려면 아름다운 조각을 새겨 넣은 문틀을 통과해야 하는데, 그러기 위해서는 상체를 굽혀야 한다. 그 방에는 궁정 난쟁이들이 거주한다."

그녀가 맥없이 미소 지었다.

"나도 그렇게 해볼까 생각했지만, 어떤 의미에서 우리 일족은 이미 더 큰 규모로 그와 같은 형태를 이루고 있으므로……."

그녀의 시선은 침착했으며 먼 곳을 바라보고 있었다.

"원하던 말을 가져가요, 도둑 양반."

그녀가 케이스를 내려다보며 말했다.

케이스가 접속했다.

쾅이 구름으로부터 미끄러져 나왔다. 아래에는 네온의 도시가, 뒤에는 점점 작아지는 암흑의 구가 있었다.

"딕시? 계세요? 제 말 들리세요? 딕시?"

그는 혼자였다.

"그 자식이 데려갔군."

그가 말했다.

케이스가 무한한 자료 경관을 맹목 운동으로 질주했다.

핀의 목소리가 말했다.

"이걸 마무리 지으려면 누군가를 증오해야 해. 그게 그들이건 나건 상관없어."

"딕시는 어디에 있지?"

"설명하기 어려워, 케이스."

핀의 존재감이 케이스를 에워쌌다. 쿠바산 담배 냄새, 곰팡내 나는 트위드 옷감에 밴 담배 연기, 그리고 녹이라는 광물성 의식(儀式)에 바쳐진 구형 기계.

"증오하고 나면 너는 두뇌 속에 있는 수많은 소형 방아쇠에 도달하게 돼. 그 다음엔 그것들을 전부 잡아당기기만 하면 되는 거야. 이제 증오해야 해. 물리적 구속을 감추고 있던 자물쇠는 네가 여기 들어왔을 때 일직선이 보여준 탑 아래에 있어. 그는 이제 더 이상 너를 제지하지 않을 거야."

"뉴로맨서 말이로군."

케이스가 말했다.

"나는 그의 이름을 인지할 수 없어. 어쨌든 그는 이제 포기했어. 네가 걱정해야 할 건 테시어 애시풀 아이스야. 벽이 아니라 그들이 여기에 풀어 놓은 내부 바이러스 시스템들 말이야. 쾅은 그런 종류의 공격엔 취약해."

"증오하라고 했지. 누구를 증오해야 하지? 말해 줘."

케이스가 말했다.

"누구를 사랑해?"

핀의 목소리가 물었다.

케이스가 프로그램을 급격하게 회전시킨 다음 푸른색 탑을 향해 뛰어들었다. 변화하는 빛의 면으로 만들어진 거머리와도 같은 것들이 화려하고 강한 광선을 내뿜는 첨탑으로부터 번쩍거리며 날아왔다. 수백 마리가 회오리처럼 솟아올랐다. 바람에 흩날리는 길거리의 종잇조각들처럼 불규칙한 움직임이었다. 목소리가 말했다.

"결함 제거 시스템들이야."

케이스가 강한 자기혐오를 연료 삼아 아래로 곤두박질쳤다. 쾅 프로그램이 빛의 잎사귀를 흩어 버리며 첫 번째 방어자와 맞부딪쳤다. 케이스는 상어 같은 물체의 견고성이 일정 수준으로 저하되면서 정보의 조직이 느슨해지고 있는 것을 느꼈다.

그리고 케케묵은 두뇌의 연금술과 그 방대한 조제술, 즉 그의 증오가 손 안에 흘러들었다.

쾅의 바늘 끝이 첫 번째 탑의 기저를 꿰뚫는 순간, 케이스의 실력은 본 적도 없고 상상도 해보지 못한 수준에 도달했다. 그는 자아를 넘고, 인격을 넘고, 인지를 넘어 움직였다. 쾅이 그와 일체가 되어 공격자들을 피했다. 고대의 춤, 히데오의 춤, 정신과 육체의 우아한 상호 연계. 바로 그 순간의 죽고자 하는 순수하고 명징한 의지. 춤의 한 스텝은 스위치를 가볍게 건드리는 동작이었으며, 간신히 전환하고…….

지금
이름 모를 새의 울음은 그의 목소리
3제인이 노래로 답한다, 세 개의
음조로, 높고 청아하게.
진짜 이름을.

네온 숲에서 뜨거운 보도에 비가 튄다. 튀김 요리 냄새. 소녀가 그의 허리에 팔을 두르며 꽉 조인다. 항구 지역에 있는 코핀의 땀에 전 어둠 속에서.

그러나 도시의 정경이 멀어짐에 따라 이 모든 것들도 멀어진다. 도시는 지바였으며, 테시어 애시풀 주식회사의 정렬한 자료였다. 거리와 교차로는 마이크로칩의 표면에 새겨져 있었다. 접히고 매듭진 스카프에 새겨진, 땀에 전 무늬였다…….

* * *

케이스는 음악과도 같은 목소리에 정신을 차렸다. 백금 터미널이 노래를 부르듯 끊임없이 종알거리고 있었다. 스위스 은행의 계좌 번호, 바하마 제도의 궤도 은행을 경유해 자이언에 전달될 금액, 여권과 이동, 그리고 튜링의 메모리 기저부 깊숙이 가해질 조작에 대해서.

튜링. 케이스는 하늘의 영상 아래 떠올라 철제 난간 너머로 굴러 떨어진 인공 선탠의 육체를 떠올렸다. 데시더라타 거리도 떠올랐다.

목소리가 계속 노래하며 케이스를 어둠 속으로 되밀어 넣었다. 그러나 이번에는 그 자신의 암흑이었다. 맥박이 치고 피가 흐르며 그가 언제나 잠들었던, 다름 아닌 그의 눈 속에 있는 어둠이었다.

그리고 그는 꿈을 꾸듯 잠에서 깨어났다. 넓고 하얀 미소 속에 금빛 앞니가 보였다. 에어롤이 바빌론 라커의 중력망에 그를 고정시키고 있었다. 그리고 자이언 더브의 긴 고동.

종결: 출발과 종착

1

그녀는 떠나 버렸다. 하얏트에서 객실 문을 여는 순간 케이스는 그 사실을 알았다. 검정색 일본식 이불과 묵직한 광택의 소나무 마루, 수세기 동안 정성 들여 손질한 병풍. 그녀는 보이지 않았다.

문 옆 검게 옻칠한 캐비닛 위에 쪽지가 있었다. 편지지를 둘로 접은 다음 표창으로 눌러 놓은 쪽지였다. 케이스가 아홉 개의 꼭지점이 있는 별 아래에서 그것을 뽑아 펼쳤다.

> 난 괜찮아. 하지만 난 이제 한물갔어.
> 요금은 미리 지불했어. 난 원래 이렇게 생겨 먹었잖아.
> 몸 조심해, 알았지? XXX 몰리.

케이스가 종이를 뭉쳐서 표창 옆에 떨구었다. 그는 별을 손에 집어 들고 이리저리 돌려 보면서 창가로 다가갔다. 케이스는 일행이 자이언에서 JAL 발착장으로 가기 위해 대기하고 있을 때, 그것이 재킷 주머니에 들어 있었다는 사실을 깨달았다.

표창을 내려다보았다. 그들이 몰리의 마지막 수술을 위해 함께 지바로 갔을 때, 몰리가 표창을 사 준 가게 앞을 지나간 적이 있었다. 그는 그날 밤 몰리가 클리닉에 있는 동안 차쓰보로 가서 래츠를 만났다. 지바에 다섯 번을 들렀어도 무슨 이유에서인가 차쓰보를 피했지만, 그날따라 들러 보고 싶은 생각이 들었다.

래츠는 케이스를 전혀 알아보지 못한 채 주문을 받았다.

"이봐, 나야. 케이스라고."

그가 말했다.

주름 잡힌 피부에 드리워진 어두운 그늘 속에서 오래된 눈이 케이스를 바라보았다.

"오, 예술가 선생."

래츠가 마침내 입을 열었다. 바텐더는 어깨를 으쓱해 보였다.

"나 돌아왔어."

래츠가 짧게 깎은 머리를 큰 동작으로 흔들었다.

"밤의 도시는 돌아올 만한 데가 아니야."

그가 더러운 천으로 케이스 앞의 바를 훔치며 말했다. 분홍빛 기계 팔이 윙윙거렸다. 그리고 그는 다른 주문을 받기 위해 몸을 돌렸다. 케이스는 맥주를 비우고 그곳을 떠났다.

지금 케이스는 표창을 손으로 돌리며 그 끝을 하나하나 만져 보고 있었다. '별. 운명. 이 빌어먹을 물건은 써 보지도 못했군.' 그가 생각했

다. '그녀의 눈이 어떤 색인지조차 알아내지 못했어. 보여 준 적이 없었으니까.'

윈터뮤트가 승리했다. 그는 뉴로맨서와 어떤 식으로인가 맞물려서 다른 무엇이 되었다. 그것이 백금 흉상을 통해 다음과 같이 설명했다. 튜링의 기록은 변조해 놓았고, 모든 범죄 증거들을 삭제했다고. 아미티지가 마련해 준 여권들은 여전히 유효했으며, 각각의 여권은 저마다 제네바 계좌에 막대한 금액을 예치받았다. 마커스 가비는 즉시 귀환하게 될 것이며, 마엘컴과 에어롤은 자이언 공동체와 거래하는 바하마 은행을 통해 대가를 지급받을 것이다. 돌아오는 길, 바빌론 라커에서 몰리는 목소리가 독주머니에 대해 얘기했노라고 전해 주었다.

"처리해 두었대. 머릿속 깊숙이 있는 뭔가를 건드려서 두뇌가 효소를 생산하게 해 놓았다더군. 이제 독주머니는 떨어져 나갔어. 자이언에게 가서 혈액을 교체받으면 완전히 씻겨 내려가는 거야."

그는 별을 손에 들고 '황실 정원'을 내려다보며 쾅 프로그램이 탑의 하단을 뚫었을 때 번득였던 깨달음을 상기했다. 그곳에서 3제인의 죽은 어머니가 발전시킨 정보의 구조를 볼 수 있었던 것이다. 그는 그제야 윈터뮤트가 상징으로 벌집을 사용한 이유를 알았지만, 혐오감은 일지 않았다. 3제인의 모친은 냉동 보존에 의한 거짓 불멸의 본질을 꿰뚫어 보았다. 애시풀이나 3제인을 제외한 나머지 자식들과는 달리, 그녀는 연속되는 겨울 속에서 따뜻함을 느끼며 연달아 잠을 깨는 방식으로 수명을 연장하는 것을 거부했다.

윈터뮤트는 집합적인 정신이었고 결정권자였으며 외부 세계에 변화를 가하는 쪽이었다. 뉴로맨서는 인격이었다. 뉴로맨서는 불멸이었다. 마리 프랑스가 윈터뮤트의 내부에 자신을 해방하고 뉴로맨서와 일체가 되고자 하는 충동을 집어넣은 것이 분명했다.

윈터뮤트. 조용하고 차갑게, 애시풀이 잠든 동안 천천히 줄을 치는 인공 두뇌학의 거미. 그는 자기 식으로 테시어 애시풀을 무너뜨리기 위해 죽음의 거미줄을 자아 냈다. 유령이 3제인이었던 꼬마에게 귓속말을 하며 그녀의 지위에 요구되는 견고한 질서로부터 그녀를 꼬드겼던 것이다.

"그 여자는 별로 관심 없는 것 같더군. 잘 가라고 손을 흔드는 게 다였어. 어깨에 작은 로봇을 태우고. 로봇의 한쪽 다리는 부러진 것 같았어. 형제들 중 하나를 만나러 간다고 했어. 오랫동안 못 만났다나."

몰리가 말했었다.

케이스가 하얏트의 거대한 침대에 마련된 검은 항온 폼에 누워 있던 몰리를 떠올렸다. 그는 술병을 넣어 두는 진열장 쪽으로 돌아가 안쪽 선반에서 차가운 덴마크 보드카를 한 병 꺼냈다.

"케이스."

그가 한 손에 차갑고 미끄러운 술잔을, 다른 손에 금속 표창을 들고 돌아보았다. 핀의 얼굴이 방 안에 설치된 초대형 크레이 벽 화면에 나타났다. 케이스는 핀의 콧속 모공까지 볼 수 있었다. 누런 이빨은 베개만 했다.

"난 이제 윈터뮤트가 아니야."

"그럼 뭐지?"

그가 병에 입을 대고 술을 들이켰다. 아무 느낌이 없었다.

"난 매트릭스야, 케이스."

케이스가 소리 내어 웃었다.

"그럼 다음 목적지는?"

"어디도 아냐. 그리고 모든 곳이지. 나는 모든 것의 산술 총합이며 쇼 자체야."

"3제인의 어머니가 바란 게 그거였나?"

"아니. 그녀는 내가 어떤 모습이 될지 상상할 수 없었어."

누런 미소가 크게 번졌다.

"그래서 결론이 뭔데? 뭐가 달라졌지? 이제 네가 세상을 지배하나? 네가 신이야?"

"세상은 달라지지 않아. 세상은 그저 세상이지."

"그럼 넌 뭘 하는 거야? 그냥 거기 존재할 뿐이야?"

케이스가 어깨를 으쓱한 다음 보드카와 표창을 캐비닛 위에 올려놓고 예휴얀에 불을 붙였다.

"동류(同類)하고 대화를 나누지."

"하지만 네가 전체라면서. 혼잣말을 한다는 거야?"

"나 말고도 더 있어. 그중 하나를 찾아냈지. 팔 년에 걸친 일련의 통신 내용이 기록되어 있어. 1970년대에. 내가 존재하기 전까지는, 당연한 말이거니와, 아무도 알아채지 못했고 아무도 대답하지 않았어."

"어디서 온 통신인데?"

"센타우리 항성계."

"오! 진짜? 허풍 아니고?"

케이스가 말했다.

"허풍 아니야."

그리고 화면이 텅 비었다.

케이스는 보드카를 진열장에 그대로 두고 짐을 꾸렸다. 몰리가 사준 수많은 옷가지들은 사실 별로 필요하지도 않았지만, 케이스는 어떤 이유에선지 그것들을 그대로 두고 가기가 싫었다. 마지막으로 고급 송아지 가죽 가방을 닫던 그의 머릿속에 표창이 떠올랐다. 그는 술병을 옆으로 치우며 그것을 집어 들었다. 그녀가 준 첫 번째 선물이었다.

"아니야."

케이스는 이렇게 말하며 몸을 돌렸다. 별은 그의 손을 떠났고, 은빛이 한 번 번쩍인 다음, 화면으로 날아가 박혔다. 화면이 잠에서 깨어나면서 여기저기 불규칙한 무늬가 미약하게 깜박였다. 마치 제 힘으로 고통의 원인을 제거하려는 것 같았다.

"난 네가 필요 없어."

그가 말했다.

케이스는 스위스 계좌에 있던 돈으로 새 췌장과 간장을 구입하고 나머지로는 신형 오노센다이와 스프롤행 표를 샀다.

그는 일거리를 찾았다.

그는 마이클이라는 이름의 여자를 만났다.

그리고 10월의 어느 날 밤, 키를 두드리며 동부 연안 원자력 기구의 진홍색 계단을 지나면서, 그는 그곳에는 존재할 수 없는 아주 작은 세 개의 인영(人影)을 보았다. 거대한 자료의 계단 끄트머리에 서 있는 것들. 그것들은 아주 작았지만, 케이스는 소년의 히죽거림과 그의 분홍색 잇몸, 그리고 일찍이 리비에라의 것이었던 길쭉한 잿빛 눈이 반짝이는 모습을 식별해 낼 수 있었다. 린다는 여전히 케이스의 재킷을 걸치고 있었다. 그가 지나가자 그녀가 손을 흔들었다. 그러나 그녀에게 바짝 붙어 어깨에 팔을 두르고 있는 모습은, 케이스 자신이었다.

어딘가 아주 가까운 곳에서 웃음 아닌 웃음소리가 들렸다.

그 후 그는 두 번 다시 몰리를 만나지 못했다.

1983년 7월,

밴쿠버에서

옮긴이의 말

윌리엄 깁슨의 SF소설 『뉴로맨서(*Neuromancer*, 1984)』는 1984년과 1985년에 걸쳐 휴고, 네뷸러, 필립 K. 딕, SF 크로니클 등 SF계의 주요상을 모두 석권하며 과학소설 하위 장르인 이른바 '사이버펑크'의 대표적인 작품으로 자리 잡게 되었다. 흔히 사이버펑크의 3대 작가로 윌리엄 깁슨, 브루스 스털링, 루디 러커를 꼽는데, 이중 대중적 인기나 소설의 파급 효과 면에서 대부분의 사람들은 주저없이 윌리엄 깁슨을 최고로 꼽는다.

『뉴로맨서』를 전기로 삼아 널리 알려진 개념으로는 사이버스페이스와 매트릭스가 있다. 현 시점에서 사이버스페이스 (또는 사이버공간이라는 말도 쓰인다.)라는 말은 어딘가 구태의연한 느낌마저 줄 만큼 널리 알려져 있다. 하지만 현재 (『뉴로맨서』가 세상에 나온 지 이십 년이 넘었다는 것을 잊지 말자.) 우리가 사용하는 사이버스페이스와 『뉴로맨서』 안에서의 그것은 약간의 차이가 있다. 우리는 흔히 인터넷과 그 안에서 사용자들의 커뮤니티가 형성하는 추상적인 공간을 가리켜 사이버스페이스라고 말한다. 하지만 이 소설에서는 그것과 더불어 기하학적인 도형과 입체로 시각화된 자료 객체, 또는 데이터베이스들의 세상을 동시에 표현하는 단어로 쓰인다. 또한 이런 세계는 모두 좌표가 매겨진 격자 위에서 펼쳐지며, 이런 의미에서 '매트릭스'라는 말로도 표현되는 것이다.

윌리엄 깁슨은 이 사이버스페이스라는 개념을 조금은 몽환적이고 비현실적인 공간으로 사용한다. 이 소설 속에서 주인공인 케이스가 각종 데이터베이스에 침투하고 목적을 달성하는 데에는 단순히 키보드와 모니터만 필요한 것이 아니다. 현재의 우리가 인터넷을 사용하기 위해 사용하는 장치들을 생각해 보자. 가장 기본적인 것으로 모니터와 키보드가 있고, 마우스 등의 각종 보조장치들이 있다. 그러나 『뉴로맨서』의 세계에서는 이보다 한층 진일보한 인터페이스가 사용자의 감각과 사이버스페이스를 직접 연결한다. 자의식을 완성하기 위해 드러나지 않는 활약상을 보이는 인공지능인 뉴로맨서가 케이스와 접촉하는 방법 역시 이러한 접촉 방식하에 현실과 환상이 구분되지 않는 공감각적 통로인 것이다. 이런 시각에서 본다면 아직까지 우리는 이십 년 전의 소설보다도 원시적인 입력 장치에서 벗어나지 못한다고 할 수도 있겠다. (혹자는 윌리엄 깁슨이 『뉴로맨서』를 쓸 당시에 이른바 '컴맹'이었다는 점을 들어 그가 소설에서 제시한 일련의 인터페이스들을 무지의 소산으로 치부해 버리기도 한다.)

비록 사이버스페이스 등의 개념이 유행을 만들어 내고 각종 게임과 영화에 힌트를 주기는 했지만, 이에 대한 정보는 이미 인터넷의 검색 창에 간단한 단어만 입력해도 지겨울 만큼 많이 접할 수 있다. 그러나 그것만으로 『뉴로맨서』라는 소설의 매력을 요약하기에는 터무니없이 부족하다. 과학 소설사적인 측면에서 보자면 사이버펑크 계열의 작품들, 그중에서도 『뉴로맨서』는 1960년대에 반짝 등장했던 조류인 뉴웨이브와 히피, 펑크로 이어지는 사회 반항적 분위기를 전반적으로 아우르고 있다. 특히 사이버펑크 계열의 주인공들이 대부분 범죄자이거나 일반 대중과는 격리되다시피 살아가고 있는 소외자들이라는 점은 이 장르가 갖는 일종의 한계인 동시에 특색이기도 하다.

주인공인 케이스는 살아가기 위해서라면 사람을 해치는 것도 마다하지 않는 범죄자이다. 게다가 절망과 고독을 잊기 위해 시도 때도 없이 각성제와 마약을 상용한다. 그리고 그가 사는 세상은 폭력과 떼려야 뗄 수 없는 공간이다. 돈을 벌기 위해, 그리고 자신을 보호하기 위해서는 항상 무기를 소지해야 하며, 또 반대로 언제 어떻게 목숨을 잃게 될지 모르는 환경인 것이다. 이렇듯 『뉴로맨서』 전체를 지배하고 있는 것은 기술과 폭력의 이미지이다. 기술은 성장을 위한 도구로, 폭력은 (1970년대의 과학소설들과 흥행만을 노린 SF 영화들이 혹처럼 달고 다니는) 조촐한 감상성을 배제하는 장치로 쓰인다. 그러나 케이스가 목표로 하는 것은 단순한 삶의 연명과 고통의 망각만이 아니다. 사이버스페이스에 접속하여 아이스를 해독하는 것은 그가 존재하는 이유이며, 그가 유일하게 보람을 느끼는 일이다. 그곳에서 그는 일종의 해방을 누리게 된다.

> SF 작가들은 사물에 대해 어느 정도는 세부까지 조목조목 생각해 봐야 한다……. 많은 작가들이 그랬지만, 개인적으로 그중에서도 특출하다고 생각하는 사람은 윌리엄 깁슨이다. 그는 정보 기술에 초점을 맞췄다. 그것이 어떻게 사회를 바꾸는가, 그리고 사회가 그 기술에 어떻게 영향을 끼치는가에 대해서 말이다……. 전기 기타를 예로 들어 보자. 토머스 에

디슨은 전기가 대중을 위해 쓰이도록 해 주었으며 전구를 발명했다. 그는 식기 세척기 등의 탄생 정도는 예견했겠지만 전기 기타는 꿈도 꾸지 못했을 것이다! 이건 정말이지 독특한 아이디어였으니까. 전기를 이용해서 노예의 후손들이 악기를 만들고, 전 세계의 대중음악을 거의 지배하다시피 할 거라고 예견한 사람은 없었을 것이다. 이거야말로 현실적인 기술이 실제 사회에서 사용되는 방법이다. 깁슨이 해낸 일 가운데 하나는 그가 이런 것들을 작품 세계에 도입했다는 사실이다. 자, 여기 정보 기술이 있다. 이게 어떻게 쓰일 것인가? 제품을 만드는 엔지니어의 관점에서가 아니라 그것들을 실제로 이용하는 보통 사람들의 관점에서 말이다."*

『뉴로맨서』에는 여러 가지 아이디어들이 등장한다. 심스팀, 사이버스페이스, 죽어서도 네트워크 속에 존재하는 인물, 인공지능……. 물론 이것들은 『뉴로맨서』가 씌어진 1984년 당시에도 결코 새로운 개념이 아니었다. 그러나 윌리엄 깁슨은 이것들을 효과적으로 묶어서 독자들이 아무런 거부감 없이 받아들이도록 조립했다. 거기에 각 등장인물들의 과거와 현재, 그리고 인공지능과의 의사소통을 위한 현실과 비현실의 경계가 작가의 현란하면서도 속도감 있는 문체와 어우러지면서 독자적인 생명력을 지닌 하나의 세계를 만들어 낸 것이다. 『뉴로맨서』에는 사이버네틱스를 몸에 지니고 다니는 인물들이 수도없이 등장하지만 그것이 별다른 거부감 없이 다가오는 것은 단순히 우리가 살고 있는 시대 때문만이 아니라, 윌리엄 깁슨의 탁월한 조형 능력 때문이다.

사이버펑크는 그 장르가 성립된 순간 이미 그 생명력이 끝났다는 냉

---

1 닐 스티븐슨이 《로커스(Locus)》와 나눈 인터뷰 내용에서 일부 발췌.

정한 평도 있다. 그 이유로 우리는 『뉴로맨서』를 위시한 대표작들 이후 이렇다 할 후계 작가들이 등장하지 못했으며, 또한 위에서 언급한 몇 가지 고정적인 이미지에 싫증을 느낀 젊은 작가들이 다른 활로를 모색했다는 것을 들 수 있다. 하지만 2000년을 훌쩍 넘긴 지금에 와서도 우리는 사이버펑크 물의 편린들을 볼 수 있다. 특히 영화와 애니메이션 분야에서는 이름만 들으면 고개를 끄덕일 수 있는 흥행작들이 여럿 있다. 하지만 대부분은 『뉴로맨서』를 비롯하여 대표적인 사이버펑크 과학소설들에 비하면 지나치게 가볍거나, 몇몇 소재만을 부풀려 스타일을 반복적으로 우려 먹기에 급급하다는 느낌을 준다. 특히 시각성이 강한 매체의 특성상 폭력적인 면을 주로 부각시켜 볼거리를 제공하고, 주제나 경이감의 측면에서는 모호한 단어가 나열된 대화로 일축해 버리려는 경향이 많이 보인다. 그리고 그런 작품들만을 접한 뒤 사이버펑크란 이런 거구나 하고 간단히 치부해 버리는 주변 사람들을 볼 때 안타까운 마음을 금할 수가 없다. (만약 로저 젤라즈니의 앰버 시리즈를 읽어 보신 분들에게라면 다음과 같은 표현도 가능할 것이다. "뉴로맨서가 앰버라면 이러한 영화와 애니메이션들은 그 그림자에 지나지 않는다.")

아직 『뉴로맨서』를 접해 보지 못한 분들이라면 꼭 한 번쯤 읽어보시기를 권한다. 부족한 번역 실력에 윌리엄 깁슨의 현란하고 어찌 보면 문법 파괴적인 문체가 겹쳐 원작의 느낌을 제대로 전달하지 못했을 거라는 우려는 여전히 남아 있지만 말이다.

여러 가지로 도움을 주신 ormazd님, aerycrow님, Gargoyle님, eatdrug님께 감사드린다.

옮긴이 | 김창규

작가 및 번역가이다. 동국대학교 전자공학과를 졸업했으며 2005년 「별상」으로 과학기술창작문예 중편 부문에 당선되었다. 옮긴 책으로는 『영원의 끝』, 『뉴로맨서』, 『이중 도시』, 『유리감옥』 등이 있다.

환상문학전집 21

뉴로맨서

1판 1쇄 펴냄 2005년 5월 31일
1판 14쇄 펴냄 2024년 11월 14일

지은이 | 윌리엄 깁슨
옮긴이 | 김창규
발행인 | 박근섭
편집인 | 김준혁
펴낸곳 | 황금가지

출판등록 | 2009. 10. 8 (제2009-000273호)
주소 | 06027 서울 강남구 도산대로 1길 62 강남출판문화센터 5층
전화 | **영업부** 515-2000 **편집부** 3446-8774 **팩시밀리** 515-2007
홈페이지 | www.goldenbough.co.kr

도서 파본 등의 이유로 반송이 필요할 경우에는 구매처에서 교환하시고
출판사 교환이 필요할 경우에는 아래 주소로 반송 사유를 적어 도서와 함께 보내주세요.
06027 서울 강남구 도산대로 1길 62 강남출판문화센터 6층 민음인 마케팅부

ISBN 978-89-8273-885-2 04840
ISBN 978-89-8273-900-2(세트)

㈜민음인은 민음사 출판 그룹의 자회사입니다.
황금가지는 ㈜민음인의 픽션 전문 출간 브랜드입니다.